Note de l'éditeur

Parce que l'œuvre de Charlaine Harris est plus que jamais à l'honneur chez J'ai lu ; parce que nous avons à cœur de satisfaire les fans de Sookie, Bill et Eric, les mordus des vampires, des loups-garous ou des ménades, les amoureux de Bon Temps, du *Merlotte* et de La Nouvelle-Orléans, nous avons décidé de revoir la traduction de ce neuvième tome de *La communauté du Sud* ainsi que des neuf autres déjà parus.

La narration a été strictement respectée, et chaque nom a été restitué fidèlement au texte original – *Fangtasia*, le fameux bar à vampires, a ainsi retrouvé son nom.
Nos lecteurs auront donc le plaisir de découvrir ou redécouvrir les aventures de Sookie Stackhouse dans un style au plus près de celui de Charlaine Harris et de la série TV.

Nous vous remercions d'être aussi fidèles et vous souhaitons une bonne lecture.

Bel et bien mort

Du même auteur aux Éditions J'ai lu

LA COMMUNAUTÉ DU SUD

CHARLAINE HARRIS

LA COMMUNAUTÉ DU SUD ❾

Bel et bien mort

Traduit de l'américain
par Frédérique Le Boucher

Revu par Anne Muller

Titre original :
DEAD AND GONE
Ace Books, New York
Published by The Berkley Publishing Group,
a division of Penguin Putnam, Inc.

Remerciements

Tant de gens m'ont aidée en chemin… Sans leur soutien, je n'en serais pas là aujourd'hui.

Je voudrais en remercier quelques-uns. Les modérateurs de mon site (Katie, Michele, MariCarmen, Victoria et Kerri), qui me rendent la vie tellement plus facile, et les modérateurs honoraires (Beverly et Debi), qui méritent un coup de chapeau, eux aussi.

Les lecteurs qui déposent leurs commentaires sur www.charlaineharris.com, théories et compliments sont toujours une source d'encouragement.

Épaulées par une équipe de plus de mille – d'accord, de quatre – assistants, Toni Kelner et Dana Cameron ne cessent de m'encourager, me réconforter et me communiquer leur enthousiasme.

Je ne sais pas ce que je ferais sans elles.

1

— Les vampires Blancs ne devraient jamais porter de blanc, a asséné le présentateur. La preuve par l'exemple : nous avons filmé à son insu Devon Dawn, vampire depuis seulement dix ans, alors qu'elle s'habillait pour un dîner en ville. Mais regardez cette tenue ! Ça ne lui va pas du tout !

— Que lui est-il passé par la tête ? s'est écriée une voix féminine d'un ton sarcastique. Elle en est restée aux années 1990 ! Et ce… chemisier – enfin, je présume que *chemisier* est le mot ! Sa peau implore le contraste, et qu'est-ce qu'elle met ? De l'ivoire ! Rien de pire pour son teint.

J'ai arrêté de lacer mes tennis pour voir ce qui allait se passer quand les deux *fashionistas* aux dents longues débouleraient chez la pauvre victime – oh pardon, l'heureuse vampire – qui allait avoir droit à un *relooking* gratuit, alors qu'elle n'avait rien demandé. Elle allait même avoir le plaisir de découvrir que ses amies l'avaient dénoncée à la police de la mode.

— Je crois que cela va mal se terminer, a déclaré Octavia.

Ma colocataire, Amelia Broadway, m'avait plus ou moins imposé la présence d'Octavia Fant chez moi – sous prétexte que j'avais, par mégarde, lancé une invitation dans un moment d'égarement. Cependant, notre trio fonctionnait plutôt bien.

— Devon Dawn, voici Bev Leveto, de *Vamp'Elle*, et je suis Todd Seabrook. Votre amie Tessa nous a appelés pour nous dire que vous aviez besoin de quelques conseils de mode éclairés. Nous vous avons filmée en caméra cachée au cours de ces deux dernières nuits et… Aaaaah !

Une main blême venait de zébrer l'écran pour saisir Todd à la gorge, laissant un trou béant et rougi par le sang. Manifestement fasciné, le cameraman s'est un peu attardé sur Todd, qui s'écroulait sur le sol, avant de remonter pour suivre le duel entre Devon Dawn et Bev.

— Bon sang ! s'est exclamée Amelia. On dirait que c'est Bev qui va gagner.

— Elle a une meilleure stratégie, ai-je commenté. Tu remarqueras qu'elle a laissé Todd passer devant en arrivant.

— Je la tiens, a triomphalement annoncé Bev aux spectateurs. Devon Dawn, pendant que Todd retrouve l'usage de la parole, nous allons faire un petit tour dans votre armoire. Une fille qui va vivre une éternité ne peut pas se permettre d'être aussi ringarde. Les vampires ne doivent pas rester attachés à leur passé. En matière de mode comme en toute chose, il nous faut garder une longueur d'avance.

Devon Dawn pleurnichait :

— Mais je les aime, moi, mes fringues ! Elles font partie de ma personnalité ! Vous m'avez cassé le bras.

— Ça guérira. Écoutez, vous ne voulez pas qu'on parle de vous comme d'une petite vampire timide qui n'ose rien, n'est-ce pas ? Vous ne voulez pas rester cramponnée au passé ?

— Eh bien, j'imagine que non…

— Bon ! Alors, je vais vous laisser vous relever. Et, à en croire la toux que j'entends, Todd se sent déjà mieux.

J'ai éteint la télévision et noué le lacet de ma deuxième chaussure en secouant la tête, déplorant ce nouvel engouement des Américains pour les émissions de téléréalité à la sauce vampire. En attrapant mon manteau rouge dans la penderie, je me suis souvenue que j'avais moi-même quelques petits problèmes à régler avec un certain vampire. Deux mois et demi s'étaient écoulés depuis que les vampires du Nevada avaient fait main basse sur le royaume de Louisiane, et Eric Northman avait eu du boulot par-dessus la tête : il s'agissait d'asseoir sa position au sein du nouveau régime et de faire l'inventaire de ce qui restait de l'ancien.

Il avait tout récemment recouvré la mémoire et se souvenait donc parfaitement des moments étranges et intenses que nous avions passés ensemble, lorsqu'il était sous le coup d'un sort d'oubli. La petite conversation que nous devions avoir sur le sujet était toujours en attente…

— Qu'est-ce que vous allez faire, ce soir, pendant que je bosse au bar ? ai-je demandé à mes deux colocataires, pour ne pas subir une nouvelle séance de conversation mentale.

J'ai enfilé mon manteau. Dans le nord de la Louisiane, les températures n'atteignent pas celles du « vrai » Nord, mais on avoisinait quand même les 10 °C, et il ferait plus froid encore quand je sortirais du travail.

— Ma nièce vient me chercher avec ses enfants pour m'emmener dîner, m'a répondu Octavia.

Amelia et moi avons échangé un coup d'œil étonné par-dessus la tête de l'intéressée, qui se penchait pour raccommoder son chemisier. C'était la première fois qu'Octavia revoyait sa nièce, depuis qu'elle avait quitté l'appartement dans lequel la nièce en question l'avait hébergée, pour emménager chez moi.

— Je pense qu'on va passer au *Merlotte* avec Tray, ce soir, s'est empressée d'ajouter Amelia, pour meubler le silence.

— OK. Alors, on se verra tout à l'heure au bar.

J'étais serveuse au *Merlotte* depuis des années.

— Oh! je n'ai pas pris le fil de la bonne couleur, s'est alors exclamée Octavia en se précipitant dans sa chambre.

— Je suppose que tu ne vois plus Pam? ai-je demandé à Amelia, en rentrant mon tee-shirt blanc dans mon pantalon noir. C'est du sérieux, Tray et toi?

J'ai jeté un coup d'œil dans le vieux miroir au-dessus de la cheminée. Ma queue de cheval était bien lisse et bien centrée. J'ai retiré un long cheveu blond égaré sur le col de mon manteau.

— Avec Pam, c'était juste une incartade. Et je suis sûre que c'était pareil pour elle. Mais Tray... il me plaît vraiment. Il n'a pas l'air d'accorder la moindre importance au fric de mon père, et ça ne le dérange pas que je sois une sorcière. En plus, au lit, c'est une bête. Alors, on s'entend au poil, a conclu Amelia en m'adressant un sourire de félin rassasié.

Elle avait beau avoir l'apparence de la parfaite jeune mère de famille – cheveux courts et brillants, sourire éclatant, yeux clairs au regard lumineux et corps tonique –, elle n'en montrait pas moins un net penchant pour le sexe et un goût très éclectique en la matière.

— C'est un mec bien, ai-je approuvé. Il s'est déjà changé en loup devant toi?

— Non. Mais je suis impatiente de voir ça.

Amelia était transparente pour moi, et c'est alors que j'ai surpris quelque chose dans sa tête qui m'a sidérée.

12

— C'est pour bientôt ? La révélation, je veux dire.

— Tu pourrais éviter de faire ça, s'il te plaît ?

Amelia était habituée à ce que je lise dans les pensées et, d'ordinaire, elle le prenait plutôt bien. Mais pas cette fois.

— Je suis censée garder les secrets qu'on me confie, figure-toi ! s'est-elle indignée.

— Désolée.

Et je l'étais. Mais j'étais légèrement contrariée aussi. Il faut que je me batte au travail pour contrôler mes étranges facultés chaque jour que Dieu fait. Alors, j'ai bien le droit de me lâcher un peu à la maison, non ?

Amelia a dû faire le même raisonnement, parce qu'elle s'est aussitôt excusée.

— Moi aussi, désolée. Bon, il faut que j'aille me préparer. On se voit ce soir.

Et elle s'est élancée vers l'escalier. Elle avait établi ses quartiers au premier, quand elle était rentrée avec moi de La Nouvelle-Orléans, quelques mois auparavant – échappant ainsi à l'ouragan Katrina, contrairement à la malheureuse Octavia.

— Au revoir, Octavia ! ai-je lancé en me dirigeant vers la porte de derrière pour prendre ma voiture. Amusez-vous bien !

Tout en descendant la petite route qui traversait la forêt pour rejoindre Hummingbird Road, je me suis demandé s'il y avait des chances qu'Amelia et Tray nouent une relation durable. Tray Dawson, loup-garou de son état, travaillait comme réparateur de motos et, à l'occasion, comme gros bras. Amelia, quant à elle, était une jeune sorcière pleine d'avenir. Son père était un richissime magnat du bâtiment – Katrina n'avait même pas écorné sa fortune. Au contraire, le cyclone avait épargné la majeure partie de ses entrepôts et rempli ses carnets de commande pour des dizaines d'années.

D'après ce que j'avais lu dans les pensées d'Amelia, le grand jour était pour ce soir. Pas le jour où Tray la demanderait en mariage, non. Le jour où il allait faire son *coming out*. Pour ma colocataire, le fait que Tray soit un hybride ne faisait qu'ajouter à son charme – elle avait un goût très prononcé pour tout ce qui pimentait l'ordinaire.

J'ai franchi la porte de service et suis allée directement dans le bureau de Sam. Mon patron était là, assis derrière une pile de registres.

— Salut, boss ! lui ai-je lancé.

Sam était en train de faire les comptes, chose qu'il détestait. Mais peut-être que ça lui permettait de penser à autre chose. Il avait l'air anxieux. Sa crinière d'angelot blond vénitien, encore plus ébouriffée que d'habitude, dessinait comme une auréole au-dessus de la tête.

— Prépare-toi, c'est pour ce soir, m'a-t-il annoncé.

J'étais tellement fière qu'il me le dise, et il s'était si bien fait l'écho de mes pensées que je n'ai pas pu m'empêcher de sourire.

— Je suis prête. Tu peux compter sur moi.

J'ai rangé mon sac à main dans le tiroir de son bureau et suis allée chercher un tablier propre. Je devais remplacer Holly, mais, après avoir échangé quelques mots avec elle au sujet des clients attablés dans notre secteur, je n'ai pas pu m'empêcher de lui glisser à l'oreille :

— Si j'étais toi, je traînerais un peu au bar, ce soir…

Elle m'a jeté un regard interrogateur. Elle avait décidé d'arrêter les couleurs, et l'extrémité de ses cheveux semblait avoir été trempée dans du goudron. À la racine, ils étaient d'un joli châtain clair, détail que j'avais complètement oublié.

— Ça vaut vraiment le coup ? Assez pour faire poireauter Hoyt ? Ils s'entendent, avec Cody, comme larrons en foire, mais je suis quand même sa mère.

Hoyt avait été le meilleur ami de mon frère jusqu'à ce que Holly lui mette le grappin dessus. Maintenant, il ne la quittait plus d'une semelle.

— Tu devrais attendre un peu, ai-je insisté avec un haussement de sourcils entendu.

— Les garous ? a-t-elle murmuré en ouvrant des yeux comme des soucoupes.

J'ai acquiescé. Son visage s'est éclairé. Elle avait un sourire jusqu'aux oreilles.

— Oh la vache ! Arlene va en faire une jaunisse !

Après s'être fait endoctriner par l'un de ses innombrables petits copains, notre collègue et ex-amie s'était transformée, quelques mois plus tôt, en une sorte d'Attila en jupons qui vouait une haine implacable pour les vampires. Elle avait même rejoint la Confrérie du Soleil – une prétendue Église qui avait tout d'une secte, sauf le nom. Pour l'heure, elle se tenait à l'une de ses tables, en grande conversation avec son homme, Whit Spradlin, un FotS gradé de la Confrérie qui travaillait à l'un des Home Depot de Shreveport. Assez dégarni, il avait une petite bedaine. Mais ça me dérangeait moins que ses opinions. Il avait un copain avec lui, forcément : les FotS semblaient chasser en meute, tout comme une autre minorité dont ils étaient justement sur le point de faire la connaissance.

Mon frère Jason était assis à une autre table avec Mel Hart. Mel travaillait pour le magasin de pièces auto de Bon Temps et il devait avoir la trentaine. Mince, doté d'un corps en béton armé, le grand brun au visage agréable portait les cheveux un peu longs, une moustache et une barbe. Ces derniers temps, je les avais beaucoup vus ensemble, Jason et lui. Mel remplissait le vide que Hoyt avait laissé dans la vie de mon frère, j'imagine. Jason avait toujours besoin d'un faire-valoir. Ils étaient venus avec leurs copines respectives, ce soir. Mel était divorcé, mais, officiellement, Jason était toujours marié, et il n'aurait pas dû se promener avec une autre fille en public. Même si personne ici n'y aurait trouvé à redire – la femme de Jason, Crystal, avait été prise en flagrant délit d'adultère avec un type du coin.

J'avais entendu dire que Crystal avait déménagé avec sa future progéniture pour s'installer à Hotshot, chez des parents. (Elle pouvait s'installer dans n'importe quelle maison de Hotshot et toujours être chez des parents. C'est comme ça, à Hotshot.) Mel Hart était né à Hotshot, lui aussi, mais il faisait partie des rares membres du clan qui avaient préféré quitter la communauté.

À ma grande surprise, Bill, mon ex, était assis à la même table que Clancy, un vampire que je ne portais pas dans mon cœur. Ils avaient tous les deux une bouteille de TrueBlood devant eux. Je ne croyais pas avoir déjà vu Clancy boire un verre au *Merlotte* avant, et certainement pas avec Bill.

— Je vous ressers la même chose, les gars ? leur ai-je demandé, un sourire forcé accroché aux lèvres – je ne suis pas très détendue quand Bill est dans les parages.

— S'il te plaît, m'a-t-il poliment répondu, tandis que Clancy poussait sa bouteille vide dans ma direction.

Je suis passée derrière le comptoir pour sortir deux bouteilles de TrueBlood du réfrigérateur. Je les ai décapsulées avant de les mettre au micro-ondes (quinze secondes, c'est l'idéal), puis je les ai légèrement secouées avant de les poser sur un plateau avec deux serviettes. Comme je plaçais sa consommation devant lui, j'ai senti les doigts glacés de Bill sur mon bras.

— Si tu as besoin d'un coup de main pour quoi que ce soit, chez toi, m'a-t-il dit, tu peux m'appeler. Je me ferai un plaisir de t'aider.

Je sais que cela partait d'un bon sentiment, mais c'était quand même agaçant de l'entendre me rappeler que j'étais célibataire. Bill habitait juste de l'autre côté du cimetière. Il était donc mon voisin et, avec cette manie qu'il avait de rôder la nuit dans les environs, j'imagine qu'il était parfaitement au courant de l'absence de présence masculine sous mon toit.

— Merci, Bill, lui ai-je toutefois répondu, me forçant à garder le sourire.

Clancy s'est contenté de ricaner avec mépris.

C'est à ce moment-là que Tray et Amelia sont arrivés. Après avoir accompagné sa petite amie à une table, Tray s'est dirigé vers le comptoir, en saluant tout le bar au passage. Sam est alors sorti de son bureau pour le rejoindre. Il n'est pas très grand, mais il avait l'air franchement petit à côté de Tray, qui devait faire une bonne tête de plus que lui et bien le double de sa carrure. Ils se sont adressé un petit sourire complice. Les deux vampires sont aussitôt passés en mode alerte maximale.

Sur tous les postes de télévision installés à intervalles réguliers autour de la salle, l'émission de sport a été subitement interrompue. Une série de bips a averti les clients qu'il allait se passer quelque chose. Le brouhaha général a brusquement baissé d'un ton, se limitant à quelques conversations étouffées. «Flash spécial» s'est mis à clignoter sur l'écran, devant le visage grave d'un journaliste aux cheveux en brosse disciplinés à grand renfort de gel.

— Ici Matthew Harrow, a-t-il annoncé d'un ton solennel. Nous interrompons nos programmes pour un flash spécial. Comme dans toutes les salles de rédaction du pays, nous avons, à Shreveport, un visiteur...

Zoom arrière et plan large. Une jolie fille est apparue dans le champ. Son visage me disait quelque chose. Très à l'aise, elle a fait un petit signe de la main à la caméra. Elle portait une sorte de robe hawaïenne appelée «muumuu» – choix étrange pour passer à la télévision.

— J'accueille donc dans nos studios Patricia Crimmins, qui a emménagé à Shreveport il y a quelques semaines. Patty – puis-je vous appeler Patty?

— En fait, c'est Patricia, lui a platement rétorqué la belle brune.

Je m'en souvenais, à présent: c'était un des membres de la meute que celle d'Alcide avait récemment absorbée. Elle était jolie comme un cœur et ce que son muumuu dévoilait semblait agréablement athlétique. Elle a souri au journaliste.

— Je suis ici ce soir en tant que représentante d'une communauté qui vit parmi vous depuis de longues années déjà, a-t-elle alors déclaré. Les vampires ayant remporté un tel succès en révélant leur existence, nous avons décidé que le temps était venu pour nous de vous révéler la nôtre. Après tout, les vampires sont morts. Ils ne sont même plus humains. Alors que nous, nous sommes des gens normaux, semblables à vous. À un petit détail près...

Sam a monté le son. Les clients au comptoir ont commencé à se retourner sur leurs tabourets pour voir ce qui se passait.

Le sourire du journaliste s'était figé. Il était visiblement très nerveux.

— Comme c'est passionnant, Patricia! Et donc, vous êtes...

— Merci de me le demander, Matthew! Je suis un loup-garou.

Patricia avait les jambes croisées et les mains sagement posées sur un genou. Alcide avait fait le bon choix: on lui aurait donné le Bon Dieu sans confession. Sans compter que, si on la descendait d'entrée, eh bien… elle n'était qu'un membre récent de la meute.

La nouvelle s'était maintenant répandue de table en table et, peu à peu, le silence s'était installé dans le bar. Bill et Clancy s'étaient levés pour aller se planter devant le comptoir. En les voyant à leur poste, j'ai compris qu'ils étaient là pour maintenir l'ordre en cas de besoin. Sam avait dû leur demander de venir. Tray s'est mis à déboutonner sa chemise, et Sam à enlever son tee-shirt à manches longues.

— Vous voulez dire que vous vous transformez en loup à la pleine lune ? demandait pendant ce temps Matthew Harrow d'une voix chevrotante.

Il faisait manifestement un effort surhumain pour conserver le sourire de circonstance et l'expression standard de journaliste intéressé par son sujet. Sans grand succès.

— Pas seulement, lui a expliqué Patricia. Les nuits de pleine lune, nous devons nous transformer, pour la plupart. Mais, quand on est un pur-sang, on peut se changer à d'autres moments. Et il n'y a pas que les loups-garous : il existe de très nombreuses sortes de garous. Cependant, en ce qui me concerne, je me change en loup – nous sommes les plus nombreux parmi les hybrides. Et, maintenant, vous allez assister en direct au processus de transformation. Je vais vous montrer comment ça se passe. Vous allez voir, c'est stupéfiant. N'ayez pas peur. Tout ira bien.

Elle s'est débarrassée de ses chaussures d'un coup de talon, mais elle a gardé son muumuu. J'ai compris alors qu'elle l'avait mis pour ne pas devoir se déshabiller devant des millions de téléspectateurs. Patricia s'est agenouillée, souriant une dernière fois à la caméra, et a commencé à se métamorphoser. Autour d'elle, l'air s'est mis à vibrer sous la puissance de la magie et tout le monde dans le bar a fait « Ooooooh ! » à l'unisson.

Juste après l'annonce de Patricia déclarant qu'elle allait se transformer, Sam et Tray nous ont fait leur propre petite démonstration, comme ça, sans prévenir, en direct. Ils avaient prévu leur coup : ils avaient tous les deux choisi des sous-vêtements qui pouvaient se déchirer facilement. Au *Merlotte*, les clients ne savaient qui regarder, de la jolie fille qui se changeait en créature de contes et légendes à la télévision, ou des deux types qu'ils connaissaient, en train de l'imiter. Les exclamations – que la décence m'empêche de répéter ici pour la plupart – fusaient dans toute la salle. Michele Schubert, la copine de Jason, s'est même levée pour mieux voir.

J'étais très fière de Sam. Il lui fallait un sacré courage pour se dévoiler ainsi, d'autant qu'il tenait un commerce et que, dans un bar, la personnalité du patron fait beaucoup pour attirer la clientèle.

En quelques minutes, c'était terminé. Sam, qui appartenait au cercle très fermé des véritables métamorphes, avait pris l'apparence de son animal fétiche, un colley. Il est venu s'asseoir crânement devant moi avec un petit jappement guilleret. Comme je me penchais pour lui caresser la tête, il a tiré la langue en m'adressant un sourire canin. La métamorphose de Tray a fait beaucoup plus d'effet. Les loups énormes ne sont pas monnaie courante en Louisiane du Nord. Il faut dire ce qui est : ils font carrément peur. Déjà, les gens commençaient à s'agiter nerveusement. Ils se seraient peut-être même levés pour prendre la fuite si Amelia ne s'était pas accroupie à côté de Tray pour lui passer le bras autour du cou.

— Il comprend ce que vous dites, vous savez, a-t-elle déclaré aux clients de la table la plus proche pour les rassurer.

Ma colocataire rayonnait.

— Hé, Tray ! apporte-leur donc ce sous-bock, a-t-elle lancé au monstrueux loup gris, en lui tendant un des sous-verres empilés sur le bar.

Et Tray Dawson, l'un des plus implacables guerriers qui soient, tant sous sa forme humaine que sous sa forme animale, a docilement trottiné jusqu'à la table indiquée pour déposer l'objet en question sur les genoux d'une des clientes. La fille a cligné des yeux. Elle a hésité, puis, finalement, elle a pris le parti d'en rire.

Sam m'a léché la main.

— Seigneur Jésus ! s'est alors exclamée Arlene, assez fort pour que je l'entende à l'autre bout du bar.

Whit Spradlin et son pote avaient bondi de leurs chaises. Ils n'étaient pas les seuls à montrer des signes de nervosité, mais personne n'avait réagi aussi violemment.

Impassibles, Bill et Clancy avaient assisté à la scène sans broncher. Ils étaient manifestement prêts à intervenir, mais tout semblait se passer sans problème. Pour les vampires, les choses n'avaient pas été aussi simples – il faut dire qu'ils avaient essuyé les plâtres. Cela ne les avait pas empêchés de s'intégrer progressivement et d'être désormais considérés comme de véritables citoyens, même s'ils ne jouissaient pas encore tout à fait des mêmes droits que leurs compatriotes mortels.

Sam et Tray déambulaient au milieu des habitués, se laissant caresser comme de banals animaux domestiques. Pendant ce temps, le présentateur tremblait comme une feuille devant la magnifique louve blanche qu'était devenue Patricia.

— Non, mais regardez-le ! Il flippe comme une bête ! a raillé D'Eriq, le garçon de salle qui faisait aussi office d'aide-cuisinier.

Il riait aux éclats. Les clients manifestaient eux aussi un certain sentiment de supériorité. Après tout, aucun d'eux n'avait pris ses jambes à son cou : ils avaient assuré, non ?

— Il n'y a pas à avoir peur d'une aussi jolie nana, même si elle a la dent dure, a lancé le nouveau copain de Jason à la cantonade.

Les rires se sont répandus de plus belle dans le bar, achevant de détendre l'atmosphère. J'étais soulagée, même si je savais que tous ces gens n'auraient peut-être pas ri autant si Jason et Mel s'étaient montrés sous leur forme animale : Jason se changeait partiellement en panthère et Mel était une panthère-garou pur jus.

Après ces éclats de rire partagés, je me suis dit que finalement, tout allait bien se passer. Après avoir jeté un coup d'œil circonspect autour d'eux, Bill et Clancy ont regagné leur table.

Entourés de concitoyens qui venaient tout de même d'avaler quelque chose d'énorme sans sourciller, Whit et Arlene semblaient sonnés. J'entendais les pensées particulièrement confuses d'Arlene, qui ne savait pas comment réagir. Après tout, Sam était notre patron depuis des années : si elle ne voulait pas perdre son poste, elle ne pouvait pas couper les ponts. Mais je percevais aussi sa peur et la colère grandissante qui l'habitait. Whit, quant à lui, n'était pas partagé : il détestait systématiquement ce qu'il ne comprenait pas. Or, la haine est contagieuse. Il a regardé son voisin de table. Ils ont échangé des coups d'œil sombres.

Dans la tête d'Arlene, les émotions se bousculaient, comme, au tirage du loto, les boules numérotées. Difficile de savoir laquelle allait tomber.

— Que la colère de Dieu s'abatte sur eux ! s'est-elle écriée, écumant de rage. Qu'ils crèvent !

La boule de la haine l'avait emporté.

Quelques clients ont protesté d'un « Oh ! Arlene ! » pas très convaincant. En fait, ils étaient tout ouïe.

— C'est contre-nature ! Dieu a pas créé ça, a-t-elle craché, fielleuse, en secouant sa chevelure incendiaire avec véhémence. Vous voulez que vos gosses vivent avec ce genre de monstres en liberté ?

— Nos gosses ont toujours vécu avec « ce genre de monstres en liberté », lui a rétorqué Holly, tout aussi remontée. On ne le savait pas, c'est tout. Et il leur est rien arrivé, il me semble.

— C'est nous que Dieu punira, si on ne les abat pas, a menacé Arlene, en désignant Tray du doigt d'un geste théâtral.

Elle était presque aussi rouge que ses cheveux, à présent. Whit la regardait d'un air approbateur.

— Vous ne comprenez pas ! On va tous aller en enfer si on ne débarrasse pas le monde de cette engeance ! Mais regardez ! Regardez qui ils appellent à la rescousse pour nous mettre au pas, nous autres, les humains !

Son bras avait décrit un arc de cercle pour désigner Bill et Clancy au comptoir. Mais comme ils avaient regagné leurs places, elle a perdu quelques points.

J'ai posé mon plateau sur le comptoir et me suis retournée, les poings sur les hanches.

— Tout le monde s'entend très bien, ici, à Bon Temps, lui ai-je fait remarquer, d'un ton calme et posé. On dirait que tu es la seule à qui ça pose un problème, Arlene.

Arlene a balayé le bar du regard pour chercher le soutien des clients. Elle connaissait chacun d'eux. Elle était vraiment choquée de voir que si peu de gens partageaient son indignation. Sam est venu s'asseoir à ses pieds et a levé vers elle ses beaux yeux de colley.

Je me suis rapprochée de Whit, au cas où. Ce dernier hésitait sur la conduite à tenir et envisageait sérieusement de se ruer sur Sam. Mais qui le soutiendrait pour tabasser un colley? Même un type comme Whit percevait le ridicule de la chose. Il n'en détestait Sam que davantage.

— Comment tu as pu me faire ça? a vociféré Arlene, s'adressant à Sam. Tu m'as menti toutes ces années! Je croyais que t'étais un humain, moi, pas un foutu SurNat!

— Mais il est humain, ai-je objecté. C'est juste une autre facette de sa personnalité, c'est tout.

— Oh alors, toi, a-t-elle aussitôt riposté avec hargne, t'es bien la plus dégénérée de tous!

— Oh là! s'est soudain exclamé Jason, en se levant d'un bond.

Passé le premier moment de surprise, Mel l'a imité. Sa copine a semblé s'inquiéter, mais celle de mon frère s'est contentée de sourire.

— Tu laisses ma sœur tranquille, vu? Elle a gardé tes mômes, elle a fait ton ménage et elle a supporté tes conneries pendant des années, et c'est comme ça que tu la traites? Mais t'es quel genre d'amie, toi?

L'attention de mon frère était focalisée sur Arlene. Quant à moi, j'étais clouée sur place. Voilà qui ne ressemblait pas du tout à Jason. Mon frère s'était-il enfin décidé à grandir?

— Le genre qui ne traîne pas avec des créatures monstrueuses comme ta sœur, a répliqué Arlene.

Et avec un certain sens de la mise en scène, elle a lancé au colley: «J'en ai ma claque de ce job! Je rends mon tablier!», avant de se diriger d'un pas martial vers le bureau de Sam pour récupérer son sac.

Environ un quart du bar paraissait alarmé et choqué. La moitié des gens étaient carrément captivés par le drame qui se jouait sous leurs yeux. Ce qui laissait un bon quart d'indécis. Sam s'est alors mis à geindre comme un gentil toutou privé de promenade et a posé son museau entre ses pattes. Ça a fait rire tout le monde : l'orage était passé. J'ai suivi des yeux Whit et son copain qui se dirigeaient vers la porte. Après leur départ, j'ai recommencé à respirer.

Mais, juste au cas où Whit serait allé chercher un fusil dans son camion, j'ai lancé un petit coup d'œil entendu à Bill, qui s'est aussitôt faufilé dehors à sa suite. L'instant d'après, il était de retour et me rassurait d'un hochement de tête : les FotS avaient décampé.

Une fois Arlene partie et la porte de service refermée, le reste de la soirée s'est plutôt bien passé. Sam et Tray se sont éclipsés dans le bureau pour reprendre forme humaine et se rhabiller. Puis Sam est revenu servir les clients comme si de rien n'était, et Tray est allé s'asseoir à la table d'Amelia, qui l'a embrassé. Au début, les gens passaient près de lui en observant une distance respectueuse, tout en coulant des regards furtifs. Mais au bout d'une heure, le bar avait recouvré son atmosphère coutumière. J'ai mis les bouchées doubles pour m'occuper des tables d'Arlene, et j'ai pris soin d'être particulièrement aimable avec les clients qui ne savaient pas encore quoi penser de ce nouveau *coming out*.

Les gens ont bu de bon cœur, ce soir-là. Ils manifestaient peut-être une certaine appréhension vis-à-vis de la face cachée de Sam, mais ils n'avaient assurément aucun état d'âme dès qu'il s'agissait de faire grimper son chiffre d'affaires. Bill a cherché mon regard et m'a adressé un signe de la main pour me dire au revoir. Clancy et lui se sont faufilés vers la sortie.

Jason a tenté d'attirer mon attention à une ou deux reprises, au cours de la soirée, et son copain Mel me faisait de grands sourires. Mel était plus mince et plus grand que mon frère, mais ils avaient tous les deux ce même regard avide et clair des hommes sans cervelle qui ne marchent qu'à l'instinct. À sa décharge, Mel, contrairement à Hoyt, ne disait pas amen à tout ce que Jason faisait. Il avait l'air réglo, comme mec, pour le peu que j'en avais vu – je ne le connaissais pas depuis longtemps. Le fait qu'il soit l'une des rares panthères-garous à avoir quitté Hotshot prêchait plutôt en sa faveur. C'était même peut-être pour ça que Jason et lui s'entendaient si bien. S'ils avaient tous deux des points communs avec les autres panthères-garous, ils restaient un peu à part.

Si jamais je reparlais un jour à Jason, j'aurais une petite question à lui poser. C'était un grand soir pour tous les garous et métamorphes. Pour quelle raison n'avait-il pas cherché à attirer l'attention sur lui ? Jason se pavanait, avec son statut de panthère-garou. Cependant, c'était un « parvenu », pas un garou pur souche. C'est-à-dire qu'il avait contracté le virus (si tant est que ce soit un virus) après avoir été mordu par une autre panthère-garou, au lieu d'être né avec la faculté de se transformer comme Mel. Jason gardait forme humaine, mais son corps se couvrait de poils ; il lui poussait des griffes et son visage se déformait pour prendre un faciès de félin. Sacrément flippant, m'avait-il dit. Mais il ne se changeait pas en un bel animal racé, et ça le vexait. Mel, lui, était un garou pur sang, et il devait faire une panthère superbe – et sacrément effrayante.

Peut-être qu'on avait demandé aux panthères-garous de rester à l'écart parce que leur apparence animale était trop impressionnante. Si une créature aussi puissante et dangereuse qu'une panthère était apparue dans le bar, nul doute que la réaction des clients aurait été beaucoup plus violente. On aurait probablement frôlé la crise d'hystérie collective. Bien que l'esprit des métamorphes me soit beaucoup moins accessible que celui des humains standards, je percevais clairement la déception des panthères-garous. J'étais sûre que l'ordre venait de Calvin Norris, le chef des panthères. « Bien joué, Calvin », ai-je pensé.

Après avoir aidé à la fermeture du bar, je suis allée récupérer mon sac et serrer Sam dans mes bras. Il avait l'air fatigué, mais heureux.

— Tu te sens aussi bien que tu en as l'air ? lui ai-je demandé.

— Oui. Ma véritable nature a enfin été révélée au grand jour. C'est libérateur. Ma mère m'a promis de tout dire à mon beau-père ce soir. J'attends de ses nouvelles.

Pile au même moment, le téléphone a sonné. Sam a décroché, le sourire aux lèvres.

— Maman ?

Puis il a changé de tête, comme ces mimes qui gomment chacune de leurs expressions d'un simple geste de la main.

— Don ? Mais qu'est-ce que tu as fait ?

Je me suis laissée choir sur la chaise placée devant son bureau et j'ai attendu. Tray, qui était venu avec Amelia dire un dernier petit mot à Sam avant de partir, s'était figé sur le seuil. Amelia s'était raidie, elle aussi. Tous deux étaient suspendus aux lèvres de Sam, comme moi.

— Oh mon Dieu ! a soufflé Sam. J'arrive. Je prends la route cette nuit.

Il a raccroché tout doucement, comme au ralenti.

— Don a tiré sur ma mère, nous a-t-il annoncé. Quand elle s'est changée, il lui a tiré dessus.

Je n'avais jamais vu Sam aussi bouleversé.

— Elle est… morte ? ai-je demandé, redoutant la réponse.

— Non. Mais elle est à l'hôpital avec une clavicule cassée et une blessure par balle dans l'épaule gauche. Il aurait pu la tuer. Si elle n'avait pas bondi…

— Je suis désolée, a murmuré ma colocataire.

— Qu'est-ce que je peux faire pour t'aider ? ai-je ajouté.

— Occupe-toi du bar pendant mon absence, m'a-t-il répondu en se reprenant. Appelle Terry. À eux deux, Terry et Tray sauront se débrouiller pour assurer mes heures de barman. Tray, tu sais que je te paierai dès que je rentrerai. Sookie, l'emploi du temps des serveuses est affiché sur le mur derrière le comptoir. Trouve quelqu'un pour remplacer Arlene, s'il te plaît.

— Bien sûr, Sam, lui ai-je promis. Tu as besoin d'aide pour faire tes bagages ? Tu veux que je fasse le plein de ton pick-up ou autre chose ?

— Non, c'est bon. Comme tu as les clés de ma caravane, tu pourras arroser les plantes ? Je ne pense pas être absent plus de quelques jours, mais on ne sait jamais.

— Pas de problème, Sam. Ne t'inquiète pas. Et tiens-nous au courant.

Nous avons tous débarrassé le plancher pour que Sam puisse rentrer chez lui préparer ses affaires. Sa caravane étant juste derrière le bar, il pourrait partir rapidement.

Sur la route du retour, je me suis demandé comment le beau-père de Sam avait pu en arriver là. Avait-il été tellement horrifié par la seconde nature de sa femme qu'il avait perdu les pédales ? Est-ce qu'elle avait changé de forme sans qu'il la voie et s'était montrée à lui sans prévenir, lui faisant la plus belle peur de sa vie ? Je ne parvenais pas à comprendre qu'on puisse tirer sur quelqu'un qu'on aimait, simplement parce qu'il n'était pas exactement tel qu'on le croyait. Don avait-il considéré la face cachée de sa femme comme une aberration de la nature ? Était-ce la dissimulation qu'il n'avait pas acceptée, le fait qu'elle ne le lui ait pas dit jusque-là ? Dans ce cas, je pouvais plus ou moins concevoir sa réaction.

Tout le monde a ses petits secrets, je suis bien placée pour le savoir. C'est ça, être télépathe, et ce n'est pas vraiment drôle. On entend tout : le laid, le vil, le répugnant, le mesquin... toutes ces choses que chacun tient absolument à cacher pour qu'on garde une bonne image de lui.

Les secrets que je connais le moins sont les miens.

De secret en secret, j'en suis venue à songer à cet étrange patrimoine génétique que nous partageons, mon frère et moi, et qui nous vient de notre père. Celui-ci n'a jamais su que sa propre mère, Adele, avait gardé un énorme secret, qui ne m'avait été révélé qu'au mois d'octobre précédent : mon père et sa sœur Linda n'étaient pas les enfants de mon grand-père – quoique ma grand-mère et lui soient restés mariés de très longues années. Tous deux étaient nés de la liaison que ma grand-mère avait eue avec une créature mi-homme, mi-faé nommée Fintan. D'après Niall, le père de Fintan, la part faérique de mon père était à l'origine de la passion qu'il avait inspirée à ma mère, une passion qui l'avait éloignée de ses propres enfants, auxquels elle n'avait accordé que ce que cette passion dévorante lui laissait d'attention et d'affection. Cet héritage faérique, cependant, n'avait apparemment rien changé au destin de ma pauvre tante Linda. Il ne l'avait, en tout cas, pas aidée à éviter le cancer qui avait écourté sa vie, ni à garder son mari. Pourtant, le petit-fils de Linda, Hunter, était bel et bien télépathe, comme moi...

J'avais toujours du mal à avaler certains chapitres de cette histoire. Je ne mettais pas la parole de Niall en doute, mais je n'arrivais pas à comprendre comment le désir d'enfants de ma grand-mère avait pu être assez fort pour la pousser à tromper mon grand-père. Ça ne collait tout simplement pas avec son tempérament. Et je ne comprenais pas non plus pourquoi je ne l'avais pas perçu dans ses pensées, durant toutes ces années où j'avais vécu avec elle. Elle devait tout de même bien songer parfois aux circonstances dans lesquelles ses enfants avaient été conçus. Il était impossible qu'elle ait oublié ça. On ne pouvait pas enfermer ses souvenirs à double tour et jeter la clé.

Mais ma grand-mère était morte depuis plus d'un an : je n'aurais jamais l'occasion de lui poser la question. Quant à son mari, il était décédé des années auparavant. Et Niall m'avait dit que mon véritable grand-père, Fintan, avait lui aussi quitté ce monde – et le sien. Il m'était bien venu à l'esprit de fouiller dans les affaires de Gran pour trouver au moins un indice de ce qu'elle avait pensé, de ce qu'elle avait ressenti, à cette extraordinaire période de sa vie, puis je m'étais dit : à quoi bon ?

Je devais gérer les conséquences de son histoire, ici et maintenant.

Les quelques gouttes de sang de faé que j'avais dans les veines me rendaient plus attirante, aux yeux des SurNat, ou du moins pour certains vampires. Tous ne pouvaient pas détecter cette légère trace d'héritage faérique dans mes gènes, mais ils avaient quand même tendance à s'intéresser plus particulièrement à moi, ce qui entraînait parfois des inconvénients… À moins que cette histoire de sang de faé ne soit qu'une vaste fumisterie et que les vampires ne s'intéressent à n'importe quelle fille pas trop moche qui leur témoignait un minimum de respect et de compréhension.

Quant au rapport entre la télépathie et le sang de faé, allez savoir. Je n'avais pas grand-monde à interroger sur le sujet, ni beaucoup de livres à potasser, encore moins de laboratoires auxquels envoyer un échantillon de mon sang à analyser afin d'en savoir plus sur la question. C'était peut-être une pure coïncidence que nous ayons développé cette faculté, le petit Hunter et moi. J'avais des doutes là-dessus. Peut-être aussi que c'était génétique, mais indépendant de nos gènes faériques.

Et peut-être que j'avais seulement eu de la chance... si on peut parler de chance.

2

Je suis allée au *Merlotte* aux aurores – pour moi, ça veut dire 8 h 30 – pour voir un peu où en était la situation, et je suis restée pour assurer le service d'Arlene : j'allais devoir faire une double journée. Heureusement, il n'y a pas eu trop de monde au déjeuner. Je me suis demandé si ça tenait au *coming out* de Sam ou si c'était normal. En tout cas, ça m'a permis de passer deux ou trois coups de fil, pendant que Terry Bellefleur (qui réussissait tant bien que mal à joindre les deux bouts en multipliant les petits jobs) gérait le bar. Terry était de bonne humeur, si l'on peut dire. Terry était un vétéran du Vietnam, et il en avait gardé des séquelles. Au fond, c'était un brave type, et nous nous étions toujours bien entendus. Il était fasciné par la révélation des hybrides : depuis la guerre, il s'entendait mieux avec les animaux qu'avec les humains.

— Je parie que c'est pour ça que j'ai toujours aimé bosser pour Sam, me disait-il justement.

Je lui ai souri.

— Moi aussi, j'aime bien travailler pour lui.

Pendant que Terry tirait les pressions et gardait un œil sur Jane Bodehouse, une de nos alcooliques chroniques, j'ai commencé à téléphoner un peu partout pour trouver une serveuse. Amelia m'avait promis qu'elle me donnerait un coup de main, mais seulement le soir parce qu'elle s'était trouvé un job de jour : elle remplaçait une secrétaire, partie en congé de maternité, au cabinet d'assurances.

J'ai commencé par appeler Charlsie Tooten. Quoique compatissante, Charlsie m'a annoncé qu'elle s'occupait désormais à plein temps de son petit-fils pendant que sa fille travaillait et qu'elle serait donc trop fatiguée pour assurer. J'ai appelé une deuxième ex-employée du *Merlotte*... qui avait trouvé une place dans un autre bar. Holly m'avait dit qu'elle pouvait faire une double journée, au besoin, mais pas plus, car elle devait s'occuper de son petit garçon. Danielle, l'autre serveuse à plein temps de Sam, m'avait donné la même réponse – elle était doublement excusable, car elle avait deux enfants.

Alors, finalement, et avec un énorme soupir pour bien faire comprendre au bureau vide de Sam combien ça me coûtait, je me suis résignée à appeler Tanya Grissom, renarde-garou et ex-taupe de son état. J'ai mis un petit moment pour la localiser, mais, en cuisinant un ou deux résidents de Hotshot, j'ai fini par la joindre chez Calvin Norris. Tanya le fréquentait depuis pas mal de temps, maintenant. J'aimais bien ce type, moi aussi, mais rien que de penser à toutes ces petites maisons agglutinées autour de ce sinistre carrefour, au milieu de nulle part, j'en avais la chair de poule.

— Comment ça va, Tanya ? C'est Sookie Stackhouse.

— Sans blague ? Mmm... Bonjour.

Je ne pouvais pas lui en vouloir de cet accueil chaleureux.

— Une des serveuses de Sam a rendu son tablier. Tu te souviens d'Arlene ? Cette histoire d'hybrides l'a fait flipper et elle a claqué la porte. Je me demandais

si tu ne pourrais pas assurer son service, provisoi-
rement.

— Tu es l'associée de Sam, maintenant ?

Elle avait décidé de ne pas me faciliter la tâche.

— Non, je m'occupe seulement du recrutement
pour lui. Il a eu une urgence familiale.

— J'étais la dernière sur ta liste, j'imagine ?

Mon silence a été plus qu'éloquent.

— Je crois qu'on peut arriver à bosser ensemble,
ai-je déclaré, parce qu'il fallait bien que je dise
quelque chose.

— J'ai un job régulier, maintenant. Mais je peux
donner un coup de main un soir ou deux, jusqu'à ce
que tu trouves quelqu'un de régulier.

Difficile de savoir ce qu'elle pensait, à sa voix.

— Merci.

Ça me laissait avec deux intérimaires – Amelia et
Tanya –, et je me chargerais des heures qu'elles ne
pourraient pas faire. Ça devait être jouable.

— Est-ce que tu pourrais venir demain vers
17 heures, pour le service du soir ?

Silence.

— J'y serai. J'ai un pantalon noir. T'aurais un tee-
shirt pour moi ?

— Taille M, ça t'irait ?

— Ça le fera.

Et elle a raccroché.

Bon. J'aurais difficilement pu espérer qu'elle soit
contente d'avoir de mes nouvelles ou ravie de me
rendre service, car nous ne nous étions jamais franchement appréciées. D'ailleurs, bien qu'elle ne puisse
probablement pas s'en souvenir, j'avais demandé à
Amelia et à son mentor, Octavia, de lui jeter un sort.
J'avais encore quelques scrupules, quand je repen-
sais à la façon assez radicale dont j'avais modifié le
cours de l'existence de Tanya. Mais en l'occurrence,
je n'avais pas vraiment eu le choix. Parfois, il y a des

choses auxquelles on ne peut rien changer. Il ne reste plus qu'à s'asseoir sur ses regrets et à tourner la page.

Sam a téléphoné au moment où nous fermions le bar, Terry et moi. J'étais sur les genoux ; j'avais la tête comme une enclume et les pieds en compote.

— Comment ça se passe pour vous ? s'est enquis Sam d'une voix rauque d'épuisement.

— On gère, lui ai-je répondu, en m'efforçant de prendre un ton dynamique et insouciant. Comment va ta mère ?

— Elle a survécu. Elle peut parler et respirer sans assistance. Le toubib dit qu'elle se remettra très bien. Mon beau-père a été arrêté.

— Quel gâchis ! me suis-je exclamée, profondément peinée pour Sam.

— Maman dit qu'elle lui aurait bien tout raconté avant, mais qu'elle avait peur.

— Eh bien... elle n'avait pas vraiment tort, hein ? Vu le résultat.

J'ai entendu comme un reniflement désabusé à l'autre bout du fil.

— Elle s'imagine que, si elle avait eu une longue explication avec lui avant et si elle ne s'était changée devant lui qu'après la transformation de l'hybride à la télé, tout se serait bien passé.

J'avais été tellement occupée au bar que je n'avais pas eu le temps de m'informer des réactions dans le monde à cette « Grande Révélation bis ». Comment les gens avaient-ils pris ça dans le Montana, l'Indiana, la Floride ? Je me demandais aussi si, parmi les grands acteurs d'Hollywood, certains avaient avoué être des loups-garous. Et si Ryan Seacrest se couvrait de poils à chaque pleine lune. Ou Jennifer Love Hewitt. Ou Russell Crowe. (En ce qui concernait ce dernier, ça me paraissait plus que probable.) Ça pourrait avoir un énorme impact sur le public, le pousser à accepter ce genre de différence.

— Tu as vu ton beau-père ? Tu lui as parlé ?

— Non, pas encore. Je ne peux pas. Mon frère a fait un saut là-bas. Il m'a dit que Don s'était mis à pleurer, que ça avait été très dur.

— Ta sœur est là ?

— Elle est en route. Elle a eu du mal à trouver quelqu'un pour s'occuper de ses gosses.

Quelque chose dans sa voix m'a mis la puce à l'oreille.

— Elle était au courant pour ta mère, c'est ça ?

J'avais essayé de masquer mon incrédulité.

— Non. En général, quand les parents sont métamorphes, ils ne le disent pas à ceux de leurs enfants qui ne sont pas touchés. Mon frère et ma sœur n'étaient pas au courant pour moi, puisqu'ils ne savaient pas, pour ma mère.

— Je suis désolée.

Et je l'étais pour tant de choses.

— J'aimerais bien que tu sois là, a alors soupiré Sam, à mon grand étonnement.

— J'aimerais pouvoir faire plus, lui ai-je répondu. Si tu penses à quoi que ce soit, n'hésite pas à m'appeler, quelle que soit l'heure.

— Tu fais tourner la boutique, c'est déjà beaucoup. Bon, je vais essayer de dormir un peu.

— D'accord. On se parle demain, OK ?

— Pas de problème.

Il avait l'air tellement exténué et tellement triste que j'en aurais pleuré.

Après cette conversation, je me suis félicitée d'avoir su passer outre à mes sentiments pour appeler Tanya. J'avais bien fait. Le fait qu'on ait tiré sur la mère de Sam, juste parce qu'elle était différente, me permettait de relativiser mon... antipathie pour Tanya.

Je me suis écroulée sur mon lit, cette nuit-là, et je suis sûre que je n'ai pas remué un orteil jusqu'au lendemain.

C'était toujours Sam qui se chargeait des commandes et qui tenait l'inventaire à jour, forcément. Et, forcément, il avait oublié de me prévenir que quelques petites caisses de bière devaient arriver dans la matinée. J'ai été tirée du sommeil par un coup de fil de Duff, le chauffeur-livreur – heureusement qu'il avait pensé à m'appeler quand Sam n'avait pas décroché – et j'ai dû filer au bar à peine réveillée. En sortant, j'ai bien vu le répondeur qui clignotait (je n'y avais même pas jeté un coup d'œil avant de me coucher tellement j'étais fatiguée), mais j'avais d'autres chats à fouetter : les messages attendraient.

J'ai déverrouillé la porte de service, et Duff a déchargé ses caisses pour les ranger là où elles étaient censées aller. Je dois reconnaître que je me sentais un peu nerveuse quand j'ai signé le récépissé pour Sam. Le camion de livraison n'avait pas quitté le parking que Sarah Jen, la factrice, débarquait avec le courrier du bar et le courrier personnel de Sam. J'ai pris le tout. Sarah Jen n'avait pas sa langue dans sa poche et elle était d'humeur loquace, ce matin-là. Elle avait entendu dire (déjà !) que la mère de Sam était à l'hôpital. Je me suis bien gardée de lui révéler les circonstances du drame. C'étaient les affaires de Sam : ça ne la regardait pas. Sarah Jen voulait aussi me dire qu'elle n'était pas étonnée que Sam soit un métamorphe : elle avait toujours trouvé qu'il avait « quelque chose de bizarre ».

— C'est un gentil garçon, a-t-elle déclaré, je ne dis pas le contraire. Mais je sentais bien qu'il y avait quelque chose d'étrange chez lui. Ça ne m'a pas surprise du tout.

— Ah oui ? En tout cas, il a toujours parlé de vous en termes très flatteurs, ai-je aimablement répondu en baissant les yeux, l'air de ne pas y toucher.

Dans la tête de Sarah Jen, j'ai vu le plaisir qui la submergeait aussi clairement que si elle m'avait fait un dessin.

— Il a toujours été très poli avec moi, s'est-elle rengorgée.

Sam venait soudain de remonter en flèche dans son estime. Elle était même persuadée désormais qu'il était doué d'une stupéfiante perspicacité.

— Bon, je ferais mieux d'y aller, a-t-elle finalement repris. Il faut que je finisse ma tournée. Si vous avez l'occasion de lui reparler, dites à Sam que j'ai une pensée pour sa maman.

Je venais de poser le courrier de Sam sur son bureau quand Amelia m'a appelée du cabinet d'assurances où elle travaillait. Octavia lui avait téléphoné pour demander si l'une de nous deux pouvait l'emmener au supermarché. Octavia, qui avait pratiquement tout perdu après Katrina, était coincée à la maison sans aucun moyen de locomotion.

— Eh bien, c'est toi qui vas devoir l'y conduire pendant ton heure de déjeuner, lui ai-je répondu en me retenant de ne pas aboyer. J'ai du boulot par-dessus la tête, aujourd'hui. Et encore un problème qui arrive ! ai-je maugréé en voyant une voiture se garer à côté de la mienne sur le parking réservé au personnel. Voilà Bobby Burnham, l'assistant de jour d'Eric.

— Oh ! Ça me fait penser : Octavia m'a dit qu'Eric avait essayé de te joindre deux fois à la maison et qu'elle avait fini par dire à Bobby où il pouvait te trouver ce matin, m'a annoncé ma colocataire. Elle a pensé que c'était important. Tu en as, de la chance. Bon, OK, je m'occupe d'Octavia. Enfin, je fais au mieux.

— Parfait, ai-je approuvé en m'efforçant de contrôler mon agressivité. À plus.

Je suis ressortie sur le parking alors que Bobby Burnham descendait de sa grosse Chevrolet Impala. J'avais avec son patron – Eric – une relation un peu compliquée, non seulement à cause de notre passé commun, mais aussi parce que nous avions déjà échangé nos sangs plusieurs fois.

Ça n'avait pas été volontaire de ma part, et on ne m'avait pas informée des conséquences.

Bobby Burnham était un crétin fini. Peut-être qu'Eric l'avait eu en solde ?

— Chère mademoiselle Stackhouse...

Il était manifestement décidé à en rajouter dans le style courtois et bien élevé.

— ... mon maître vous demande de venir au *Fangtasia* ce soir pour un entretien informel avec le lieutenant du nouveau roi.

Ce n'était pas le type de convocation auquel je m'attendais, ni le genre de conversation que j'avais envisagé avec le shérif de la Cinquième Zone. Dans la mesure où nous avions quand même des questions très personnelles à aborder, Eric et moi, j'avais imaginé qu'il m'appellerait une fois qu'il aurait pris ses marques avec le nouveau régime et que nous conviendrions ensemble d'un rendez-vous, galant ou non, mais en tête à tête. Je n'étais pas ravie de me voir ainsi sommée à comparaître, encore moins par un vulgaire larbin.

— Et un téléphone, vous savez ce que c'est ? lui ai-je lancé.

— Mon maître vous a laissé plusieurs messages, hier soir. Il m'a demandé de venir vous parler aujourd'hui sans faute. Je ne fais qu'obéir aux ordres.

— Eric vous a dit de faire la route de Shreveport jusqu'ici pour me demander de venir à son bar ce soir...

J'avais l'air sceptique. Même moi, je m'en rendais compte.

— Oui. Il a dit : « Cherche-la, transmets-lui le message en personne et sois poli. » Alors, me voici. En personne et poli.

Il disait la vérité, et ça lui était intolérable. J'en aurais presque souri. Bobby ne pouvait vraiment pas me supporter. Pourquoi ? Disons, pour simplifier, qu'il ne me jugeait pas digne de l'attention d'Eric. Il n'acceptait pas ma façon, irrévérencieuse il est vrai, de me comporter avec son patron. Et il ne comprenait pas pourquoi j'étais dans les petits papiers de Pam, le bras droit d'Eric, alors qu'elle ne se serait pas abaissée à lui donner l'heure.

Je ne pouvais rien y changer et son opinion m'était parfaitement égale. En revanche, Eric m'inquiétait. Il m'inquiétait même beaucoup. Il fallait vraiment que je lui parle. Alors, autant en finir au plus vite. Je ne l'avais pas revu depuis la fin octobre. Or, on était déjà mi-janvier.

— Je ne pourrai pas venir très tôt. C'est moi qui gère le bar, en ce moment.

Et il n'y avait pas plus de plaisir que d'amabilité dans ma voix.

— À quelle heure ? Il veut que vous soyez au *Fangtasia* à 19 heures, lorsque Victor sera là.

Victor Madden représentait le nouveau roi, Felipe de Castro. Cette prise de pouvoir s'était faite dans le sang, et Eric était le seul shérif de l'ancien régime qui soit encore debout. Il était donc essentiel pour lui de s'assurer les bonnes grâces du nouveau roi. Je n'étais pas encore bien sûre de savoir en quoi ça me concernait. Mais grâce à un heureux concours de circonstances, j'étais dans les petits papiers de Felipe de Castro, et je n'avais aucune envie que ça change.

— Je pourrai peut-être y être pour 19 heures, lui ai-je annoncé, après avoir pris le temps de faire le calcul.

J'essayais de ne pas penser au plaisir que j'aurais à revoir Eric. Au cours de ces dernières semaines, j'avais failli sauter dans ma voiture au moins une dizaine de fois pour filer au *Fangtasia*. Mais j'avais réussi à me contrôler parce que je savais – je sentais – qu'Eric se battait pour maintenir sa position auprès du nouveau roi.

— Il va falloir que je briefe la serveuse de ce soir, mais… Oui, 19 heures, ça doit être faisable, lui ai-je confirmé.

— Il sera tellement soulagé, a raillé Bobby.

C'est ça, continue comme ça, pauvre mec ! Je ne l'ai pas dit, mais je l'ai pensé très fort. Si fort que ça a dû se voir dans mon regard, parce qu'il s'est empressé de corriger le tir.

— Non, non, vraiment, a-t-il renchéri en s'efforçant d'y mettre le ton.

— OK, message reçu, lui ai-je répondu pour abréger. Bon, il faut que je retourne bosser.

— Où est votre patron ?

— Il a eu un problème familial qui l'a obligé à partir pour le Texas.

— Ah. Je me disais qu'on l'avait peut-être emmené à la fourrière.

Quel humour !

— Au revoir, Bobby, lui ai-je lancé, avant de lui tourner le dos pour franchir la porte de service.

— Attendez !

Je me suis retournée, agacée.

— Eric a dit que vous auriez besoin de ça.

Il me tendait un paquet enveloppé de velours noir. Les vampires n'offrent jamais rien dans un sac en plastique ou du papier cadeau comme tout le monde, non, bien sûr que non. Il leur faut du velours noir. Et le paquet était fermé par une cordelette dorée à pompon, comme celles dont on se sert pour retenir les doubles rideaux.

J'avais un mauvais pressentiment.

— Qu'est-ce que c'est ?

— Je ne sais pas. Je n'ai pas été chargé de l'ouvrir, seulement de vous l'apporter.

Oh ! Monsieur n'avait pas été « chargé » !

— Et qu'est-ce que je suis censée en faire, au juste ?

— Eric a dit : « Dis-lui de me le donner ce soir, devant Victor. »

Eric ne fait jamais rien sans raison.

— OK, ai-je marmonné de mauvaise grâce. Considérez-vous comme « déchargé ».

J'ai assuré le service suivant sans problème. Tout le monde y a mis du sien, ce que j'ai vraiment apprécié. Le cuistot n'a pas arrêté de la journée. C'était au moins le quinzième depuis que je travaillais au *Merlotte*. Nous avions tout eu : blanc, noir, masculin, féminin, jeune, vieux, mort (oui – un cuisinier vampire), lycanthropiquement orienté (un loup-garou) et sans doute un ou deux autres que j'avais complètement oubliés. Le dernier en date, Antoine Lebrun, était vraiment sympa. C'était Katrina qui nous l'avait envoyé. Il était resté à Bon Temps alors que la plupart des autres réfugiés avaient déjà plié bagage pour regagner la côte ou tourner carrément la page.

Antoine avait la cinquantaine fringante et une ou deux mèches grises dans ses boucles brunes. Il avait tenu des stands au *Superdome*, m'avait-il dit le jour où il avait été engagé, et nous en avions tous les deux frémi d'horreur. Antoine s'entendait bien avec D'Eriq, le garçon de salle qui lui servait aussi d'aide-cuisinier.

Lorsque je suis passée en cuisine pour voir s'il avait tout ce qu'il lui fallait, Antoine m'a confié qu'il était très fier de travailler pour un métamorphe. Et si on l'avait laissé faire, D'Eriq nous aurait décrit tout ce qu'il avait ressenti en voyant Sam et Tray se transformer. Quand il avait quitté le bar, après le travail, il avait eu un appel de son cousin de Monroe. Maintenant, il voulait nous détailler la révélation de sa femme loup-garou.

J'espérais que tout le monde réagissait comme D'Eriq. Deux jours auparavant, beaucoup de gens avaient découvert qu'un de leurs proches était un garou d'une sorte ou d'une autre. Avec un peu de chance, si les garous en question n'avaient jamais fait preuve de violence ni manifesté le moindre comportement déviant, ces gens les accepteraient et estimeraient même que la révélation de leur existence ne faisait qu'élargir leur horizon. C'était même une découverte plutôt palpitante.

Je n'avais pas encore eu le temps de voir quelles avaient été les réactions au niveau international, mais, en ce qui concernait la population locale, la « Grande Révélation bis » semblait passer comme une lettre à la poste. Je n'avais pas l'impression qu'on allait faire sauter le bar parce qu'il était tenu par un métamorphe, et le garage de Tray n'avait vraisemblablement pas grand-chose à craindre non plus.

Tanya avait vingt minutes d'avance : un bon point pour elle – elle remontait dans mon estime. Du coup, je l'ai accueillie avec un vrai sourire et, après avoir passé en revue les fondamentaux (horaires, salaire, pourboires et règlement de la maison), je lui ai fait un brin de conversation :

— Ça te plaît de vivre à Hotshot ?

— Ouais, ça le fait, m'a-t-elle répondu, manifestement étonnée par la question. Les familles s'entendent bien, là-bas. S'il y a un problème, tout le monde se réunit et on en discute. Et ceux qui n'aiment pas la vie en communauté, eh bien, ils se barrent, comme Mel Hart l'a fait.

On était presque toujours un Hart ou un Norris, à Hotshot.

— Mel a l'air de s'être vraiment attaché à mon frère, ces derniers temps…

Le nouveau copain de mon frère m'intriguait un peu, je le reconnais.

— Ouais, c'est ce que j'ai entendu dire. Tout le monde est bien content qu'il se soit trouvé un pote, après être resté seul si longtemps.

— Pourquoi est-ce qu'il a quitté Hotshot ?

— J'ai cru comprendre qu'il n'aimait pas partager, et on est bien obligé de le faire quand on vit dans une petite communauté comme ça. La fourmi n'est pas prêteuse, il paraît, a-t-elle ironisé avec un haussement d'épaules.

— Jason est pareil.

Je ne pouvais pas lire dans les pensées de Tanya aussi facilement que dans celles d'un humain ordinaire. Mais je pouvais capter son humeur, ses intentions, et je voyais bien que les autres panthères se faisaient vraiment du souci pour Mel. Elles devaient se demander comment il s'en sortait dans le vaste monde de Bon Temps. Elles vivaient en vase clos, et Hotshot était tout leur univers.

Après avoir passé le relais à Tanya (qui avait une réelle expérience du métier), je me sentais déjà le cœur un peu plus léger. J'ai raccroché mon tablier, récupéré mon sac et le paquet que Bobby Burnham m'avait donné, et j'ai filé prendre ma voiture, direction Shreveport.

En conduisant, j'ai d'abord écouté les informations. Mais la dure réalité m'a vite lassée et j'ai mis un CD de Mariah Carey, ce qui m'a remonté le moral. Je chante comme une casserole, mais j'adore chanter à tue-tête quand je conduis. Ça me permet d'évacuer les tensions de la journée. Mon humeur a viré à l'optimisme exalté.

Sam allait revenir. Sa mère se remettrait, et son mari, après avoir fait amende honorable, lui jurerait un amour éternel. Le monde pousserait des «Ooooh!» et des «Aaaah!» à propos des loups-garous et autres hybrides pendant encore quelque temps, puis les choses se tasseraient et tout redeviendrait comme avant.

Quelle naïveté.

3

Plus je me rapprochais du bar à vampires, plus les battements de mon cœur s'accéléraient. C'était aussi ça, avoir un lien de sang avec Eric Northman : j'allais le voir et, à cette seule idée, je rayonnais. J'aurais dû m'inquiéter, redouter cette rencontre, me demander ce qu'il me voulait, me poser des milliers de questions sur le mystérieux paquet qu'il m'avait confié. Mais non. Je volais vers lui et j'étais aux anges !

Je ne pouvais peut-être pas contrôler ce que je ressentais, mais je pouvais contrôler ce que je faisais. Juste pour le narguer, et parce que personne ne m'avait invitée à passer par la porte de service, réservée aux initiés, j'ai emprunté l'entrée principale. La soirée s'annonçait animée : il y avait déjà foule au *Fangtasia*. Pam était de service. Juchée sur son estrade, elle jouait les hôtesses d'accueil. En m'apercevant, elle m'a adressé un large sourire. Elle devait être vraiment contente de me voir parce que ses canines pointaient (pour la plus grande joie des clients qui faisaient la queue, alignés sur des bancs entre les deux portes du sas).

Je connaissais Pam depuis un moment déjà, et elle était devenue, sinon une amie, du moins ce qui y ressemblait le plus chez les vampires. Ce soir-là, la belle blonde portait le fourreau noir fendu de rigueur. Elle en avait même rajouté en se voilant de noir. Elle s'était également verni les ongles en rouge – rouge sang, évidemment.

— Sookie, ma belle amie ! s'est-elle exclamée en descendant de son piédestal pour venir me serrer dans ses bras.

J'ai bien été un peu étonnée par son geste, mais j'ai aussitôt répondu à son étreinte. Elle s'était légèrement parfumée, sans doute pour masquer l'odeur, subtile mais caractéristique, des vampires.

— Tu l'as ? m'a-t-elle chuchoté à l'oreille.

— Quoi ?

— Bobby ne te l'a pas remis ?

— Oh ! Le paquet ? Il est dans mon sac, lui ai-je répondu en soulevant ma besace de cuir marron.

Pam m'a alors lancé un regard que je n'ai pas su interpréter à travers le voile. Un mélange d'exaspération et d'affection ?

— Tu ne l'as même pas ouvert ?

— Pas eu le temps.

Ce n'était pas par manque de curiosité. Je n'avais tout simplement pas eu une seule minute pour y penser.

— Sam a été obligé de partir parce que sa mère s'est fait tirer dessus par son beau-père, et je m'occupe du bar, lui ai-je expliqué.

Pam m'a jaugée à travers son long voile noir.

— Va dans le bureau d'Eric et donne-lui le paquet. Laisse-le bien emballé, m'a-t-elle recommandé. Peu importe s'il y a quelqu'un avec lui. Et ne le lui tends pas comme si c'était un outil de jardin oublié dehors, non plus.

Je lui ai rendu son regard.

— Qu'est-ce que je suis en train de faire, là, Pam ?

Un peu tard pour jouer la prudence, à ce stade des opérations.

— Tu défends ta peau. N'en doute pas une seconde, m'a-t-elle assuré. Maintenant, vas-y.

Elle m'a donné une petite tape dans le dos pour me pousser dans la bonne direction et s'est retournée pour répondre à une touriste qui lui demandait si les vampires allaient souvent chez le dentiste pour entretenir leurs crocs.

— Voudriez-vous venir voir les miens de plus près pour vérifier ? lui a susurré Pam d'une voix rauque.

La femme a poussé un petit cri de peur et de plaisir mêlés. C'était pour cela que les humains fréquentaient les bars à vampires, les vamp'clubs, les casinos à vampires et compagnie : pour flirter avec le danger.

Il arrivait, parfois, que le flirt soit un peu plus poussé que prévu...

Je me suis frayé un chemin entre les tables et les danseurs qui se trémoussaient sur la piste pour gagner le fond du bar. Felicia, la vampire qui officiait derrière le comptoir, n'a pas semblé ravie de me voir. Elle a même trouvé quelque chose à faire par terre, de manière à disparaître de mon champ de vision – j'avais un passé chargé avec les barmen du *Fangtasia*.

Il y avait quelques vrais vampires dans le club, disséminés entre les touristes béats, les humains déguisés en vampires et ceux qui commerçaient avec Eric et sa clique. Dans la petite boutique de souvenirs, un des rares vampires de La Nouvelle-Orléans rescapés de Katrina vendait un tee-shirt du *Fangtasia* à deux filles qui pouffaient comme des gamines.

Seule à une table, plus livide que jamais, se tenait la frêle Thalia, avec son profil de médaille.

Thalia était constamment traquée par ses fans, qui lui avaient consacré un site Internet – en ce qui la concernait, ils auraient tous pu se transformer en torches vivantes sous ses yeux et ça ne lui aurait pas arraché un battement de cils. Au moment où je passais près d'elle, un jeune soldat de la base aérienne de Barksdale, passablement éméché, venait de s'agenouiller à ses pieds. Quand Thalia a baissé ses grands yeux noirs sur lui, le beau discours que le fringant militaire avait préparé lui est resté dans la gorge. Soudain très pâle lui aussi, le grand baraqué a reculé devant la vampire, qui devait faire la moitié de sa taille, et est retourné à sa table sous les quolibets et les ricanements de ses amis. Je savais que plus jamais il ne se risquerait à l'approcher.

Après cette petite tranche de vie version *Fangtasia*, j'étais bien contente de frapper à la porte d'Eric. Sa voix de basse m'a aussitôt invitée à entrer. J'ai franchi le seuil en refermant la porte derrière moi.

Ses longs cheveux blonds avaient été tressés à la mode viking et il portait son uniforme habituel, jean et tee-shirt. Le vert vif de son tee-shirt accentuait encore sa pâleur naturelle.

— Salut, Eric, lui ai-je lancé, pratiquement étouffée par la bouffée de bonheur qui me submergeait.

Et c'était comme ça chaque fois que je le voyais !

Cette vague de plaisir n'était pas nécessairement liée à l'irrésistible séduction d'Eric, ni au fait que nous avions couché ensemble. C'était encore ce lien de sang qui me jouait des tours. Enfin, je crois… Il fallait absolument que je reprenne mes esprits, en tout cas.

Victor Madden, envoyé du nouveau roi de Louisiane, Felipe de Castro, s'est levé pour incliner devant moi ses boucles brunes. Trapu et petit, Victor se montrait toujours d'une politesse et d'une élégance extrêmes. Ce soir-là, il était tout particulièrement à son avantage dans un magnifique complet vert bronze, agrémenté d'une cravate assortie à rayures marron. J'étais sur le point de lui dire que j'étais heureuse de le revoir quand je me suis aperçue qu'Eric me regardait avec insistance. Ah oui.

Je me suis débarrassée de mon manteau et j'ai sorti le paquet enveloppé de velours noir de mon sac. J'ai jeté sac et manteau en vrac sur une chaise, puis je me suis dirigée vers Eric en lui présentant le paquet à deux mains, bras tendus. C'était ce que je pouvais faire de mieux en matière de mise en scène, hormis me traîner à genoux jusqu'à lui et il pouvait toujours geler en enfer avant que ça arrive.

J'ai posé le paquet devant lui et j'ai incliné la tête avec ce qu'il fallait de solennité – je l'espérais –, avant de prendre place sur la deuxième des chaises placées devant son bureau.

— Qu'est-ce que notre blonde amie t'a apporté, Eric ? a demandé Victor, sur ce ton enjoué qu'il adoptait le plus souvent.

Peut-être qu'il avait vraiment une heureuse nature, ou peut-être que sa maman lui avait appris quand il était petit (il y avait quelques siècles de cela) qu'on n'attrapait pas les mouches avec du vinaigre.

Avec une certaine emphase théâtrale, Eric a lentement dénoué le cordon doré et déplié le précieux emballage. Étincelant comme un joyau dans son écrin de velours noir se trouvait un magnifique poignard. Et pas n'importe lequel : je l'avais déjà vu une fois, à Rhodes, quand Eric, officiant alors comme prêtre, s'en était servi pour unir deux vampires par les liens du mariage. Il l'avait aussi utilisé, un peu plus tard, pour se couper et me donner son sang après avoir bu le mien : l'ultime échange, celui par lequel tout le mal était arrivé (d'après moi). Et voici qu'à présent il le levait pour le porter à ses lèvres et l'embrassait.

Lorsque Victor a identifié le poignard, tout sourire a déserté son visage. Eric et lui se sont regardés en chiens de faïence un long moment.

— Très intéressant, a finalement commenté Victor.

Une fois de plus, j'éprouvais cette étrange impression de me noyer alors que je ne savais même pas que j'étais dans la piscine. J'allais parler quand j'ai senti la pression qu'Eric exerçait sur moi pour me faire taire. J'ai refermé la bouche. Dans ces histoires de vampires, mieux valait laisser faire Eric.

— Puisque c'est ainsi, je vais rayer la requête du tigre de mes tablettes, a déclaré Victor. Mon maître n'aimait pas l'idée de le voir partir, de toute façon. Et, naturellement, je l'informerai de l'officialisation de ta relation. Nous reconnaissons ton droit de préemption sur elle.

Victor me désignant du menton, j'en ai déduit que j'étais le « elle » en question. Et je ne connaissais qu'un seul tigre-garou...

— Mais de quoi parlez-vous ? ai-je lâché d'un ton brusque.

— Quinn a sollicité un tête-à-tête avec vous, m'a expliqué Victor. Mais il ne peut pas revenir sur le territoire d'Eric sans son autorisation. C'est un des termes de l'accord que nous avons négocié quand nous... quand Eric est devenu notre nouvel associé.

Doux euphémisme pour dire: « Quand nous avons liquidé tous les vampires de Louisiane, sauf Eric et ses partisans, et que vous avez sauvé le roi d'une tentative d'assassinat. »

J'aurais aimé pouvoir réfléchir à tout ça au calme, dans mon coin – loin de ces deux vampires qui me dévisageaient.

— Et cette règle est réservée à Quinn, ou est-ce qu'elle s'applique à tous les hybrides qui veulent entrer en Louisiane ? Comment êtes-vous parvenus à leur faire accepter un truc pareil ? Et depuis quand est-elle entrée en vigueur ? ai-je demandé à Eric, pour essayer de gagner du temps.

J'avais besoin d'un petit moment pour me reprendre. J'aurais bien voulu que Victor m'explique aussi la deuxième partie de son discours, celle à propos du « droit de préemption », mais chaque chose en son temps.

— Il y a trois semaines, m'a répondu Eric, commençant par la fin, avec un visage parfaitement serein et un calme olympien. Et cette règle ne concerne que les hybrides avec qui nous entretenons des relations d'affaires.

Quinn travaillait pour E(E)E, agence événementielle que je soupçonnais d'appartenir, au moins partiellement, aux vampires. Quinn ne faisait, en effet, ni dans le baptême ni dans la bar-mitsva – ce dont s'occupait la branche humaine de l'entreprise –, mais uniquement dans l'organisation de manifestations très spéciales liées aux SurNat.

— C'est toi qui as congédié le tigre. Je le tiens de sa propre bouche. Pourquoi reviendrait-il ? s'est étonné Eric en haussant les épaules.

Il n'essayait pas de me dorer la pilule, en tout cas. Il aurait pu dire : « J'avais peur qu'il ne te harcèle » ou « J'ai fait ça pour ton bien ». N'empêche, si étroitement que nous soyons liés, lui et moi – je devais lutter contre l'envie de lui sourire, c'est dire –, j'ai senti mes cheveux se hérisser sur ma nuque. De quel droit se permettait-il de régenter ma vie comme ça ?

— Étant donné qu'Eric et vous êtes maintenant officiellement promis l'un à l'autre, a repris Victor d'une voix de velours, vous ne voudrez sans doute pas revoir Quinn. Et croyez bien que je veillerai à ce qu'il en soit informé.

— Étant donné qu'on est… quoi? me suis-je étranglée, en foudroyant Eric du regard.

L'intéressé n'a même pas détourné les yeux. Son visage était inexpressif.

— Le poignard, m'a expliqué Victor, que cette péripétie semblait amuser follement. C'est ce qu'il signifie. C'est une relique qui a traversé les siècles, une lame sacrée réservée aux cérémonies importantes et aux sacrifices. Il n'est pas le seul: il y en a d'autres, mais ils sont extrêmement rares. De nos jours, il n'est plus utilisé que pour sceller les mariages. Je ne sais pas comment Eric s'est procuré celui-ci, mais le fait que vous le lui ayez présenté et qu'il l'ait accepté ne peut avoir qu'une signification: que vous êtes unis l'un à l'autre.

J'ai levé la main, comme pour stopper la vague de panique qui menaçait de me submerger.

— Euh… on rembobine tout depuis le début et on respire un bon coup, ai-je bredouillé – conseil que j'étais la seule à pouvoir suivre, puisque personne d'autre dans cette pièce ne respirait. Eric? ai-je demandé, en essayant de faire passer dans le ton de ma voix autant de sous-entendus que je pouvais y mettre.

— C'est pour ta protection, mon aimée, m'a-t-il affirmé, en s'efforçant de rester parfaitement serein afin que cette sérénité déteigne sur moi et que, lien de sang aidant, elle étouffe la colère qui me gagnait.

Il en aurait fallu bien plus pour me calmer.

— C'est de l'abus de pouvoir! me suis-je indignée. Tu ne manques pas de culot! Comment as-tu pu prendre une décision pareille sans même m'en parler? Comment as-tu pu croire que je te laisserais m'impliquer dans un truc aussi grave sans en discuter avant? Ça fait des mois qu'on ne s'est pas vus!

— J'ai été assez occupé, ces derniers temps. Je comptais sur ton instinct de conservation pour compenser mon absence, a répondu Eric – ce qui avait le mérite d'être honnête, même si ça manquait un peu de tact. Douterais-tu que je veuille ce qu'il y a de mieux pour toi ?

— Je ne doute pas que tu veuilles ce que tu *penses* être le mieux pour moi, ai-je répliqué. Et je ne doute pas non plus que ça ne corresponde, au millimètre près, à ce qui se trouve être le mieux pour *toi*.

Victor s'est esclaffé.

— Ah ! Elle te connaît bien, Eric !

Ce qui lui a valu deux regards noirs.

— Oups ! a-t-il murmuré en feignant de se zipper la bouche.

— Eric, je rentre chez moi, ai-je embrayé sur ma lancée. On en reparlera. Mais je ne sais pas quand. C'est moi qui gère le bar, en ce moment. Sam a des problèmes familiaux.

— Mais Clancy a dit que la révélation s'était bien passée, à Bon Temps…

— À Bon Temps, oui. Mais la famille de Sam est au Texas et, là-bas, ça ne s'est pas bien passé du tout.

Eric a eu l'air dégoûté.

— De mon côté, j'ai fait le maximum. J'ai dépêché au moins un des miens dans chaque lieu public. Je me suis même déplacé en personne pour aller voir Alcide se changer au *Shamrock Casino*.

— Ça s'est passé sans problème ? lui ai-je demandé, momentanément détournée de mon objectif premier.

— Oui, à part quelques ivrognes qui se sont fait remarquer. Nous les avons vite calmés. Une femme s'est même offerte à Alcide quand il était sous sa forme animale.

— Beurk ! ai-je dit en me levant pour prendre mon sac.

Je m'étais laissé suffisamment distraire comme ça.

Eric s'est levé à son tour et a sauté par-dessus son bureau – performance aussi inattendue qu'impressionnante et qui ne manquait pas de panache. En une fraction de seconde, il était devant moi et me prenait dans ses bras. Il m'a fallu faire un effort surhumain pour rester de glace et ne pas céder à l'envie de me laisser aller contre lui. C'est difficile à expliquer, cette histoire de lien : j'avais beau être en colère contre lui, j'étais plus heureuse avec lui que sans lui. Non que je sois en manque lorsqu'il n'était pas là. Il était incrusté dans ma conscience. Avec moi, tout le temps. Je me demandais s'il en allait de même pour lui.

— Demain soir ? a-t-il murmuré en relâchant son étreinte.

— Si je peux me libérer. On a beaucoup de choses à se dire.

J'ai adressé un bref signe de tête à Victor et je me suis dirigée vers la porte. Juste avant de sortir, j'ai jeté un dernier coup d'œil au poignard qui étincelait dans son écrin de velours noir, sur le bureau d'Eric.

Je savais comment Eric se l'était procuré. Il avait simplement omis de le rendre à Quinn. Quinn avait en effet été chargé d'organiser un rituel de mariage entre deux vampires, à Rhodes – cérémonie à laquelle j'avais d'ailleurs assisté. C'était Eric qui avait célébré les épousailles, et il avait manifestement gardé le poignard, au cas où. Comment avait-il réussi à le récupérer dans l'explosion de l'hôtel ? Ça, je l'ignorais. Y était-il retourné pendant la nuit ? Avait-il envoyé Pam le chercher ? Toujours est-il qu'il l'avait bel et bien en sa possession, la preuve étant qu'il venait de s'en servir pour me lier un peu plus à lui.

Et tout ça parce que, aveuglée par l'affection… la sympathie… le désir… que j'éprouvais pour le beau Viking, j'avais fait très exactement ce qu'il m'avait demandé sans me poser de questions.

Je ne savais pas à qui j'en voulais le plus : à lui ou à moi.

4

J'ai eu une nuit agitée. Par moments, je rêvais
d'Eric, et la joie me submergeait. Et, par moments,
je rêvais d'Eric et j'avais envie de lui envoyer mon
poing dans la figure. Puis je pensais à Bill. Bill : le
premier homme avec qui mes relations ne s'étaient
pas limitées au premier rendez-vous, le premier
homme qui avait partagé mon lit. Quand je me
remémorais sa voix fraîche, son corps froid, son
calme, sa retenue et que je le comparais à Eric, je
ne parvenais pas à croire que j'aie pu craquer pour
deux personnages aussi différents. Et je ne parlais
même pas de mon trop bref épisode avec Quinn.
Quinn, si impulsif, si animal – dans tous les sens du
terme… Il avait toujours été gentil avec moi. Mais il
avait été si cruellement marqué par son passé qu'il
n'avait pas osé m'en parler, ce qui, à mon avis, avait
voué dès le départ notre relation à l'échec. J'étais
aussi sortie avec Alcide Herveaux, le chef de meute
des loups de Shreveport, mais ça n'était jamais allé
plus loin.
   Ce que je peux détester les nuits comme ça,
quand je passe en revue toutes les erreurs que j'ai
commises, tous les coups que j'ai reçus, toutes les
petites mesquineries que j'ai pu perpétrer ! Ça ne
sert à rien. Ça ne donne rien. Et puis, j'avais besoin

de sommeil. Mais, cette nuit-là, les hommes de ma vie me trottaient dans la tête et il n'y avait pas que les bons souvenirs qui défilaient.

Après avoir épuisé le sujet de mes problèmes avec la gent masculine, je me suis lancée dans une crise d'angoisse à propos de mes toutes nouvelles responsabilités au bar. J'ai finalement réussi à dormir trois heures d'affilée, mais seulement après être parvenue à me persuader qu'il faudrait vraiment que j'y mette du mien pour couler la boîte de Sam du jour au lendemain.

Sam a justement appelé, le lendemain matin, pour me dire que sa mère allait mieux et qu'elle était définitivement tirée d'affaire. Son frère et sa sœur géraient les récentes révélations familiales avec plus de calme. Mais Don était toujours en prison, évidemment.

— Si son état de santé continue à s'améliorer, je rentrerai dans deux ou trois jours, a-t-il ajouté. Peut-être même plus tôt. Les toubibs n'en reviennent pas de la rapidité de sa guérison, forcément. Enfin, au moins, maintenant, on n'a plus besoin de le cacher, a-t-il soupiré.

— Et, sur le plan affectif, elle prend ça comment ?

— Elle a arrêté de chercher des excuses à Don et de réclamer sa libération. Et, depuis qu'on a eu une vraie conversation avec elle, tous les trois, elle reconnaît qu'elle pourrait bien être obligée de divorcer. Ça ne l'enchante pas, mais je ne suis pas certain qu'on puisse se réconcilier avec quelqu'un qui vous a tiré dessus.

J'avais répondu au téléphone dans mon lit, confortablement installée. Mais je n'ai jamais pu me rendormir. Cet accent douloureux dans la voix de Sam... je détestais ça ! En tout cas, il avait déjà suffisamment de soucis sans que je vienne l'embêter avec les miens. Je n'avais même pas sérieusement envisagé de lui faire part de l'incident du poignard. J'aurais pourtant été soulagée de lui confier mes problèmes.

J'étais levée et habillée à 8 heures : l'aube, pour moi. Mais j'avais beau bouger et penser normalement, je me sentais toute fripée, toute chiffonnée, comme mes draps après la nuit que je venais de passer. J'aurais bien voulu que quelqu'un puisse me défroisser d'un coup, aussi facilement que je les tendais pour refaire mon lit. En préparant le café, j'ai jeté un coup d'œil par la fenêtre de la cuisine pour voir si la voiture d'Amelia était garée dans la cour : ma colocataire était là. Et j'avais aperçu Octavia qui se traînait dans le couloir en direction de la salle de bains de l'entrée : un matin banal chez Sookie Stackhouse, car c'était devenu le rituel matinal, chez moi, depuis quelque temps.

Cette gentille petite routine a été chamboulée par des coups frappés à la porte d'entrée. D'habitude, je suis avertie par le crissement du gravier dans l'allée, mais j'avais l'esprit tellement embrumé, ce matin-là, que je n'avais rien entendu.

J'ai regardé par le judas. Un homme et une femme se tenaient sur le seuil. Ils étaient tous les deux en tenue de bureau. Ils ne ressemblaient cependant ni à des témoins de Jéhovah ni à des *home-jackers*. J'ai déployé mon sixième sens : pas d'hostilité ni de colère, juste un peu de curiosité.

Je leur ai ouvert.

— Vous désirez ? leur ai-je demandé avec un sourire radieux.

Un méchant courant d'air froid m'a rappelé que j'étais pieds nus.

La femme – la petite quarantaine alerte, le cheveu brun grisonnant par endroits, le parfait carré arrivant au menton et la raie impeccable – m'a rendu mon sourire. Elle portait un tailleur-pantalon anthracite, un pull noir en dessous, des escarpins noirs et un sac, également noir, qui ressemblait à une sacoche d'ordinateur.

Quand j'ai serré la main qu'elle me tendait, j'en ai découvert un peu plus sur ma visiteuse. J'ai eu du mal à cacher ma réaction.

— FBI, m'a-t-elle confirmé.

Classe, comme entrée en matière.

— Je suis Sara Weiss, agent du bureau de La Nouvelle-Orléans, a-t-elle enchaîné. Et voici l'agent spécial Tom Lattesta, de notre bureau de Rhodes.

— Et vous êtes là pour ? me suis-je aimablement enquise en conservant un visage impassible.

— Pouvons-nous entrer ? Tom est venu spéciale-ment de Rhodes pour vous parler, et vous allez vous refroidir en gardant la porte ouverte.

— Bien sûr, lui ai-je répondu, même si je pensais le contraire.

Je me donnais un mal de chien pour essayer de capter ce qu'ils avaient derrière la tête. Mais ce n'était pas gagné. Je pouvais juste affirmer qu'ils n'avaient pas l'intention de m'arrêter, ni de me faire subir quoi que ce soit d'aussi radical.

— Nous ne vous dérangeons pas, j'espère ? m'a demandé l'agent Weiss, semblant prétendre qu'elle serait ravie de revenir plus tard, ce qui n'était abso-lument pas le cas.

— Pas plus que ça.

Ma grand-mère m'aurait tapé sur les doigts pour incivilité caractérisée. Mais Gran n'avait jamais été interrogée par le FBI. Ce n'était pas vraiment ce qu'on appelle une visite de courtoisie.

— Mais je dois bientôt partir travailler, ai-je ajouté, histoire de me ménager une porte de sortie.

— C'est terrible, ce qui est arrivé à la mère de votre employeur, a alors lancé Lattesta. Est-ce que la grande nouvelle a été bien reçue dans votre établissement ?

D'après son accent, il était clair qu'il était né dans le Nord et, au vu de ce qu'il savait de Sam et de ses ennuis, il avait bien potassé son sujet, allant même jusqu'à enquêter sur le bar où je travaillais.

Du nœud, je suis passée à la crampe d'estomac. Pendant une seconde, j'ai eu tellement envie qu'Eric soit là que ça m'en a presque donné le vertige. Puis j'ai regardé au-dehors le soleil qui brillait et je me suis fait pitié. *Ça t'apprendra à fréquenter des déterrés*, me suis-je tancée.

— Avoir des loups-garous comme concitoyens, ça pimente la vie, vous ne trouvez pas ?

Mon sourire nerveux était réapparu – celui qui dit à la terre entière que je suis vraiment stressée.

— Je vais prendre vos manteaux, ai-je précipitamment enchaîné, en les invitant d'un geste à s'installer sur le canapé. Asseyez-vous, je vous en prie. Est-ce que je peux vous offrir quelque chose ? Un café ? Un thé glacé ? leur ai-je proposé, rendant grâce à la bonne éducation que ma grand-mère m'avait donnée et qui me permettait de continuer à bavarder comme si de rien n'était.

— Oh, un thé glacé, ce serait fabuleux, s'est aussitôt enthousiasmée Weiss. Je sais qu'il fait froid dehors, mais j'en bois à longueur d'année. Je suis une fille du Sud pure souche, vous savez.

Une fille pure souche qui en faisait un peu trop, à mon goût. Je ne pensais pas que nous avions beaucoup de chances de devenir copines, Weiss et moi : aucune intention d'échanger des recettes de cuisine avec elle.

Je me suis tournée vers Lattesta.

— Et vous ?

— Un thé glacé aussi, ce sera parfait.

— Avec ou sans sucre ?

— Avec, merci, a répondu Lattesta, qui pensait que ce serait amusant de goûter au fameux thé sucré du Sud.

— Laissez-moi juste prévenir mes colocataires que j'ai de la visite, ai-je déclaré, avant de m'époumoner au bas de l'escalier : Amelia ! Le FBI est là.

— Je descends dans une minute, a braillé l'intéressée, sans une once de surprise dans la voix.

Je savais qu'elle était plantée en haut des marches depuis le début et qu'elle avait tout entendu.

Et voici que venait Octavia, dans sa chemise rayée et son pantalon vert préférés, aussi digne et distinguée qu'une dame noire à cheveux blancs peut l'être. Ruby Dee pouvait aller se rhabiller.

— Bonjour ! a-t-elle lancé, radieuse.

Bien qu'ayant tout de la parfaite mamie, Octavia était une puissante sorcière qui pouvait jeter des sorts avec une précision quasi chirurgicale. Et elle avait eu une vie entière pour s'entraîner à le camoufler.

— Sookie ne nous avait pas prévenues qu'elle attendait de la visite. Sinon, nous aurions fait un peu de ménage, a-t-elle minaudé, plus rayonnante que jamais, en balayant le salon immaculé d'un ample geste de la main.

Certes, il ne ferait jamais la couverture de *Southern Living*, mais il était propre, bon sang !

— Tout me paraît parfait, lui a poliment répondu Weiss. J'aimerais bien que ce soit comme ça chez moi.

Elle était sincère. Weiss avait deux adolescents, un mari et trois chiens. J'ai compati – peut-être même que je l'ai enviée.

— Sookie, je vais m'occuper du thé pendant que vous discutez avec vos invités, m'a proposé Octavia de sa voix la plus sucrée. Asseyez-vous donc pour pouvoir bavarder en toute tranquillité.

Confortablement installés sur le canapé, les deux agents du FBI regardaient autour d'eux avec intérêt quand, le tintement des glaçons rythmant ses pas, Octavia est revenue avec deux verres de thé glacé. Je me suis levée pour placer, devant mes « invités », des serviettes en papier sur lesquelles Octavia a posé les rafraîchissements qu'elle avait préparés. Lattesta a bu une grande gorgée. La bouche d'Octavia a légèrement frémi aux commissures en le voyant ouvrir des yeux comme des soucoupes, puis faire de son mieux pour cacher sa réaction sous une expression d'agréable surprise.

— Qu'est-ce que vous vouliez me demander ?

Il était temps d'en venir au fait. Mains croisées sur les genoux, pieds parfaitement parallèles et cuisses bien serrées, je leur ai adressé un large sourire.

Lattesta avait apporté une mallette, qu'il a posée sur la table basse avant de l'ouvrir. Il en a sorti un cliché, qu'il m'a tendu. La photo avait été prise en plein après-midi, dans la ville de Rhodes, quelques mois auparavant. En soi, elle était d'une parfaite netteté, mais, autour des deux personnes photographiées, l'air était chargé de poussière – effet des gros nuages pulvérulents dus à l'effondrement de la Pyramide de Gizeh –, et ça lui donnait un petit côté flou, presque surexposé.

Les yeux rivés au cliché, le sourire vissé aux lèvres, j'ai senti mon estomac se retourner.

Sur la photo, Barry le Groom et moi nous tenions côte à côte, au milieu des décombres du *Pyramid*, l'hôtel à vampires qu'une faction dissidente de la Confrérie du Soleil avait fait exploser au mois d'octobre précédent. J'étais plus facile à identifier que mon voisin, qui était de profil : les yeux tournés vers Barry, je me trouvais pile en face de l'objectif. Nous étions tous deux couverts de poussière, de sang et de cendres.

— C'est vous, mademoiselle Stackhouse, a affirmé Lattesta.

— Oui, c'est moi.

Inutile de nier l'évidence. J'aurais bien aimé, pourtant. Regarder cette photo me rendait malade. Ça m'obligeait à remuer des souvenirs que j'aurais préféré oublier à jamais.

— Donc, vous séjourniez au *Pyramid* au moment de l'explosion ?

— Oui.

— Vous y étiez en tant qu'employée de Sophie-Anne Leclerq, femme d'affaires et vampire. La soi-disant « reine de Louisiane ».

J'ai failli rétorquer qu'il n'y avait pas de « soi-disant » là-dedans, mais je me suis ravisée à temps. J'ignorais ce que le FBI savait de l'organisation hiérarchique des vampires.

— J'avais fait le voyage avec elle, ai-je répondu, faute de mieux.

— Et Sophie-Anne Leclerq a été grièvement blessée dans l'explosion ?

— C'est ce que j'ai cru comprendre.

— Vous ne l'avez pas revue après l'explosion ?

— Non.

— Qui est cet homme, à côté de vous, sur la photo ?

Lattesta n'avait donc pas identifié Barry. J'ai dû faire un effort pour ne pas montrer mon soulagement. J'ai haussé les épaules.

— Il est venu vers moi après l'explosion. On était en meilleur état que la plupart des gens. Alors, on a aidé les équipes de secours à chercher des survivants.

C'était vrai… en partie. J'avais fait la connaissance de Barry un an plus tôt, avant de le retrouver par hasard au *Pyramid*, où il accompagnait le roi du Texas.

— Comment vous y êtes-vous pris, tous les deux, pour trouver des survivants ? a poursuivi Lattesta.

La question piège. À cette époque, Barry était le seul autre télépathe que j'aie jamais rencontré. Nous avions déjà constaté qu'en nous tenant la main, nous augmentions notre «voltage», et nous nous en étions servis pour chercher des signatures mentales parmi les gravats.

J'ai pris une profonde inspiration.

— J'ai une certaine facilité pour retrouver les choses, ai-je vaguement expliqué. Il me paraissait important d'aider. Il y avait tant de blessés, tant de souffrance...

— Le capitaine des pompiers qui dirigeait les opérations sur place a dit que vous sembliez dotée de pouvoirs parapsychiques.

À ces mots, Weiss a plongé le nez dans son verre de thé pour cacher sa réaction.

— Je ne suis pas médium, si c'est ce que vous voulez savoir.

Weiss était déçue. Tout en gardant à l'esprit qu'elle pouvait être en présence d'une fille légèrement mythomane ou même d'une véritable cinglée, elle avait espéré que j'admettrais avoir des dons de voyance.

— D'après le capitaine Trochek, vous auriez montré aux secouristes où trouver les survivants. Il a dit que vous guidiez même les équipes de secours jusqu'à eux.

C'est à ce moment-là qu'Amelia est descendue. Elle faisait très respectable, avec son pull rouge vif et son jean griffé. J'ai cherché son regard en espérant qu'elle lirait dans le mien le SOS que je lui lançais. Je n'avais pas pu rester les bras croisés alors que des vies étaient en danger. Quand j'avais compris qu'en faisant équipe avec Barry, je pouvais repérer les blessés, sauver des vies, je m'étais sentie incapable de me dérober, en dépit de la peur qui me rongeait – la peur de dévoiler ma vraie nature et d'être prise pour un monstre.

Il est difficile d'expliquer ce que je perçois. Je vois la chaleur qu'émet un cerveau en activité – un peu comme si j'avais des jumelles infrarouges. Je peux compter les gens présents dans un bâtiment, si j'en ai le temps. Les vampires, en revanche, m'apparaissent en creux. Je peux aussi les compter, mais comme des « trous », si on peut dire. Quant aux morts standards, ils ne m'envoient aucun signal. En nous prenant la main ce jour-là, Barry et moi avions décuplé nos facultés de perception. Nous avions pu retrouver les vivants, mais aussi lire les pensées des mourants. Je ne souhaite ça à personne. Pour rien au monde je n'aurais voulu revivre cette expérience.

— On a juste eu beaucoup de chance.

Réponse qui était des moins convaincantes.

C'est alors qu'Amelia s'est avancée, la main tendue.

— Permettez-moi de me présenter : Amelia Broadway, a-t-elle dit, du ton de quelqu'un qui s'attend à être reconnu.

Ce qui a été le cas.

— Vous êtes la fille de Copley, n'est-ce pas ? lui a demandé Weiss. Je l'ai rencontré, il y a une quinzaine de jours, dans le cadre d'une opération de réhabilitation.

— Papa s'implique tellement dans la vie de sa ville ! s'est exclamée Amelia avec un sourire éblouissant. Il doit avoir des intérêts dans une bonne douzaine de projets. Et il adore notre petite Sookie.

Laissez ma colocataire tranquille, mon père a le bras long.

Pas très subtil, mais en croisant les doigts, peut-être que ça pouvait marcher.

Weiss a hoché la tête d'un air aimable.

— Comment avez-vous atterri à Bon Temps, mademoiselle Broadway ? lui a-t-elle alors demandé. Ça doit vous paraître bien calme, ici, après La Nouvelle-Orléans…

Qu'est-ce qu'une gosse de riche comme vous vient faire dans ce trou ? Oh, et au fait : papa n'est pas là pour faire jouer ses relations au profit de sa fifille.

— Ma maison a été endommagée pendant Katrina, lui a répondu Amelia.

Et elle en est restée là. Elle a juste omis de préciser qu'elle était déjà à Bon Temps avant Katrina.

— Et vous, madame Fant ? s'est enquis Lattesta. Vous avez été évacuée, vous aussi ?

Il n'avait aucune intention d'abandonner le sujet de mes étranges facultés, mais il se pliait de bonne grâce aux règles de la courtoisie qui voulaient qu'il participe un minimum à la conversation.

Octavia a acquiescé.

— J'habitais chez ma nièce dans des conditions un peu précaires quand Sookie m'a gentiment proposé de m'installer dans sa chambre d'amis.

— Comment vous êtes-vous connues ? a demandé Weiss, comme si elle s'attendait à une histoire exquise.

— Par Amelia, lui ai-je répondu avec un sourire ravi.

— Et Amelia et vous vous êtes rencontrées…

— À La Nouvelle-Orléans, a complété Amelia d'un ton propre à clore le sujet.

— Voulez-vous encore un peu de thé ? a proposé Octavia en se tournant vers Lattesta.

— Non, merci, a répondu l'intéressé, réprimant un frisson d'horreur.

C'était Octavia qui avait fait le thé, et il fallait reconnaître qu'elle avait la main un peu lourde avec le sucrier.

— Vous n'auriez pas une idée de la façon dont on peut joindre ce jeune homme, mademoiselle

Stackhouse? a repris l'agent spécial en indiquant la photo.

J'ai haussé les épaules.

— On a tous les deux aidé à retrouver des survivants sur les lieux de la catastrophe, lui ai-je répondu. Ça a été terrible. Je ne me souviens pas du nom qu'il m'a donné.

— C'est curieux… a murmuré Lattesta – et j'ai pensé *Et merde*. Parce que quelqu'un, qui répond à votre signalement, et un jeune homme, qui répond à son signalement, ont pris une chambre dans un motel pas très loin du lieu de l'explosion, cette nuit-là.

— Eh bien, mais on n'a pas besoin de connaître le nom des gens pour passer la nuit avec eux, a argué fort justement Amelia.

J'ai haussé une fois de plus les épaules et j'ai essayé de la jouer un peu embarrassée – je n'avais pas vraiment à me forcer, même si ce n'était pas pour le motif invoqué. Je préférais qu'ils me prennent pour une fille facile plutôt qu'ils ne décident d'y regarder d'un peu trop près.

— On avait partagé un moment épouvantable et terriblement stressant. Ça crée des liens. Après, on se sentait très proches… C'est la façon dont on a réagi.

En fait, Barry était tombé comme une masse et je l'avais suivi de peu. Nous n'avions pas précisément la tête à batifoler, cette nuit-là.

Les deux fédéraux m'ont dévisagée d'un air sceptique. Weiss était persuadée que je mentais, et Lattesta pensait que je connaissais Barry beaucoup plus intimement que je ne le prétendais.

Le téléphone a sonné, et Amelia s'est précipitée dans la cuisine pour répondre. Quand elle est revenue, elle était livide.

— Sookie, c'était Antoine qui appelait de son portable. On a besoin de toi au bar, a-t-elle annoncé.

Puis elle s'est tournée vers les agents du FBI.

— Vous feriez mieux d'y aller avec elle, a-t-elle ajouté.

— Pourquoi ? s'est étonnée Weiss. Un problème ?

Elle était déjà debout. Lattesta était en train de ranger la photo dans sa mallette.

— Un meurtre, a soufflé ma colocataire. On a trouvé une femme crucifiée derrière le bar.

5

Les fédéraux m'ont suivie au *Merlotte*. Je me suis garée sur le parking des clients, je suis descendue de voiture et, Weiss et Lattesta sur les talons, je me suis faufilée entre les cinq ou six voitures qui barraient l'accès au parking du personnel.

J'avais eu du mal à le croire, au téléphone. Pourtant, c'était vrai. Il y avait bel et bien une croix érigée derrière le bar, juste à la lisière de la forêt, devant le rideau d'arbres, là où la terre succédait au gravier. Et un corps était cloué dessus. J'ai d'abord embrassé du regard toute la scène avant d'observer le corps torturé, notant les traces de sang séché, pour finalement remonter vers le visage.

— Oh non.

Mes genoux ont lâché.

Je me suis tout à coup retrouvée soutenue d'un côté par Antoine, le cuistot, et de l'autre par D'Eriq, le garçon de salle. D'Eriq avait visiblement pleuré et Antoine faisait une tête d'enterrement. Mais il était allé en Irak et avait survécu à Katrina : il en avait vu d'autres.

— Je suis désolé, Sookie, a-t-il murmuré.

Andy Bellefleur et le shérif Dearborn étaient déjà sur place. Ils se sont avancés vers moi, encore plus massifs que d'ordinaire dans leurs grosses parkas huilées. Ils avaient les traits durs de qui vient de subir un choc et s'interdit toute émotion.

— Désolé pour ta belle-sœur, m'a dit Bud Dearborn.

Mais je l'entendais à peine.

— Elle était enceinte, ai-je soufflé. Elle était enceinte...

Je ne pensais qu'à ça. Qu'on ait voulu tuer Crystal ne me surprenait qu'à moitié, mais j'étais absolument horrifiée qu'on ait supprimé le bébé.

J'ai pris une profonde inspiration et je me suis forcée à relever les yeux vers la croix. À la place des mains, il y avait des pattes de panthère ensanglantées. La partie inférieure des jambes était animale, elle aussi. L'effet produit était encore plus choquant, plus grotesque et – si tant est que ce soit possible – plus pathétique que si on avait crucifié une humaine standard.

Des idées sans suite se bousculaient dans ma tête. Je songeais à ceux qu'il fallait prévenir : Calvin, non seulement parce que c'était le chef du clan auquel Crystal appartenait, mais aussi parce que c'était son oncle ; le mari de Crystal – autrement dit mon frère... Et pourquoi l'avoir laissée là ? Pourquoi ici et pas ailleurs ? Qui avait bien pu faire une chose pareille ?

— Vous avez déjà appelé Jason ? ai-je ânonné entre mes lèvres engourdies – j'ai bien essayé de mettre ça sur le compte du froid, mais je savais que c'était le contrecoup. Il doit être au boulot, à cette heure-ci.

— On l'a averti, m'a répondu Bud Dearborn.

— Je vous en prie, ne l'obligez pas à voir ça.

Il y avait un truc sanguinolent qui dégringolait le long du montant de la croix jusqu'au sol. J'ai eu un haut-le-cœur et je me suis plaqué la main sur la bouche.

— J'ai cru comprendre qu'elle l'avait trompé et que leur rupture n'avait pas été très discrète…

Bud s'efforçait de parler d'un ton neutre et impartial, mais il avait du mal. Il y avait de la rage au fond de ses prunelles.

— Vous pouvez demander à Dove Beck. Il en sait quelque chose, ai-je répliqué, immédiatement sur la défensive.

Alcee Beck était lieutenant de la police locale et sous les ordres de Bud Dearborn. L'homme que Crystal avait choisi pour amant était son cousin, Dove.

— C'est vrai, Crystal et Jason s'étaient séparés, ai-je repris. Mais il n'aurait jamais fait de mal à son propre bébé.

Je savais aussi que Jason n'aurait jamais infligé quelque chose d'aussi horrible à Crystal non plus, quoi qu'elle ait pu faire pour le provoquer. Mais je ne m'attendais pas qu'on me croie.

Lattesta s'est approché, l'agent Weiss dans son sillage. Cette dernière avait le pourtour de la bouche un peu trop blanc, mais quand elle a pris la parole, son ton était ferme.

— D'après l'état du corps, je présume que la victime était une… panthère-garou.

Elle avait buté sur le mot.

J'ai hoché la tête.

— Oui, madame.

Je préférais rester laconique : j'avais du mal à refouler mes nausées.

— Donc, on pourrait avoir affaire à un crime raciste, en a déduit Lattesta.

Il avait le visage hermétiquement fermé et les idées parfaitement claires et ordonnées. Il était en train de faire mentalement la liste des coups de fil qu'il allait devoir passer, et il se demandait comment s'y prendre pour récupérer l'affaire. S'il s'agissait effectivement d'un crime raciste, il avait de bonnes chances de se voir chargé de l'enquête.

— Et vous êtes ? lui a demandé Bud Dearborn.

Il avait glissé ses pouces dans les passants de son pantalon et toisait Weiss et Lattesta comme s'ils étaient des représentants d'une entreprise de pompes funèbres attirés par l'odeur d'un cadavre tout frais.

Pendant que tout ce beau monde des forces de l'ordre se présentait et pontifiait sur la scène de crime, Antoine s'est penché vers moi.

— Je suis désolé, Sookie, a-t-il répété. On a bien été obligés de les prévenir. Mais on t'a appelée juste après.

— Bien sûr qu'il fallait les prévenir, ai-je répondu. Je regrette seulement que Sam ne soit pas là.

Oh ! bon sang. J'ai sorti mon téléphone de ma poche.

— Sam ? ai-je dit, dès qu'il a décroché. Tu peux parler ?

— Oui.

Il m'a semblé anxieux : au ton de ma voix, il avait compris qu'il se passait quelque chose de grave.

— Tu es où ?

— Dans ma voiture.

— J'ai de mauvaises nouvelles.

— Qu'est-ce qui s'est passé ? Le bar a brûlé ?

— Non. Mais Crystal a été assassinée sur le parking. Derrière, à côté de ta caravane.

— Oh merde ! Où est Jason ?

— En chemin, pour autant que je le sache.

— Je suis désolé, Sookie, a-t-il murmuré d'une voix lasse – il paraissait épuisé. C'est pas bon, ça.

— Il y a deux agents du FBI ici. Ils pensent que c'est peut-être un crime raciste.

J'ai fait l'impasse sur la raison pour laquelle les fédéraux se trouvaient à Bon Temps.

— Mmm… Crystal avait pas mal d'ennemis, a hasardé Sam, d'une voix hésitante.

— Elle a été crucifiée.

— Nom de Dieu !

Un temps.

— Sookie, si l'état de ma mère reste stable et s'il ne se passe rien, légalement parlant, du côté de mon beau-père, je reprendrai la route ce soir ou tôt demain matin.

— Super.

Je n'aurais pas pu mettre plus de soulagement dans un seul mot. Pas la peine de prétendre que j'assurais.

— Je suis désolé, Sookie. Désolé que tu te retrouves avec tout ça sur les bras. Désolé aussi pour les soupçons qui vont peser sur Jason. Désolé pour tout. Et désolé pour Crystal, aussi.

— Je serai contente de te voir, ai-je avoué d'une voix tremblante.

— Tu peux compter sur moi.

Et il a raccroché. J'avais à peine refermé mon portable que Lattesta attaquait bille en tête :

— Mademoiselle Stackhouse, ces hommes sont-ils également des employés du bar ?

Je lui ai présenté Antoine et D'Eriq. Antoine n'a pas réagi, mais D'Eriq était très impressionné de rencontrer un agent du FBI.

— Vous connaissiez tous les deux cette… Crystal Norris, n'est-ce pas ? s'est enquis Lattesta en consultant ses notes.

— De vue, lui a répondu Antoine. Elle venait de temps en temps au bar.

D'Eriq s'est contenté d'opiner du bonnet.

— Crystal Norris Stackhouse, ai-je précisé. C'était ma belle-sœur. Le shérif a appelé mon frère. Mais vous devriez appeler son oncle, Calvin Norris. Il travaille à Norcross.

— C'est son plus proche parent ? En dehors de son mari, j'entends.

— Elle avait une sœur. Mais Calvin est le chef des p...

Je me suis subitement interrompue. Et si Calvin n'avait pas approuvé la « Grande Révélation bis » ?

— C'est lui qui l'a élevée, me suis-je reprise.

Pas tout à fait vrai, mais pas loin.

Lattesta et Weiss se sont rapprochés de Bud Dearborn pour discuter à voix basse, sans doute de Calvin et de Hotshot, cette étrange petite communauté blottie autour d'un lugubre croisement, au milieu de nulle part. C'était juste un hameau, une poignée de bicoques d'aspect on ne peut plus banal, mais qui renfermaient quantité de secrets derrière leurs volets. Même si elle avait cherché à s'en échapper, c'était là que Crystal se sentait le plus en sécurité.

J'ai de nouveau tourné les yeux vers la croix. Crystal était habillée, mais ses vêtements s'étaient déchirés quand ses jambes et ses bras s'étaient transformés, et elle était couverte de sang. Des cordes la maintenaient écartelée sur le montant transversal, empêchant la chair de se détacher des énormes clous qui la transperçaient.

J'avais déjà vu des tas de choses horribles, dans ma vie, mais plus tragique que ça, jamais.

— Pauvre Crystal ! ai-je soufflé, avant de m'apercevoir que je pleurais.

— Tu ne l'aimais pas, m'a fait observer Andy Bellefleur.

Je me suis demandé depuis combien de temps il était là, à regarder la dépouille de ce qui avait été une belle fille pleine de vie. Andy n'était pas rasé, et il avait le nez rouge : il avait un rhume. Il a éternué et s'est détourné pour se moucher.

D'Eriq et Antoine s'entretenaient avec Alcee Beck. Alcee était l'autre lieutenant de police de Bon Temps et, s'il était chargé de l'enquête, ça ne laissait rien présager de bon : Alcee ne regretterait pas la mort de Crystal.

Après avoir fourré son mouchoir dans sa poche, Andy s'est retourné vers moi. Je l'ai dévisagé. Il avait l'air fatigué. Je savais qu'il allait tout mettre en œuvre pour trouver le coupable. Pour ça, je lui faisais confiance. Trapu, le visage carré, plus âgé que moi de quelques années, Andy n'avait jamais été un joyeux luron. Il était plutôt du genre sérieux, au contraire, et soupçonneux. Déformation professionnelle ? J'ignorais s'il avait choisi cette profession parce qu'elle lui correspondait ou si c'était son travail qui avait déteint sur lui.

— Alors, comme ça, ils n'étaient plus ensemble, Jason et elle ? m'a-t-il lancé.

— Non. Elle le trompait.

C'était de notoriété publique : il aurait été idiot de le cacher.

— Enceinte et tout ? C'était une fille comme ça ? Andy secouait la tête.

— Ouais, ai-je soupiré avec un geste des mains du style « eh oui ! c'était une fille comme ça ».

— C'est plutôt malsain.

— C'est clair. Coucher avec un autre alors qu'on a le bébé de son mari dans le ventre, c'est carrément glauque.

Je l'avais pensé, mais je ne l'avais encore jamais formulé à haute voix.

— Et c'était qui, l'autre ? a demandé Andy, l'air de ne pas y toucher. Ou *les* autres ?

— Tu es bien le seul de tout Bon Temps à ne pas savoir qu'elle couchait avec Dove Beck.

Cette fois-ci, il a bien enregistré. Il a jeté un coup d'œil à Alcee, puis il a reporté son attention sur moi.

— Eh bien, maintenant, je le sais, a-t-il déclaré. Qui pouvait bien la détester à ce point-là, Sookie ?

— Si c'est à Jason que tu penses, tu te fourres le doigt dans l'œil. Il n'aurait jamais sacrifié son bébé.

— Mais puisqu'elle le trompait, peut-être que ce n'était pas son bébé, justement. Et s'il l'a découvert…

— C'était bien le sien, ai-je affirmé avec une assurance que j'étais loin de ressentir. Mais, même si ce n'était pas le cas, si on fait des tests sanguins qui prouvent le contraire, il n'aurait pas tué un bébé. De toute façon, Crystal et lui ne vivaient plus ensemble. Elle était retournée habiter chez sa sœur. Alors, pourquoi il se serait donné tout ce mal ?

— Qu'est-ce que le FBI faisait chez toi ?

D'accord. Donc, c'était un interrogatoire en règle.

— Ils avaient des questions à propos de l'explosion de Rhodes. J'ai été prévenue, pour Crystal, pendant qu'ils étaient chez moi, et ils m'ont suivie. Curiosité professionnelle, je suppose. Lattesta – l'agent spécial du bureau de Rhodes – pense que c'est un crime raciste.

— Intéressant. C'est bien un crime raciste, aucun doute là-dessus. Quant à savoir si c'est du ressort du FBI ou pas, ça reste à voir.

Il s'est écarté pour aller parler à Weiss.

Lattesta examinait le corps en secouant la tête, comme s'il constatait qu'on avait atteint là un degré dans l'horreur qu'il n'aurait jamais pu concevoir.

Quant à moi, je ne savais pas trop quoi faire. Mais je gérais le bar et le crime avait été perpétré sur le parking de l'établissement. J'étais donc décidée à rester.

Puis Alcee Beck a lancé sa consigne :

— Toutes les personnes présentes sur le site qui ne font pas partie de la police, dégagez la zone ! Tous les policiers qui ne sont pas indispensables sur la scène de crime, regagnez le parking clients !

Son regard s'est posé sur moi, et il a pointé l'index pour m'ordonner de retourner devant le bar. Je suis donc retournée à ma voiture. Malgré le froid, il était heureux pour nous qu'il fasse beau et qu'il n'y ait pas de vent. J'ai relevé mon col et récupéré mes gants noirs à l'intérieur de la voiture. Je les ai enfilés et j'ai attendu.

Le temps passait. Je regardais les policiers aller et venir. Quand Holly est arrivée pour prendre son service, je lui ai expliqué ce qui s'était passé et je l'ai renvoyée chez elle en lui disant que je l'appellerais quand j'aurais obtenu l'autorisation d'ouvrir. Je ne voyais pas comment faire autrement. Antoine et D'Eriq étaient partis depuis longtemps, après m'avoir laissé leurs numéros de portable.

Un pick-up noir à flammes turquoise et roses s'est arrêté dans un crissement de pneus le long de ma voiture. Jason a sauté à terre et est venu se planter devant moi. Nous ne nous étions pas adressé la parole depuis des semaines. Mais ce n'était vraiment pas le moment de régler nos comptes.

— C'est vrai ? m'a lancé mon frère d'entrée.

— Oui. Je suis désolée, c'est vrai.

— Le bébé aussi ?

— Oui.

— Alcee est venu au chantier, a-t-il repris d'une voix hébétée. Il m'a demandé depuis combien de temps je ne l'avais pas vue. Ça fait quatre ou cinq semaines que je ne lui ai pas parlé, sauf pour lui envoyer de l'argent pour aller voir son médecin, et puis ses vitamines aussi. Je l'ai vue une fois au *Dairy Queen*.

— Elle était avec qui ?

Il a pris une profonde inspiration. Il avait le souffle court et la respiration saccadée.

— Sa sœur. Tu crois… a-t-il commencé. Ça a été dur, pour elle ?

Pas la peine de tourner autour du pot.

— Oui.

— Alors, je suis désolé qu'elle soit partie comme ça, a-t-il soupiré.

Jason n'est pas habitué à exprimer des émotions complexes et il ne savait pas trop comment gérer ce mélange de chagrin et de regret, ce deuil. Il avait pris cinq ans d'un coup.

— Elle m'a fait tellement de mal et j'étais tellement en colère contre elle… Mais jamais je ne lui aurais souhaité ça. Dieu sait qu'on n'aurait sans doute pas fait de très bons parents, mais on n'a même pas eu le temps d'essayer…

J'étais entièrement d'accord avec lui.

— Tu étais en bonne compagnie, cette nuit ? lui ai-je finalement demandé.

— Oui, j'ai passé la soirée au *Bayou* avec Michele Schubert et je l'ai ramenée à la maison après.

Le *Bayou* était un bar de Clarice, une petite ville à quelques kilomètres de Bon Temps.

— Elle a passé toute la nuit chez toi ?

— Je lui ai fait des œufs brouillés ce matin.

— Parfait.

Pour une fois que les frasques de mon frère servaient à quelque chose ! Michele était divorcée ; elle vivait seule ; elle n'avait pas d'enfants et elle n'avait pas la langue dans sa poche. Elle n'hésiterait pas à raconter à la police très exactement ce qu'elle avait fait, où et avec qui. C'est ce que j'ai dit à mon frère.

— Les flics l'ont déjà interrogée, m'a-t-il annoncé.

— Ils n'ont pas perdu de temps.

— Bud était au *Bayou*, hier soir.

Donc, le shérif avait dû voir Jason partir et noter qu'il n'était pas seul – Bud ne serait pas resté shérif si longtemps s'il n'avait pas eu un minimum de jugeote.

— Eh bien, c'est un plus, ai-je commenté.

Puis je me suis tue, parce que je ne savais pas quoi dire.

— Tu crois qu'on l'a tuée parce que c'était une panthère ? a demandé Jason d'une voix hésitante.

— Peut-être. Elle était en train de se changer quand elle a été tuée.

— Pauvre Crystal ! Elle aurait détesté qu'on la voie comme ça.

À mon grand étonnement, j'ai vu des larmes couler sur le visage de mon frère.

Je ne savais pas comment réagir. Je n'ai rien trouvé de mieux que de prendre un Kleenex dans la boîte à gants et de le lui coller dans la main. Je n'avais pas vu Jason pleurer depuis des siècles. Est-ce qu'il avait seulement versé une larme à la mort de Gran ? Peut-être qu'il avait vraiment aimé Crystal, finalement. Peut-être que ce n'était pas uniquement pour venger son orgueil blessé qu'il lui avait tendu ce piège dans lequel elle était tombée si facilement, se faisant surprendre en flagrant délit d'adultère. Il s'était arrangé pour que nous la découvrions en pleine action, Dove, Calvin et moi. Ça m'avait tellement dégoûtée qu'il m'ait forcée à être témoin d'une chose pareille – et à en subir les conséquences – que je l'avais évité pendant des semaines. Mais la mort de Crystal avait, pour le moment du moins, désamorcé ma colère.

— Elle est au-dessus de ça, maintenant, ai-je répondu.

Le pick-up de Calvin est venu se ranger de l'autre côté de ma voiture. Je n'avais pas eu le temps de le voir arriver que, déjà, Calvin se tenait devant moi. Tanya Grissom en était encore à descendre de la cabine côté passager. Mais ce n'était pas le Calvin que je connaissais qui me regardait avec ces yeux-là. D'ordinaire d'un étrange vert tirant sur le jaune, ils étaient à présent presque dorés et le blanc avait pratiquement disparu. Ses pupilles s'étaient étirées à la verticale. Il ne portait même pas de veste. Rien qu'à le voir, je frissonnais. Et ce n'était pas seulement une question de température...

— Je suis tellement désolée, Calvin, me suis-je aussitôt exclamée, en me précipitant vers lui, les mains tendues. Et sachez bien que Jason n'y est pour rien.

J'ai levé les yeux (à peine) pour chercher son regard. Calvin était un peu plus lourd, un peu plus grisonnant que quand je l'avais rencontré, un an plus tôt. Mais il était toujours aussi solide, robuste et rassurant.

— Il faut que je la flaire, a-t-il grondé, sans prêter la moindre attention à ce que je lui disais. Il faut qu'ils me laissent passer pour que je la flaire. Je saurai, moi.

— Bon. Alors, venez. On va leur demander, lui ai-je répondu, non seulement parce que c'était une bonne idée, mais aussi parce que je voulais le tenir aussi loin que possible de mon frère.

Du moins Jason a-t-il été assez malin pour rester à l'écart. J'ai pris Calvin par le bras et je l'ai entraîné vers le parking du personnel. Nous avons contourné le bar, mais le ruban de plastique qui délimitait la scène de crime nous a rapidement barré le chemin.

Dès qu'il nous a aperçus, Bud Dearborn est venu se planter de l'autre côté du cordon de sécurité.

— Calvin, je sais que tu es secoué et je suis vraiment désolé pour ta nièce...

D'un coup de griffes, Calvin a déchiré le ruban et a commencé à se diriger vers la croix. Il n'avait pas fait trois pas que les fédéraux l'ont intercepté. Ils se sont retrouvés à terre avant de comprendre ce qui leur arrivait, ce qui a provoqué une belle pagaille : tout le monde s'agitait et criait. Quand les choses se sont un peu calmées, Calvin était immobilisé. Ils s'y étaient mis à trois pour le retenir. Et pas des petits gabarits : Bud, Andy et Alcee. Sans compter Lattesta et Weiss, qui, bien qu'en fâcheuse posture, faisaient de leur mieux pour aider la police locale en s'agrippant aux jambes de Calvin.

— Calvin, a haleté Bud.

Bud Dearborn n'était plus de la première jeunesse, et il était clair qu'il faisait appel à toutes ses forces pour maîtriser Calvin.

— Tu ne dois pas t'approcher, Calvin, lui a-t-il expliqué, après avoir repris un peu son souffle. Sinon, tous les indices qu'on va relever seront contaminés.

J'étais sidérée. Je m'attendais à voir Bud fracasser le crâne de Calvin avec sa matraque ou sa lampe torche. Et voilà que, même anxieux et épuisé par ses efforts, il avait l'air de compatir. Pour la première fois, j'ai compris que je n'étais pas la seule à connaître le secret de Hotshot. De sa main ridée, Bud a tapoté le bras de Calvin en guise de consolation – à distance respectueuse de ses griffes, cependant. En les apercevant, Lattesta a émis une sorte de hoquet étranglé, sans doute censé alerter sa collègue.

— Bud, a rétorqué Calvin, dans un grondement effrayant, si je ne peux pas y aller maintenant, laisse-moi au moins la flairer quand ils l'auront détachée. J'essaie de trouver la piste de ceux qui ont fait ça.

— Je vais voir si c'est possible, lui a calmement répondu Bud. Mais, pour le moment, mon vieux, tu dois sortir du périmètre, parce qu'ils ont besoin de collecter un maximum de preuves. Des preuves qui feront la différence devant une cour d'assises. Il ne faut pas que tu t'approches d'elle, OK ?

Il y avait longtemps que je ne portais plus Bud dans mon cœur, mais à cet instant précis, il remontait nettement dans mon estime.

Au bout d'un certain temps, Calvin a fini par hocher la tête. La tension qui lui nouait les épaules a semblé se relâcher en partie. Tous ceux qui le retenaient ont pu desserrer leur étreinte.

— Reste devant le bar, lui a conseillé Bud. On t'appellera. Tu as ma parole.

— D'accord.

Les policiers se sont détendus, et Calvin m'a laissée lui passer un bras autour de la taille. On est tous les deux retournés vers le parking des clients. Tanya l'y attendait. Tout dans son attitude trahissait son anxiété. Elle avait eu la même crainte que moi : que Calvin ne se fasse passer à tabac.

— Jason n'a rien fait, ai-je répété.

— Je me fiche de votre frère, a grommelé Calvin, en tournant ses étranges yeux d'or vers moi. Il ne compte pas pour moi. Je ne crois pas qu'il l'ait tuée.

Pour lui, mon inquiétude pour mon frère me détournait du vrai problème – la mort de sa nièce –, et il était clair que ça ne lui plaisait pas. J'ai préféré me taire. Je devais respecter sa douleur.

Griffes ou pas, Tanya lui a pris les mains.

— Est-ce qu'ils vont te laisser la flairer ? lui a-t-elle demandé.

Elle avait le regard rivé au visage de Calvin. J'aurais tout aussi bien pu ne pas être là.

— Quand ils auront descendu le corps, a-t-il répondu.

Ce serait tellement formidable, si Calvin pouvait identifier le coupable ! Encore une chance que les métamorphes aient fait leur *coming out*. Sauf que… c'était peut-être à cause de ça que Crystal était morte.

— Tu crois que tu réussiras à trouver une piste ?

Tanya était calme, attentive. Je ne l'avais jamais vue aussi sérieuse depuis que je la connaissais (il faut dire aussi que nous n'avions pas une relation très suivie). Elle l'a enlacé, posant sa tête contre son épaule. Puis elle a levé les yeux vers lui.

— Avec tous ces gens qui l'auront touchée, je vais bien trouver une vingtaine d'odeurs différentes. Tout ce que j'espère, c'est que je saurai les identifier toutes. Je regrette de ne pas être arrivé sur les lieux en premier.

Il la serrait contre lui, comme s'il avait besoin de se raccrocher à quelqu'un.

Jason se tenait à un mètre d'eux. Il attendait que Calvin l'aperçoive. Il avait le dos raide, le visage figé. Il y a eu un épouvantable silence quand Calvin a finalement remarqué sa présence, en regardant par-dessus l'épaule de Tanya.

Je ne sais pas comment Tanya a réagi, mais, de mon côté, chacun de mes muscles était tendu. Au bout du compte, Calvin a fini par tendre lentement la main à Jason. Ses griffes avaient disparu, mais le dos de sa main était couvert de blessures tout juste cicatrisées et l'un de ses doigts était tordu.

C'est moi qui lui avais infligé ça. J'avais servi de témoin de mariage à Jason, et Calvin en avait fait autant pour sa nièce. Quand Jason nous avait contraints à surprendre Crystal en flagrant délit d'adultère, Calvin et moi nous étions retrouvés obligés de les représenter au jugement qui s'était ensuivi. Et, quand la peine avait été prononcée – la mutilation d'une main ou d'une patte – j'avais été chargée de l'exécuter: j'avais dû broyer la main de mon ami avec une brique. Je n'avais plus jamais regardé mon frère de la même façon depuis.

Jason s'est baissé pour lécher le dos de la main que Calvin lui tendait, afin de lui prouver son absolue obéissance. Le geste était plutôt maladroit, car ce rituel ne lui était pas encore familier. Je retenais mon souffle. Jason levait un regard incertain vers Calvin. Quand ce dernier a hoché la tête, tout le monde a recommencé à respirer. Le chef de la communauté de Hotshot avait accepté l'allégeance de l'un des siens.

— Tu seras de la mise à mort, a déclaré Calvin – comme si Jason lui avait demandé quelque chose.

— Merci, a dûment répondu Jason, avant de reculer.

Il n'avait pas fait deux pas qu'il s'est arrêté.

— Je veux l'enterrer, a-t-il murmuré.

— On va tous l'enterrer, a riposté Calvin. Quand ils daigneront nous la rendre.

Le ton était catégorique. Jason a hésité une seconde, puis il a opiné du chef.

Calvin et Tanya sont remontés dans le pick-up de Calvin, mais celui-ci n'a pas démarré. Ils avaient manifestement l'intention d'attendre sur place que le corps de Crystal soit descendu de la croix.

— Je rentre, m'a annoncé Jason. Je ne peux pas rester ici.

Il avait l'air complètement sonné.

— OK.

— Tu… tu as l'intention de rester ici ?

— Oui, c'est moi qui gère le bar, en l'absence de Sam.

— Sacrée preuve de confiance.

J'ai acquiescé. Il avait raison, j'aurais dû me sentir honorée. Je l'étais, d'ailleurs.

— C'est vrai que son beau-père a tiré sur sa mère ? J'ai entendu dire ça au *Bayou*, hier soir.

— Oui. Il ne savait pas qu'elle était… enfin, tu sais… une métamorphe.

Mon frère a secoué la tête.

— Cette histoire de *coming out*… Je ne sais pas si c'était une bonne idée, finalement. La mère de Sam s'est fait tirer dessus, Crystal est morte... C'est quelqu'un qui connaissait sa vraie nature qui l'a clouée là-dessus, Sookie. Peut-être qu'après, c'est à moi qu'ils s'en prendront. Ou à Calvin. Ou à Tray Dawson. Ou à Alcide. Peut-être qu'ils vont essayer de tous nous descendre.

J'allais lui dire que ce n'était pas possible, que les gens que je connaissais ne se retourneraient quand même pas contre leurs amis, leur famille, leurs voisins, à cause d'un simple hasard de la génétique. Et puis, finalement, je me suis tue. Et s'il avait raison ?

— Peut-être, lui ai-je répondu, en sentant un frisson glacé me parcourir l'échine.

J'ai respiré un bon coup.

— Mais la plupart des gens ne s'en sont pas pris aux vampires, alors je crois qu'ils pourront accepter les hybrides, quels qu'ils soient. Enfin, je l'espère.

C'est alors que Mel Hart est arrivé. Il est descendu de voiture et s'est dirigé vers nous. À en juger par sa tenue, il était venu directement du travail. J'ai remarqué qu'il évitait soigneusement de regarder en direction de son chef de clan, bien que mon frère soit resté juste à côté du pick-up de Calvin.

— Alors, c'est vrai, a-t-il soupiré.

— Elle est morte, Mel, a dit Jason.

Mel est venu tapoter l'épaule de mon frère avec cette gaucherie qu'ont toujours les hommes quand ils en réconfortent un autre.

— Viens, Jason, lui a-t-il dit. Ça ne sert à rien que tu restes là. On va rentrer chez toi et boire un verre, vieux.

Jason a hoché la tête d'un air absent.

— D'accord, on est partis.

Après le départ de Jason et de Mel, qui l'a suivi avec sa voiture, je suis retournée m'asseoir dans la mienne. Faute de mieux, j'ai récupéré les quotidiens qui traînaient sur la banquette arrière. Je ramassais souvent le journal sur le perron en sortant de chez moi, quand j'allais au travail, et je le lançais derrière moi. C'était devenu un réflexe. J'essayais de lire au moins les gros titres dans un délai raisonnable. Mais, avec les problèmes de Sam, la gestion du bar et le reste, je n'avais pas jeté un seul coup d'œil aux nouvelles depuis que les hybrides étaient sortis du bois.

J'ai rangé les journaux par date et j'ai commencé ma lecture.

Évidemment, il n'y en avait que pour la « Grande Révélation bis ». Le pire côtoyait le meilleur: les réactions variaient du calme à la panique la plus totale. Beaucoup prétendaient avoir toujours soupçonné que le monde ne pouvait pas être seulement peuplé d'humains et de vampires. Les vampires, pour leur part, soutenaient à cent pour cent leurs « frères velus ». Officiellement, en tout cas. Je savais d'expérience que les deux communautés entretenaient des relations pour le moins tendues. Les hybrides de tout poil raillaient « les refroidis » et les vampires en faisaient autant. Il semblait, toutefois, qu'ils aient décidé de faire cause commune et de présenter un front uni – au début, tout au moins.

Les réactions officielles des États avaient été des plus diverses. La ligne politique suivie par les États-Unis, à cet égard, était si favorable aux hybrides qu'elle avait sûrement dû être établie par les loups-garous déjà infiltrés dans les rouages du système. Le mot d'ordre était d'accepter les hybrides comme des humains à part entière et de leur conserver leurs droits de citoyens, droits qu'ils possédaient *de facto* quand personne ne savait encore qu'ils se changeaient à la pleine lune. Cette décision ne devait pas ravir les vampires, qui n'avaient toujours pas obtenu les mêmes droits que les humains devant la loi.

Le mariage civil et le droit d'hériter leur étaient encore interdits dans certains États, ainsi que la propriété de certains types de sociétés. Le lobby humain des propriétaires de casino avait réussi à les écarter des maisons de jeu, dont ils ne pouvaient être propriétaires, ce que je ne comprenais toujours pas. D'autre part, quoique les vampires puissent exercer en tant que policier ou pompier, un vampire médecin ne pouvait approcher les blessés souffrant d'une plaie ouverte, ni devenir chirurgien. Les vampires n'étaient pas admis dans les compétitions sportives non plus. Ça, je pouvais encore le comprendre. Ils étaient trop puissants. Mais il y avait des tas d'athlètes qui comptaient des métamorphes dans leur arbre généalogique. Et pour cause : ceux-ci avaient des aptitudes naturelles pour le sport. Les rangs des militaires aussi grouillaient d'hommes et de femmes dotés de grands-parents qui hurlaient à la lune tous les vingt-huit jours. Il y avait même des garous pure souche dans l'armée, même si ça ne devait pas être facile pour eux de réussir à s'isoler au moins trois nuits par mois...

Les pages Sport disparaissaient sous les photos de célébrités partiellement ou cent pour cent hybrides : un des attaquants de l'équipe de football des New England Patriots, un voltigeur des Cardinals, l'équipe de base-ball de Saint-Louis, un marathonien... Tous avaient reconnu qu'ils se changeaient en un animal quelconque. Un champion olympique de natation venait de découvrir que son père était un phoque-garou, et la joueuse de tennis numéro un, en Angleterre, avait avoué que sa mère se transformait en léopard. Le monde du sport n'avait pas connu pareil scandale depuis les dernières affaires de dopage. Les origines surnaturelles de ces athlètes ne les avantageaient-elles pas par rapport à leurs adversaires ? Devait-on leur retirer leurs médailles et leurs trophées ? Effacer leurs records des annales du sport ? À un

autre moment, ce débat m'aurait peut-être passion-
née, mais, en un jour comme celui-là, je m'en moquais
éperdument.

Je commençais néanmoins à mieux mesurer l'ampleur du phénomène. La révélation des hybrides
était très différente de celle des vampires. Les vampires sortaient complètement du champ de références des humains ; ils appartenaient à la légende
et au folklore ; ils avaient vécu séparément, entre
eux. Comme ils pouvaient survivre grâce au sang
de synthèse japonais, ils avaient pu se présenter à
leurs futurs « concitoyens » comme totalement inof-
fensifs. Mais les métamorphes vivaient parmi nous
depuis toujours, au sein même de notre société, tout
en gardant leur double nature et leur propre organisation secrètes. Parfois, leurs enfants eux-mêmes
(à l'exception de l'aîné, qui héritait nécessairement
de leurs caractéristiques génétiques) ignoraient ce
qu'ils étaient, surtout s'ils n'étaient pas des loups-
garous.

« Je me sens trahie, disait une femme. Mon grand-
père se transforme en lynx tous les mois. Il galope à
travers la campagne et il tue. Mon esthéticienne – et
je vais chez elle depuis quinze ans – est un coyote.
Et je ne le savais pas ! J'ai l'impression qu'on m'a
trompée, et ça m'écœure. » D'autres trouvaient ça
fascinant. « Notre principal est un loup-garou ! s'ex-
tasiait un adolescent de Springfield, Missouri. Trop
cool, hein ? »

La simple présence des métamorphes parmi eux
effrayait les gens. « J'ai peur de descendre mon voisin par erreur, si je vois un renard trotter sur la
route, disait un fermier du Kansas. Et s'il s'en prend
à mes poules ? » Les différentes communautés reli-
gieuses ne savaient plus à quel saint se vouer. « Nous
ne savons que penser, reconnaissait un représentant
officiel du Vatican. Ils sont vivants ; ils sont parmi

nous : ils doivent avoir une âme. Il y a même des garous parmi nos prêtres. » Les fondamentalistes s'enlisaient tout autant. Et un pasteur baptiste déplorait : « Nous nous inquiétions d'Adam et Steve[1]. Aurions-nous dû nous inquiéter davantage de Rex et Grosminet ? »

Le monde était parti en vrille et je n'en avais pas eu conscience.

Tout à coup, il m'était plus facile de comprendre comment ma belle-sœur, panthère-garou pure souche, avait fini sur une croix, derrière le bar d'un type qui se changeait en chien.

---

1. Dans leur bataille contre l'homosexualité, des fondamentalistes chrétiens américains ont inventé ce slogan : « Dieu a créé Adam et Ève, pas Adam et Steve. » *(N.d.T.)*

6

À peine lui a-t-on enlevé les clous aux mains et aux pieds que le corps de Crystal a repris forme humaine. J'ai assisté à la scène d'où j'étais, toujours coincée derrière le ruban qui délimitait la scène de crime. Ce spectacle morbide avait attiré l'attention de toutes les personnes présentes sur place. Une même horreur se peignait sur tous les visages. Même Alcee Beck a eu un mouvement de recul. À ce stade des opérations, j'attendais déjà depuis des heures. J'avais lu et relu tous mes journaux, avalé près du tiers d'un livre de poche que j'avais trouvé dans la boîte à gants et eu une vague conversation avec Tanya sur la mère de Sam. Après avoir épuisé le sujet, elle n'avait pratiquement plus parlé que de Calvin. J'ai appris qu'elle s'était installée chez lui. Elle avait trouvé un travail à Norcross, à la direction, un job de secrétaire quelconque. Elle appréciait la régularité des horaires.

— Et je n'ai pas à rester debout toute la sainte journée, me disait-elle.

— Génial.

J'ai dit ça par pure politesse, parce que j'aurais détesté faire un travail pareil. Voir les mêmes têtes tous les jours au bureau ? Très peu pour moi ! Au bout d'un moment, j'aurais connu tous mes collègues par cœur, et vu que je n'aurais pas toujours réussi à me préserver de leurs pensées, j'aurais fini par ne plus pouvoir les supporter parce que j'en aurais su beaucoup trop sur eux. Un bar, au moins, ça brassait du monde. Au *Merlotte*, mon attention était constamment distraite : exactement ce qu'il me fallait.

— Comment ça s'est passé, la Grande Révélation, pour toi ? lui ai-je demandé.

— J'en ai parlé à Norcross dès le lendemain. Quand ils ont appris que je me changeais en renarde, ils ont trouvé ça marrant.

Elle avait l'air écœurée.

— Pourquoi il n'y en a toujours que pour les plus gros ? s'est-elle insurgée. Calvin a impressionné toute son équipe, à la scierie, et moi, qu'est-ce que je récolte ? Des mauvaises blagues sur ce que ça me fait d'avoir une queue touffue !

— C'est injuste, ai-je compati en réprimant un petit sourire.

— Ça l'a carrément démoli, la mort de Crystal, a-t-elle soupiré, revenant subitement au sujet précédent. C'était sa nièce préférée. Il avait mal au ventre pour elle quand ils se sont aperçus qu'elle était nulle comme panthère. Sans compter le problème des bébés...

Crystal, fruit d'une longue lignée d'unions consanguines, mettait des heures à se transformer en panthère et avait toutes les peines du monde à inverser le processus quand elle voulait reprendre forme humaine. Elle avait fait plusieurs fausses couches. D'ailleurs, si les siens l'avaient laissée épouser Jason, c'était uniquement parce qu'il était devenu évident qu'elle ne pourrait jamais mener une grossesse à terme et donc donner un nouveau pur-sang à la communauté.

— Peut-être qu'elle avait déjà perdu le bébé avant d'être assassinée ou que c'est ce qui a provoqué l'avortement, ai-je hasardé. Peut-être que celui qui a fait ça ne savait pas qu'elle était enceinte.

— Ça se voyait, mais pas tant que ça, a reconnu Tanya. Elle faisait tout un cirque à table parce qu'elle voulait à tout prix garder la ligne.

Elle a secoué la tête avec amertume.

— Mais, franchement, Sookie, ça change quoi que l'assassin l'ait su ou pas ? Le résultat est le même. Le bébé est mort et elle aussi. Et elle est morte la trouille au ventre et sans personne pour la défendre.

Tanya avait absolument raison.

— Tu crois que Calvin pourra traquer celui qui a fait ça rien qu'en flairant son odeur ?

Elle a semblé sceptique.

— Des odeurs, y en a plein. Je ne sais pas comment il pourra repérer la bonne. Et puis, regarde, ils sont tous en train de la toucher. J'en vois qui portent des gants, mais ça aussi, ça a une odeur. Tiens, regarde Mitch Norris, qui les aide à la descendre, il est des nôtres. Alors ? Comment Calvin va s'y retrouver ?

— Et puis, qui dit que ce n'est pas l'un d'eux ?

Je désignais du menton les types qui entouraient le corps. Tanya m'a lancé un coup d'œil aiguisé comme une lame.

— Tu veux dire que les flics pourraient être dans le coup ? Tu sais quelque chose ?

Je me suis empressée de la détromper.

— Non, non, c'est juste que… on n'a aucune certitude. Enfin, j'imagine que je pensais à Dove Beck.

— C'est celui qui était au lit avec elle, le fameux jour ?

J'ai hoché la tête.

— Tu vois ce grand type, là ? Le Noir en uniforme ? Eh bien, c'est son cousin, Alcee.

— Tu crois qu'il pourrait avoir quelque chose à voir là-dedans ?

— Non, pas vraiment. C'étaient juste des idées en l'air.

— Je suis sûre que Calvin y a pensé aussi. Il a oublié d'être bête, ce mec.

J'ai hoché la tête de plus belle. Calvin n'avait rien d'un génie et il n'était pas allé à la fac (moi non plus, d'ailleurs), mais il avait des neurones et il savait s'en servir.

Puis Bud a fait signe à Calvin. Le chef de Hotshot est descendu de son pick-up pour se diriger vers le corps de sa nièce, qu'on avait couché sur une civière, dans un sac mortuaire ouvert. Calvin s'est approché prudemment, les mains dans le dos pour ne pas la toucher.

Parmi ceux qui assistaient à la scène, les réactions allaient de la fascination à l'indifférence, en passant par le mépris et le dégoût.

Finalement, Calvin s'est redressé et, sans un mot pour ceux qui l'observaient, a fait volte-face pour retourner vers son camion. Tanya est sortie de ma voiture pour aller à sa rencontre. Elle l'a enlacé et a levé les yeux vers lui. Il a secoué la tête. J'avais descendu ma vitre pour écouter ses commentaires.

— Je n'ai pas pu en tirer grand-chose, a-t-il soupiré. Trop d'odeurs mélangées. Elle sent juste la panthère morte.

— Viens, on rentre, lui a répondu Tanya.

— D'accord.

Ils ont tous les deux levé la main pour me saluer, et je me suis retrouvée toute seule sur le parking clients à attendre. Bud est venu me demander d'ouvrir la porte de service. Je lui ai tendu mes clés. Quelques minutes plus tard, il était de retour : la porte n'avait pas été fracturée et il n'y avait aucune trace à l'intérieur, ce qui signifiait que personne n'était entré dans le bar depuis la fermeture, la veille. Il m'a rendu mes clés.

— On peut ouvrir, alors ? lui ai-je demandé.

La plupart des véhicules de police étaient partis ; le corps avait été évacué : apparemment, l'opération touchait à sa fin. J'étais prête à faire un nouvel effort de patience à condition qu'on m'assure que je pourrais bientôt accéder à mon lieu de travail.

Mais, quand Bud m'a annoncé qu'il y en avait encore pour deux ou trois heures, j'ai jeté l'éponge. J'avais prévenu tous les employés dont j'avais le numéro et, avec le ruban qui barrait le parking, tous les clients potentiels pouvaient voir que le bar était fermé. Je perdais mon temps. Mes visiteurs du FBI, qui avaient passé des heures l'oreille collée à leur portable, semblaient maintenant plus passionnés par le crime que par ma petite personne – tant mieux. Peut-être même qu'ils allaient m'oublier, avec un peu de chance.

Puisque personne ne paraissait surveiller mes faits et gestes, ni même s'intéresser un tant soit peu à ce que je faisais, j'ai démarré et j'ai filé. Je n'avais pas vraiment le cœur à faire des courses. Je suis rentrée directement à la maison.

Amelia était partie depuis longtemps travailler au cabinet d'assurances, mais Octavia était là. Elle avait installé la planche dans sa chambre et elle repassait l'ourlet d'un pantalon qu'elle venait de raccourcir. Il y avait une pile de chemisiers sur son lit. J'imagine qu'il n'existe pas de sort pour éviter ce genre de corvée. Je lui ai proposé de l'emmener en ville, mais elle m'a dit qu'elle avait déjà fait tout le nécessaire la veille, avec Amelia. Elle m'a invitée à m'asseoir sur la petite chaise, près de la fenêtre, pendant qu'elle poursuivait son ouvrage.

— On va plus vite quand on a quelqu'un à qui parler, a-t-elle prétexté.

Elle m'a soudain paru si esseulée que je me suis sentie coupable. Je lui ai parlé de la matinée que j'avais passée, des circonstances de la mort de Crystal. Octavia en avait vu de dures, dans la vie, et ce n'était pas ça qui allait la traumatiser. Elle a fait les commentaires appropriés et exprimé l'horreur escomptée. Cependant, elle n'avait pas connu Crystal. Et puis, je sentais bien qu'elle avait autre chose en tête.

Elle a reposé son fer et elle est venue se planter devant moi.

— Sookie, il faut que je trouve du travail. Je sais que je suis une charge pour vous et pour Amelia. À Monroe, j'avais l'habitude d'emprunter la voiture de ma nièce dans la journée, quand elle était de nuit, à l'hôpital. Mais, depuis que j'ai emménagé ici, je suis toujours obligée de demander à l'une de vous de me véhiculer. Je sais que cela commence à devenir lassant pour tout le monde. Chez ma nièce, je faisais le ménage, la cuisine et je gardais les enfants pour payer mon gîte et mon couvert. Mais Amelia et vous êtes de vraies fées du logis, et ma maigre contribution ne serait d'aucune utilité.

— Mais je suis ravie de vous avoir à la maison, Octavia ! me suis-je écriée, polie à défaut d'être honnête. Et vous m'avez déjà aidée bien des fois. Vous ne vous souvenez pas que vous m'avez débarrassée de Tanya ? Eh bien, elle est amoureuse de Calvin, maintenant, et elle ne me persécutera plus. Je comprends parfaitement que vous vous sentiriez mieux, si vous trouviez un job. Peut-être qu'une occasion va se présenter, qui sait ? Mais, en attendant, vous êtes bien comme ça, non ? Ne vous inquiétez pas, on trouvera une solution.

— J'ai appelé mon frère à La Nouvelle-Orléans, m'a-t-elle alors annoncé.

J'en suis restée sans voix. Je ne savais même pas qu'elle avait encore de la famille, en dehors de sa nièce.

— Il m'a dit que ma compagnie d'assurances avait décidé de m'accorder un dédommagement, a-t-elle poursuivi. Ce n'est pas grand-chose, dans la mesure où j'ai presque tout perdu, mais cela devrait me suffire à acheter une bonne voiture d'occasion. Mais je ne me vois pas retourner à La Nouvelle-Orléans. Je n'ai pas l'intention de refaire construire, et pour trouver à me loger là-bas, avec mes maigres ressources...

— Je suis désolée, Octavia. J'aimerais tellement pouvoir vous aider, vous faciliter les choses.

— Mais vous m'avez déjà facilité les choses, Sookie! Et je vous en suis reconnaissante.

— Oh, je vous en prie! me suis-je exclamée, prise de remords. C'est Amelia qu'il faut remercier, pas moi.

— Tout ce que je sais faire, c'est jeter des sorts, a-t-elle soupiré. J'ai été tellement contente de pouvoir vous donner un petit coup de pouce, pour Tanya. Se souvient-elle de quelque chose?

— Non. Je crois qu'elle ne se rappelle même pas être venue ici. On ne sera jamais copines, elle et moi, mais, au moins, elle ne me rendra plus la vie impossible.

Tanya avait été envoyée à Bon Temps pour me pourrir l'existence par une jeune femme du nom de Sandra Pelt qui avait une dent contre moi. Comme Calvin avait manifestement craqué pour Tanya et ne voulait pas la voir partir, Amelia et Octavia s'étaient contentées de lui jeter un petit sort pour la soustraire à l'influence de Sandra. Tanya n'était toujours pas particulièrement tendre avec moi, mais c'était tout simplement son caractère, je suppose.

— Croyez-vous que nous devrions faire une reconstitution pour identifier le meurtrier de Crystal ? m'a alors proposé Octavia.

J'ai pris le temps de réfléchir à la question. J'ai essayé d'imaginer l'organisation d'une reconstitution ectoplasmique sur le parking du *Merlotte*. Il faudrait enrôler au moins une sorcière supplémentaire, vu la zone à couvrir. Je n'étais pas sûre que mes deux colocataires puissent y parvenir toutes seules. Elles, cependant, en seraient sans doute persuadées.

— J'ai bien peur que ce ne soit pas possible, ai-je finalement soupiré. On se ferait forcément voir et ce ne serait pas bon, ni pour vous ni pour Amelia. En plus, on ne sait pas exactement où le crime a eu lieu. Et vous avez besoin de le savoir, non ? Où elle est morte, j'entends ?

— Oui. Si elle n'a pas été assassinée sur le parking, l'opération ne servira à rien.

Elle semblait quelque peu soulagée.

— J'imagine qu'on ne le saura pas avant l'autopsie. Si elle a été tuée sur place ou avant d'être crucifiée, je veux dire.

Je n'étais pas certaine de pouvoir supporter une nouvelle reconstitution ectoplasmique, de toute façon. J'en avais déjà vu deux. Regarder des morts – sous forme gélifiée, certes, mais parfaitement reconnaissable – revivre leurs derniers instants était une expérience pour le moins perturbante et effroyablement déprimante.

Octavia s'est remise à son repassage, et je suis allée dans la cuisine me faire chauffer une soupe. Il fallait que je mange quelque chose, et je ne me sentais pas capable de faire plus qu'ouvrir une boîte de conserve.

Les heures se sont traînées sans qu'il se passe rien. Pas de nouvelles de Sam, pas d'appel de la police m'annonçant que je pouvais rouvrir le bar, aucun signe du FBI. Finalement, j'ai décidé d'aller à Shreveport. Amelia était rentrée du travail et, quand je suis partie, mes deux colocataires préparaient le dîner toutes les deux : très cocon familial, comme scène. Mais j'étais bien trop énervée pour y participer.

Pour la deuxième fois en deux jours, je me retrouvais sur la route du *Fangtasia*. J'ai essayé de ne pas réfléchir et je suis restée branchée sur une radio de gospel pendant tout le trajet. Les sermons m'ont aidée à prendre du recul vis-à-vis des terribles événements de la journée.

Quand je suis arrivée, la nuit était tombée, mais il était quand même trop tôt pour que le bar soit déjà bondé. Eric était assis à l'une des tables de la grande salle. Il me tournait le dos. Il avait une bouteille de TrueBlood devant lui et il parlait avec Clancy – qui doit se trouver juste en dessous de Pam, hiérarchiquement parlant. Clancy me faisait donc face. En me voyant approcher, il a eu un petit rictus ironique. Clancy ne faisait pas partie de mon fan-club. Comme je n'avais pas accès à ses pensées, puisqu'il était vampire, je ne savais pas pourquoi. Je crois que je lui étais tout simplement antipathique.

Eric s'est retourné et a haussé les sourcils. Il a dit quelque chose à Clancy, qui s'est levé et s'est dirigé vers le bureau d'un pas martial. Eric a attendu que je m'assoie à sa table.

— Bonsoir, Sookie, m'a-t-il sobrement saluée. Es-tu venue me dire à quel point tu m'en veux d'avoir précipité notre union ? Ou es-tu prête à entamer cette longue discussion que nous devrons avoir tôt ou tard, de toute façon ?

— Ni l'un ni l'autre.

Nous avons gardé le silence un long moment. J'étais épuisée, mais je me sentais étonnamment sereine. Étant donné la manière, pour le moins cavalière, dont il avait géré la requête de Quinn et cette histoire de poignard, j'aurais dû lui voler dans les plumes. Et j'aurais sans doute dû aussi lui poser tout un tas de questions. Mais je n'en avais tout simplement pas la force, ni le courage.

J'avais juste besoin de le sentir à côté de moi.

Il y avait de la musique en fond sonore. La sono était branchée sur KDED, la station de radio des vampires. Les Animals chantaient « The Night ». Après avoir descendu sa bouteille de sang, Eric a posé sa main de glace sur la mienne.

— Alors ? Que s'est-il passé, aujourd'hui ? m'a-t-il posément demandé.

J'ai commencé à tout lui raconter, en partant de la visite du FBI. Il ne m'a pas interrompue, n'a pas ponctué mon récit d'exclamations et ne m'a pas posé de questions. Pas même lorsque j'ai relaté l'évacuation du corps de Crystal. Quand je me suis tue, il est resté muet pendant un long moment.

— Même pour toi, c'est une journée chargée, Sookie, a-t-il finalement commenté. Quant à Crystal, je ne crois pas l'avoir jamais rencontrée, mais, apparemment, elle n'avait pas grand intérêt.

Eric avait pour habitude de parler sans détour et ne s'embarrassait pas de formules de politesse. J'appréciais ce trait de caractère chez lui, mais je me félicitais aussi qu'il ne soit pas plus répandu.

— J'avoue que si on m'avait proposé d'emmener quelqu'un avec moi sur une île déserte, elle n'aurait même pas figuré sur la liste d'attente, ai-je répondu.

Un petit sourire a étiré ses lèvres.

— Mais le hic, c'est qu'elle était enceinte, ai-je ajouté. Et que c'était le bébé de mon frère.

— De mon temps, les femmes enceintes valaient le double, quand elles étaient tuées, a observé Eric.

Il n'avait jamais été très loquace sur sa vie d'avant (avant d'avoir été vampirisé, j'entends).

— Comment ça, « le double » ?

— En temps de guerre ou lorsqu'il s'agissait d'étrangers, nous pouvions tuer n'importe qui impunément, m'a-t-il expliqué. Mais, dans les querelles intestines, nous devions payer un tribut en argent quand nous tuions l'un des nôtres.

Il semblait avoir du mal à faire remonter ces lointains souvenirs du tréfonds de sa mémoire.

— Si la victime était une femme enceinte, le montant du prix à payer était doublé.

— Tu avais quel âge quand tu t'es marié ? Tu as eu des enfants ?

Hormis qu'il avait été marié, j'ignorais tout de l'histoire d'Eric.

— À douze ans, j'étais un homme et j'ai pris femme à seize ans. Ma femme s'appelait Aude. Aude a eu… nous avons eu… six enfants.

Je retenais mon souffle. Il semblait se pencher au-dessus de cet abîme béant que le temps avait ouvert entre son présent – un bar à vampires à Shreveport, Louisiane – et son passé – une femme morte depuis plus d'un millier d'années, dans quelque lointain royaume du Nord.

— Et ils ont survécu ?

— Pour trois d'entre eux, oui, a-t-il répondu en souriant. Deux garçons et une fille. Deux sont morts à la naissance. Et Aude est morte avec notre sixième enfant.

— De quoi ?

Il a haussé les épaules.

— Une mauvaise fièvre. J'imagine que c'était dû à une infection. À cette époque, quand les gens tombaient malades, ils mouraient, pour la plupart. Aude et l'enfant sont morts à quelques heures d'intervalle. Je les ai enterrés dans une tombe magnifique, a-t-il ajouté avec fierté. Ma femme avait sa plus belle broche agrafée à sa robe et j'ai déposé le bébé sur son sein.

Jamais il ne m'avait paru plus... décalé.

— Tu avais quel âge?

Il a réfléchi.

— La vingtaine. Vingt-trois ans, peut-être. Aude était plus âgée que moi. Elle avait été la femme de mon frère aîné. Quand il s'était fait tuer à la guerre, je l'avais épousée, comme il se devait, pour pérenniser l'union entre nos deux familles. Cela dit, je l'avais toujours trouvée très aimable et elle était consentante. Elle n'avait plus rien d'une jeune écervelée. Elle avait perdu les deux bébés qu'elle avait eus avec mon frère et elle ne demandait qu'à en avoir d'autres.

— Comment ça s'est passé pour tes enfants?

— Quand on m'a vampirisé?

J'ai opiné du bonnet en ajoutant:

— Ils ne devaient pas être très vieux.

— Non, ils étaient encore petits. C'était peu de temps après le décès d'Aude. Elle me manquait, tu comprends, et il me fallait quelqu'un pour élever les enfants. Il n'y avait pas d'homme au foyer, en ce temps-là, s'est-il esclaffé. De toute façon, j'avais d'autres chats à fouetter: des villages à piller, du butin à rapporter. Et puis, j'avais besoin de savoir que les esclaves s'occuperaient correctement des travaux des champs, en mon absence. Il me fallait donc une autre épouse. Un soir, je suis allé rendre visite à la famille d'une jeune femme qui me paraissait une candidate idéale. Elle vivait à deux ou trois kilomètres de mon village. J'avais des biens; mon père était chef; on me disait bel homme et ma réputation de guerrier n'était plus à faire: j'étais un bon parti. Ses frères et son père étaient contents de m'accueillir chez eux, et elle... ne semblait pas contre l'idée d'une union avec moi. Je me suis efforcé de l'apprivoiser. La soirée s'est bien passée, et j'avais bon espoir. Mais j'avais beaucoup bu et en rentrant chez moi, cette nuit-là...

Il a marqué une pause et... Mais oui! j'ai bien vu sa poitrine se soulever: au souvenir de ses derniers instants d'être humain, il avait cherché cet air qu'il ne respirait plus depuis des siècles.

— C'était la pleine lune, a-t-il enchaîné. J'ai aperçu un homme étendu sur le bas-côté. En temps normal, je me serais d'abord assuré que ses agresseurs étaient partis. Mais j'étais ivre. Je suis allé directement lui porter assistance. Tu imagines la suite...

— Il n'était pas blessé.

— Non, mais moi je n'ai pas tardé à l'être, en revanche. Et il était... affamé. Il s'appelait Appius Livius Ocella.

Il avait souri en disant ça. Mais c'était un sourire sans joie.

— Il m'a appris bien des choses, a-t-il poursuivi. La première a été de ne pas l'appeler Appius. Je ne le connaissais pas assez pour cela, disait-il.

— La deuxième?

— Comment le connaître assez.

— Ah.

Je pensais comprendre ce qu'il entendait par là.

Eric a haussé les épaules.

— Ce n'était pas une existence si désagréable. Nous avons quitté la région, et au bout d'un certain temps, j'ai cessé de pleurer mes enfants et mon foyer. Je n'avais jamais quitté les miens jusque-là. Mes parents étaient toujours en vie. Je savais que mes frères et sœurs veilleraient sur eux et donneraient une bonne éducation à mes enfants. J'avais laissé suffisamment de biens pour qu'ils ne soient pas une charge pour ma famille. Malgré tout, je me faisais du souci pour eux. Mais je ne pouvais rien y changer : pour leur propre sécurité, je ne devais pas les approcher. Et puis, en ce temps-là, dans les villages, impossible de passer inaperçu. On m'aurait reconnu et pourchassé. On aurait compris ce que j'étais ou, du moins, on se serait rendu compte que je n'étais pas... normal.

— Où êtes-vous allés, alors ?

— Dans les plus grandes cités que nous pouvions trouver. Elles n'étaient pas si nombreuses, à l'époque. Nous nous déplacions constamment, en longeant les routes les plus fréquentées afin de pouvoir attaquer les voyageurs.

J'en ai eu des frissons. C'était terrible d'imaginer le bel Eric, si arrogant, si brillant, rôdant dans les bois comme un voleur en quête d'une proie facile. Et c'était affreux de penser à tous ces infortunés qui avaient eu le malheur de croiser son chemin.

— La population n'était pas aussi dense que maintenant, a-t-il repris. Les villageois remarquaient immédiatement la disparition d'un voisin, d'un ami, d'un parent : nous devions nous déplacer sans cesse. Les jeunes vampires ont une telle soif de sang frais, au début ! Je saignais mes victimes à blanc sans m'en apercevoir. Je tuais sans même le vouloir.

J'ai soudain eu l'impression de manquer d'air. *Mais c'est ce que font les vampires, Sookie,* me suis-je raisonnée. Quand ils sont jeunes, ils tuent. Et il n'y avait pas de sang de synthèse, en ce temps-là. Soit ils tuaient, soit ils mouraient.

— Est-ce qu'il était bon avec toi, au moins, cet Appius Livius Ocella ?

Que peut-il y avoir de pire que d'avoir pour seul compagnon l'homme qui vous a assassiné ?

— Il m'a appris tout ce qu'il savait. Il avait combattu pour les légions romaines : comme moi, c'était un guerrier aguerri. Cela nous faisait déjà un point commun. Évidemment, il aimait les hommes et il a bien fallu que je m'y fasse. Je n'avais jamais eu de tels penchants. Mais, pour un jeune vampire, tout ce qui est d'ordre sexuel est excitant. Alors, même ces choses-là, j'ai appris à les apprécier... avec le temps.

— Tu étais bien obligé.

— Oh, Appius était beaucoup plus fort que moi – même si j'étais plus grand et plus carré que lui. Mais il était vampire depuis tant de siècles qu'il avait perdu le compte. D'autant plus qu'il était mon créateur, bien sûr : je devais lui obéir.

— Cette histoire de dépendance avec son créateur, c'est mystique, ou c'est une règle imposée ? lui ai-je alors demandé, cédant à la curiosité.

— Un peu des deux. C'est compulsif, comme relation. On ne peut pas résister, même quand on le veut... même quand on donnerait n'importe quoi pour y échapper.

Son visage blême s'était fermé. Il semblait songeur et sombre.

Je concevais difficilement qu'on puisse forcer Eric à faire quoi que ce soit contre son gré. Je n'arrivais pas à le voir dans un rôle d'inférieur. Il avait certes un supérieur, le roi du Nevada ; il n'était pas autonome. Mais il n'avait pas non plus à faire des courbettes et, la plupart du temps, dans les limites de son territoire, c'était lui qui prenait les décisions.

— J'ai du mal à imaginer ça.

— Il vaut mieux pas.

Sa bouche s'était légèrement étirée en une expression sarcastique. Juste au moment où je commençais à mesurer l'ironie de la chose – il m'avait épousée à la mode vampire sans même me le demander –, il a changé de sujet, claquant la porte sur son passé.

— Le monde a beaucoup changé, depuis cette époque lointaine où j'étais encore humain. Ce dernier siècle a été particulièrement exaltant à cet égard. Et voilà que les hybrides sont sortis de la clandestinité ! Qui sait ? Peut-être que les sorciers et les faé seront les prochains sur la liste ?

Il me souriait, mais son sourire était un rien crispé.

Cette idée en entraînant une autre, je me suis imaginé mon arrière-grand-père Niall venant à la maison tous les jours. Je n'avais appris son existence que quelques mois auparavant, et nous n'avions pu passer que peu de temps ensemble. Pourtant, il avait été très important pour moi de découvrir que j'avais un aïeul encore vivant. J'avais si peu de famille !

— Ce serait merveilleux, ai-je murmuré pensivement.

— Mais tout à fait impossible, mon aimée. De toutes les SurNat, les créatures faériques sont les plus secrètes. Et il n'en reste pas beaucoup, dans ce pays. En fait, il n'en reste pas beaucoup dans le monde. Le nombre de leurs femelles et leur taux de fécondité chutent tous les ans davantage. Ton arrière-grand-père est l'un des rares survivants de sang royal. Il ne condescendrait jamais à traiter avec de simples humains.

— Mais il me parle, à moi, lui ai-je fait remarquer, pas très sûre, toutefois, d'avoir bien compris ce qu'il entendait par « traiter ».

— Tu es de son sang. Sinon, tu ne l'aurais jamais vu.

Il avait raison. Niall ne serait jamais passé au *Merlotte* prendre une bière, commander du poulet frit et serrer la main des clients.

J'ai regardé Eric avec tristesse.

— Je n'aurais jamais pensé dire ça un jour, mais j'aimerais bien qu'il aide un peu Jason. Pour ne rien te cacher, Niall semble avoir Jason dans le nez. Mais mon frère va se retrouver dans un sacré pétrin avec la mort de Crystal.

— Écoute, Sookie, si c'est une façon de me demander ce que j'en pense, je ne sais absolument pas pourquoi on a tué Crystal.

Et il s'en moquait. Au moins, avec Eric, on savait à quoi s'en tenir.

Dans le brouhaha ambiant, j'ai entendu le DJ de KDED annoncer :

— Et maintenant, Thorn Yorke et son « And it Rained All Night ».

Durant notre petit tête-à-tête, les bruits du bar m'avaient semblé feutrés, comme étouffés. Mais, tout à coup, ils revenaient nous assaillir, et à plein volume.

— La police et les panthères-garous traqueront le coupable, a repris Eric. Ce sont plutôt ces fédéraux qui m'inquiètent. Qu'est-ce qu'ils cherchent ? Veulent-ils t'emmener avec eux ? En auraient-ils le droit ?

— Ils ont voulu que j'identifie Barry. Après, ils ont essayé de savoir ce qu'on était capables de faire exactement, Barry et moi, et comment on s'y prenait. Peut-être qu'ils étaient censés me demander de travailler pour eux et que la mort de Crystal a interrompu notre conversation avant qu'ils n'aient eu le temps d'aborder la question.

— Mais tu ne veux pas travailler pour eux, a-t-il affirmé, ses grands yeux bleu glacier rivés aux miens. Tu ne veux pas partir.

J'ai retiré ma main de la sienne. Mes mains se sont nouées.

— Je n'ai pas envie que des gens meurent parce que j'aurai refusé de les aider, ai-je murmuré, les larmes aux yeux. Mais je suis suffisamment égoïste pour ne pas avoir envie d'aller là où ils ont l'intention de m'envoyer pour essayer de retrouver des survivants. Je ne pourrais jamais supporter de voir des catastrophes et des gens mourir tous les jours. Je ne veux pas quitter ma maison. J'ai essayé d'imaginer ce que ce serait, ce qu'ils voudraient me faire faire... Ça me file une trouille bleue.

— Tu veux être maîtresse de ta vie, a résumé Eric.

— Pour autant qu'on puisse l'être.

— C'est drôle, juste au moment où je suis en train de penser que tu es une fille toute simple, tu dis quelque chose de complexe.

— C'est un reproche ?

J'ai tenté de sourire. Sans résultat.

— Non.

Une fille plutôt ronde avec une mâchoire très carrée est alors venue à notre table et a fourré un carnet sous le nez d'Eric.

— Est-ce que je peux avoir un autographe, s'il vous plaît ? a-t-elle murmuré.

Eric lui a adressé un sourire éblouissant et a gribouillé quelque chose avec le stylo qu'elle lui tendait.

— Oh merci ! s'est-elle exclamée, le souffle court, avant de se précipiter vers ses amies, toutes des filles qui avaient à peine l'âge d'entrer dans un bar.

Ces dernières ont applaudi son courage et elle s'est penchée vers elles pour tout leur raconter de son entretien avec un vampire. À peine avait-elle achevé son récit qu'une serveuse se faufilait jusqu'à leur table pour renouveler leurs consommations : le personnel du *Fangtasia* était très bien rodé.

— À quoi pensait-elle ? s'est enquis Eric.

— Oh, elle était très nerveuse et elle t'a trouvé très beau, mais...

J'avais du mal à mettre des mots sur de telles émotions.

— Mais pas d'une beauté très réelle, pour elle, parce qu'elle sait qu'elle ne pourra jamais avoir un mec comme toi. Elle est très… Elle n'a pas une très bonne opinion d'elle-même.

J'ai alors eu un flash, un de ces petits délires que l'on se fait parfois : Eric irait vers elle, s'inclinerait devant elle et lui donnerait un chaste baiser plein de respect, ignorant délibérément les autres filles beaucoup plus jolies qu'elle. Ce comportement intriguerait tous les hommes présents, qui se demanderaient ce qu'un vampire aussi beau et aussi puissant pouvait bien voir en elle qui leur échappait. Soudain, cette fille quelconque deviendrait le point de mire de tous ceux qui avaient assisté à la scène. Ses copines la respecteraient parce que Eric lui aurait témoigné du respect. Sa vie tout entière en serait à jamais bouleversée.

Mais rien de tout ça n'est arrivé bien sûr. J'avais à peine fermé la bouche qu'Eric l'avait oubliée. De toute façon, même s'il l'avait abordée, je ne crois pas que ça se serait passé comme dans mon fantasme. Quel dommage que les contes de fées ne se réalisent jamais ! Je me suis demandé si mon arrière-grand-père avait seulement déjà entendu raconter ce qu'on appelait dans notre monde un « conte de fées ». Est-ce que les parents faé racontaient aux enfants faé des contes d'humains ? J'aurais parié que non.

Pendant un instant, je me suis sentie déconnectée de la réalité, comme si je considérais ma vie de loin. Les vampires avaient une dette envers moi, financière et morale – je leur avais en effet rendu certains petits services. Bien que leur leader ait changé plusieurs fois depuis que je les connaissais, les loups-garous de Shreveport m'avaient confirmée dans mon statut d'alliée de la meute – en remerciement de l'aide que je leur avais apportée, dans la guerre qui venait de s'achever notamment. J'étais promise à Eric, ce qui semblait signifier que j'étais fiancée avec lui, voire mariée. Mon frère était une panthère-garou, et mon arrière-grand-père un prince des faé. J'ai eu du mal à me remettre dans ma peau de petite serveuse anonyme. Ma vie était vraiment trop étrange. Tout à coup, je me suis sentie étourdie de nouveau, prise de vertige, comme quand on tourne comme une toupie et qu'on n'arrive plus à s'arrêter.

— Ne dis rien au FBI sans témoin, me conseillait Eric. Appelle-moi, s'il fait nuit. Sinon, appelle Bobby Burnham.

— Burnham ? Mais il ne peut pas me voir ! me suis-je exclamée, trop brusquement ramenée à la réalité pour prendre les précautions oratoires d'usage. Pourquoi est-ce que je l'appellerais ?

— Pardon ?

— Burnham me déteste, ai-je insisté. Il adorerait que les fédéraux m'emmènent pour m'enfermer dans un bunker du Nevada à six pieds sous terre pour le restant de ma vie.

Eric s'est figé.

— Il a dit ça ?

— Je n'ai pas besoin de ça pour savoir qu'il pense que je suis une moins que rien.

— J'aurai deux mots à lui dire…

Je me suis empressée de corriger le tir.

— Écoute, Eric, aucune loi n'interdit de me trouver antipathique.

Il ne faut jamais oublier à quel point il est dangereux de se plaindre à un vampire.

Eric a éclaté de rire.

— Peut-être que je vais en instaurer une, a-t-il plaisanté avec un accent soudain plus prononcé. Si tu ne peux pas joindre Bobby – qui t'aidera, je te le garantis –, tu devrais appeler maître Cataliades… bien qu'il soit à La Nouvelle-Orléans, en ce moment.

— Il va bien ?

Je n'avais pas eu de nouvelles du demi-démon, avocat de son état, depuis la destruction du *Pyramid* à Rhodes.

— On ne peut mieux. Il représente les intérêts de Felipe de Castro en Louisiane, à présent. Il t'aiderait si tu le lui demandais. Il s'est pris d'une réelle affection pour toi.

J'ai classé cette information dans un coin de mon cerveau en me promettant d'y réfléchir plus tard.

— Et sa nièce, Diantha ? Elle a survécu ?

— Oui. Elle est restée ensevelie douze heures durant. Les sauveteurs savaient où elle était, mais il y avait des poutrelles enchevêtrées au-dessus d'elle et elle était coincée. Il a fallu du temps et du matériel spécialisé pour la désincarcérer.

J'étais contente que Diantha soit encore en vie.

— Et l'autre avocat, Johan Glassport ? Il a eu quelques fractures, d'après maître Cataliades.

— Il s'en est très bien remis. Il a touché ses honoraires et il s'est volatilisé au Mexique.

— Le Mexique a plus à y perdre qu'à y gagner, ai-je soupiré avec un haussement d'épaules désabusé. J'imagine qu'il faut être avocat pour réussir à se faire payer par un employeur doublement mort et enterré, parce que j'attends toujours, moi. Peut-être que, pour Sophie-Anne, Glassport était plus important que moi, ou peut-être qu'il a eu la présence d'esprit de lui présenter sa note alors même qu'elle avait perdu ses jambes.

— J'ignorais que tu n'avais pas été payée.

Il paraissait de nouveau mécontent.

— Je parlerai à Victor, m'a-t-il promis. Si Glassport a été rémunéré pour ses services, tu devrais assurément l'être. Sophie-Anne a laissé une véritable fortune, et aucun héritier. Le roi a une dette envers toi : Victor m'écoutera.

— Oh ! ce serait génial !

Eric m'a dévisagée d'un regard d'aigle. J'avais dû avoir l'air un peu trop soulagée.

— Si tu as besoin d'argent, tu n'as qu'à demander, tu le sais. Je ne te laisserai pas dans le besoin, et je te connais assez pour savoir que tu ne demanderais pas d'argent pour quoi que ce soit de superflu.

À l'entendre, on aurait presque pu penser que c'était un défaut.

— Je te remercie, ai-je répliqué, en sentant le ton de ma voix se durcir malgré moi. Mais je veux juste récupérer ce qu'on me doit.

Il y a eu un long silence entre nous, tandis que le vacarme du bar battait son plein autour de nous.

— Dis-moi la vérité, a finalement repris Eric. Serait-il possible que tu sois venue uniquement pour passer un moment avec moi ? Tu ne m'as toujours pas dit que tu m'en voulais de t'avoir tendu un piège avec le poignard. Et, apparemment, tu n'en as pas l'intention. Du moins, pas ce soir. Nous n'avons toujours pas parlé de tous ces souvenirs qui me sont revenus de mon séjour chez toi quand tu me cachais. Sais-tu pourquoi je me suis retrouvé si près de ta maison, à courir pieds nus sur la route, dans le froid glacial ?

Je m'attendais si peu à cette question que je suis restée un instant sans voix. Je ne connaissais pas la réponse, et je n'étais pas très sûre de vouloir la connaître.

— Non, ai-je fini par murmurer.

— Le sort s'est déclenché quand Chow a tué la sorcière piégée. Je devais me trouver aux côtés de ce que mon cœur désire le plus au monde, sans même m'en apercevoir. Oh ! c'était une terrible malédiction. Hallow avait dû se donner un mal fou pour concocter un sortilège aussi machiavélique. Elle avait marqué la page, dans son livre de sorts.

Je ne voyais pas ce que je pouvais répondre à ça. Mais je me suis promis d'y penser.

C'était la première fois que je venais au *Fangtasia* juste pour bavarder, sans avoir été convoquée au nom de quelque impératif vampirique. Encore un coup du lien de sang ou... quelque chose de beaucoup plus naturel ?

— Je crois que... que je suis juste venue chercher un peu de compagnie. Pas de révélations fracassantes pour moi ce soir, en tout cas.

— Parfait, s'est-il félicité, tout sourire.

Parfait ? Je n'en étais pas convaincue.

— Tu sais qu'on n'est pas vraiment mariés, hein ?

J'aurais préféré oublier cette histoire de poignard, faire comme si ça n'avait jamais eu lieu mais il fallait bien que je dise quelque chose.

— C'est vrai que le mariage entre vampires et humains est légal, maintenant, ai-je poursuivi. Mais ce genre de... de cérémonie n'est pas reconnue par l'État de Louisiane – ni par moi, d'ailleurs.

— Tout ce que je sais, c'est que si je n'avais pas fait cela, tu serais dans le Nevada en ce moment, enfermée dans un petit cagibi, en train de lire dans les pensées des humains avec lesquels Felipe de Castro fait affaire.

J'ai horreur de voir mes soupçons confirmés.

— Mais je l'ai sauvé ! me suis-je indignée, m'efforçant de ne pas avoir l'air de pleurnicher. Je lui ai sauvé la vie ! Et il m'a accordé son amitié. Je croyais qu'il me protégerait.

— Certes. Mais il aimerait te protéger en t'ayant constamment à ses côtés, maintenant qu'il sait à quel point tu es douée. Il veut l'ascendant que tu lui procurerais sur moi.

— Bonjour, la gratitude ! J'aurais dû laisser Sigebert le tuer.

J'ai fermé les yeux, accablée.

— Bon sang ! je ne m'en sortirai donc jamais ! ai-je soupiré.

— Il ne peut plus rien faire, désormais, a affirmé Eric. Nous sommes mariés.

— Mais, Eric…

Je voyais tant d'objections à cette union que je ne savais même pas par où commencer. Je m'étais pourtant promis de ne pas me lancer dans ce débat, mais je ne pouvais tout simplement pas éluder la question.

— Et si je rencontre quelqu'un d'autre ? Et si tu… Hé ! quelles sont exactement les règles du jeu quand on est mariés, chez les vampires ? Dis-moi juste ça.

— Tu es trop perturbée et trop fatiguée, ce soir, pour qu'on ait ce genre de conversation, a-t-il objecté en rejetant ses beaux cheveux blonds en arrière.

— Ooooh ! s'est pâmée une femme à la table voisine.

— Il faut que tu comprennes que Felipe de Castro ne peut plus t'atteindre, maintenant. Personne ne le peut. Pas sans m'adresser une demande préalable. Ce serait un crime. Un crime puni par la peine de mort – une mort définitive. Et c'est là que ma légendaire cruauté entrera en jeu. Elle nous rendra donc service à tous les deux.

J'ai pris une profonde inspiration.

— D'accord. Ce n'est peut-être pas le moment de parler de ça, mais on n'en restera pas là. Je veux tout savoir de notre nouvelle situation, et je veux savoir comment m'en sortir, si elle ne me convient pas.

Ses grands yeux paraissaient aussi bleus qu'un ciel limpide par une belle matinée d'automne, et son regard aussi pur.

— Tu sauras tout ce que tu veux savoir, quand bon te semblera, m'a-t-il assuré.

— Au fait, est-ce que ton nouveau roi est au courant, pour mon arrière-grand-père ?

Les traits d'Eric se sont figés.

— Je ne peux pas prédire quelle sera la réaction de Felipe de Castro quand il l'apprendra, mon aimée. Bill et moi sommes les seuls à partager ce secret avec toi. Il vaut mieux que cela en reste là.

Il m'a repris la main. Je pouvais sentir chaque muscle, chaque os, sous sa peau fraîche. C'était comme tenir la main d'une statue. Une très belle statue... Aussitôt, je me suis sentie étonnamment sereine.

— Il faut que j'y aille, Eric, lui ai-je alors annoncé, un peu triste mais pas fâchée de m'en aller.

Il s'est penché au-dessus de la table pour déposer un chaste baiser sur mes lèvres. Et, quand j'ai repoussé ma chaise, il s'est levé pour me raccompagner. Des regards d'envie m'ont suivie pendant tout le trajet. Pam était à son poste et nous a regardés passer avec un sourire glacial.

Pour ne pas partir sur une note trop romantique, je me suis retournée et j'ai lancé :

— Eric, quand j'aurai retrouvé mes esprits, je te promets que je te botterai les fesses pour m'avoir mise dans une situation pareille.

— Chérie, tu peux me botter les fesses quand tu veux, m'a-t-il répondu galamment, avant de tourner les talons pour regagner sa place.

Pam a levé les yeux au ciel.

— Vous deux, alors !

— Hé ! je n'y suis pour rien, moi ! ai-je protesté.

Ce n'était pas tout à fait vrai, mais ça me permet-tait de sortir de scène sans perdre la face. J'en ai donc profité pour quitter le bar.

7

Le lendemain matin, Andy Bellefleur m'a téléphoné pour me donner le feu vert : je pouvais rouvrir
le bar.

Avant même qu'on ait enlevé le cordon de sécurité, Sam était de retour. J'étais si contente de le
revoir que les larmes me sont montées aux yeux.
Gérer le *Merlotte* s'était révélé beaucoup moins évident que je ne l'avais imaginé. Il y avait constamment des décisions à prendre et une foule de gens à
satisfaire : les clients, les employés, les fournisseurs,
les livreurs... Le comptable avait appelé pour me
poser des questions auxquelles je n'avais pas su
répondre. Les factures d'eau, de gaz et d'électricité
étaient à payer dans trois jours et je n'avais pas la
signature pour les chèques. Il y avait un paquet de
liquide à déposer d'urgence à la banque. Et le jour
de paie des employés n'allait pas tarder.

Sam n'avait pas franchi la porte que je brûlais
déjà de me décharger sur lui de tous ces problèmes.
Au lieu de quoi, j'ai respiré un bon coup et je lui ai
demandé des nouvelles de sa mère.

Il m'a serrée un bref instant dans ses bras avant
de s'effondrer dans son vieux fauteuil qui grinçait.
Puis il a posé les pieds sur le coin de son bureau en
poussant un énorme soupir de soulagement.

— Elle parle, elle marche et son état s'améliore de jour en jour, a-t-il fini par me répondre. Et, pour la première fois, on n'a pas eu besoin d'inventer toute une histoire pour expliquer pourquoi elle guérissait si vite. On l'a ramenée chez elle, ce matin. Elle était déjà prête à prendre le chiffon et le balai ! Maintenant qu'ils ont eu un peu de temps pour se faire à l'idée, mon frère et ma sœur la bombardent de questions. On dirait même qu'ils sont jaloux que je sois le seul petit métamorphe de la famille !

J'ai été tentée de lui demander comment les choses évoluaient pour son beau-père, mais il était évident que Sam n'aspirait qu'à se replonger dans sa routine habituelle. J'ai quand même attendu un peu pour voir s'il allait aborder le sujet. Mais il est tout de suite passé au concret, me demandant si nous avions reçu la facture pour les charges du mois. Intérieurement, je l'ai béni de me tendre la perche et j'ai sauté sur l'occasion pour lui parler de la liste de sujets que je voulais aborder avec lui, liste que j'avais rédigée de ma plus belle écriture et posée bien en évidence sur son bureau.

La première ligne concernait la décision que j'avais prise d'engager Tanya et Amelia, certains soirs, pour remplacer Arlene.

Le visage de Sam s'est empli de tristesse.

— Arlene travaillait pour moi depuis l'ouverture du bar. Ça va me faire bizarre de ne plus l'avoir. C'est vrai qu'elle me tapait sur le système depuis un moment, mais je me disais que, tôt ou tard, elle finirait par se reprendre. Tu crois qu'elle reviendra sur sa décision ?

— Peut-être, maintenant que tu es rentré, ai-je répondu, même si j'en doutais sérieusement. Mais elle vire de plus en plus intégriste, avec le temps. Je ne pense pas qu'elle pourra bosser pour un métamorphe, Sam. Je suis désolée.

Il a secoué la tête. Étant donné la situation de sa mère et la réaction mitigée du peuple américain à la « Grande Révélation bis », je n'étais pas étonnée de le voir aussi maussade. Il n'y avait vraiment pas de quoi sauter au plafond.

J'avais appris l'existence des métamorphes avant la plupart des gens, mais, il n'y avait pas si longtemps, je vivais moi aussi dans l'ignorance de cet autre monde. Je ne m'étais pas aperçue que certaines de mes connaissances étaient des hybrides : je n'imaginais même pas qu'une chose pareille puisse exister. Vous pouvez avoir tous les indices que vous voulez, vous ne saurez pas les interpréter, si vous ne comprenez pas d'où ils sortent. Je m'étais toujours demandé pourquoi j'avais du mal à lire dans les pensées de certaines personnes, pourquoi leur signature mentale était si différente des autres. Mais comment aurais-je pu attribuer ça à la capacité qu'avaient ces personnes de se changer en animaux ? Ça ne m'était tout bonnement jamais venu à l'esprit.

— Tu crois que le commerce va ralentir parce que je suis un métamorphe ou à cause du meurtre ? s'est inquiété Sam.

Puis, précipitamment, il s'est repris.

— Pardon, Sook. J'avais complètement oublié que Crystal était ta belle-sœur.

— Je n'ai jamais été très fan de Crystal, et tu le sais parfaitement, ai-je répliqué d'un ton aussi détaché que possible. Mais je trouve que ce qu'on lui a fait est terrible. Peu importe ce qu'elle était ou comment elle se comportait.

Sam a opiné en silence. Lui qui était un être solaire, je ne l'avais jamais vu si sombre, si grave.

— Oh ! me suis-je soudain exclamée, au moment où je me levais pour sortir.

J'ai commencé à me balancer d'un pied sur l'autre. Puis j'ai pris une profonde inspiration et je me suis jetée à l'eau.

— Au fait, on s'est mariés, Eric et moi.

Si j'avais cru faire ma sortie sur une note un peu légère, j'étais tombée complètement à côté. Sam a bondi de son siège et m'a saisie par les épaules.

— Mais qu'est-ce que tu as fait !

Son ton n'avait jamais été plus sérieux.

— Je n'ai rien fait du tout, ai-je rétorqué, un peu secouée par tant de véhémence. C'est Eric qui a tout manigancé.

Et je lui ai raconté l'histoire du poignard.

— Et tu ne t'es pas rendu compte que ce couteau avait une signification particulière ?

— Je ne savais même pas que c'était un couteau ! ai-je protesté.

Il commençait à me chauffer les oreilles. Mais j'ai gardé mon calme.

— Bobby ne me l'a pas dit, ai-je expliqué. Je suppose qu'il ne le savait pas lui-même, sinon je l'aurais lu dans ses pensées.

— Mais où est passé ton bon sens ? Sookie ! C'était complètement stupide de faire ça !

Ce n'était pas précisément la réaction à laquelle je m'attendais, de la part d'un type pour lequel je m'étais fait un sang d'encre et pour lequel j'avais travaillé d'arrache-pied pendant des jours.

— Bon. Eh bien, laisse-moi donc rentrer chez moi, comme ça tu n'auras plus à supporter ma stupidité, ai-je répliqué, me drapant dans mon orgueil blessé. J'imagine que je peux prendre mes cliques et mes claques, maintenant que tu es rentré et que je n'ai plus à être sur le pied de guerre vingt-quatre heures sur vingt-quatre pour m'assurer que tout roule dans *ton* bar.

— Excuse-moi...

Trop tard. J'étais déjà montée sur mes grands chevaux et je suis sortie du *Merlotte* au triple galop. J'avais franchi la porte de service avant que le plus entamé de nos alcooliques notoires n'ait pu compter jusqu'à cinq. À six, j'étais dans ma voiture. J'étais folle de rage, j'étais triste… et je soupçonnais Sam d'avoir raison. C'était ça qui me dérangeait le plus : je savais bien que j'avais fait quelque chose de stupide, et les explications d'Eric ne changeaient rien à l'affaire.

Je devais assurer le service du soir. J'avais donc jusqu'à 17 heures pour essayer de me reprendre. Car il était hors de question que je me fasse porter pâle. Que nous soyons en froid ou pas, Sam et moi, le travail passait en premier.

Je n'avais pas envie de rentrer directement à la maison, où je serais bien obligée de remettre un peu d'ordre dans mes idées pour le moins embrouillées. Alors, au lieu de tourner à gauche dans Hummingbird Road, j'ai pris la direction de *Tara's Togs*. Je n'avais pas revu Tara très souvent depuis qu'elle avait convolé avec JB du Rone. Mais l'aiguille de ma boussole interne pointait dans sa direction. Heureusement, Tara était seule au magasin. McKenna, son assistante, travaillait à temps partiel. Tara a émergé de l'arrière-boutique en entendant la porte tinter. Elle a bien semblé un peu surprise de me voir, mais elle m'a souri. Nous avions eu des hauts et des bas, Tara et moi, mais notre amitié avait tenu le coup. Tant mieux.

— Quoi de neuf ? m'a-t-elle lancé, séduisante en diable dans son pull tout simple d'un joli bleu canard.

Tara est vraiment une belle fille : grande (plus grande que moi, en tout cas), élancée… Et c'est une excellente femme d'affaires.

— J'ai fait une grosse bêtise et je suis un peu paumée, lui ai-je annoncé d'emblée.

— Raconte.

Nous sommes allées nous installer à la table sur laquelle étaient posés les catalogues de robes de mariée. Elle a poussé sa boîte de Kleenex vers moi – Tara sait toujours quand je vais pleurer.

Alors, je lui ai tout déballé, en commençant par ce qui s'était passé à Rhodes, quand, une fois de plus, nous avions échangé nos sangs, Eric et moi. Une fois de trop. Je lui ai parlé de l'étrange relation qui en avait résulté.

— Attends, que je comprenne bien, m'a-t-elle interrompue. Eric s'est dévoué en prenant ton sang pour éviter qu'un autre vampire, encore plus dangereux, ne te morde, c'est ça ?

J'ai hoché la tête en me tamponnant les yeux.

— Waouh ! Quel sens du sacrifice !

Tara avait eu quelques déboires avec nos amis les déterrés. On ne pouvait donc pas lui en vouloir si elle avait le sarcasme facile, en ce qui les concernait.

— Crois-moi, des deux maux, c'était vraiment le moindre.

Et, tout à coup, je me suis dit : *Tu serais libre, maintenant, si c'était André qui t'avait sucé le sang cette nuit-là !* André, en effet, était mort dans l'explosion de l'hôtel. Mais à quoi bon regretter ce qui n'avait pas eu lieu ? Ce n'était pas comme ça que les choses s'étaient passées, et je n'étais pas libre. Cela dit, les chaînes que je portais aujourd'hui étaient plutôt sexy…

— Et alors ? Qu'est-ce que tu ressens pour Eric exactement ? m'a demandé Tara.

— Je ne sais pas. Il y a des trucs qui pourraient presque me plaire, chez lui, et d'autres qui me fichent carrément la trouille. Et puis, physiquement… enfin, tu vois… c'est un véritable aimant. Mais il me fait des mauvais plans. Il me manipule en prétendant que c'est pour mon bien. Même si je crois qu'il tient sincèrement à moi, c'est à son propre intérêt qu'il pense en premier.

J'ai poussé un profond soupir.

— Pardon. Je t'embête avec mes histoires, me suis-je désolée.

— C'est précisément pour ça que j'ai épousé JB, a-t-elle déclaré, ignorant délibérément mes jérémiades. Pour ne pas avoir à me prendre la tête avec ce genre d'histoire.

Et elle a ponctué cette sortie d'un vigoureux hochement de tête pour confirmer la justesse de sa décision.

— Oui, mais il est pris, maintenant, et il n'a pas de frère jumeau. Alors, je peux difficilement t'imiter.

J'ai essayé de sourire. Sans grand succès. Être mariée à un type comme JB devait être plutôt reposant, en effet. Mais est-ce que c'était ça, le mariage ? Se vautrer pour la vie dans un Relax ? Au moins, avec Eric, on ne s'ennuyait jamais. JB avait beau être adorable, sa conversation était quand même un peu limitée.

Sans compter qu'au sein de leur couple, Tara allait devoir endosser toutes les responsabilités. Mais elle n'était pas bête, et elle ne s'était jamais laissé aveugler par ses sentiments. Par d'autres choses, peut-être, mais pas par ses sentiments. Je savais qu'elle avait parfaitement compris les règles du jeu, et ça n'avait pas l'air de la déranger outre mesure. Pour elle, c'était plutôt rassurant de tenir la barre, et même valorisant : elle aimait commander. Quant à moi, je tenais à gérer ma vie comme je l'entendais, bien sûr, et je refusais qu'on me dicte ma conduite, mais ma conception du mariage tenait davantage du partenariat – un modèle plus démocratique que monarchique, en somme.

— Bon, résumons, a repris Tara, imitant à la perfection un de nos profs de lycée. Eric et toi avez couché ensemble par le passé ?

J'ai opiné. Et comment !

— Et maintenant, les vampires de Louisiane ont une dette envers toi parce que tu leur as rendu un service – et je ne veux pas savoir de quel service il s'agit, ni pourquoi tu l'as fait.

J'ai opiné de plus belle.

— En plus, Eric te tient plus ou moins sous sa coupe à cause de ce lien de sang ou je ne sais quoi. Ce qu'il n'avait pas forcément prémédité, on peut au moins lui accorder ça.

— Effectivement.

— Et, maintenant, il s'est arrangé pour que tu sois sa... quoi ? Sa fiancée ? Sa femme ? Mais toi, tu ne savais pas ce que tu faisais.

— C'est ça.

— Et Sam te traite d'idiote parce que tu as obéi bêtement à Eric ?

J'ai haussé les épaules.

— Eh oui.

À ce moment-là, Tara a dû s'occuper d'une cliente. Mais ça n'a pris que quelques minutes (Riki Cunningham voulait payer la robe qu'elle avait commandée pour sa fille en prévision du bal de promotion du lycée). Quand Tara a repris sa place en face de moi, elle était prête à me donner son opinion sur mon problème.

— Écoute, Sookie, au moins, Eric tient un peu à toi et il ne t'a jamais fait de mal. C'est vrai que tu aurais pu faire un peu plus gaffe, quand même. Je ne sais pas si c'est à cause de cette histoire de lien de sang ou parce tu es tellement accro que tu ne poses pas assez de questions – ça, tu es la seule à le savoir. Mais ça pourrait être pire. Les humains n'ont pas besoin d'être au courant de cette histoire de poignard. Et Eric n'est pas là le jour : ça te laissera du temps libre pour réfléchir. Sans compter qu'il a sa boîte à faire tourner et qu'il ne pourra donc pas te coller aux baskets. Et les nouveaux vampires importants seront obligés de te laisser tranquille parce qu'ils ne veulent pas d'ennuis avec Eric. Pas si négatif, finalement, comme bilan, hein ?

Elle m'a souri et, moins d'une minute plus tard, j'en faisais autant. Je commençais à remonter la pente.

— Merci, Tara. Tu crois que Sam va arrêter de me faire la tête ?

— Si tu espères qu'il va s'excuser de t'avoir insultée, oublie. Primo, il a raison et, deuzio, c'est un homme. Il a ce fichu chromosome, tu sais. Mais vous vous êtes toujours bien entendus, tous les deux, et il a une dette envers toi parce que tu t'es occupée du bar. Ne t'inquiète pas : d'après moi, il mettra de l'eau dans son vin.

J'ai jeté mes Kleenex mouillés dans la petite poubelle au pied de la table et j'ai adressé un sourire encore un peu tremblant à ma grande amie.

— En attendant, j'ai une nouvelle à t'annoncer, moi aussi, a-t-elle repris.

Elle a respiré un grand coup.

— C'est quoi ? lui ai-je demandé, ravie de constater que nous nous faisions des confidences comme au bon vieux temps.

— Je vais avoir un bébé, a-t-elle déclaré.

Son visage s'est crispé, et elle a fait la grimace.

Oh oh. Terrain miné.

— Tu n'as pas l'air de sauter au plafond, ai-je prudemment commenté.

— Je n'avais pas prévu d'avoir des gosses, moi. Et JB était d'accord.

— Et ?

— Eh bien, même avec les multiples moyens de contraception actuels, un accident est si vite arrivé...

a-t-elle marmonné, en examinant ses mains croisées sur la couverture glacée d'un *Mariage magazine*. Et je ne peux pas… m'en débarrasser. C'est le nôtre. Alors voilà.

— Est-ce que… est-ce que tu crois que tu pourras te faire à l'idée, avec le temps ?

Elle a vainement essayé de sourire.

— JB est super content. C'est dur pour lui de garder un secret. Mais j'ai voulu laisser passer les trois premiers mois. Tu es la première à qui je le dis.

— Je t'assure que tu seras une bonne mère, ai-je affirmé en lui tapotant l'épaule.

— Tu crois vraiment ?

Elle paraissait réellement terrorisée, et ses pensées en disaient autant. Les parents de Tara avaient été de ceux qui finissent parfois par se faire descendre par leurs propres enfants. Tara avait une sainte horreur de la violence et elle n'aurait pas voulu toucher à un fusil, mais je ne crois pas que ça aurait surpris grand-monde si les parents Thornton avaient disparu un beau jour. Certains auraient même applaudi.

— Oui, je le pense sincèrement, Tara.

Et je ne mentais pas. Je pouvais l'entendre se promettre d'effacer tout ce que sa mère lui avait fait endurer, en s'efforçant d'être la meilleure mère possible pour son propre enfant. Et, dans son cas, ça voulait dire être sobre, douce, respectueuse, et avoir toujours un compliment à la bouche.

— J'irai à toutes les fêtes d'école et à tous les conseils de classe, a-t-elle affirmé, avec une telle ferveur que c'en était presque effrayant. Je ferai des brownies. Mon enfant sera bien habillé, avec des vêtements neufs et des chaussures à sa pointure. Il sera à jour pour ses vaccins et il aura même un appareil dentaire si nécessaire. On va commencer à économiser pour l'université dès la semaine prochaine. Et je lui dirai que je l'aime tous les jours que Dieu fait.

Je n'aurais pas pu imaginer de meilleur programme pour être une bonne mère.

Quand je me suis levée pour partir, nous nous sommes serrées dans les bras l'une de l'autre. *C'est ça, l'amitié*, ai-je songé.

Je suis rentrée chez moi, j'ai avalé un déjeuner tardif et j'ai enfilé ma tenue de serveuse.

Quand le téléphone a sonné, j'ai cru que c'était Sam qui appelait pour que nous fassions la paix. Mais la voix, à l'autre bout du fil, était celle d'un homme plus âgé, une voix qui ne m'était pas familière.

— Allô ? Octavia Fant est-elle là, s'il vous plaît ?

— Non, monsieur, elle est sortie. Est-ce que je peux prendre un message ?

— Si cela ne vous dérange pas.

— Pas du tout.

Il y avait toujours un bloc-notes et un crayon, sur le plan de travail, en dessous du téléphone.

— Dites-lui, je vous prie, que Louis Chambers a essayé de la joindre. Je vous laisse mon numéro.

Ce qu'il a fait lentement et en articulant bien. J'ai pris soin de le répéter pour être sûre de l'avoir bien noté.

— Demandez-lui de me rappeler, s'il vous plaît. En PCV, bien sûr.

— Je veillerai à ce qu'elle ait votre message.

— Merci.

Curieux. Je ne pouvais pas lire dans les pensées des gens au téléphone – ce que, en temps ordinaire, je considérais comme une bénédiction. Mais j'aurais bien aimé en savoir un peu plus sur ce M. Chambers.

Quand Amelia est rentrée, peu avant 17 heures, Octavia était avec elle. Octavia avait dû remplir des dossiers de candidature et déposer des CV dans tout

Bon Temps pendant qu'Amelia passait l'après-midi dans sa compagnie d'assurances. C'était au tour d'Amelia de préparer le dîner et, bien qu'étant attendue au *Merlotte*, je me suis attardée un peu pour la regarder passer à l'action. Avec cette énergie qui la caractérisait, elle s'est lancée dans la confection d'une sauce pour les spaghettis. Pendant qu'elle commençait à émincer des oignons et un poivron, j'ai tendu à Octavia son message.

Au bruit bizarre qu'elle a fait en le lisant, j'ai cru qu'elle allait s'étouffer. Elle s'est figée si brusquement qu'Amelia est restée le couteau en l'air, attendant, comme moi, que notre colocataire lève les yeux de son bout de papier pour daigner nous expliquer ce qui lui arrivait. En vain.

Au bout d'un moment, je me suis aperçue qu'elle pleurait et je me suis ruée dans ma chambre pour prendre un mouchoir en papier. J'ai essayé de le lui glisser discrètement dans la main, comme si de rien n'était.

Le regard rivé à sa planche à découper, Amelia s'est remise à hacher de plus belle, pendant que je regardais la pendule et commençais à chercher mes clés de voiture dans mon sac, mettant, comme par hasard, un temps fou à les trouver.

— Il avait l'air bien? m'a soudain demandé Octavia d'une voix étranglée.

— Oui, lui ai-je répondu (pour autant qu'on puisse juger de l'état de quelqu'un au téléphone). Il semblait impatient de vous parler.

— Oh! il faut que je le rappelle! s'est-elle affolée.

— Pas de problème. Allez-y. Et ne vous embêtez pas avec le PCV. Avec la facture détaillée, on sait exactement combien coûte chaque coup de fil.

J'ai jeté un coup d'œil à Amelia, en haussant un sourcil interrogateur. Elle a secoué la tête: elle non plus n'avait pas la moindre idée de ce qui se passait.

Octavia a composé le numéro d'un doigt tremblant. Elle a collé le combiné contre son oreille dès
la première sonnerie. J'ai tout de suite su quand
Louis Chambers décrochait : elle a fermé les yeux
très fort et elle s'est cramponnée au téléphone
comme si sa vie en dépendait.

— Oh, Louis ! a-t-elle soufflé, des trémolos dans la
voix. Oh ! Dieu merci ! Tu vas bien ?

C'est à ce stade de la conversation que nous nous
sommes éclipsées, Amelia et moi. Ma colocataire
m'a accompagnée à ma voiture.

— Tu n'avais jamais entendu parler de ce Louis ?

— Elle n'a jamais abordé le sujet de sa vie privée,
durant mon initiation. Mais d'autres sorcières m'ont
dit qu'elle avait une relation suivie. Elle n'a jamais
prononcé le nom de Louis depuis qu'elle est ici, en
tout cas. Elle n'avait pas de nouvelles depuis Katrina,
apparemment.

— Elle devait penser qu'il n'avait pas survécu.

Nous nous sommes regardées en ouvrant des yeux
comme des soucoupes.

— Sacré choc. Bon, a repris Amelia. Eh bien, il se
pourrait fort qu'on perde notre Octavia.

Elle n'avait pas voulu laisser paraître son soulagement, mais, forcément, je l'ai capté. J'ai compris
alors qu'en dépit de l'affection qu'elle portait à Octavia, il était difficile pour Amelia d'habiter avec son
mentor. C'était un peu comme si elle devait vivre
avec un de ses professeurs de lycée sur le même
palier.

— Il faut que j'y aille, lui ai-je dit. Tiens-moi au
courant. Envoie-moi un texto s'il se passe un truc
important.

Communiquer par texto : encore une compétence
qu'Amelia m'avait enseignée.

Bravant la fraîcheur du soir, Amelia s'est installée dans une des chaises longues que nous avions

récemment sorties de la remise pour faire venir le printemps.

— Dans la seconde, m'a-t-elle assuré. Je vais attendre ici quelques minutes, avant d'aller voir ça de plus près.

J'ai sauté dans ma voiture, en espérant que le chauffage allait rapidement faire de l'effet, et j'ai foncé vers le bar. Dans la pénombre du crépuscule, j'ai aperçu un coyote. D'habitude, ils sont trop malins pour se faire repérer. Mais celui-là trottait allègrement sur le bas-côté, comme s'il avait un rendez-vous en ville. Peut-être que c'était un vrai coyote. Ou peut-être que c'était un hybride... Quand je pensais à tous les opossums et les ratons laveurs écrasés (et parfois même des tatous) que je voyais sur le bord de la route, tous les matins! Combien d'hybrides s'étaient fait ainsi bêtement tuer? Peut-être que certains des morts dont les flics ne retrouvaient jamais les assassins étaient en réalité des gens qui avaient été victimes d'un accident sous leur apparence animale. Je me souvenais parfaitement que toute trace animale avait disparu du cadavre de Crystal, quand on l'avait descendue de la croix, après avoir retiré les clous – des clous qui, j'en étais sûre, devaient être en argent, d'ailleurs. Il y avait encore tant de choses que j'ignorais!

Quand je suis arrivée au *Merlotte*, la tête pleine de plans pour me réconcilier avec mon patron, je suis tombée en pleine dispute entre Sam et Bobby Burnham. Il faisait presque nuit, à présent: Bobby n'aurait pas dû être encore de service. Il se tenait pourtant bel et bien dans le couloir, juste devant le bureau de Sam. Il était écarlate et, manifestement, fou de rage.

— Qu'est-ce qui se passe, Bobby? lui ai-je lancé. Vous vouliez me parler?

— Ouais. Et ce pauvre type refusait de me dire à quelle heure vous preniez votre service.

— Ce « pauvre type » est mon patron, et il fait ce qu'il veut chez lui, ai-je rétorqué. Bon, maintenant que je suis là, qu'est-ce que vous me voulez ?

— Eric m'a ordonné de vous donner cette lettre et de vous dire que j'étais à votre entière disposition. Je suis même censé laver votre voiture si vous me le demandez.

Bobby était passé de l'écarlate au violet. Si Eric croyait l'amener à de meilleurs sentiments en l'humiliant publiquement, il débloquait complètement. Maintenant, Bobby Burnham allait me haïr jusqu'à la fin des temps.

— Merci, Bobby, lui ai-je dit, en prenant l'enveloppe qu'il me tendait. Vous pouvez retourner à Shreveport.

Je n'avais pas fini ma phrase qu'il avait déjà passé la porte. J'ai jeté un vague coup d'œil à l'enveloppe blanche et je l'ai fourrée dans mon sac.

— Comme si tu avais besoin d'un ennemi supplémentaire ! a maugréé Sam, avant de rentrer dans son bureau au pas de charge.

« Comme si j'avais besoin d'un ami qui se conduit comme un crétin ! » ai-je rétorqué en moi-même. Bonjour la réconciliation !

J'ai suivi Sam pour ranger mon sac dans le tiroir de son bureau. Nous n'avons pas échangé un seul mot. Je suis passée par la réserve pour prendre un tablier. Antoine venait de balancer le sien dans le panier à linge sale et en enfilait un propre.

— D'Eriq m'est rentré dedans avec un bocal plein de jalapeños[1]. Il m'a fichu du jus partout, m'a-t-il expliqué. Je ne supporte pas cette odeur.

— Hou ! ai-je fait, comme les relents me montaient aux narines. Je te comprends.

---

1. Piments mexicains. *(N.d.T.)*

— La mère de Sam va bien ?

— Oui, elle est sortie de l'hôpital.

— Tant mieux.

J'ai cru qu'Antoine allait ajouter quelque chose, mais, s'il en avait eu l'intention, il a dû changer d'avis. Il a traversé le couloir pour aller frapper à la porte de la cuisine. D'Eriq lui a ouvert et s'est effacé pour le laisser entrer. Trop de clients s'étaient trompés de porte, par le passé. Du coup, le cuistot verrouillait la sienne en permanence. Il en avait une autre qui donnait dehors, directement sur les poubelles.

Je suis passée devant le bureau de Sam sans regarder à l'intérieur. Il ne voulait pas me parler ? Très bien, je ne lui parlerais pas non plus. Je savais que c'était puéril.

La première chose que j'ai pu constater en prenant mon service, c'était que les fédéraux étaient toujours à Bon Temps – rien de franchement étonnant là-dedans. Face à face sur leurs banquettes, deux bières et une petite portion de beignets de légumes posée devant eux, Weiss et Lattesta semblaient en grande conversation. À une table voisine, tel un monarque sur son trône, beau, souverain, distant, était assis Niall Brigant.

Décidément, c'était la journée des surprises ! J'ai expiré à petites bouffées et je suis allée m'occuper de mon arrière-grand-père en premier. Il s'est levé à mon approche. Ses longs cheveux d'ange retenus par un ruban dans la nuque, Niall, comme toujours, était habillé comme le prince qu'il était : costume sur mesure et chaussures de luxe. Mais, ce soir-là, il avait troqué son habituelle cravate noire contre celle que je lui avais offerte pour Noël, à rayures rouges, noires et or. Il était superbe. Chez lui, tout rutilait. Sa chemise n'était pas juste blanche et bien repassée : elle était immaculée et impeccablement amidonnée. Son complet n'était pas simplement noir : il semblait taillé à même la nuit, une nuit d'encre, sans le moindre grain de poussière, et sans le moindre faux pli. Et ses chaussures paraissaient n'avoir jamais été portées. Sans parler de la myriade de fines ridules, sur son beau visage, qui ne faisaient qu'en rehausser la perfection et mettre en valeur ses yeux d'un vert étincelant. Loin de diminuer sa beauté, son âge ne le rendait que plus distingué. Il était si éblouissant qu'il était presque douloureux de le regarder.

Il m'a prise dans ses bras pour déposer un baiser sur ma joue.

— Sang de mon sang, a-t-il murmuré.

Ça m'a fait sourire. Niall avait une certaine tendance à la grandiloquence. Et il avait tellement de mal à se faire passer pour un humain ! J'avais eu un petit aperçu de sa véritable apparence : une expérience... aveuglante. Cependant, puisque personne d'autre n'ouvrait des yeux comme des soucoupes, dans le bar, j'en ai déduit que j'étais la seule à voir qu'il était différent du commun des mortels.

— Je suis tellement contente de vous voir, Niall.

Ça me faisait toujours très plaisir qu'il me rende visite. Et puis, pour être honnête, ça flattait mon ego. Être l'arrière-petite-fille de Niall, c'était un peu comme faire partie de la famille d'une rock-star : il menait une existence que je ne pouvais même pas imaginer, allait dans des endroits où je n'irais jamais et détenait un pouvoir qui me dépassait. Pourtant, de temps en temps, il trouvait un moment à me consacrer et, pour moi, chaque fois, c'était Noël.

— Ces humains, en face de moi, ne parlent que de toi, a-t-il murmuré.

— Savez-vous ce qu'est le FBI ?

Niall était si vieux qu'après un millénaire, il avait tout bonnement arrêté de compter. Il lui arrivait donc de commettre quelques petites erreurs de plus d'un siècle sur une date. Mais c'était un vrai puits de science. J'ignorais néanmoins ce qu'il savait du monde moderne.

— Une agence gouvernementale de renseignement qui collecte des informations sur les hors-la-loi et les terroristes à travers tous les États-Unis.

J'ai hoché la tête.

— Mais tu n'es que bonté! Comment pourrais-tu être une criminelle ou une terroriste? s'est étonné Niall.

Il ne semblait cependant pas certain que mon innocence me protégerait.

— Merci, mais je ne pense pas qu'ils veuillent m'arrêter. Je les soupçonne plutôt de chercher à savoir comment j'obtiens certains résultats et, s'ils ne me croient pas cinglée, de vouloir me faire travailler pour eux. C'est ce qui les a amenés ici. Mais ils ont été... distraits.

Ce qui m'a tout naturellement permis d'aborder le délicat sujet qui me préoccupait.

— Savez-vous ce qui est arrivé à ma belle-sœur?

C'est à ce moment-là que des clients m'ont appelée pour renouveler leurs consommations, naturellement. Et, naturellement, ça m'a pris un temps fou. Niall m'a attendue patiemment. Son charisme royal donnait des airs de trône à sa chaise au dossier souillé de graffitis. Il a repris la conversation exactement là où nous l'avions laissée:

— Oui, je sais ce qui lui est arrivé.

Son visage était resté de marbre, mais j'ai soudain senti comme une onde glacée qui émanait de lui. Si j'avais eu quelque chose à voir avec la mort de Crystal, j'aurais été terrifiée.

— Pourquoi vous en soucier?

Il n'avait jamais prêté la moindre attention à Jason. En fait, il semblait même avoir une dent contre lui.

— Je m'intéresse toujours à la raison pour laquelle une personne qui m'est liée d'une façon ou d'une autre passe de vie à trépas.

Il ne semblait pas le moins du monde affecté par la mort de Crystal. Mais, si l'affaire l'intéressait, peut-être qu'il m'aiderait... On aurait pu penser qu'il voudrait innocenter Jason, qui était tout de même son arrière-petit-fils, aussi sûrement que j'étais son arrière-petite-fille. Mais Niall n'avait jamais manifesté le désir de rencontrer mon frère, ni, à plus forte raison, de le fréquenter.

Antoine a fait tinter la cloche pour me signaler qu'une de mes commandes était prête, et je me suis précipitée vers le passe-plat pour servir leurs gratins de frites au bacon à Sid Matt Lancaster et à Bud Dearborn. Veuf de fraîche date, Sid Matt s'estimait désormais trop vieux, j'imagine, pour se préoccuper encore de ses artères, et Bud n'avait jamais vraiment veillé à son alimentation.

— Vous savez qui a fait ça? ai-je demandé à Niall, dès que j'ai pu retourner à sa table. Les panthères aussi sont sur le coup.

J'ai posé une deuxième serviette en face de lui pour donner le change vis-à-vis des clients.

Niall n'avait rien contre les panthères. En fait, quoique les faé se considèrent comme des êtres à part et très supérieurs à toutes les autres espèces de SurNat, Niall (entre autres, je suppose) respectait les hybrides – contrairement aux vampires, pour qui ils étaient des citoyens de seconde zone.

— Je mènerai ma petite enquête. Mais d'autres choses me préoccupent depuis quelque temps. C'est d'ailleurs la raison pour laquelle je n'ai pu te rendre visite plus souvent. L'orage gronde.

Ah. Encore.

Il paraissait encore plus sérieux que d'habitude.

— Mais ne te soucie de rien, s'est-il empressé d'ajouter, royal. Je m'en charge.

Ai-je déjà mentionné que Niall avait sa fierté?

Mais comment ne pas m'inquiéter? Dans une ou deux minutes, j'allais devoir aller servir d'autres clients, et je refusais de m'éloigner avant d'avoir compris ce qu'il voulait dire. Niall ne me rendait pas souvent visite et, quand il venait, il ne traînait pas vraiment: je devais saisir la chance que j'avais de lui parler.

J'ai pris au plus court.

— Qu'est-ce qui se passe, Niall?

— Je veux que tu fasses très attention à toi, m'a-t-il dit. Et, si tu vois un autre faé, en dehors de Claude et Claudine, appelle-moi sur-le-champ.

— Pourquoi m'inquiéterais-je des autres faé?

Puis la lumière s'est soudain faite dans mon esprit.

— Pourquoi les autres faé en auraient-ils après moi?

— Parce que tu es mon arrière-petite-fille.

Déjà, il se levait: je n'en saurais pas plus.

Il m'a de nouveau enlacée et embrassée (les faé sont des êtres très tactiles). Puis il a quitté le bar, sa canne à la main. Pas une seule fois je ne l'avais vu s'en servir pour marcher. Pourtant, il ne s'en séparait jamais. Y cachait-il un poignard? À moins que ce ne soit une baguette magique version XXL? Ou les deux? J'aurais bien aimé qu'il reste un peu plus longtemps ou, du moins, qu'il me fournisse un bulletin d'alerte un peu plus détaillé.

— Mademoiselle Stackhouse? m'a hélée une voix masculine avec courtoisie. Pourriez-vous nous apporter deux autres bières et des beignets?

Je me suis tournée vers l'agent spécial Lattesta.

— Bien sûr. Avec plaisir, lui ai-je répondu avec un sourire de commande.

— Un bien bel homme, a commenté Sara Weiss, en désignant du menton la porte que Niall venait de franchir.

Weiss commençait à ressentir les effets des deux verres de bière qu'elle venait d'avaler.

— Et qui ne passe pas inaperçu, a-t-elle renchéri. C'est un étranger ? Un Européen, peut-être ?

— C'est vrai qu'il n'a pas l'air d'ici, ai-je reconnu, en récupérant la cruche vide pour aller en chercher une pleine, mon sourire commercial toujours vissé aux lèvres.

Puis Catfish, le patron de mon frère, a renversé un rhum-Coca d'un coup de coude, et j'ai dû faire venir D'Eriq pour qu'il nettoie la table et passe la serpillière.

Après ça, deux crétins qui étaient allés au lycée avec moi n'ont rien trouvé de mieux que de se taper dessus pour savoir qui, des deux, avait le meilleur chien de chasse. Sam a même été obligé d'intervenir. Bizarrement, il n'a eu aucun mal à leur faire entendre raison. En révélant sa double nature, il avait gagné un surcroît de respect – un bonus inattendu.

La grande majorité des discussions, au bar, ce soir-là, tournaient autour de la mort de Crystal. L'idée qu'elle était une panthère-garou avait fini par faire son chemin dans les esprits. Environ la moitié des clients croyaient qu'elle avait été tuée justement à cause de ça. L'autre moitié pensait que les mœurs dissolues de ma belle-sœur faisaient un mobile tout trouvé. Pour la plupart d'entre eux, Jason était coupable. Certains compatissaient. D'autres, qui avaient eu vent de la réputation de Crystal, trouvaient que mon frère avait bien des excuses. Presque tous ne pensaient à Crystal qu'en fonction de la culpabilité ou de l'innocence de mon frère. La façon dont elle était morte, voilà le seul souvenir qu'on garderait d'elle. Je trouvais ça plutôt triste.

J'aurais dû aller voir Jason. Mais je n'avais même pas le courage de l'appeler. Ni l'envie. Le comportement de mon frère, ces derniers mois, avait tué quelque chose en moi. Jason avait beau être la seule famille qui me restait, j'avais beau l'aimer et il avait beau se décider enfin à grandir un peu, je ne me sentais plus obligée de le soutenir dans toutes les épreuves de sa vie. Ça ne faisait pas de moi une très bonne chrétienne, je sais. Quoique je ne sois pas particulièrement douée pour les débats théologiques, je me demandais parfois si, dans les moments les plus critiques de mon existence, je n'avais pas eu qu'une alternative : être une mauvaise chrétienne ou mourir.

Chaque fois, j'avais choisi la vie.

Est-ce que j'avais une juste vision des choses ? N'y avait-il pas un autre point de vue qui aurait pu m'éclairer ? Mais à qui m'adresser pour le demander ? J'ai essayé d'imaginer la tête du pasteur méthodiste si je l'interrogeais :

— Est-ce qu'il vaut mieux poignarder quelqu'un pour se protéger ou est-ce qu'il vaut mieux se faire tuer ? Est-ce qu'il vaut mieux rompre une promesse faite devant Dieu ou refuser de réduire en miettes la main d'un ami ?

C'étaient là des choix qu'il m'avait fallu faire. Peut-être que j'avais maintenant une grosse dette envers Dieu. Ou peut-être qu'en me protégeant je n'avais fait qu'accomplir sa volonté. Je n'en avais vraiment pas la moindre idée et je n'avais pas l'esprit assez profond pour aller y pêcher La Bonne Réponse.

Mes clients se moqueraient-ils s'ils savaient à quoi je pensais pendant que je les servais ? Se seraient-ils amusés de savoir que je m'inquiétais pour l'état de mon âme ? S'ils l'avaient su, beaucoup m'auraient sans doute dit que tout était dans la Bible et que je n'avais qu'à la lire plus attentivement pour trouver les réponses à mes questions. Ça n'avait pas très bien marché pour moi, jusque-là, mais je ne désespérais pas.

J'ai cessé de tourner en rond dans ma tête et j'ai déplié mes antennes pour écouter les autres et donner à mon pauvre cerveau l'occasion de décompresser.

Sara Weiss pensait que j'étais une jeune femme simple, et elle estimait que j'avais une chance incroyable de posséder ce qu'elle considérait comme un don. Elle croyait tout ce que Lattesta lui avait raconté sur ce qui s'était passé au *Pyramid*, car, sous sa façon pragmatique d'appréhender la vie, se cachait un petit côté mystique. Lattesta pensait lui aussi qu'il n'était pas impossible que je sois médium. Il avait écouté avec le plus grand intérêt le rapport qu'on lui avait fait des premiers interrogatoires menés à Rhodes et, maintenant qu'il m'avait rencontrée, il en était arrivé à croire que les premiers témoins interrogés avaient dit la vérité. Il voulait savoir ce que je pouvais faire pour mon pays et pour sa carrière. Est-ce qu'il aurait une promotion, s'il parvenait à gagner suffisamment ma confiance pour devenir mon coach, tout le temps que je serais au service du FBI? S'il réussissait à obtenir également l'aide de mon complice, son ascension promettait d'être fulgurante. Il serait muté au siège, à Washington. Ce serait la gloire!

«Et si je demandais à Amelia de leur jeter un sort?» ai-je songé. Mais ça n'aurait pas été honnête. Après tout, je n'avais pas affaire à des SurNat, juste à des gens ordinaires qui faisaient leur travail. Ils n'avaient rien contre moi. En fait, Lattesta pensait même qu'il me rendrait un fier service en me sortant de ce trou perdu pour me catapulter avec lui sur la scène nationale ou, du moins, dans les hautes sphères du FBI.

Comme si ça m'intéressait !

Tout en continuant à faire ce pour quoi j'étais payée, souriant et papotant aimablement avec les habitués, j'ai essayé d'imaginer ce que ce serait de quitter Bon Temps pour suivre Lattesta. On mettrait un test quelconque au point pour mesurer la précision de mes indications. Quand on aurait découvert les limites de mes capacités, on se contenterait de m'emmener sur des sites où il se serait passé des événements affreux pour que je puisse trouver des survivants. Ou bien on m'enfermerait dans des pièces avec des agents du renseignement d'autres pays ou avec des citoyens américains soupçonnés d'horribles crimes. On me demanderait de dire si ces gens avaient commis ou non les forfaits dont le FBI les accusait. Je serais peut-être obligée de côtoyer des poseurs de bombe, des tueurs en série, des psychopathes. J'imaginais déjà ce que ça devait être de lire dans les pensées de ces détraqués. Ça me rendait malade rien que d'y penser.

Cependant, les informations que je collecterais se révéleraient peut-être d'une aide précieuse. Je pourrais sauver des vies ou – qui sait ? – découvrir, longtemps à l'avance, des projets de destruction massive et donc empêcher des attentats, des massacres...

J'ai secoué la tête. Je délirais. J'allais trop loin. Tout cela pourrait se produire, oui. *Pourrait.* Un tueur en série *pourrait* penser à l'endroit où il avait enterré ses victimes juste au moment où je me trouverais en face de lui. Mais, par expérience, je savais que les gens pensaient rarement : *Oui, j'ai enterré ce cadavre au 1228 Clover Avenue sous les rosiers* ou : *Ce fric que j'ai volé est en sécurité sur le compte numéro 12345 à la Banque nationale suisse* et encore moins : *Je vais faire sauter l'immeuble XYZ le 4 mai et mes six complices sont...*

Certes, je réussirais peut-être à faire un peu de bien autour de moi. Mais, quoi que je parvienne à accomplir, jamais je ne pourrais répondre aux attentes du gouvernement. Et plus jamais je ne serais libre. Je ne croyais pas qu'on me mettrait en cellule ou quoi que ce soit de ce genre – je ne suis pas parano à ce point-là. Mais je ne pourrais certainement plus vivre ma vie comme je l'entendais.

Alors, au risque de passer, une fois de plus, pour une mauvaise chrétienne ou, du moins, pour une mauvaise Américaine, j'ai décidé que je ne quitterais jamais Bon Temps de mon plein gré avec l'agent Weiss, ni avec l'agent spécial Lattesta.

Je préférais nettement être la femme d'un vampire.

8

J'en voulais à la terre entière, en rentrant chez moi, cette nuit-là. J'ai des périodes comme ça. Peut-être que ça arrive à tout le monde. Peut-être que c'est hormonal. Enfin, cyclique, d'une manière ou d'une autre, en tout cas. À moins que ce ne soit une question de conjonction planétaire.

J'en voulais à Jason, parce que je lui en voulais depuis des mois. J'en voulais à Sam parce qu'il m'avait blessée. J'avais pris les fédéraux en grippe parce qu'ils étaient venus me mettre la pression – même s'ils ne l'avaient pas encore fait. J'en voulais terriblement à Eric de m'avoir fait le coup du poignard et d'avoir eu le culot de bannir d'autorité Quinn de son territoire. Effectivement, Eric avait dit vrai, et c'était bien moi qui avais quitté Quinn la première. Mais ça ne signifiait pas que je ne voulais plus jamais le revoir… Même dans le cas contraire, cependant, Eric n'avait clairement aucun droit de regard sur mes fréquentations.

Et peut-être que je m'en voulais aussi parce que, quand j'en avais eu l'occasion, au lieu de mettre Eric en face de ses multiples responsabilités, j'avais fondu comme une midinette et je l'avais béatement écouté raconter ses souvenirs d'ancien combattant. Comme les flash-back dans *Lost*, les réminiscences millénaires d'Eric le Viking étaient venues briser le cours de l'histoire.

Pour couronner le tout, il y avait une voiture que je ne connaissais pas devant chez moi. Je me suis garée dans l'arrière-cour et j'ai monté les cinq marches de la véranda au pas de charge, les sourcils froncés : j'étais bien décidée à me montrer contrariante. Je n'avais envie de voir personne. Tout ce que je voulais, c'était enfiler mon pyjama, me débarbouiller en paix et me coucher avec un bon livre.

Octavia était assise à la table de la cuisine avec un homme que je ne connaissais pas. Il avait des tatouages autour des yeux, dont on ne voyait pratiquement que le blanc dans son visage si noir qu'il en devenait presque bleu. Ces décorations impressionnantes mises à part, il semblait calme et posé. Il s'est levé à mon approche.

— Sookie, m'a dit Octavia d'une voix tremblante, voici mon ami Louis.

— Enchantée de vous connaître, ai-je poliment déclaré, en lui tendant la main.

Il m'a délicatement serré la main, puis je me suis assise pour qu'il en fasse autant. C'est à ce moment-là que j'ai remarqué les valises dans le couloir.

— Octavia ? ai-je murmuré en les désignant du doigt.

— Eh bien, voyez-vous, Sookie, même les vieilles dames comme moi vivent des histoires d'amour, parfois, m'a-t-elle expliqué en souriant. Louis et moi étions amis avant Katrina. Des amis très proches. Il habitait à dix minutes de chez moi, à La Nouvelle-Orléans. Après, je l'ai cherché partout. Puis j'ai fini par renoncer.

— Je l'ai cherchée pendant des mois et des mois, a raconté Louis à son tour, sans quitter Octavia des yeux. J'ai fini par retrouver sa nièce, il y a deux jours. C'est elle qui m'a donné votre numéro de téléphone.

Je n'arrivais pas à le croire quand j'ai compris qu'elle logeait chez vous.

— Votre maison a-t-elle résisté au...

Désastre, ouragan, cyclone, cataclysme... Vous avez l'embarras du choix.

— Oui, un vrai cadeau du Ciel. Et j'ai l'électricité. Il reste beaucoup à faire, mais j'ai de la lumière, du chauffage et je peux cuisiner. Mon réfrigérateur ronronne et ma rue est presque entièrement déblayée. J'ai réussi à faire remettre mon toit en place. Maintenant, Octavia peut venir vivre avec moi dans un endroit digne d'elle.

— Sookie, a murmuré tout doucement Octavia, vous avez été si gentille de m'accueillir ! Mais je ne veux plus quitter Louis et je tiens à retourner à La Nouvelle-Orléans. Je pourrai aider à reconstruire la ville. C'est chez moi, là-bas.

Octavia croyait visiblement me porter un coup terrible. Je me suis efforcée d'avoir l'air affligé.

— Vous devez faire ce qui est le mieux pour vous, Octavia. J'ai eu grand plaisir à vous avoir à la maison.

Heureusement qu'elle n'était pas télépathe !

— Est-ce qu'Amelia est là ? lui ai-je demandé.

— Oui, elle est partie chercher quelque chose pour moi en haut. Allez savoir comment, elle a réussi à me trouver un cadeau d'adieu, bénie soit-elle !

— Ooooh ! me suis-je extasiée, en essayant de ne pas en faire trop non plus.

Cela m'a valu un coup d'œil acéré de Louis. Mais Octavia m'a adressé un sourire radieux. Je ne l'avais jamais vue rayonner comme ça. Je trouvais que ça lui allait plutôt bien.

— En tout cas, je suis contente d'avoir pu vous rendre service, m'a-t-elle rappelé, en hochant la tête d'un air entendu.

J'ai eu un peu de mal à faire encore celle-qui-est-un-peu-triste-mais-fait-bonne-figure-en-souriantbravement. Par chance, Amelia est arrivée sur ces entrefaites, un paquet à la main – un fin foulard rouge en guise de papier cadeau, maintenu en place par un gros nœud. Sans me regarder, elle a dit :

— Voici un petit quelque chose de notre part, à Sookie et à moi. J'espère que ça vous plaira.

— Oh ! vous êtes adorables ! Je suis vraiment désolée d'avoir pu une seconde douter de tes dons, Amelia. Tu es une sacrée sorcière !

— Oh ! Octavia, vous ne pouvez pas savoir ce que ça me fait de vous entendre dire ça ! s'est exclamée Amelia, larmoyante et sincèrement touchée.

Dieu merci ! Louis et Octavia se sont enfin levés. J'avais beau avoir de l'affection et un profond respect pour Octavia, elle avait tout de même provoqué un certain nombre de petites perturbations dans la paisible routine qu'Amelia et moi avions instaurée dans cette maison.

Je me suis même laissée aller à pousser un gros soupir de soulagement quand la porte d'entrée s'est enfin refermée sur elle et sur son compagnon. Nous nous étions tous dit et redit au revoir, et Octavia nous avait couvertes de remerciements. Elle avait également trouvé le moyen de nous rappeler tout un tas de petites choses mystérieuses qu'elle avait faites pour nous et que nous avions du mal à nous remémorer.

— Dieu soit loué ! s'est exclamée Amelia en se laissant tomber de tout son poids sur l'une des marches de l'escalier.

Ma colocataire n'étant pas croyante – ou n'ayant rien d'une chrétienne conventionnelle, du moins –, ça vous donne une idée de son soulagement.

— J'espère qu'ils seront heureux, ai-je soupiré en m'asseyant sur le bord du canapé.

— Tu ne crois pas qu'on aurait dû se renseigner sur lui, d'une manière ou d'une autre ?

144

— Une sorcière aussi puissante qu'Octavia est capable de se débrouiller toute seule, tu ne crois pas ?

— Très juste. Mais tu as vu ses tatouages ?

— Oui. C'est quelque chose, hein ? Je me demande s'il ne serait pas un peu sorcier, lui aussi.

— Ouais. Je suis sûre qu'il donne dans la magie africaine… En tout cas, même si La Nouvelle-Orléans connaît un pic de criminalité, je ne m'inquiète pas pour eux. Ils ne risquent pas de se faire agresser, à mon avis.

— C'était quoi notre cadeau d'adieu, au fait ?

— J'ai appelé mon père pour qu'il me faxe un chèque-cadeau encaissable dans son magasin de biens d'équipements pour la maison.

— Hé ! Bonne idée ! Combien est-ce que je te dois ?

— Pas un sou. Il a tenu à ce que ce soit pour lui.

Du moins cette heureuse péripétie avait-elle eu le mérite d'émousser ma colère. Je me sentais aussi mieux disposée envers Amelia, maintenant que je n'avais plus à lui en vouloir d'avoir introduit Octavia chez moi. Nous nous sommes installées dans la cuisine et nous avons bien papoté une heure avant que j'aille me mettre au lit. Mais nous nous sommes cantonnées au superficiel : j'étais trop épuisée pour me lancer dans le récit de tout ce qui m'était arrivé. Nous nous sommes couchées meilleures amies que nous ne l'avions été depuis des semaines.

Tout en me brossant les dents, j'ai repensé au cadeau que nous avions fait à Octavia, ce qui m'a rappelé la lettre que Bobby Burnham m'avait remise de la part d'Eric. Je l'ai sortie de mon sac et j'ai ouvert l'enveloppe d'un coup de lime à ongles. Il y avait une carte à l'intérieur. Entre les deux volets avait été glissée une photo que je n'avais jamais vue, manifestement prise pendant la séance durant laquelle Eric avait posé pour le calendrier que l'on

pouvait acheter à la boutique cadeaux du *Fangtasia*.
Dans le calendrier, Eric (Monsieur Janvier) se tenait
debout, le genou posé sur un lit immaculé, sur un
fond gris pailleté de grands flocons de neige scin-
tillants. Il tenait une robe d'intérieur en fourrure
blanche devant son… point névralgique. Dans le
cliché qu'Eric venait de m'envoyer, il était à peu près
dans la même position, mais il tendait la main
vers l'appareil, comme pour inviter le spectateur à
le rejoindre. Et la fourrure avait légèrement glissé…
« J'attends la nuit où tu me rejoindras », avait-il griffonné sur le carton, par ailleurs uniformément blanc.

Légèrement kitsch ? Certes. Émoustillant ? Et
comment ! Je pouvais pratiquement sentir mon sang
bouillir. Je regrettais d'avoir ouvert la lettre juste
avant de me couler sous les draps : j'ai mis très longtemps à m'endormir…

Ça m'a fait une drôle d'impression de ne pas
entendre Octavia s'activer dans la maison, quand
je me suis réveillée. Elle était sortie de ma vie aussi
vite qu'elle y était entrée. J'espérais au moins
que, pendant les moments qu'elles avaient passés
ensemble, Octavia et Amelia avaient pu aborder le
problème de la situation d'Amelia vis-à-vis du clan
de La Nouvelle-Orléans – ou de ce qu'il en restait.
Il était difficile de croire qu'Amelia ait pu changer
un jeune homme en chat dans le cadre de pratiques
sexuelles pour le moins exotiques, me suis-je dit en
regardant ma colocataire se précipiter vers la porte
de derrière pour filer au bureau. Vêtue d'un pantalon bleu marine et d'un pull bleu marine et beige,
Amelia avait tout d'une jeune fille très sage. Quand
la porte a claqué derrière elle, j'ai inspiré profondément. Enfin seule ! Ça faisait des siècles que ça ne
m'était pas arrivé.

Ça n'a pas duré longtemps. J'en étais à ma deuxième
tasse de café et je mangeais un pain au lait grillé

quand Andy Bellefleur et l'agent spécial Lattesta ont sonné à ma porte. Je me suis dépêchée d'enfiler un jean et un tee-shirt pour aller ouvrir.

Je les ai salués, avant de les entraîner dans la cuisine. Je n'allais pas les laisser m'éloigner de ma cafetière.

— Un café ? leur ai-je proposé.

Ils ont secoué la tête comme un seul homme.

— Sookie, a dit Andy, la mine grave, on est là pour Crystal.

— Évidemment.

J'ai croqué dans mon pain au lait, mâché lentement et avalé ma bouchée. Je me suis demandé si Lattesta n'était pas au régime ou un truc comme ça, parce qu'il suivait mes moindres gestes des yeux. Je suis allée faire un petit tour dans sa tête pour vérifier. Il était mécontent que je ne porte pas de soutien-gorge parce que ça le perturbait et l'empêchait de se concentrer. Il pensait que j'étais « un peu trop bien roulée » à son goût et il se disait qu'il ferait mieux de ne plus penser à moi en ces termes. Sa femme lui manquait.

— Je me doutais bien que ça passerait avant l'autre histoire, ai-je insisté en focalisant mon attention sur Andy.

J'ignorais si Lattesta l'avait mis au courant de ce qui s'était passé à Rhodes. Mais il a hoché la tête.

— On pense, a-t-il repris après avoir jeté un coup d'œil à l'agent fédéral, qu'elle est morte il y a trois nuits, entre 1 heure et 3 ou 4 heures du matin.

— Évidemment, ai-je répété.

— Vous le saviez ?

Lattesta s'était figé : un vrai chien d'arrêt.

— Ça tombe sous le sens. Il y a toujours quelqu'un qui traîne au bar jusqu'à 1 ou 2 heures et, normalement, Terry vient nettoyer entre 6 et 8. Terry ne devait pas venir de bonne heure, ce jour-là, parce qu'il avait servi au bar et qu'il avait besoin de dormir. Mais la plupart des gens n'auraient pas pensé à ça, hein ?

— C'est vrai, a reconnu Andy après un temps d'arrêt.

— Ben voilà, ai-je conclu, ma démonstration achevée, avant de me servir une troisième tasse de café.

— Tu connais bien Tray Dawson ? m'a alors demandé Andy.

La question piège. La bonne réponse était : « Pas aussi bien que tu le crois. » Une nuit, j'avais été surprise avec Tray Dawson en tenue d'Adam dans une rue sombre. Pourtant, ce n'était pas du tout ce que pensaient les gens – et j'étais bien placée pour savoir qu'ils pensaient un paquet de trucs sur le sujet.

J'ai préféré jouer la sécurité.

— Il sort avec Amelia, en ce moment.

Ça ne mangeait pas de pain.

— C'est ma coloc, ai-je ajouté à l'intention de Lattesta, qui me regardait avec un air pas très éveillé. Vous l'avez rencontrée ici, il y a deux jours. Elle est à son travail, à cette heure-ci. Et Tray est un loup-garou.

Lattesta a cligné des yeux. Il allait lui falloir un petit moment avant de s'habituer à entendre les gens dire ce genre de truc naturellement. Andy n'a même pas cillé.

— Oui, a-t-il simplement acquiescé. Est-ce qu'Amelia était avec Tray, la nuit où Crystal a été assassinée ?

— Je ne sais pas. Vous n'avez qu'à le lui demander.

— C'est ce qu'on va faire. Est-ce que Tray t'a déjà parlé de ta belle-sœur ?

— Pas que je m'en souvienne. Ils se connaissaient, évidemment, ne serait-ce que de vue. Entre garous…

— Depuis combien de temps es-tu courant… pour les loups-garous ? Et pour… le reste ? m'a demandé Andy, comme si c'était plus fort que lui.

— Oh, ça fait un moment. J'ai su pour Sam, d'abord, puis pour les autres.

— Et tu n'as rien dit à personne ?

Le lieutenant Bellefleur semblait incrédule.

— Bien sûr que non. Les gens me trouvent déjà assez cinglée comme ça. Et puis, ce n'était pas à moi de révéler leur secret.

Je me suis interrompue et je l'ai regardé d'un air de défi.

— Mais toi aussi, tu savais, Andy...

Cette nuit-là, dans la ruelle, quand nous avions été attaqués, lui et moi, par une tueuse en série qui s'était prise d'une haine farouche pour les loups-garous, Andy avait bel et bien entendu Tray sous sa forme animale, juste avant de le voir apparaître sous son apparence humaine et dans le plus simple appareil. Il ne fallait pas sortir de Harvard pour résoudre l'équation : hurlement de loup + homme nu = loup-garou.

Andy a regardé le bloc-notes qu'il avait tiré de sa poche. Il n'a rien écrit dedans. Il a respiré un grand coup, puis il a dit :

— Donc, quand j'ai vu Tray, dans cette ruelle, il venait de se retransformer ? Ça me rassure. Je n'arrivais pas à te voir comme le genre de femme qui aurait des rapports sexuels dans un lieu public, avec quelqu'un qu'elle connaît à peine.

Très inattendu. J'avais toujours pensé qu'Andy croyait tout ce qu'on racontait à mon sujet, pour peu que ce soit malintentionné.

— Et le limier qui était avec toi ? a-t-il enchaîné sur sa lancée.

— C'était Sam.

Je me suis levée pour rincer ma tasse.

— Pourtant, au bar, Sam s'est transformé en colley.

— Les colleys sont mignons. Il s'est dit que les gens seraient moins effrayés. C'est sa forme habituelle, de toute façon.

À ce stade, Lattesta avait déjà les yeux qui lui sortaient de la tête. Il semblait très angoissé, comme garçon.

— Revenons-en au sujet qui nous préoccupe, a-t-il déclaré.

— L'alibi de ton frère semble tenir la route, a repris Andy. On a parlé avec Jason deux ou trois fois et on a interrogé Michele à deux reprises. Elle est formelle : elle ne l'a pas quitté. Elle nous a raconté tout ce qui s'était passé cette nuit-là en détail. (Petit sourire en coin). Très en détail…

C'était Michele tout craché, ça : carrée et franche du collier. Sa mère était pareille. J'étais allée à une retraite de catéchisme, un été, quand Mme Schubert s'occupait encore de l'instruction religieuse des gamins de mon âge. « Dites la vérité et le diable sera bien attrapé », nous avait-elle conseillé. Michele avait suivi cette recommandation à la lettre… mais peut-être pas dans le sens où sa mère l'entendait.

— Ravie que vous la croyiez.

— On a aussi eu une petite conversation avec Calvin, a poursuivi Andy en s'appuyant des deux coudes sur la table. Il nous a parlé de Dove et Crystal. D'après lui, Jason était parfaitement au courant.

— Absolument.

J'ai serré les lèvres. J'avais fermement l'intention de tenir ma langue : pas question de leur raconter le mémorable… incident dont j'avais été témoin.

— Et on a interrogé Dove.

— Forcément.

— Dove Beck, a précisé Lattesta, qui lisait ses notes à haute voix. Trente ans, marié, deux enfants.

Comme il ne m'apprenait rien et que je n'avais pas grand-chose à dire là-dessus, je me suis tue.

— Son cousin, Alcee Beck, a insisté pour assister à l'entretien, a repris Lattesta. Dove Beck a affirmé n'être pas sorti de chez lui, cette nuit-là, et sa femme a corroboré ses dires.

— Je ne pense pas que ce soit Dove, ai-je déclaré.

Ils ont tous les deux eu l'air surpris.

— Mais c'est toi qui nous as donné le tuyau ! s'est étonné Andy.

Je me suis sentie rougir.

— Je regrette d'avoir fait ça. Ça m'a rendue folle de voir que tout le monde accusait Jason, alors que je savais pertinemment qu'il n'y était pour rien. Mais je ne pense pas que Dove ait tué Crystal. Je crois qu'elle n'avait pas assez d'importance dans sa vie pour ça.

— Mais si elle avait détruit son mariage ?

— Même si ça avait été le cas, Dove s'en serait peut-être voulu à mort, mais il ne lui en aurait pas voulu à elle. Et puis, elle était enceinte. Dove ne tuerait jamais une femme enceinte.

— Comment peux-tu en être aussi sûre ?

Parce que je peux lire dans ses pensées et y voir son innocence écrite noir sur blanc, ai-je songé. Mais, si les vampires et les hybrides étaient sortis du placard, je n'en avais pas encore fait autant. Certes, je n'avais rien d'une SurNat. Je n'étais qu'une variation sur le thème humain.

— Je ne pense pas que Dove en soit capable, ai-je répété. Je ne le sens pas.

— Et nous sommes censés considérer cela comme une preuve ? a raillé Lattesta.

— Je me fiche de ce que vous en faites.

Je m'étais retenue : j'avais été à deux doigts de leur préciser très exactement ce qu'ils pouvaient en faire.

— Vous m'avez posé une question, j'y ai répondu, ai-je conclu.

— Vous croyez donc qu'on l'a tuée pour ce qu'elle était ?

J'ai baissé les yeux vers la table – je n'avais pas de calepin à consulter, moi, mais j'avais besoin de réfléchir avant de parler.

— Oui, ai-je finalement tranché. Je crois qu'on l'a tuée pour ce qu'elle était. Mais je ne sais pas si c'était parce qu'elle était une garce ou... parce qu'elle était une panthère.

J'ai haussé les épaules en soupirant :

— Si j'apprends quelque chose, je vous fais signe. Moi aussi, j'ai hâte de voir cette affaire résolue.

— Si vous apprenez quelque chose ? Au bar, vous voulez dire ?

Lattesta était suspendu à mes lèvres, haletant presque. Enfin un être humain qui m'accordait de l'importance et me trouvait du talent. Forcément, il était marié, heureux en amour et me prenait pour un monstre. Dommage.

— Oui. Il se pourrait que j'apprenne quelque chose au bar.

Ils ont pris congé juste après, et j'ai été soulagée de les voir partir. C'était mon jour de repos. Je me disais que je devrais faire quelque chose de spécial, surtout après ce que je venais de traverser. Mais je ne voyais pas quoi. J'ai allumé la télévision pour regarder la chaîne météo. Ils annonçaient des maximales autour de 20 °C. Même si on était encore en janvier, j'ai décidé que l'hiver était officiellement terminé. Le froid n'avait certes pas dit son dernier mot, mais raison de plus pour profiter de ce jour de beau temps.

J'ai sorti ma vieille chaise longue de la remise et je l'ai installée dans la cour. Je me suis fait une queue de cheval haut perchée que j'ai coincée dans l'élastique pour qu'elle ne me tombe pas dans le dos. J'ai mis mon bikini le plus mini – une petite merveille orange vif et turquoise – et je me suis tartinée de crème solaire. J'ai pris ma radio, le livre que j'étais en train de lire, une serviette de bain et je suis sortie dans la cour. Effectivement, il faisait un peu frisquet. Effectivement, j'avais la chair de poule au moindre souffle d'air. Mais c'était toujours un jour de fête sur mon calendrier personnel, le jour de mon premier bain de soleil. Alors, j'allais en profiter au maximum. J'en avais bien besoin.

Tous les ans, je passais en revue les raisons pour lesquelles je n'aurais pas dû m'exposer au soleil. Tous les ans aussi, je faisais la liste de mes remarquables vertus : je ne buvais pas, je ne fumais pas et j'avais une activité sexuelle quasi nulle – cela dit, j'étais prête à modifier ce dernier élément. Mais j'adorais prendre le soleil. Or, il rayonnait, ce matin-là. Tôt ou tard, j'allais le payer, je le savais. Mais c'était mon seul vice. Je me suis demandé si le sang de faé qui coulait dans mes veines ne pourrait pas me protéger du cancer de la peau, puis je me suis rappelé que ma tante Linda était morte du cancer et qu'elle avait plus de sang de faé que moi... Oh et puis zut !

Je me suis allongée sur le dos, j'ai fermé les yeux derrière mes lunettes de soleil et j'ai poussé un soupir béat. Comment ça, il ne faisait pas très chaud ? Allons, c'était juste une impression. J'ai pris soin de ne pas penser à tout un tas de choses : à Crystal, à cette histoire de mystérieux faé malintentionnés, au FBI... Au bout d'un quart d'heure, je me suis retournée sur le ventre. Ma radio était calée sur une station de country de Shreveport et, profitant de ce qu'il n'y avait personne à moins d'un kilomètre à la ronde pour m'entendre, je fredonnais de temps en temps en mesure. Je chante comme une casserole.

— Qu'estcequevousfaites ? m'a demandé une voix juste à côté de mon oreille.

Je n'ai jamais pratiqué la lévitation, mais je crois bien qu'à ce moment-là, je me suis soulevée d'au moins vingt centimètres au-dessus de ma chaise longue. J'ai hurlé aussi.

— Nom de Dieu ! ai-je finalement soufflé, quand j'ai eu assez d'air dans les poumons pour respirer. Diantha ! Vous m'avez fichu une de ces trouilles ! J'ai failli avoir une crise cardiaque.

Diantha était un demi-démon. Elle était aussi la nièce de maître Cataliades, lui-même majoritairement démon.

Son long corps de liane secoué par un fou rire, Diantha était assise en tailleur par terre, les fesses moulées dans un short rouge en Lycra qu'elle portait avec un tee-shirt à motifs vert et noir. Des Converse écarlates et des socquettes jaunes complétaient l'ensemble. Elle avait aussi une nouvelle cicatrice au mollet gauche, une longue estafilade rouge et toute boursouflée.

— L'explosion, m'a-t-elle expliqué, en voyant que je l'examinais.

Diantha avait également changé de couleur de cheveux : ils étaient d'un blond platine étincelant. Mais je n'arrivais pas à détacher les yeux de sa vilaine cicatrice.

— Et ça va ? lui ai-je demandé.

On devenait vite lapidaire avec Diantha. Son style télégraphique et son débit de mitraillette incitaient à la concision.

— Mieux, m'a-t-elle répondu en regardant sa cicatrice.

Puis ses étranges yeux verts ont cherché les miens.

— Mon oncle m'envoie.

J'ai tout de suite compris qu'elle s'apprêtait à me délivrer le message dont on l'avait chargée. Sinon, elle n'aurait jamais parlé si lentement ni si distinctement.

— Et qu'est-ce que votre oncle veut me faire savoir ?

J'étais toujours sur le ventre, en appui sur les coudes. Ma respiration et mes palpitations s'étaient calmées.

— Il dit que les faé sont désormais dans ce monde. Il dit de faire attention. Il dit qu'ils vous captureront à la première occasion et qu'ils vous feront du mal.

— Pourquoi ?

Tout le plaisir que je prenais à me dorer au soleil s'était évaporé d'un coup. J'avais froid, subitement. J'ai jeté un coup d'œil anxieux autour de moi.

— Votre arrière-grand-père a beaucoup d'ennemis, a-t-elle énoncé lentement avec soin.

— Et vous savez, vous, pourquoi il en a tant ?

C'était là une question que je n'aurais pas pu poser à mon arrière-grand-père directement. Je n'en avais jamais trouvé le courage, du moins.

Diantha m'a dévisagée avec étonnement.

— Ils sont d'un côté, il est de l'autre, m'a-t-elle expliqué, en détachant bien les mots, comme si j'avais l'esprit un peu lent. Ilszontuévot'grandpère.

— Qui, « ils » ? Les autres faé ont tué mon grand-père Fintan ?

Elle a hoché la tête à toute allure.

— Ilvouslapasdit ?

— Niall ? Non, il m'a juste dit que son fils était mort.

Diantha a éclaté de rire.

— Onpeutdireçacom'ça, a-t-elle ironisé, toujours pliée de rire. Hachémenu !

Et elle m'a donné une grande claque sur le bras, tellement c'était amusant. J'ai grimacé de douleur – Diantha ne connaît pas sa force.

— Ohpardon ! s'est-elle exclamée. Pardonpardonpardon.

— Ça va. Laissez-moi juste une minute.

Je me suis frotté le bras vigoureusement pour tenter de rétablir la circulation. Comment se protégeait-on quand on avait des faé aux trousses ?

— Mais de qui suis-je censée avoir peur, au juste ?
lui ai-je demandé.

— Breandan, a-t-elle aussitôt répondu. Ça veut
dire quelque chose. J'aioublié.

— Ah ! Et « Niall », qu'est-ce que ça veut dire ?

Je me laisse facilement égarer.

— Nuage, m'a répondu Diantha. Tous les proches
de Niall ont des noms célestes.

— OK. Donc, Breandan en a après moi. Et Breandan est ?

Diantha a cligné des yeux. C'était une très longue
conversation pour elle.

— L'ennemi de votre arrière-grand-père, m'a-t-elle
patiemment expliqué, comme si j'étais vraiment
attardée. Le seul autre prince des faé.

— Mais pourquoi maître Cataliades vous a-t-il
envoyée me dire ça ?

— Vouzavezfaitd'vot'mieux, a-t-elle lâché d'une
traite.

Son regard s'est rivé au mien et elle a hoché la tête
en me tapotant gentiment la main, très doucement.

Oui, j'avais vraiment fait de mon mieux pour tenter
d'évacuer tout le monde du *Pyramid* à temps. Mais
j'avais échoué. Ce n'en était pas moins réconfortant
de constater que l'avocat m'en était reconnaissant.
J'avais passé toute une semaine à me flageller parce
qu'en dépit de tous les indices je n'avais pas été fichue
de déjouer l'attentat avant. Si j'avais été plus attentive,
si je ne m'étais pas laissé distraire par tout ce qui se
passait autour de moi, si…

— Etvot'chèquevaarriver, a-t-elle ajouté.

— Oh ! Génial !

En dépit de l'angoisse que son avertissement avait
suscitée chez moi, j'ai senti mon visage s'éclairer.

— Vous avez sans doute une lettre pour moi ou un
truc comme ça ? lui ai-je demandé, espérant de plus
amples explications.

Mais Diantha a secoué la tête – les pointes de son casque de cheveux platine, hérissés à grand renfort de gel, se sont mises à vibrer façon porc-épic énervé.

— Mon oncle doit rester neutre, a-t-elle soigneusement articulé. Il a dit : « Pasd'lettrepasd'téléphonepasd'mail. » Alorschuilà.

Cataliades avait vraiment pris des risques pour moi. Ou plutôt, il avait fait prendre des risques à Diantha.

— Et si on vous capturait, Diantha ? me suis-je alarmée.

Elle a haussé les épaules.

— J'tomb'raiaucombat.

Puis j'ai remarqué sa mine défaite. Bien que je ne puisse pas lire dans les pensées des démons comme dans celles des humains, il était clair que Diantha pensait à sa sœur. Gladiola était morte sous la lame d'une vampire. Après une seconde, son expression est devenue tout simplement assassine.

— J'lescramerai.

Je me suis redressée et j'ai haussé un sourcil interrogateur. Diantha a levé la main et a semblé examiner sa paume. J'ai suivi son regard. Il y avait une petite flamme qui dansait juste au-dessus.

— Je ne savais pas que vous pouviez faire ça, ai-je soufflé, impressionnée.

Je me suis promis de ne jamais contrarier Diantha.

— Petite, a-t-elle commenté en haussant les épaules.

J'en ai déduit que Diantha ne pouvait conjurer que de petites flammes, mais que ses semblables faisaient dans le grand format. Gladiola avait vraiment dû se faire surprendre, parce que les vampires étaient inflammables, bien plus que les humains.

— Est-ce que les faé brûlent comme les vampires ?

Elle a de nouveau secoué la tête.

— Maistoutfinitparbrûler, a-t-elle assené gravement. Tôtoutard.

J'ai réprimé un frisson.

— Vous voulez quelque chose à boire ? à manger ? lui ai-je proposé.

— Nan, a-t-elle répondu en se relevant souplement, avant de s'épousseter les fesses. Fautqu'j'yaille.

Elle m'a tapoté la tête et a tourné les talons. En moins d'une minute, elle avait disparu dans les bois.

Je me suis laissée retomber sur le dossier de ma chaise longue pour réfléchir à tout ça. Niall m'avait mise en garde, et maintenant, c'était le tour de maître Cataliades. J'étais sérieusement effrayée.

Mais, bien que dûment prévenue de cette menace – et en temps voulu –, je ne savais toujours pas comment m'en protéger. Elle pouvait se matérialiser n'importe quand et n'importe où, pour ce que j'en savais. Je supposais néanmoins que ces faé hostiles n'allaient pas prendre le bar d'assaut pour me kidnapper. Les faé tenaient trop à leur clandestinité. Mais, en dehors de ça, je n'avais pas la moindre idée de la forme que leur attaque prendrait, ni de la façon dont je pourrais m'en défendre. Les faé se laissaient-ils arrêter par des portes verrouillées ? Devaient-ils être invités à entrer, comme les vampires ? Non, je ne me rappelais pas avoir jamais autorisé Niall à entrer chez moi, et il y était pourtant venu.

Que savais-je des faé, en fin de compte ? Qu'ils n'étaient pas affectés par la lumière du jour, comme les vampires. Que, physiquement, ils étaient aussi forts que des vampires. Que les créatures faériques qui pouvaient se prévaloir du nom de « faé » (ce qui excluait donc les lutins, les gobelins, les elfes et autres) étaient toutes d'une rare beauté et d'une tout aussi rare cruauté, ce qui leur valait le respect des vampires eux-mêmes. Je savais que les plus vénérables d'entre les faé ne vivaient pas constamment dans notre monde (contrairement à Claudine et à

Claude, par exemple). Ils pouvaient se replier dans leur propre univers secret, qui se réduisait toutefois comme une peau de chagrin et qu'ils préféraient nettement au nôtre : un monde sans fer. S'ils parvenaient à limiter leur exposition à ce métal, les faé vivaient tant d'années qu'ils en perdaient la notion du temps. Ainsi, Niall pouvait faire remonter un événement précis à cinq siècles, tout en datant un événement plus vieux encore à deux cents ans. Il n'arrivait tout bonnement plus à suivre. Mais c'était sans doute en partie parce qu'il passait le plus clair de son temps hors de notre monde.

Je me creusais la cervelle pour réunir un maximum d'informations. Ah ! Encore une chose ! Pourquoi n'y avais-je donc pas pensé plus tôt ? Si les faé étaient allergiques au fer, ils l'étaient encore plus au jus de citron. La sœur de Claudine et de Claude avait été assassinée de cette façon.

Maintenant que j'y pensais, je me disais qu'il ne serait peut-être pas inutile de contacter les jumeaux, justement. Non seulement Claudine et Claude étaient mes cousins, mais Claudine était également ma fée marraine, au sens littéral du terme. Elle était donc censée m'aider. À cette heure-ci, elle serait au grand magasin où elle travaillait – elle s'occupait des réclamations, des paquets cadeau et des commandes prépayées. Claude serait sans doute dans les bureaux du club de strip-tease dont il était maintenant propriétaire. Il serait plus facile à joindre. Je suis rentrée chercher son numéro. Il a répondu lui-même au téléphone.

— Oui.

Comment pouvait-on mettre tant d'indifférence hautaine et d'ennui abyssal en un seul mot ?

— Salut, mon chou ! l'ai-je apostrophé gaiement. Il faut que je te parle. Je peux venir tout de suite ou tu es occupé ?

— Non, non, ne viens pas ! s'est-il écrié, comme s'il se décomposait à cette seule pensée. Je te retrouve au centre commercial.

Les jumeaux vivaient à Monroe, une ville assez importante pour posséder un grand centre commercial.

— D'accord. Où et quand ?

Il y a eu un silence au bout du fil.

— Claudine peut sortir tard pour déjeuner. Rendez-vous dans une heure et demie dans la galerie des snacks, du côté du Chick-fil-A.

— À tout à l'heure, alors, lui ai-je répondu.

Il a raccroché. Toujours aussi charmant. J'ai enfilé mon jean préféré et un tee-shirt vert et blanc, puis je me suis coiffée. J'avais les cheveux si longs qu'ils devenaient difficiles à entretenir. Mais je ne pouvais me résoudre à les couper.

Eric m'ayant donné son sang plusieurs fois, non seulement je n'attrapais plus jamais le moindre rhume, mais je n'avais même plus de fourches. Sans compter que mes cheveux étaient toujours brillants et semblaient beaucoup plus épais.

Ça ne m'étonnait donc pas que les gens achètent du sang de vampire sous le manteau, du « V », comme disaient les accros. Ce qui m'étonnait, en revanche, c'était qu'ils soient assez bêtes pour croire les dealers quand ceux-ci prétendaient que la mélasse rouge qu'ils leur vendaient était vraiment du V. Le plus souvent, les fioles contenaient soit du TrueBlood, soit du sang de cochon, soit le sang du dealer lui-même. Et quand, par miracle, le consommateur achetait réellement du V, il n'était pas frais et pouvait donc rendre celui qui l'absorbait fou à lier. Je ne serais jamais allée voir un dealer pour me procurer du sang de vampire. Mais, maintenant que j'en avais reçu plusieurs fois – et de toute première fraîcheur –, je n'avais même plus besoin de fond de teint : j'avais une peau de bébé. Merci, Eric !

Je savais pourtant qu'à côté de Claude j'allais passer totalement inaperçue. Un mètre quatre-vingts, de grands yeux bruns de velours, de beaux cheveux ondulés d'un noir de jais, un physique de Chippendale (tablette de chocolat et fessier de compétition compris), Claude était à tomber. Malheureusement, s'il avait les mâchoires carrées et les pommettes hautes d'un marbre de la Renaissance, il en avait également la personnalité.

Ce matin-là, Claude avait opté pour un pantalon de toile et un débardeur moulant sous une chemise ouverte en soie verte. Il était en train de jouer avec ses lunettes noires quand je suis arrivée. D'habitude, lorsqu'il ne se déshabillait pas sur scène, Claude n'avait que deux expressions à son actif : l'indifférence totale ou la tête des mauvais jours. Mais là, il semblait surtout nerveux. En m'apercevant, il a jeté des coups d'œil alarmés alentour, comme s'il craignait qu'on ne m'ait suivie. Et il ne s'est pas détendu quand je me suis laissée tomber sur une des chaises à sa table. Il avait juste un gobelet Chick-fil-A devant lui. Du coup, je ne suis pas allée commander à manger non plus.

— Comment vas-tu, cousine ?

Il s'en moquait éperdument et ne s'en cachait pas, mais, au moins, il avait fait l'effort de demander. Claude avait commencé à se montrer un peu plus poli avec moi – un peu moins rustre – quand j'avais découvert que son grand-père se trouvait être mon arrière-grand-père. Pour autant, il n'en oublierait jamais que j'étais majoritairement humaine. Comme la plupart des faé, Claude méprisait copieusement les humains. Ce qui ne l'empêchait pas de les mettre dans son lit avec enthousiasme – pour peu qu'ils aient une barbe de trois jours.

— Bien, merci, Claude. Ça fait un bail.

— Qu'on ne s'est pas vus? Oui.

Et il s'en trouvait très bien, quant à lui.

— En quoi puis-je t'aider? Ah! voici Claudine! s'est-il exclamé avec un manifeste soulagement.

Claudine portait un tailleur marron à gros boutons dorés et un chemisier de soie crème, havane et beige à rayures. Ma cousine restait toujours très classique dans ses tenues de travail. Quoique celle-ci lui aille à ravir, il y avait quelque chose dans la coupe qui la grossissait un peu, elle qui avait pourtant une silhouette de rêve. Claudine était la jumelle de Claude. Il y avait eu une autre sœur, Claudette, mais elle s'était fait assassiner. J'imagine que quand il ne reste plus que deux membres de triplés, on peut parler de jumeaux, non? Claudine était aussi grande que son frère et, quand elle s'est penchée pour l'embrasser sur la joue, leurs cheveux se sont mêlés en une même ondulante cascade couleur de nuit. Elle m'a embrassée aussi, et je me suis demandé si toutes les créatures faériques étaient aussi tactiles que les faé. Ma cousine avait bien rempli son plateau : poulet-frites, un dessert quelconque et un grand gobelet de soda.

— C'est quoi, le problème de Niall? ai-je lâché, décidée à aller droit au but. Chez qui s'est-il fait des ennemis? Uniquement chez les faé, ou aussi parmi les autres créatures faériques?

Il y a eu un blanc, le temps que Claude et Claudine prennent la mesure de ma tension, perceptible dans ma façon un peu brusque d'engager la conversation. Ils ne paraissaient cependant pas surpris par mes questions – ce qui en disait long, à mon avis.

— Nos ennemis sont des faé, m'a répondu Claudine. Bien que nous soyons tous des variations d'un même modèle – comme les Noirs, les Blancs ou les Asiatiques sont des variations de l'être humain –, en

162

règle générale, les autres créatures faériques ne se mêlent pas de nos affaires.

Son beau visage rayonnant s'est subitement assombri.

— Nous sommes de moins en moins nombreux, hélas !

Elle a déchiré le coin d'un sachet de ketchup et l'a vidé sur ses frites. Elle en a enfourné trois d'un coup. Waouh, affamée, ma cousine.

Claude a pris le relais.

— Il faudrait des heures pour t'expliquer la généalogie de notre lignée. Tout ce que je peux te dire, c'est qu'on vient de la branche proche du ciel. Notre grand-père – ton arrière-grand-père – est l'un des rares survivants de notre famille royale.

— Il est prince, ai-je cru bon de préciser, car c'était l'une des seules choses que je savais.

Le Prince Charmant, *Prince Vaillant*, *Le Prince de New York*... C'était tout de même un titre impressionnant.

— Oui. Mais il y a un autre prince : Breandan.

Je me rappelais que Diantha avait mentionné Breandan, que Claude prononçait « brèn-dôn ».

— C'est le fils du frère aîné de Niall, Rogan. Rogan s'est attribué la mer, et tout ce qui a un rapport avec l'eau. Mais il a récemment rejoint les contrées où le soleil ne se couche jamais.

— Mort, a traduit Claudine, avant de mordre à belles dents dans son poulet.

Claude a haussé les épaules.

— C'est ça, Rogan est mort. Il était le seul à pouvoir contenir Breandan. Et il faut que tu saches que Breandan est celui qui...

Claude s'est brusquement tu, interrompu par la main de Claudine qui venait de se refermer sur son bras. Le geste avait été si brutal qu'il avait attiré l'attention d'une femme à une table voisine. Claudine a dardé sur son frère un regard meurtrier. Il a hoché la tête, a dégagé son bras et a repris son discours.

— Breandan est violemment opposé à Niall. Il...

Les jumeaux se sont consultés du regard. Claudine a acquiescé en silence.

— Breandan pense que les humains qui ont du sang de faé dans les veines devraient être éradiqués, a poursuivi Claude. D'après lui, chaque fois que l'un de nous s'accouple avec un humain, notre peuple perd un peu de notre magie.

J'ai dégluti avec peine pour tenter de déloger la grosse boule d'angoisse qui me nouait soudain la gorge.

— Donc, Breandan est un ennemi. Est-ce que Niall peut compter sur l'appui d'autres têtes couronnées ? ai-je demandé d'une voix étranglée.

— Oui. Un sous-prince – il n'existe pas de traduction pour son titre –, notre père, Dillon, fils de Niall et de sa première femme, Branna. Notre mère, elle, s'appelle Binne. Si Niall rejoint les contrées où le soleil ne se couche jamais, Dillon prendra sa place et deviendra prince. Mais, bien sûr, pour le moment, il doit attendre.

Ces noms ne me disaient rien. Le premier sonnait presque comme « Dylan » et le second comme « bî-na ».

— Vous pouvez m'épeler ces noms ?

Claudine s'est exécutée.

— Niall n'a pas eu une vie très heureuse avec Branna et il lui a fallu longtemps pour aimer Dillon, notre père, a-t-elle enchaîné. Il préférait ses fils de sang-mêlé.

Elle m'a souri, sans doute pour me faire comprendre qu'elle n'avait rien contre les humains qui avaient mêlé leur sang à celui de son grand-père.

Niall m'avait dit un jour que j'étais sa seule parente. Mais il était clair qu'il s'était laissé déborder par ses émotions au lieu de s'en tenir aux faits. Bon à savoir. À mon grand soulagement, Claude et Claudine ne semblaient pas se formaliser du favoritisme dont Niall faisait preuve à mon égard.

— Et alors ? Qui soutient Breandan ?

— Dermot, m'a répondu Claudine en me jetant un coup d'œil entendu.

Je connaissais effectivement ce nom... Mais où avais-je bien pu l'entendre ? Finalement, la mémoire m'est revenue.

— Le frère de mon grand-père Fintan. L'autre fils que Niall a eu avec Einin. Mais... il est à demi humain.

Einin était une humaine que Niall avait séduite des siècles auparavant (elle avait cru voir un ange, ce qui donne une idée de la beauté des faé quand ils n'essaient pas de se faire passer pour des humains). Mon grand-oncle de sang-mêlé voulait liquider son propre père ?

— Est-ce que Niall t'a dit que Fintan et Dermot étaient jumeaux ? s'est enquis Claude.

Je me suis contentée de hocher la tête.

— Dermot était le plus jeune, de quelques minutes seulement. Ce n'étaient pas des jumeaux identiques, tu comprends ?

Claude jubilait d'en savoir plus que moi.

— Ils étaient... a-t-il bredouillé tout à coup, manifestement dérouté. Je ne connais pas le mot.

— De faux jumeaux. D'accord, passionnant. Et après ?

— En fait, a murmuré Claudine en regardant son poulet avec une insistance suspecte, ton frère, Jason, est le portrait craché de Dermot.

— Tu veux dire que... Qu'est-ce que tu veux dire ?

J'étais déjà prête à monter sur mes grands chevaux, même si je ne savais pas encore pourquoi.

— On ne fait que t'expliquer pourquoi Niall a été naturellement enclin à te préférer à ton frère, est intervenu Claude. Niall aimait Fintan et réciproquement, alors que Dermot ne ratait jamais une occasion de provoquer son père. Il a fini par se rebeller ouvertement contre notre grand-père, allant même jusqu'à prêter allégeance à Breandan, qui, pourtant, le méprise. Non seulement Dermot ressemble à Jason – ce qui, après tout, n'est qu'un hasard de la génétique –, mais il est aussi crétin que lui. Tu comprends, maintenant, pourquoi Niall ne crie pas sur les toits son lien de parenté avec ton frère.

Pendant un instant, j'ai eu pitié de mon frère. Jusqu'à ce que mon bon sens reprenne le dessus.

— Alors Niall a d'autres ennemis, en dehors de Breandan et de Dermot ?

— Ils ont leurs propres partisans et associés, dont quelques assassins…

— Mais vos parents sont dans le camp de Niall, non ?

— Oui. Et ils ne sont pas les seuls, bien sûr. Toutes les créatures célestes sont à ses côtés.

— Donc, il faut que je fasse attention à tous les faé qui se pointent dans le secteur, c'est ça ? Ils pourraient m'attaquer à tout moment parce que je suis de la famille de Niall ?

— Oui. Le monde des faé est très dangereux, en ce moment. C'est une des raisons pour lesquelles on vit ici.

Claude a jeté un coup d'œil à sa sœur, qui dévorait son poulet comme si elle n'avait pas mangé depuis trois jours.

Claudine a avalé sa bouchée et s'est tamponné les lèvres avec une serviette en papier.

— Le point le plus important… a-t-elle déclaré, avant d'attaquer sa dernière bouchée, en faisant signe à Claude de prendre le relais.

— Si tu rencontres quelqu'un qui ressemble à ton frère mais qui n'est pas ton frère…

Claudine a avalé sa dernière bouchée avant de conclure :

— Tu te tires. Et vite.

9

J'étais encore plus effrayée en rentrant chez moi qu'en en partant. J'aimais beaucoup mon arrière-grand-père. Nous ne nous connaissions que depuis peu de temps, mais je ne demandais qu'à l'aimer davantage. Et j'étais tout à fait prête à le soutenir jusqu'au bout, par respect pour les liens de parenté qui nous unissaient... Mais je ne savais toujours pas comment mener cette guerre, encore moins comment l'éviter. Les faé n'existaient pas, aux yeux des humains, et s'en trouvaient fort bien. Contrairement aux hybrides et aux vampires, ils n'avaient aucune envie qu'on leur fasse une place sur notre planète. Pourquoi se seraient-ils soumis aux lois et aux limitations des humains, alors qu'ils pouvaient faire ce que bon leur semblait, puis se volatiliser dans leur repaire secret ?

Pour ce qui était peut-être la millionième fois, j'ai regretté de ne pas avoir un arrière-grand-père normal, au lieu de cette glorieuse et princière version d'aïeul faé aussi improbable qu'encombrante.

Puis j'ai eu honte. J'aurais dû me réjouir, au contraire. J'espérais que Dieu n'avait pas remarqué ce petit accès d'ingratitude caractérisée.

J'avais déjà eu une journée bien remplie et il n'était que 14 heures. Ça se présentait mal, pour un jour de repos. D'habitude, j'en profitais pour faire la lessive, le ménage, les courses ; je réglais les factures ; je lisais… Mais il faisait vraiment trop beau pour rester à l'intérieur. Je voulais une activité de plein air, qui me laisserait l'esprit suffisamment libre pour réfléchir. Et Dieu sait que j'avais de quoi méditer.

J'ai jeté un coup d'œil aux parterres envahis par les mauvaises herbes et j'ai décidé de m'y attaquer. Pour moi, c'était la pire des corvées. Peut-être parce que, quand j'étais petite, c'était toujours sur moi que ça tombait. Gran s'était fait un devoir de nous apprendre, à Jason et à moi, le sens du mot « travail ». C'était en son honneur que j'essayais d'entretenir les massifs de fleurs. J'ai soupiré et pris mon courage à deux mains. J'allais commencer par le parterre qui bordait l'allée, côté jardin.

Je me suis donc dirigée vers la cabane à outils – une version métallique du genre, la dernière d'une longue série qui avait servi la famille Stackhouse, de génération en génération, depuis qu'elle s'était installée dans cette petite clairière au milieu de nulle part. J'ai ouvert la porte avec un mélange de plaisir et d'appréhension, en songeant qu'il allait bien falloir, un jour, que je retrousse mes manches pour entreprendre le nettoyage de tout ce fourbi. J'avais toujours le vieux déplantoir de ma grand-mère – et allez donc savoir à qui il avait appartenu avant elle ! C'était une antiquité, mais il avait été si bien entretenu qu'il pouvait rivaliser avec les modèles les plus récents. La prise en main était même meilleure. Je suis donc entrée dans la pénombre qui régnait à l'intérieur pour prendre mes gants de jardin et cette vénérable relique familiale.

Je savais, pour l'avoir vu sur eBay, qu'il y avait des tas de gens qui collectionnaient les vieux outils agricoles. Cette cabane aurait été une vraie caverne d'Ali Baba pour eux. Dans ma famille, on n'aimait pas le gâchis : on ne jetait pas ce qui pouvait encore servir. Quoique plein à craquer, l'endroit était bien rangé. Mon grand-père était très ordonné. Quand nous étions venus vivre chez mes grands-parents, mon frère et moi, il avait dessiné la silhouette de chaque outil sur une planche. C'était à cet emplacement qu'il voulait le voir remis après utilisation. Je pouvais pratiquement trouver chacun d'eux les yeux fermés, et le déplantoir de Gran ne faisait pas exception à la règle. C'était sans doute le plus vieux de tous. Il était lourd, plus aiguisé et plus étroit que la plupart des modèles plus modernes, mais je m'étais habituée à son maniement et je n'en aurais pas voulu d'autre.

Si on avait vraiment été au printemps, je me serais remise en maillot pour joindre l'utile à l'agréable. Mais le soleil avait beau briller de tous ses feux, mon insouciance matinale s'était envolée et je n'avais plus du tout envie de me faire bronzer. J'ai enfilé mes gants. D'abord parce que je ne voulais pas m'abîmer les ongles, et ensuite parce que certaines de ces mauvaises herbes savaient se défendre. Notamment une qui avait une grosse tige charnue et des feuilles hérissées de piquants. Si on avait le malheur de la laisser pousser en paix, elle fleurissait. Celle-là, il fallait l'attaquer à la racine. Il y en avait toute une colonie qui envahissait les massifs de balisiers.

Gran en aurait eu une attaque.

Accroupie devant le parterre, je me suis mise à l'ouvrage. De la main droite, je plongeais le déplantoir dans la terre meuble pour libérer les racines et, de la main gauche, j'arrachais l'herbe. Je la secouais ensuite pour faire tomber la terre et je la lançais dans l'allée. Avant de commencer, j'avais posé la radio sur les marches, derrière la maison. Au bout de trois secondes, je chantais déjà avec LeAnn

Rimes. Je commençais à oublier un peu mes soucis. En quelques minutes, j'avais une honnête pile de mauvaises herbes qui s'entassaient dans mon allée et une auréole qui me poussait au-dessus de la tête.

S'il n'avait pas parlé, l'histoire se serait terminée tout autrement. Mais il était tellement sûr de lui qu'il n'a pas pu s'empêcher de l'ouvrir. Sa vanité m'a sauvée.

Et puis, il avait plutôt mal choisi son entrée en matière. « Je vais me faire un plaisir de vous tuer pour mon seigneur et maître » n'est pas la meilleure façon de s'attirer ma sympathie.

J'ai de bons réflexes – et du sang de vampire dans les veines. Je me suis relevée comme un ressort, le déplantoir à la main, et dans le même élan, je le lui ai planté dans le ventre. Il s'est enfoncé comme dans du beurre, et jusqu'au manche. À croire qu'il avait été prévu pour ça. Le déplantoir de Gran : l'arme suprême contre les faé !

En l'occurrence, c'était précisément ce qu'il était, parce qu'il était en fer et que mon agresseur était justement un faé.

J'ai reculé d'un bond. Je me suis ramassée sur mes jambes, le déplantoir ensanglanté toujours à la main, et j'ai attendu de voir ce qu'allait faire mon agresseur. Il regardait le sang qui lui filait entre les doigts avec une expression de stupeur, comme s'il ne parvenait pas à croire que j'aie pu tacher son beau costume. Puis il a levé les yeux vers moi, de grands yeux bleus écarquillés. Il y avait une question écrite en gros sur son visage, comme s'il me demandait si c'était bien moi qui lui avais fait ça, s'il n'y avait pas une erreur dans le scénario.

J'ai commencé à reculer vers les marches, sans jamais le quitter des yeux. Mais il avait déjà cessé d'être une menace : comme je tâtonnais derrière moi pour ouvrir la porte de la véranda, je l'ai vu s'écrouler

sur le gravier. Il avait toujours cette même incrédulité dans les prunelles quand il a basculé.

Je me suis réfugiée dans la maison et j'ai ver-
rouillé la porte à double tour. Puis, les jambes en
coton, j'ai marché jusqu'à la fenêtre de la cuisine
pour jeter un coup d'œil dehors. Je me suis penchée
le plus possible au-dessus de l'évier. De cet endroit,
je ne pouvais apercevoir qu'une petite partie du
corps recroquevillé.

— OK, ai-je alors dit à haute voix. OK.

Il était mort. Du moins, il en avait l'air. Tout s'était
passé si vite !

Je tendais déjà la main vers le téléphone mural
quand j'ai vu à quel point elle tremblait : je n'allais
jamais y arriver. Je me suis donc rabattue sur mon
portable, posé sur le plan de travail où je l'avais mis
à recharger. Dans les moments critiques, c'est à Dieu
qu'il faut s'adresser, pas à ses saints. J'ai donc appuyé
sur la sonnette d'alarme : la touche correspondant
au numéro top secret que mon arrière-grand-père
m'avait donné et que je devais composer en cas de
danger. J'estimais que l'urgence de la situation m'y
autorisait. Une voix masculine a répondu. Mais ce
n'était pas celle de Niall.

— Oui ? a-t-elle demandé d'un ton méfiant.

— Euh… est-ce que Niall est là ?

— Je peux le joindre. Puis-je vous aider ?

« Du calme, me suis-je ordonné. Du calme. »

— Pouvez-vous lui dire, s'il vous plaît, que j'ai tué
un faé, que le corps traîne dans mon jardin et que
je ne sais pas quoi en faire ?

Il y a eu un silence.

— Oui, je vais le lui dire.

— Bientôt ? Parce que je suis toute seule et je
panique un peu.

— Oui, très bientôt.

— Et quelqu'un va venir ?

Aïe aïe aïe! J'étais si geignarde! Je me suis redressée.

— Je peux le charger dans le coffre de ma voiture, je veux dire, ou appeler le shérif, j'imagine, ai-je repris, pour tenter d'impressionner l'inconnu du téléphone et lui montrer que je n'étais pas complètement dépourvue d'esprit d'initiative. Mais, comme vous faites tout un tas d'histoires pour garder le secret et tout ça... Et puis, le type n'était pas armé, apparemment, et je peux difficilement prouver qu'il se serait fait un plaisir de me tuer, comme il l'a affirmé.

— Vous... avez tué un faé?

— C'est bien ce que j'ai dit, dès le début, oui.

Monsieur Je-comprends-vite-mais-faut-m'expliquer-longtemps. J'ai risqué un nouveau coup d'œil par la fenêtre.

— Non, il ne bouge toujours pas: il est raide mort.

Le silence a duré si longtemps que, brusquement, j'ai eu des doutes: est-ce que j'avais eu un moment d'absence? Est-ce que j'avais raté quelque chose?

— Pardon? ai-je hasardé, au cas où.

— Parce que vous avez des regrets? Nous serons là très rapidement.

Et il a raccroché. Je ne me sentais plus le courage de regarder par la fenêtre. J'avais déjà vu des morts, pourtant, tant humains que surnaturels. Depuis la nuit où j'avais rencontré Bill Compton au *Merlotte*, j'avais eu plus que ma part de cadavres – je ne veux pas dire que c'était la faute de Bill, évidemment.

J'avais la chair de poule et je tremblais de partout.

Cinq minutes plus tard, Niall sortait du bois. Il devait y avoir une sorte de portail ou de passage, de ce côté-là. Ou peut-être que Scotty les avait téléportés, comme dans *Star Trek*? Peut-être que je commençais à dérailler, aussi.

Il était accompagné d'un autre homme – un autre faé, vraisemblablement. Ils se sont arrêtés devant le corps et ont échangé quelques mots. Ils avaient l'air ahuris. Mais, comme ils ne paraissaient pas effrayés et ne se comportaient pas comme s'ils craignaient de voir le type se relever pour les attaquer, je me suis glissée petit à petit jusqu'à la porte de la véranda.

Ils savaient que j'étais là, mais ils semblaient ne pas pouvoir détacher les yeux du cadavre.

Mon arrière-grand-père a alors levé le bras, et je suis allée me blottir contre lui. Il m'a serrée avec chaleur et, quand je l'ai regardé, je me suis aperçue qu'il souriait.

Ah. Je ne m'attendais absolument pas à ça.

— Tu fais honneur à la famille, m'a-t-il alors félicitée. Tu viens de tuer mon ennemi. Je savais bien que j'avais raison de croire en la race humaine.

Il était fier comme un paon.

— Parce que... vous trouvez ça bien ? ai-je murmuré, incrédule.

L'autre faé a éclaté de rire et, pour la première fois, m'a regardée. Il avait les cheveux couleur caramel au lait et les yeux assortis. Ça donnait un résultat bizarre, très perturbant – ce qui ne l'empêchait pas d'être beau à tomber, comme tous les faé que j'avais rencontrés. J'ai réprimé un soupir. Entre les vampires et les faé, je n'avais aucune chance de sortir du lot.

— Je m'appelle Dillon, s'est-il présenté.

— Oh ! vous êtes le père de Claudine ! Enchantée de vous connaître. J'imagine que votre nom veut dire quelque chose ?

— Éclair, m'a-t-il répondu, avant de me gratifier d'un sourire particulièrement ravageur.

— Et lui, qui est-ce ? ai-je demandé en désignant la dépouille du menton.

— Murry, m'a informée Niall. Un ami intime de mon neveu Breandan.

Murry avait l'air très jeune. S'il avait été humain, on ne lui aurait pas donné plus de dix-huit ans.

— Il a dit qu'il se ferait un plaisir de me tuer, me suis-je indignée.

— Oui, mais c'est vous qui l'avez tué. Comment avez-vous fait ? s'est enquis Dillon.

On aurait pu croire qu'il me demandait comment j'étalais ma pâte feuilletée.

— Je lui ai enfoncé le déplantoir de ma grand-mère dans le ventre. Enfin, de ma grand-mère... Elle devait elle-même le tenir de sa mère. Ce n'est pas qu'on fasse une fixette sur les outils de jardin, dans la famille, mais il est bien pratique et puisqu'on l'a sous la main, pourquoi en acheter un autre, hein ?

Cette fois, pas de doute, je déraillais.

Ils m'ont tous les deux dévisagée. Peut-être qu'ils me prenaient pour une folle ?

— Pourrais-tu nous montrer cet... outil de jardin ? m'a dit Niall.

— Bien sûr. Euh... est-ce que vous voulez du thé ou autre chose ? Je crois que j'ai du Pepsi et de la citronnade.

Non, non, non, pas de citronnade, idiote ! Ils en mourraient.

— Pardon, oubliez la citronnade, ai-je précipitamment repris. Du thé ?

— Non, a répondu Niall avec douceur. Pas maintenant, merci.

J'avais abandonné le déplantoir au milieu des balisiers. Quand je suis allée le récupérer et que je me suis approchée d'eux pour le leur montrer, Dillon a eu un mouvement de recul.

— Du fer ! a-t-il soufflé.

— Tu n'as pas mis tes gants, lui a reproché Niall, en me prenant le déplantoir des mains.

Les siennes étaient recouvertes d'une matière spécialement mise au point par les labos des faé et fabriquée par les usines qu'ils finançaient. Protégés par cette substance élastique, les faé pouvaient se promener dans notre monde avec la relative assurance de ne pas se faire empoisonner à tous les coins de rue.

Dillon avait l'air contrit.

— Non, pardon, père.

Niall a secoué la tête comme s'il était déçu par son inconscient de fils. Mais, en fait, il n'avait d'yeux que pour le déplantoir. Il manipulait du bout des doigts, avec d'infinies précautions, cet objet qui pouvait lui être fatal.

— Il s'est enfoncé très facilement, lui ai-je rapporté, avant de réprimer une brusque nausée. Je ne sais pas pourquoi. Il est pointu, mais quand même.

— Le fer pénètre dans nos chairs comme la lame brûlante d'un couteau dans du beurre, m'a expliqué Niall.

— Beurk !

Je savais au moins que je n'étais pas devenue Superwoman.

— Il vous a surprise ? m'a demandé Dillon.

Quoiqu'il n'ait pas, sur le visage, ces infimes ridules qui ne faisaient que rehausser la beauté de son père, Dillon paraissait à peine plus jeune que Niall, ce qui rendait leur relation filiale encore plus improbable.

Un seul coup d'œil au cadavre a suffi à me ramener à la réalité.

— Ça, pour me surprendre, il m'a surprise ! Je désherbais le parterre et, avant que je comprenne ce qui m'arrivait, il était là, juste à côté de moi, et il me disait qu'il allait se faire un plaisir de me tuer. Je ne lui avais jamais rien fait. Ça m'a flanqué une peur bleue, alors je me suis redressée d'un bond et je lui ai enfoncé le déplantoir dans l'estomac.

Une fois de plus, j'ai dû batailler contre mon propre estomac, qui avait une furieuse tendance à vouloir me remonter dans la gorge.

— A-t-il ajouté quelque chose ?

Mon arrière-grand-père avait beau s'efforcer de paraître décontracté, il était clair qu'il était pendu à mes lèvres.

— Non, monsieur. Il a semblé un peu surpris, puis il... il est tombé, raide mort.

J'ai marché d'un pas mécanique vers les marches. J'avais besoin de m'asseoir. Je suis tombée comme une masse.

— Ce n'est pas que je me sente réellement coupable, ai-je poursuivi, en débitant les mots à toute vitesse. C'est juste qu'il allait me tuer et qu'il s'en réjouissait d'avance alors que je ne lui avais jamais rien fait. Je ne savais même pas d'où il sortait, et voilà qu'il est mort.

Dillon s'est agenouillé à mes pieds et m'a dévisagée. Pas vraiment avec gentillesse, mais avec un peu moins de détachement.

— C'était votre ennemi et, maintenant, il n'est plus, m'a-t-il expliqué. C'est un motif de réjouissance.

— Pas vraiment.

Je ne voyais pas comment lui faire comprendre ce que j'éprouvais.

— Mais vous êtes chrétienne ! s'est-il exclamé, comme s'il venait de découvrir que j'étais hermaphrodite ou fruitarienne.

— Oui, mais un très mauvais spécimen, me suis-je empressée de rectifier.

Il a pincé les lèvres, comme s'il réprimait un fou rire. Avec le corps de l'homme que je venais de trucider à deux pas, je n'avais aucune envie de rire. Je me suis demandé combien de temps Murry avait foulé cette terre, tout ça pour tomber sans vie sur mon allée, son sang tachant le gravier. Hé ! attendez un peu ! Mais non ! Voilà qu'il tombait en... poussière. Et ça n'avait rien à voir avec la façon dont les vampires se désagrégeaient. C'était plutôt comme si on... l'effaçait.

— Tu as froid ? s'est inquiété Niall.

Il ne semblait rien trouver d'extraordinaire à la pulvérisation d'un cadavre.

— Non, monsieur. C'est juste le choc. Enfin, je veux dire, j'étais en train de me dorer au soleil, puis je suis allée voir Claude et Claudine, et maintenant...

Je ne parvenais pas à m'arracher au spectacle de ce corps qui disparaissait petit à petit sous mes yeux.

— Tu prenais un bain de soleil et tu jardinais ? Nous, nous adorons le soleil et le ciel, s'est-il subitement enthousiasmé, comme si c'était la preuve irréfutable que j'avais de très nettes affinités avec la branche faérique de mon arbre généalogique.

Il m'a souri. Il était si beau ! Je me sentais comme une adolescente à côté de lui, une adolescente boutonneuse et empotée. Et, maintenant, je me sentais comme une adolescente qui venait de commettre un meurtre.

— Est-ce que vous allez recueillir ses... euh... ses cendres ? ai-je lancé en me levant.

J'essayais de paraître alerte et déterminée. Si je pouvais me remuer un peu, ça me changerait les idées : je me sentais terriblement déprimée.

Deux paires d'yeux étranges se sont rivés sur moi. Ils semblaient déconcertés.

— Pourquoi ? a finalement demandé Dillon.

— Pour les enterrer.

Ils ont paru horrifiés.

— Non, non, surtout pas sous terre ! s'est écrié Niall, en s'efforçant de ne pas paraître aussi scandalisé qu'il l'était. C'est contraire à nos coutumes.

— Qu'est-ce que vous allez en faire, alors ?

Le tas de paillettes étalées sur l'allée et le parterre atteignait maintenant des proportions plus que respectables. Et le torse ne s'était pas encore désagrégé.

— Je ne voudrais pas vous bousculer, mais Amelia peut rentrer d'un instant à l'autre, ai-je argué. Ce n'est pas comme si j'étais assaillie de visiteurs, mais on peut toujours me livrer un colis ou venir relever mon compteur.

Dillon a regardé son père comme si je m'étais subitement mise à parler japonais.

— Sookie partage sa maison avec une autre humaine et cette femme peut revenir à tout moment, lui a expliqué Niall.

— Est-ce qu'il faut que je m'attende à recevoir une autre visite ? ai-je demandé.

— C'est possible, m'a répondu Niall. Fintan s'y est pris bien mieux que moi pour te protéger, Sookie. Il t'a même protégée de moi, alors que je ne te voulais que du bien. Il refusait de me dire où tu étais.

Pour la première fois depuis que je l'avais rencontré, Niall semblait triste, tourmenté, fatigué.

— J'ai tenté de te préserver. Je voulais juste te connaître avant qu'ils ne réussissent à me tuer. Je suis passé par l'intermédiaire du vampire pour ne pas attirer l'attention, mais, en organisant ce rendez-vous pour te rencontrer, je t'ai mise en danger, a-t-il déploré. Quoi qu'il en soit, tu peux faire confiance à Dillon, a-t-il ajouté en posant la main sur l'épaule de son fils. S'il t'apporte un message, c'est qu'il est réellement de moi.

Dillon m'a décoché son sourire de charmeur, découvrant deux rangées de dents aiguisées d'une blancheur aveuglante. Il avait beau être le père de Claude et de Claudine, il n'en était pas moins terrifiant.

— Je reprendrai prochainement contact avec toi, m'a annoncé Niall, en se penchant pour m'embrasser.

Ses longs cheveux d'ange m'ont caressé la joue. Il émettait un parfum divin – comme tous les faé.

— Je suis navré, Sookie. J'ai cru que je pourrais tous les forcer à accepter... Je me suis trompé.

Ses beaux yeux verts étincelaient, comme pour exprimer l'intensité de ses regrets.

— Est-ce que tu as...

Il a jeté un regard circulaire.

— Ah oui ! un tuyau d'arrosage. Nous pourrions emporter le plus gros de cette poussière, mais je crois qu'il sera plus pratique de... l'éparpiller.

Il m'a enlacée pour me serrer contre lui. Dillon s'est contenté d'une parodie de salut. À peine s'étaient-ils enfoncés de deux pas dans les arbres qu'ils se sont évanouis dans les sous-bois, comme le font les chevreuils.

Voilà. Ils me laissaient toute seule dans mon jardin ensoleillé, avec un tas de paillettes en forme de corps sur mon gravier.

J'ai dressé mentalement la liste de toutes les choses étranges que j'avais faites depuis que je m'étais levée : j'avais répondu à un interrogatoire de police au saut du lit, je m'étais fait bronzer en janvier, j'avais retrouvé des faé au centre commercial, je m'étais décidée à désherber et j'avais commis un meurtre. Et, maintenant, c'était petite séance d'arrosage pour liquidation de cadavre. Et la journée n'était pas encore terminée.

J'ai tourné le robinet, déroulé le tuyau d'arrosage et pincé le bout pour vaporiser l'eau au bon endroit.

Ça me faisait un drôle d'effet. Je me regardais faire, comme si je me dédoublais.

— On aurait pu penser que tu t'y serais habituée, depuis le temps.

Et voilà que je me parlais à haute voix, maintenant ! Encore plus déroutant.

Je ne comptais plus les gens que j'avais tués – même si, techniquement, ce n'étaient pas des gens, pour la plupart. Dix-huit mois plus tôt, je n'avais encore jamais ne serait-ce que levé la main sur quelqu'un, sauf sur Jason, qui s'était pris un coup de batte de base-ball en plastique dans l'estomac pour avoir scalpé ma Barbie.

Je me suis secouée. Ce qui était fait était fait. Ça ne servait à rien de revenir dessus.

J'ai lâché le bout du tuyau et suis allée fermer le robinet.

Comme le soleil baissait, c'était assez difficile à dire, mais je pensais avoir assez bien dispersé la poussière de faé : il ne restait plus aucune trace de mon forfait.

— Dans ton allée, oui. Mais pas dans ta mémoire… ai-je monologué.

Puis j'ai été prise d'une crise de fou rire, ce qui n'a rien arrangé. J'étais là, plantée dans ma cour, à nettoyer des restes de faé à coups de tuyau d'arrosage et à me faire de grandes déclarations mélodramatiques toute seule. Un peu plus, et j'allais déclamer le monologue d'*Hamlet* qu'on nous avait fait apprendre par cœur au lycée.

Cet après-midi m'avait brutalement ramenée sur terre, et pas dans l'endroit le plus merveilleux qui soit.

Je me mordillais la lèvre. Si, au début, j'avais vraiment été emballée à l'idée d'avoir un membre de ma famille encore en vie, j'étais, maintenant, complètement dégrisée. Il fallait bien voir les choses en face : Niall avait beau être charmant (la plupart du temps), il se montrait aussi complètement imprévisible. Même si c'était par inadvertance, il avait mis ma vie en danger, il l'avait reconnu lui-même. Peut-être que j'aurais dû m'interroger plus tôt sur mon grand-père Fintan. D'après Niall, il avait constamment veillé sur moi sans jamais se manifester : un peu angoissant, comme idée, mais émouvant. Niall aussi était angoissant et émouvant. Mon grand-oncle Dillon semblait angoissant tout court.

Avec le crépuscule, la température avait chuté et, quand je suis rentrée, je frissonnais. Le tuyau allait peut-être geler, cette nuit, mais c'était le cadet de mes soucis. Il y avait des vêtements à ranger dans le sèche-linge et il fallait que je mange quelque chose – je n'avais rien avalé depuis le petit-déjeuner. Ça tombait bien : c'était bientôt l'heure du dîner. J'allais me concentrer sur de petites choses simples.

Amelia a téléphoné pendant que je pliais le linge propre. Elle m'a annoncé qu'elle allait bientôt sortir du bureau et retrouver Tray pour une soirée restau-ciné. Elle m'a proposé de venir, mais je lui ai dit que j'avais à faire. Amelia et Tray n'avaient pas besoin qu'on leur tienne la chandelle et je n'avais aucune prédisposition pour le rôle.

Ça ne m'aurait pas déplu d'avoir un peu de compagnie, pourtant. Mais qu'est-ce que j'aurais eu à raconter pour animer la soirée : « Et le déplantoir lui est entré dans le ventre comme dans du beurre ! » ?

J'en ai frémi rétrospectivement. Puis j'ai essayé de réfléchir à la suite des événements. Un compagnon impartial, voilà ce qu'il m'aurait fallu. Je regrettais Bob le chat (bien qu'il ne soit pas né sous la forme d'un chat et qu'il n'en soit plus un, à présent). Peut-être que j'allais en prendre un autre, un vrai. Ce n'était pas la première fois que j'envisageais d'aller au refuge. Mais je préférais attendre que le problème des faé soit résolu. À quoi bon adopter un animal de compagnie si je risquais de me faire enlever ou tuer à tout moment ? Ce ne serait pas juste vis-à-vis de lui. Je me suis prise à glousser à cette idée. Mauvais signe.

Bon, il était temps d'arrêter de broyer du noir et de faire quelque chose d'utile. D'abord, nettoyer le déplantoir et le ranger. Je suis allée le mettre dans l'évier, où je l'ai lavé, récuré et rincé. Le métal terne semblait avoir gagné un nouvel éclat, comme un buisson qu'on vient d'arroser après la sécheresse. Je l'ai orienté vers la lumière et suis restée à le regarder un moment. Puis je me suis reprise et me suis remise à frotter. Quand j'ai estimé que le déplantoir de Gran n'aurait pas pu être plus rutilant, je l'ai de nouveau lavé et rincé. Puis je suis sortie dans la cour affronter l'obscurité pour aller rependre ce maudit truc à son crochet.

Je me suis demandé si je ne ferais pas mieux d'en acheter un neuf au supermarché, après tout. Je n'étais pas très sûre d'avoir envie de me servir de celui-là, la prochaine fois que je voudrais planter des bulbes de jonquilles. Ce serait un peu comme utiliser un poignard pour se nettoyer les ongles. J'ai hésité, la main en l'air, maintenant l'objet du délit devant sa silhouette dessinée, prête à le remettre à sa place. Puis j'ai changé d'avis et je l'ai rapporté à la maison. Je me suis attardée deux secondes sur les marches pour admirer les derniers rayons du couchant jusqu'à ce que mon estomac gargouille, me ramenant à des considérations plus terre à terre.

La journée avait été longue. Je m'apprêtais à m'installer confortablement devant la télévision avec une assiette pleine de calories, pour regarder une émission qui n'allait vraisemblablement rien faire pour améliorer mon QI, quand j'ai entendu un crissement de pneus sur le gravier.

Je suis sortie par la porte de derrière pour voir qui c'était. En tout cas, c'était quelqu'un qui connaissait les habitudes de la maison parce que au lieu de se garer devant, la voiture a poursuivi son chemin pour venir se ranger derrière.

La journée avait été riche en émotions, mais je n'étais pas encore au bout de mes surprises. Mon visiteur n'était autre que Quinn – qui n'était pas censé mettre ne serait-ce qu'une griffe dans la Cinquième Zone. Il conduisait une Ford Taurus : une voiture de location.

— Oh, génial ! ai-je soupiré.

Dire que, dix minutes plus tôt, je regrettais de passer la soirée seule ! J'aimais beaucoup Quinn et je l'admirais profondément, mais sa visite promettait d'être aussi peu réconfortante pour moi que toutes celles qui l'avaient précédée depuis que j'avais mis un pied hors du lit.

Il est sorti de sa Ford pour se diriger vers moi de sa démarche féline. Quinn a beau faire plus de deux mètres et avoir une carrure de déménageur, il se déplace toujours avec une grâce infinie. Son crâne rasé et ses yeux violets ne font qu'ajouter à son charme. Quinn est aussi l'un des derniers tigres-garous du monde, et probablement le seul tigre-garou mâle de tout le continent nord-américain. Nous avions rompu, la dernière fois que je l'avais vu. Je n'étais pas très fière de la façon dont je lui avais annoncé la chose, ni de la raison pour laquelle je l'avais quitté. Mais il me semblait avoir été assez claire à ce sujet.

Pourtant, il était là, devant moi, ses grandes mains posées sur mes épaules. Tout le plaisir que j'aurais pu éprouver à le revoir a été immédiatement balayé par la vague d'anxiété qui me submergeait. Je sentais les ennuis flotter dans l'air du soir.

— Tu ne devrais pas être là, lui ai-je posément fait observer. Eric a rejeté ta requête, il me l'a dit.

— Est-ce qu'il t'a consultée avant ? Est-ce que tu savais que je voulais te voir ?

La nuit était tombée, et il faisait désormais assez noir pour que les spots extérieurs se déclenchent.

La lumière crue n'a fait qu'accentuer la dureté de ses traits. Il a rivé son regard au mien.

— Non, mais là n'est pas la question.

Le vent apportait des émanations de fureur. Ce n'était pas la mienne.

— Je crois que si.

Le soleil s'était couché. Je n'avais ni le temps ni l'envie de me lancer dans une grande discussion.

— Est-ce qu'on ne s'est pas déjà tout dit, la dernière fois ?

En dépit de toute l'affection que j'avais pour lui, je ne voulais pas subir une autre scène.

— Peut-être toi, bébé. Mais pas moi.

Oh non. Il ne manquait plus que ça ! Mais comme je sais parfaitement que je ne suis pas le centre du monde, j'ai compté jusqu'à dix avant de lui répondre :

— Je sais que je ne t'ai pas vraiment laissé le choix quand je t'ai dit qu'on ferait mieux de ne plus se revoir, Quinn. Mais je le pensais vraiment. Qu'est-ce qui a changé dans ta vie ? Est-ce que ta mère est capable de se prendre en charge ? Est-ce que Frannie est suffisamment mûre, désormais, pour gérer la situation si jamais ta mère fait une nouvelle fugue ?

La mère de Quinn avait subi de terribles souffrances qui l'avaient rendue à moitié folle. Enfin, complètement folle, en fait. Quant à sa sœur, Frannie, elle avait toujours treize ans d'âge mental.

Il a baissé la tête pendant un moment, comme s'il rassemblait ses forces, puis il m'a regardée droit dans les yeux.

— Pourquoi es-tu si dure avec moi, plus dure qu'avec qui que ce soit d'autre ?

— Tu délires ! ai-je aussitôt protesté.

J'étais dure, vraiment ?

— As-tu demandé à Eric d'abandonner le *Fangtasia* ? As-tu demandé à Bill d'abandonner son petit jackpot informatique ? As-tu demandé à Sam de tourner le dos à sa famille ?

— Qu'est-ce que...

— Tu me demandes d'abandonner des gens que j'aime – ma propre mère, ma sœur – pour pouvoir être avec toi...

— Mais je ne te demande rien du tout !

La tension qui montait en moi devenait difficilement supportable. Pourtant, j'ai réussi à conserver mon calme.

— Je t'ai dit que, pour l'homme de ma vie, je voulais passer en premier. Et je considérais – je considère encore, d'ailleurs – que ta famille devait nécessairement passer en premier, pour toi, parce que ta mère et ta sœur ne sont pas vraiment du genre à se débrouiller seules. Bien sûr que je n'ai pas demandé à Eric d'abandonner le *Fangtasia* ! Pourquoi ferais-je ça ? Et qu'est-ce que Sam vient faire là-dedans ?

Quant à Bill, je ne voyais même pas l'utilité de parler de lui : pour moi, il était complètement hors circuit.

— Bill adore la situation qu'il s'est faite dans le monde des humains et des vampires, et Eric tient plus à son petit pré carré de Louisiane qu'il ne tiendra jamais à toi.

À le voir, on aurait presque pu croire que ça lui faisait mal pour moi. La situation frisait le ridicule.

— Et toute cette hargne, là, elle sort d'où ? lui ai-je demandé en ouvrant les mains. Je ne t'ai pas quitté parce que j'avais des sentiments pour un autre. Je t'ai quitté parce que j'estimais que, pour toi, la coupe était déjà pleine.

— Il essaie de t'isoler de tous les gens qui t'aiment, Sookie, a-t-il argué en me regardant avec une perturbante intensité.

— C'est d'Eric que tu parles ?

— Il n'abandonnera jamais sa petite zone chérie pour toi, Sookie, jamais. Ça le boufferait de laisser sa cour de vampires à sa botte prendre leurs ordres de quelqu'un d'autre. Jamais il ne…

Cette fois, c'en était trop. J'ai poussé un cri de pure exaspération. Je suis même allée jusqu'à taper du pied comme une gamine de trois ans.

— Mais je ne lui ai rien demandé ! ai-je hurlé, à bout de nerfs. De quoi tu parles ? Tu es juste venu me voir pour me dire que plus personne ne m'aimera jamais, c'est ça ? Mais c'est quoi, ton problème ?

— Oui, Quinn, a alors dit une voix fraîche et familière. C'est quoi, ton problème ?

J'ai fait un bond de deux mètres. J'avais permis à ma dispute avec Quinn d'absorber mon attention, et je n'avais pas senti Bill arriver.

— Tu lui fais peur, le tigre, a poursuivi Bill, à moins d'un mètre derrière moi. Je ne le tolérerai pas.

La menace sous-jacente m'a fait frémir. Quinn s'est mis à gronder. Ses canines s'allongeaient à vue d'œil. En une fraction de seconde, Bill s'est retrouvé à côté de moi, une étrange lueur argentée dans les prunelles.

Non seulement je craignais qu'ils ne s'entre-tuent, mais j'en avais vraiment assez que les gens apparaissent chez moi et en disparaissent comme ça leur chantait, comme si ma propriété était une gare, au bord d'une voie ferrée surnaturelle.

Quinn avait des griffes qui lui poussaient au bout des doigts. Un grondement sourd faisait vibrer sa poitrine.

— Non !

Il fallait qu'ils m'écoutent. C'était un vrai cauchemar, cette journée.

— Tu n'es même pas sur les rangs, le vampire, a déclaré Quinn, dans un feulement qui n'avait presque plus rien d'humain. Pour elle, tu appartiens au passé.

— Ta peau va me servir de descente de lit, le tigre, a riposté Bill d'une voix froide et lisse comme une plaque de verglas.

Les deux imbéciles se sont sauté à la gorge.

Je m'apprêtais déjà à bondir pour les arrêter quand la partie de mon cerveau qui fonctionnait encore m'a fait comprendre que ce serait suicidaire. *Mon gravier va encore être aspergé de sang, ce soir*, ai-je songé. J'aurais mieux fait de me dire : *J'ai intérêt à dégager d'ici vite fait.* En fait, j'aurais dû rentrer, fermer la porte et les laisser s'étriper.

C'est fou ce qu'on peut être prévoyant… rétrospectivement. En réalité, voilà ce que j'ai fait : je suis restée plantée là deux secondes, à agiter les mains bêtement, tout en me demandant comment je pourrais bien les séparer. Puis, en s'empoignant, les deux combattants ont vacillé. Quinn a repoussé Bill de toutes ses forces, et celui-ci m'est arrivé dessus comme un boulet de canon. Le choc a été si violent que j'ai été soulevée de terre. Forcément, j'ai fini par retomber.

10

De l'eau froide. Dans le cou. Sur le visage. Dans la bouche. J'ai toussé, à moitié étouffée.

— C'est trop ? a demandé une voix dure.

J'ai soulevé les paupières avec peine. Eric. Nous étions dans ma chambre, dans la pénombre. Seule la salle de bains contiguë était allumée.

— C'est bien comme ça.

Un mouvement sur le matelas. Eric s'était levé pour remporter le gant dans la salle de bains. Dans la seconde qui suivait, il était de retour avec une serviette et me tamponnait le front, les joues. Mon oreiller était mouillé. Tant pis. Mais je frissonnais. Avec le coucher du soleil, la température avait chuté, et j'étais là, étendue sur mon lit, en petite tenue.

— Froid... ai-je ânonné. Mes vêtements ?

— Bons à laver.

Eric a remonté la couverture sur moi. Puis il m'a tourné le dos. J'ai entendu un bruit mat de chaussures qui tombaient sur le tapis. Il s'est glissé sous la couverture et s'est allongé, en appui sur un coude, pour me regarder. Il se tenait à contre-jour, si bien que je ne pouvais pas voir son visage.

— Tu l'aimes ? m'a-t-il demandé.

— Ils sont vivants ? Tous les deux ?

Si Quinn était déjà mort, Eric ne m'aurait pas posé cette question, n'est-ce pas ? À moins qu'il n'ait voulu parler de Bill ? Impossible de savoir. En fait, je me sentais un peu... bizarre.

— Quinn a repris sa voiture avec quelques côtes cassées et la mâchoire fracturée. Et Bill guérira cette nuit, si ce n'est déjà fait, m'a annoncé Eric avec la plus parfaite neutralité.

J'ai pris le temps d'intégrer ces données.

— Si Bill était là, tu y étais un peu pour quelque chose, non ?

— Je savais que Quinn avait enfreint mon interdiction. Il n'avait pas franchi la limite de mon territoire depuis plus d'une demi-heure qu'il s'était déjà fait repérer. Et Bill était le vampire le plus proche de chez toi. Il avait pour mission de veiller sur toi en attendant mon arrivée. Il a pris son rôle un peu trop au sérieux. Je suis désolé que tu aies été blessée.

Son ton s'était durci. J'ai souri dans l'ombre – Eric n'avait pas pour habitude de faire des excuses. J'ai remarqué avec un certain détachement que je ne ressentais pas la moindre anxiété. J'avais pourtant toutes les raisons d'être en colère et perturbée.

— Ils ont arrêté de se battre quand je me suis fracassée par terre, j'espère ?

— Oui, ta... chute a mis un terme à leur querelle.

— Et Quinn est parti de lui-même ?

Je me suis passé la langue sur les lèvres. Drôle de goût... âcre, métallique...

— Oui. Je lui ai dit que j'allais m'occuper de toi. Il savait qu'il était déjà allé trop loin en venant te voir, puisque je lui avais interdit mon territoire. Bill a été plus récalcitrant. Mais je lui ai ordonné de rentrer chez lui.

Le shérif dans toute sa splendeur.

190

— Tu ne m'aurais pas donné un peu de ton sang ?
ai-je soudain murmuré.

Il a hoché la tête sans sourciller.

— Tu avais subi un choc et tu étais inconsciente :
je savais que c'était grave. Je voulais que tu te remettes
vite. Après tout, c'était ma faute.

— Complètement despotique, ai-je marmonné en
soupirant.

— Explique. Je ne connais pas ce terme.

— C'est quelqu'un qui prend des décisions sans
consulter les intéressés juste parce qu'il croit savoir
mieux qu'eux ce qui est bon pour eux.

— Alors je suis despotique, a conclu Eric, sans la
moindre parcelle de honte. Je suis aussi très...

Il s'est penché pour m'embrasser. Doucement. En
prenant son temps.

— Chaud, ai-je complété.

— Tout à fait.

Il a recommencé à m'embrasser.

— J'ai bien travaillé ; je me suis imposé auprès de
mes nouveaux maîtres ; j'ai consolidé ma position.
Le moment est venu de m'occuper de ma propre
vie, à présent, et de rentrer en possession de ce qui
m'appartient...

Lien de sang ou pas, je m'étais dit que ce serait à
moi de décider. J'étais toujours libre de choisir, après
tout. Cependant, effet du récent don de sang d'Eric
ou non, il était clair que mon corps était, quant à lui,
tout à fait partisan d'un étroit rapprochement. Ma
bouche ne demandait qu'à lui rendre ses baisers, ma
paume qu'à mieux mesurer la distance qui séparait
sa nuque de... sa sublime chute de reins. À travers
sa chemise, je sentais ses muscles, ses tendons, ses
vertèbres en mouvement. Mes mains semblaient se
souvenir parfaitement de sa plastique, tout comme
mes lèvres du goût de ses baisers. Nous avons continué

pianissimo un petit moment, le temps qu'il reprenne ses marques.

Je n'ai pas pu m'empêcher de lui demander :

— Tu te souviens vraiment de tout ? Tu te rappelles vraiment les jours que tu as passés chez moi ? Tu te rappelles comment c'était, ce que tu ressentais ?

— Oh oui. Je m'en souviens.

Je ne m'étais pas rendu compte qu'il dégrafait mon soutien-gorge qu'il me l'avait déjà enlevé.

— Comment aurais-je pu oublier pareilles merveilles ? a-t-il soufflé, tandis que ses longs cheveux blonds tombaient sur son visage qui s'inclinait.

J'ai senti la pointe de ses dents m'érafler quand sa bouche s'est refermée sur mon sein : un plaisir fulgurant. Ma main s'est posée d'elle-même sur son jean, a frôlé le renflement qui le tendait et... Fini le jeu de la séduction ! Il était temps de passer aux choses sérieuses.

Son jean a volé par terre, sa chemise aussi, et mon slip s'est évanoui. Son grand corps froid s'est pressé contre le mien, brûlant. Il me couvrait de baisers avec frénésie. Puis il a laissé échapper un grognement affamé que je n'ai pas tardé à imiter. Ses doigts experts ont exploré mon intimité, trouvant sans peine mon point névralgique, où il s'est attardé avec une telle insistance que je m'en suis tortillée d'impatience.

— Eric, ai-je haleté en essayant de me placer en position stratégique sous lui. Viens !

— Oh oui ! a-t-il soufflé.

Il s'est glissé en moi comme s'il n'était jamais parti, comme si nous avions fait l'amour chaque nuit toute l'année.

— C'est... parfait, a murmuré Eric à mon oreille, avec cette pointe d'accent que j'entendais parfois dans sa voix, cette fugace évocation d'un autre

192

temps, d'un autre lieu, si lointains que je ne parvenais même pas à les imaginer. Par-*fait*, a-t-il répété. Évi-*dent*.

Il s'est retiré un peu, et j'ai hoqueté de regret.

— Je te fais mal ?

— Pas vraiment, non !

— Pour certaines, je suis trop généreux…

— Pas pour moi !

Il a plongé au plus profond de moi.

— Oh mon Dieu ! ai-je lâché, les dents serrées, en m'agrippant de toutes mes forces à ses biceps. Oh oui ! Encore !

Avec sa peau luminescente, il scintillait au-dessus de moi, dans l'obscurité de la chambre. Il a dit quelque chose dans une langue que je ne connaissais pas et, au bout d'un long moment, l'a répété plus fort. Puis il a accéléré le rythme, de plus en plus, à tel point que j'ai cru que j'allais finir pulvérisée. Mais j'ai suivi le mouvement, jusqu'à ce que je voie l'éclat de ses canines alors qu'il se penchait sur moi. Et lorsqu'il m'a mordue à l'épaule, je me suis détachée de mon corps et me suis envolée. Je n'avais jamais rien ressenti de pareil. Oh ! que c'était bon ! Je n'avais plus assez de souffle pour crier, ni même pour parler. Je l'ai enlacé et je l'ai senti tressaillir des pieds à la tête tandis qu'il parvenait à son tour à l'extase.

J'étais si profondément secouée que je n'aurais pas pu parler même si ma vie en dépendait. Nous sommes restés allongés sans rien dire, épuisés. J'aimais bien le sentir peser de tout son poids sur moi. Je me sentais en sécurité.

Il a paresseusement léché la morsure dans mon cou, et j'ai souri dans la pénombre. Je lui ai caressé le dos comme je l'aurais fait avec un animal. Je me sentais mieux que je ne l'avais été depuis des mois. Ça faisait bien longtemps que je n'avais pas goûté au sexe. Et, pour rompre le jeûne, j'avais eu droit à un repas gastronomique. Même maintenant, je sentais encore de petites ondes de plaisir me parcourir, comme si la jouissance s'attardait dans tout mon corps.

— Est-ce que ceci va changer quelque chose à notre lien de sang ? lui ai-je alors demandé, en m'efforçant de ne pas avoir l'air de lui faire un reproche.

Mais, bien sûr, c'en était un.

— Felipe te voulait. Plus fort sera notre lien, moins il aura de chances de t'éloigner de moi.

J'ai frémi.

— Mais je ne veux pas partir !

— Tu n'auras pas à le faire, a-t-il affirmé, d'une voix aussi caressante qu'un frôlement de plume sur ma peau nue. Nous sommes unis par le poignard sacré. Nous sommes liés par le sang. Il ne peut pas t'arracher à moi.

Je ne pouvais que lui en être reconnaissante : grâce à lui, je n'aurais pas à partir pour Las Vegas. Je ne voulais pas quitter ma maison, renoncer à ma vie d'ici. Je ne pouvais même pas imaginer ce que ce serait de subir une telle pression, une telle avidité. Enfin, si, je le pouvais. Ce serait épouvantable.

La paume glacée d'Eric a épousé mon sein, dont il a caressé la pointe avec son pouce.

— Mords-moi, m'a-t-il alors ordonné.

— Pourquoi ? Tu m'as dit que tu m'avais déjà donné ton sang.

— Parce que j'aime ça, m'a-t-il répondu, en reprenant sa position au-dessus de moi. Juste... pour le plaisir...

— Tu ne peux pas déjà...

Mais si.

— Veux-tu inverser les rôles ?

— On peut essayer ça, pour changer...

194

Je ne voulais pas la jouer trop femme fatale, mais, à la vérité, je me retenais pour ne pas feuler. Avant même que j'aie pu me ressaisir, nous avions changé de position. Son regard s'était rivé au mien ; il me dévorait des yeux. Il a lentement levé les mains vers mes seins et a recommencé à les caresser et à les pincer tout doucement, avant de laisser ses lèvres suivre le même trajet.

J'étais si détendue que j'avais peur de ne plus pouvoir contrôler les muscles de mes jambes. Alors, je bougeais lentement, pas très régulièrement. Je sentais l'excitation remonter peu à peu. J'ai essayé de me concentrer, de suivre un rythme.

— Doucement...

J'ai aussitôt ralenti. Il m'a empoigné les hanches pour me guider.

— Mmm !

Un plaisir plus intense me gagnait. Il avait trouvé mon point sensible avec son pouce. J'ai commencé à accélérer, et quand il a tenté de me freiner, je n'en ai pas tenu compte. Je montais et retombais de plus en plus vite. À un moment donné, je lui ai pris le bras et je l'ai mordu au poignet de toutes mes forces. J'ai aspiré le sang qui perlait, lui arrachant un cri de jouissance et d'abandon. Ça m'a achevée, et je me suis écroulée sur lui. Bien que ma salive n'ait pas de vertus cicatrisantes, contrairement à la sienne, je me suis mise à lécher sa morsure lentement.

— Parfait, a-t-il murmuré. Parfait.

Je m'apprêtais déjà à l'accuser d'hypocrisie. Avec toutes les femmes qu'il avait connues au cours des siècles, il ne pouvait tout de même pas prétendre... Puis je me suis dit : *Pourquoi gâcher cet instant ?* Et, dans un rare moment de lucidité, j'ai suivi ce conseil avisé.

— Est-ce que je peux te raconter ce qui s'est passé aujourd'hui ? lui ai-je demandé, après quelques minutes de récupération.

— Je t'écoute, mon aimée.

Il était allongé sur le dos, à côté de moi, les yeux mi-clos. La chambre sentait le sexe et le vampire.

— Je suis tout ouïe... pour l'instant, du moins, a-t-il ajouté en riant.

C'était ça, le vrai bonheur : avoir quelqu'un avec qui partager les événements de la journée. Et Eric m'a prouvé qu'il savait écouter – dans son état complètement détendu d'amant repu, du moins. Je lui ai parlé de la visite d'Andy et de Lattesta et de la brusque apparition de Diantha pendant que je bronzais.

— Il me semblait bien avoir senti le goût du soleil sur ta peau, a-t-il commenté en caressant ma hanche. Continue.

J'ai enchaîné – un vrai moulin à paroles. Je ne lui ai rien caché de mon rendez-vous avec Claude et Claudine, ni de ce qu'ils m'avaient révélé sur Breandan et Dermot.

Il s'est un peu réveillé, quand j'ai parlé des faé.

— J'ai senti leur parfum qui flottait autour de la maison, quand je suis arrivé. Mais cela m'a mis dans une telle rage de voir ton soupirant tigré sur le pas de ta porte que ça m'est sorti de l'esprit. Qui ont-ils dépêché ?

— Eh bien, d'abord, un certain Murry. Un faé vraiment malfaisant. Mais ne t'inquiète pas, je l'ai tué.

Et si j'avais eu des doutes sur l'attention que m'accordait mon vampire, là, je n'en avais plus aucun.

— Comment as-tu fait cela, mon aimée ? s'est-il enquis avec douceur.

Je le lui ai expliqué. Quand j'en suis arrivée au moment où mon arrière-grand-père et Dillon étaient arrivés, Eric s'est redressé brusquement. La couverture est tombée, découvrant son torse musclé. Il ne riait plus du tout, à présent.

— Le corps a disparu ? m'a-t-il demandé pour la troisième fois.

— Oui, Eric, il a disparu.

— Ce ne serait peut-être pas une mauvaise idée que tu viennes vivre à Shreveport, a-t-il alors déclaré. Tu pourrais même t'installer chez moi.

Ça, c'était une première. Eric ne m'avait jamais invitée chez lui avant. J'ignorais complètement où il habitait, d'ailleurs. J'étais sidérée et... touchée.

— J'apprécie ton offre, mais ce serait vraiment crevant de faire la navette entre Shreveport et ici pour aller bosser.

— Ce serait beaucoup plus sûr pour toi si tu quittais ton travail, le temps que ce problème avec les faé soit réglé, du moins.

Il avait penché la tête et me regardait, sans cependant rien laisser paraître de ce qu'il pensait.

— Non, merci. Je te suis reconnaissante de me l'avoir proposé, c'est très gentil. Mais j'imagine que ce serait vraiment compliqué pour toi, et je sais que ça le serait pour moi.

— Pam est la seule personne que j'aie jamais invitée chez moi.

— Réservé aux blondes, hein ? ai-je raillé gaiement.

— Je te fais un honneur en t'invitant, a-t-il insisté.

Et toujours rien sur ses traits qui puisse m'indiquer sur quel pied danser. Si je n'avais pas lu quotidiennement dans les pensées des gens, peut-être que j'aurais su mieux interpréter ses gestes et son comportement. Mais j'étais trop habituée à savoir ce que les autres avaient vraiment en tête pour être très observatrice.

— Écoute, Eric, je suis perdue, lui ai-je avoué. Jouons cartes sur table, OK ? Je vois bien que tu attends une certaine réaction de ma part, mais je ne sais pas laquelle. Je n'en ai même pas la moindre idée.

Abasourdi. Il était simplement abasourdi.

— Qu'est-ce que tu cherches ? m'a-t-il demandé en secouant la tête.

Des mèches rebelles retombaient pêle-mêle autour de son visage. Il avait la crinière en bataille, depuis que nous avions fait l'amour. Il était encore plus beau comme ça. Affreusement injuste.

— Ce que je cherche ?

Il s'est rallongé, et je me suis couchée sur le côté pour le regarder.

— Rien de particulier, ai-je répondu, optant pour la sécurité. Je voulais un orgasme et j'en ai eu plus que je n'en demandais.

Je lui ai souri, en espérant que ma réponse le satisferait.

— Tu ne veux pas arrêter de travailler ?

— Pourquoi est-ce que j'arrêterais ? De quoi je vivrais ?

Puis, brusquement, j'ai compris.

— Attends. Parce qu'on s'est envoyés en l'air et que tu as dit que je t'appartenais, tu croyais vraiment que j'allais quitter mon job ? Que je voudrais jouer les maîtresses de maison pour toi ? M'occuper de ton intérieur toute la journée et me laisser butiner toute la nuit ?

Eh oui. À voir sa tête, c'était exactement ça. Je ne savais même pas ce que je devais ressentir. Du chagrin ? De la colère ? Non, j'avais eu mon compte d'émotions fortes pour la journée.

— J'aime mon boulot, Eric, ai-je tenté de lui expliquer. J'ai besoin de sortir de chez moi tous les jours pour me mêler aux autres. Si je m'isolais, chaque fois que je mettrais le pied dehors, le monde extérieur deviendrait une cacophonie assourdissante, pour moi. Il vaut beaucoup mieux que je reste au contact des gens, que je garde l'habitude de me protéger en repoussant toutes ces voix qui me parviennent.

Mon explication n'était pas très claire.

— Et puis, j'aime bien être au bar. J'apprécie mes collègues de travail. J'imagine que servir à boire aux gens, ce n'est pas très reluisant. Ça n'a rien d'un service social – c'est peut-être même le contraire. Mais j'assure, au boulot, et c'est un job qui me convient. Est-ce que tu veux dire que… Qu'est-ce que tu veux dire ?

Eric avait l'air incertain : une expression inhabituelle pour quelqu'un qui paraissait toujours si sûr de lui.

— C'est ce que toutes les autres femmes attendaient de moi, m'a-t-il répondu. Je voulais te l'offrir avant que tu n'aies à me le demander.

— Je ne suis pas comme les autres.

Malgré ma position allongée sur le côté, j'ai tenté de hausser les épaules.

— Mais tu m'appartiens.

En me voyant froncer les sourcils, il a aussitôt rectifié le tir.

— Tu es mon amante. Pas celle de Quinn, ni celle de Sam, ni celle de Bill.

Il a marqué une longue pause.

— N'est-ce pas ?

Une discussion amoureuse à l'initiative du mec. Ce n'était pas banal, si j'en croyais les histoires que me racontaient les autres serveuses.

— Je ne sais pas si je… me sens bien avec toi à cause du lien de sang, ou si c'est ce que j'éprouverais naturellement, ai-je avoué, prenant le temps de choisir mes mots avec soin. Je ne crois pas que ça aurait été aussi facile pour toi de me mettre dans ton lit, si on n'avait pas eu ce lien de sang – surtout après la

journée que je viens de passer. Je ne peux pas te dire:
« Oh! Eric, je t'aime, emmène-moi avec toi » parce
que je ne sais pas ce qui est réel et ce qui ne l'est pas.
Et, tant que je ne le saurai pas, je n'ai pas l'intention
de changer radicalement de vie pour toi – ni pour
qui que ce soit, d'ailleurs.

Plus je parlais, plus Eric se renfrognait.

— Est-ce que je suis heureuse avec toi? ai-je
enchaîné en posant la main sur sa joue. Oui. Est-ce
que je trouve qu'il n'y a rien de mieux que de faire
l'amour avec toi? Oui. Est-ce que je veux recommencer? Tu parles! Pas tout de suite, tout de suite
parce que j'ai un peu sommeil, mais bientôt. Et souvent. Est-ce que je couche avec quelqu'un d'autre?
Non. Et je ne le ferai pas, à moins que je ne finisse
par me rendre compte que ce maudit lien est tout ce
qu'il y a entre nous.

Il m'a regardée comme s'il hésitait entre plusieurs
réponses.

— Regrettes-tu Quinn? m'a-t-il finalement demandé.

— Oui, ai-je reconnu, parce que je voulais être
honnête avec lui. On avait entamé quelque chose
qui se présentait plutôt bien, et j'ai peut-être commis une erreur monumentale en l'envoyant balader.
Mais je n'ai jamais eu de relation sérieuse avec deux
hommes en même temps et je ne vais pas commencer maintenant. Parce que, maintenant, il n'y a
qu'un homme dans ma vie. Et cet homme-là, c'est
toi.

— Tu m'aimes, en a-t-il conclu avec un petit
hochement de tête satisfait.

— Je t'apprécie, ai-je prudemment rectifié. Je te
désire comme une folle. J'aime ta compagnie.

— Ce n'est pas la même chose.

— Non. Mais je ne suis pas non plus en train de
te harceler pour que tu me dises ce que tu ressens
pour moi, si? Parce que je parie que je n'aimerais

pas la réponse. Alors, peut-être que tu ferais mieux de mettre un bémol, à ce niveau-là, toi aussi.

— Tu ne veux pas savoir ce que je ressens pour toi ? s'est-il exclamé, manifestement incrédule. Je ne parviens pas à croire que tu sois une humaine. Les humaines veulent toujours savoir ce que j'éprouve pour elles.

— Et je parie qu'elles sont déçues quand tu le leur dis, hein ?

Il a haussé les sourcils.

— Encore faut-il que je leur dise la vérité.

— Et c'est censé me rassurer ?

— Je te dis toujours la vérité, m'a-t-il affirmé, sans l'ombre d'un sourire en coin. Je ne prétends pas te révéler tout ce que je sais. Mais ce que je te dis... c'est vrai.

— Pourquoi ?

— Le lien de sang marche dans les deux sens, Sookie. J'ai pris le sang de bien des femmes et j'avais une emprise presque totale sur elles. Mais elles n'ont jamais bu le mien. Cela fait des dizaines d'années, peut-être même des siècles, à présent, que je n'ai pas donné mon sang à une femme. Peut-être depuis que j'ai vampirisé Pam.

— Et est-ce que c'est la règle générale, chez les vampires que tu connais ?

Il a hésité, avant de hocher la tête.

— En grande majorité. Certes, il y a toujours des vampires qui aiment avoir une emprise absolue sur leur humain... faire de lui leur... Renfield.

Il avait prononcé ce nom avec dégoût.

— C'est dans *Dracula*, ça, non ?

— Oui, c'est le nom du serviteur de Dracula. Une abjecte créature. Comment un maître aussi éminent que Dracula a-t-il pu vouloir d'un être aussi vil à son service ? a-t-il craché en secouant la tête avec une moue écœurée. Mais cela arrive. La plupart d'entre nous ne regardent pas d'un bon œil un vampire qui collectionne les serviteurs humains. L'humain est perdu, quand le vampire exerce trop de contrôle sur lui. Et, lorsque l'humain n'est plus qu'un paillasson, il ne vaut même pas la peine qu'on le vampirise. Il n'a plus aucune valeur. Tôt ou tard, il faut s'en débarrasser.

— S'en débarrasser ! Mais pourquoi ?

— Si le vampire qui l'avait complètement sous sa coupe abandonne le Renfield, ou si le vampire lui-même disparaît... la vie du Renfield n'a plus aucun sens.

— Et il faut le piquer. Comme un chien qui a la rage.

— Oui.

Il a détourné les yeux.

— Eh bien, ça ne risque pas de m'arriver, ai-je décrété avec le plus grand sérieux. Et tu ne me vampiriseras pas. Jamais.

— Non. Je ne te vampiriserai pas, puisque tu ne le veux pas. Et je ne t'obligerai jamais à me servir.

— Même si je suis à l'article de la mort, ne me vampirise pas, ai-je insisté. Ce serait l'horreur absolue, pour moi.

— Je te promets de ne pas le faire, quelle que soit l'envie que j'aie de te garder auprès de moi.

Je connaissais Bill depuis peu lorsque j'avais failli mourir pour lui. Il ne m'avait pas vampirisée pour autant. Pour la première fois, je prenais conscience qu'il aurait pu être tenté de le faire. Au contraire, il avait sauvé ma vie humaine. J'ai rangé ça dans un coin de ma tête pour plus tard – il est mal venu de penser à un homme quand on est au lit avec un autre.

— Tu m'as évité un lien de sang avec André, lui ai-je rappelé. Mais je l'ai payé.

— S'il avait vécu, ça m'aurait coûté cher, à moi aussi. Même s'il avait l'air conciliant, sur le moment, il n'aurait pas apprécié que j'intervienne. D'une façon ou d'une autre, il se serait vengé.

— Il avait pourtant semblé le prendre si calmement, cette nuit-là...

Eric avait réussi à convaincre André qu'il pouvait fort bien le remplacer. Je lui en avais été très reconnaissante, à l'époque. D'autant qu'André me donnait la chair de poule et qu'il se moquait royalement de ce qui pouvait m'arriver, par-dessus le marché. Je me suis alors souvenue de la réflexion que je m'étais faite chez Tara : *Tu serais libre, maintenant, si c'était André qui t'avait sucé le sang cette nuit-là!* Je ne savais toujours pas ce que je ressentais vraiment à ce sujet-là...

La soirée m'avait assené un certain nombre de prises de conscience. Je commençais à m'en lasser.

— André n'oubliait jamais quand on avait défié son autorité, a murmuré Eric. Sais-tu comment il est mort, Sookie?

Oh oh.

— Il s'est pris un bout de bois bien pointu en pleine poitrine, lui ai-je répondu.

J'ai eu du mal à avaler ma salive, tout à coup. Comme Eric, je pratiquais la vérité par omission. Le bout de bois en question ne s'était pas planté tout seul dans la poitrine d'André. Quinn l'y avait un peu aidé.

Eric m'a regardée en silence pendant ce qui m'a paru une éternité. Il pouvait percevoir mon anxiété, bien sûr. J'ai attendu de voir s'il pousserait son avantage.

— Je ne regrette pas André, a-t-il finalement lâché. Mais je regrette Sophie-Anne. Elle était courageuse.

— Tout à fait d'accord avec toi, ai-je soupiré, soulagée. À propos, comment t'entends-tu avec tes nouveaux dirigeants ?

— Jusque-là, tout va bien. Ils vont de l'avant. J'aime ce genre de tempérament.

Depuis la fin octobre, Eric avait dû s'adapter aux rouages d'une nouvelle organisation plus importante que la précédente, apprendre à connaître les vampires qui la composaient et entretenir la concertation avec les shérifs nouvellement nommés. Ce qui faisait beaucoup pour un seul homme, même lui.

— Les vampires qui étaient avec toi avant le coup d'État doivent être bien contents de t'avoir prêté allégeance, je parie, vu qu'ils ont survécu, alors que tant d'autres vampires de Louisiane sont morts, cette nuit-là.

Eric a souri jusqu'aux oreilles – un spectacle pour le moins effrayant pour qui n'avait pas déjà vu ses crocs avant.

— Oui, a-t-il répondu avec un triomphalisme assumé. Ils me doivent la vie et ils le savent.

Il m'a glissé un bras sous la taille pour m'attirer contre son grand corps frais. Heureuse et comblée, j'ai suivi d'un doigt distrait la ligne de duvet doré qui, telle une flèche satinée, indiquait si opportunément l'objet du délit. J'ai pensé à la sulfureuse photo de Monsieur Janvier dans le calendrier des vampires de Louisiane. Je préférais celle qu'Eric m'avait donnée. Peut-être que je pourrais la faire agrandir pour l'afficher dans ma chambre ?

Eric a éclaté de rire quand je lui en ai parlé.

— Il serait temps de penser à la réalisation d'un nouveau calendrier, a-t-il commenté, songeur. Le premier a fait un malheur. Si tu me donnes une photo de toi dans la même tenue, je te donnerai un poster de moi.

J'y ai réfléchi un instant.

— Je ne crois pas que ce soit une bonne idée, lui ai-je répondu, non sans une pointe de regret. Ce genre de photo dénudée a l'art de resurgir au moment où l'on s'y attend le moins. Et gare au retour de bâton !

Ça l'a fait rire, mais d'un rire plus grave, plus rauque.

— À propos de bâton... a-t-il soufflé.

Ce qui a donné lieu à tout un tas de petits jeux merveilleux et coquins. Après avoir joué la revanche et la belle, Eric a jeté un coup d'œil à mon réveil.

— Il faut que j'y aille, a-t-il chuchoté.

— Je sais, ai-je soupiré d'une voix ensommeillée.

Il a commencé à se rhabiller pour rentrer à Shreveport, et je me suis pelotonnée sous les draps. J'avais du mal à garder les yeux ouverts, en dépit du charmant spectacle de strip-tease inversé que m'offrait Eric.

Il s'est penché pour m'embrasser, et j'ai noué les bras autour de son cou. Pendant un quart de seconde, j'ai su qu'il pensait à se glisser de nouveau dans mon lit. C'étaient sûrement la chaleur de ses baisers et ses murmures de plaisir qui m'avaient mise sur la voie... Je l'espérais, du moins. De temps à autre, il m'arrivait d'avoir des visions fugaces de ce qu'un vampire avait en tête. Et ça me terrorisait. Si rarement que ça m'arrive, je ne ferais certainement pas long feu, si les vampires découvraient que je pouvais lire dans leurs pensées...

— J'ai encore envie de toi, s'est-il étonné dans un souffle. Mais il faut vraiment que je parte, maintenant.

— On se revoit bientôt, j'imagine ?

Je n'étais pas encore assez endormie pour échapper aux affres de l'incertitude.

— Oui.

Il avait les yeux brillants. Sa peau scintillait. La marque sur son poignet avait disparu. J'ai effleuré l'endroit où elle s'était trouvée. Il s'est baissé pour m'embrasser dans le cou, là où il m'avait mordue. J'en ai eu des frissons partout.

— Bientôt, a-t-il ajouté.

Puis il est sorti. J'ai entendu la porte de la véranda se refermer doucement derrière lui. J'ai rassemblé le peu d'énergie qui me restait pour aller dans la cuisine mettre le verrou. J'ai aperçu la voiture d'Amelia garée à côté de la mienne : à un moment donné de la nuit, ma colocataire avait dû rentrer.

Je suis allée me faire couler un verre d'eau au robinet de l'évier. Inutile d'allumer la lumière : j'aurais pu me déplacer dans toute la maison les yeux fermés. J'ai vidé mon verre d'un trait – je ne me rendais compte que maintenant que j'étais morte de soif. En me retournant vers le couloir pour regagner ma chambre, j'ai surpris un mouvement, à la lisière du bois. Je me suis figée, le cœur battant. Très désagréable.

Bill a émergé du rideau d'arbres. Je savais que c'était lui, même si je ne pouvais pas voir son visage. Il regardait le ciel, et j'ai compris qu'il avait dû assister au départ d'Eric quand ce dernier avait pris la voie des airs pour rentrer à Shreveport. Bill s'était donc remis de son combat avec Quinn. Déjà.

Il me surveillait, ce qui aurait dû me mettre en colère. Mais non. Malgré tout ce qui s'était passé entre nous, j'étais certaine que Bill ne m'espionnait pas, mais qu'il veillait sur moi.

Et je ne pouvais rien y changer. Je n'allais tout de même pas ouvrir la porte et lui faire des excuses parce que j'avais reçu un homme chez moi. Pour l'instant, je n'éprouvais pas le moindre regret d'avoir couché avec Eric. Pour tout dire, je me sentais aussi repue qu'après un repas de réveillon. Avec Eric dans le rôle de la dinde ? Rien que d'imaginer le tableau, Eric sur un lit de patates douces et de guimauve, je me suis mise à rire toute seule. Mais je ne tenais plus debout. Je me suis glissée dans mon lit, le sourire aux lèvres. J'avais à peine posé la tête sur l'oreiller que je dormais.

11

J'aurais dû me douter que mon frère viendrait me voir. J'aurais même dû m'étonner qu'il ne se manifeste pas avant. Quand je me suis levée le lendemain vers midi, aussi détendue qu'un chat s'étirant au soleil, Jason était sur ma chaise longue, dans la cour. Nous étions plutôt en froid, et il avait été bien inspiré de ne pas entrer directement.

La journée s'annonçait nettement moins douce que la veille. L'air était glacial, et Jason était emmitouflé dans sa veste de camouflage avec un bonnet de laine enfoncé jusqu'aux yeux. Il fixait le ciel sans nuages.

La mise en garde des jumeaux m'est revenue en mémoire et je l'ai examiné attentivement. C'était bien mon frère. Sa signature mentale m'était familière. Cela dit, peut-être qu'un faé pouvait pousser l'identification jusque-là... J'ai fait une brève incursion dans ses pensées. Non, c'était bel et bien Jason.

Il était étrange de le voir assis là, désœuvré, et encore plus étrange de le voir seul. Jason était tout le temps en train de parler, de boire et de flirter avec des femmes, quand il ne travaillait pas pour la voirie ou ne bricolait pas chez lui. Et, lorsqu'il n'était pas en galante compagnie, il avait presque toujours un copain qui le suivait comme son ombre – Hoyt (jusqu'à ce que Holly lui mette le grappin dessus) ou Mel. «Solitude contemplative» n'était pas une expression que j'associais à mon frère. À le voir regarder le ciel comme ça, je me suis dit, tout en sirotant mon café : *Jason est veuf, maintenant.*

C'était un nouveau statut, pour lui, un statut inattendu et lourd à porter. Saurait-il l'assumer ? Il avait eu pour Crystal plus d'affection qu'elle n'en avait éprouvé pour lui. Une nouvelle expérience, pour mon frère. En épousant Crystal – la jolie, la stupide, la volage Crystal –, il avait trouvé son alter ego féminin. Peut-être l'infidélité avait-elle été la seule façon pour elle de réaffirmer son indépendance, de lutter contre cette grossesse qui l'attachait plus étroitement encore que le mariage à Jason... Ou peut-être que c'était juste une garce. Je ne l'avais jamais comprise. Désormais, je n'aurais plus aucune chance de la comprendre.

Je savais depuis le début qu'un jour ou l'autre, je devrais parler à mon frère. Mais j'aurais préféré choisir mon moment. Je lui avais pourtant bien dit de me laisser tranquille, mais il ne m'avait pas écoutée. Le contraire m'aurait étonnée. Peut-être que, pour lui, cette trêve entre nous causée par la mort de Crystal était bon signe. Peut-être qu'il y voyait le préalable à un traité de paix définitif.

J'ai poussé un gros soupir et j'ai ouvert la porte de derrière. Comme je m'étais levée tard, je m'étais douchée avant même de prendre mon café et j'avais déjà enfilé un jean et un pull. J'ai attrapé ma vieille doudoune rose accrochée au portemanteau, derrière la porte, et je l'ai enfilée.

J'ai posé une tasse de café par terre, aux pieds de Jason, et je me suis assise sur la chaise pliante à côté de lui. Il n'a même pas tourné la tête vers moi, et je ne pouvais pas voir ses yeux à cause des lunettes noires.

— Tu m'en veux encore ? m'a-t-il demandé, après avoir avalé sa première gorgée de café.

Sa voix était grave, éraillée. Il avait dû pleurer.

— Tôt ou tard, ça me passera, j'imagine, lui ai-je répondu. Mais je ne te verrai plus jamais de la même façon.

— La vache ! T'es dure, maintenant. Tu es tout ce qui me reste comme famille.

Les lunettes noires se sont tournées vers moi. Il faut que tu me pardonnes, sinon qui le fera ?

Je l'ai dévisagé, un peu exaspérée, un peu triste aussi. Si je m'étais endurcie, c'était parce que le monde alentour n'avait pas été tendre avec moi.

— Si tu as tellement besoin de moi, tu aurais dû y réfléchir à deux fois avant de me faire ce mauvais plan. Tu m'as tendu un piège, Jason.

Je me suis passé la main sur le visage. Il avait encore de la famille. Sauf qu'il ne le savait pas. Et ce n'était pas moi qui allais le lui dire. Il essaierait de profiter de Niall aussi, de toute façon.

— Et le corps de Crystal, ils vont te le rendre quand ? ai-je murmuré.

— Dans une semaine, peut-être. Après, on pourra faire l'enterrement. Tu viendras ?

— Oui. Ce sera où ?

— Il y a une chapelle pas loin de Hotshot. Elle ne paie pas de mine, mais bon.

— La Tabernacle Holiness Church ?

C'était une vieille bâtisse blanche toute décrépie, perdue en pleine campagne.

Il a hoché la tête.

— D'après Calvin, c'est là qu'ils font leurs enterrements. Le pasteur est de Hotshot.

— Qui est-ce ?

— Marvin Norris.

Marvin était l'oncle de Calvin – bien qu'il ait quatre ans de moins que lui.

— Il me semble que j'ai vu un cimetière derrière l'église.

— Oui. C'est le clan qui creuse le trou. Il y en a un qui assemble le cercueil et un qui fait l'office. Ça ne sort pas de la communauté, quoi.

— Tu es déjà allé à un enterrement là-bas ?

— Ouais, en octobre. Un des bébés du clan.

Il n'y avait pas eu de mort de nouveau-nés dans la rubrique nécrologique des journaux locaux depuis des mois. Le bébé était-il né à l'hôpital ou la mère avait-elle accouché chez elle, à Hotshot ? Sa naissance avait-elle seulement été enregistrée quelque part ?

— Jason, tu as revu les flics ?

— Ils n'ont pas arrêté de m'interroger. Mais ce n'est pas moi. Et tout ce qu'ils pourront dire ou me demander n'y changera rien. Sans parler de mon alibi.

Je ne pouvais qu'être d'accord avec lui.

— Et pour le boulot ? Comment tu t'es arrangé ?

J'avais peur qu'il ne se fasse renvoyer. Ce n'était pas la première fois que Jason avait des ennuis. Et, bien qu'il n'ait jamais été coupable des délits les plus graves qu'on lui avait mis sur le dos, tôt ou tard, il pourrait faire une croix sur sa réputation de mec réglo.

— Catfish m'a dit de ne pas venir bosser jusqu'à l'enterrement. Ils vont envoyer une couronne quand on récupérera le corps.

— Et Hoyt ?

— Pas vu, a-t-il maugréé.

Il avait l'air un peu étonné. Déçu, aussi.

Holly ne voulait sans doute pas voir son fiancé traîner avec Jason. Je pouvais la comprendre.

— Et Mel ?

— Ah ouais ! s'est-il exclamé, un regain de chaleur dans la voix. Mel me soutient bien. On a travaillé sur son pick-up, hier, et, ce week-end, on va repeindre la cuisine, à la maison.

Il m'a souri. Mais il s'est vite rembruni.

— J'aime bien Mel. Mais Hoyt me manque, a-t-il soupiré.

J'avais rarement entendu quelque chose d'aussi sincère dans la bouche de mon frère.

— Tu n'as rien découvert sur le meurtre de Crystal, Sookie ? m'a-t-il demandé ensuite. Tu vois... enfin, comme tu sais faire... Si tu pouvais mettre les flics sur la bonne voie, ils trouveraient qui a tué ma femme et mon gosse, et je pourrais recommencer à vivre comme avant.

Je ne pensais pas que Jason pourrait jamais retrouver sa vie d'avant. Mais j'étais certaine qu'il ne comprendrait pas ça, même si je le lui prouvais par A plus B. Et puis, tout à coup, j'ai vu ce qu'il avait dans la tête avec une netteté parfaite. Bien que Jason n'ait pas les mots pour l'exprimer, il comprenait très bien, finalement. Mais il se donnait du mal, un mal de chien, pour se persuader que tout redeviendrait comme avant dès qu'il se serait débarrassé de cette chape de plomb qui lui était tombée dessus avec la mort de Crystal.

— Ou si tu nous le dis, on pourra s'en occuper nous-mêmes, Calvin et moi, a-t-il poursuivi.

— Je ferai de mon mieux, lui ai-je promis.

Que pouvais-je dire d'autre ?

J'ai replié mes antennes, en me jurant de ne plus jamais aller fouiller dans la tête de mon frère. Après un long moment de silence – peut-être espérait-il que j'allais l'inviter à déjeuner –, il s'est levé.

— Bon, je crois que je vais rentrer, m'a-t-il finalement annoncé.

— Salut.

J'ai entendu son pick-up démarrer. Alors, je suis rentrée et j'ai pendu ma doudoune là où je l'avais prise.

Amelia m'avait laissé un Post-it sur la brique de lait, dans le réfrigérateur.

« Salut, coloc ! écrivait-elle en guise de préambule. On dirait que tu as eu de la compagnie, cette nuit… Ne serait-ce pas une odeur de vampire qui flotte dans la maison ? J'ai entendu la porte vers 3 h 30. N'oublie pas de jeter un œil au répondeur. Tu as des messages. »

Messages qu'Amelia avait écoutés, puisque le voyant ne clignotait plus. J'ai appuyé sur la touche de lecture.

Salut, Sookie ! C'est Arlene. Écoute, je suis désolée pour tout. J'aimerais bien que tu passes me voir pour qu'on parle. Rappelle-moi.

Je suis restée un moment à regarder le répondeur. Je ne savais pas trop comment réagir. Arlene avait eu le temps de réfléchir. Peut-être qu'elle regrettait son esclandre au bar. Est-ce que ça voulait dire pour autant qu'elle était prête à renier la Confrérie du Soleil et les préjugés qui allaient avec ?

Il y avait un autre message. J'ai reconnu la voix de Sam.

Sookie, est-ce que tu pourrais venir un peu plus tôt au bar, aujourd'hui, ou me passer un coup de fil ? Il faut que je te parle.

J'ai jeté un coup d'œil à la pendule. Il était pile 13 heures, et je n'étais pas attendue au *Merlotte* avant 17 heures. J'ai appelé le bar. Sam a décroché immédiatement.

— Salut, c'est Sookie. Qu'est-ce qui se passe ? Je viens d'avoir ton message.

— Arlene veut revenir, a-t-il grommelé. Je ne sais pas quoi lui dire. Tu as un avis sur la question ?

— Elle m'a laissé un message sur mon répondeur. Elle veut me parler, lui ai-je annoncé. Je ne sais pas quoi en penser. Une vraie girouette, hein ? Tu crois qu'elle a laissé tomber la Confrérie ?

— Si Whit l'a plaquée, oui.

Ça m'a fait rire.

Je n'étais pas très sûre de vouloir reconstruire cette amitié. En fait, plus j'y réfléchissais et plus j'en doutais. Arlene m'avait fait très mal. Si elle pensait vraiment ce qu'elle disait, pourquoi voudrait-elle recoller les morceaux avec un monstre comme moi ? Et dans le cas contraire, comment avait-elle pu me dire des choses pareilles ? Cependant, quand des images de ses enfants revenaient me trotter dans la tête, je sentais ma gorge se serrer. Je les avais gardés si souvent, j'avais passé tant de soirées à jouer avec eux que je m'étais prise d'une réelle affection pour eux. Et je ne les avais pas vus depuis des semaines. En fait, je me rendais compte que la fin de ma relation avec leur mère ne me perturbait pas vraiment : Arlene s'ingéniait à saper notre amitié depuis longtemps déjà, mais les gosses... Ils me manquaient tellement ! C'est ce que j'ai dit à Sam.

— Tu es trop gentille, ma belle, m'a-t-il répondu. Je ne crois pas que je tienne à ce qu'elle revienne ici.

Il avait pris sa décision.

— J'espère qu'elle trouvera un autre job. Et je lui donnerai de bonnes références parce qu'elle a des gosses, a-t-il néanmoins ajouté. Mais elle me causait déjà des ennuis avant son dernier coup de gueule, et je ne vois vraiment pas pourquoi on se mettrait tous en difficulté pour elle.

Après avoir raccroché, je me suis aperçue que la décision de Sam avait influencé la mienne : finalement, je penchais plutôt pour aller rendre visite à mon ex-amie. Puisque nous ne nous verrions plus au bar et ne pourrions plus laisser le temps arrondir les angles, j'allais essayer de mettre les choses au clair pour que nous puissions au moins nous saluer quand on se croiserait au supermarché.

Elle a décroché à la première sonnerie.

— Arlene ? C'est Sookie.

— Hé ! je suis drôlement contente que tu me rappelles, ma chérie !

Il y a eu un moment de flottement.

— Je me disais que je pourrais passer te voir maintenant, juste cinq minutes, ai-je annoncé, pas très à l'aise. J'aimerais bien embrasser les gosses et discuter un peu avec toi. Si ça ne te gêne pas, évidemment.

— Bien sûr que non ! Viens. Laisse-moi juste le temps de ranger un peu.

— Tu n'es pas obligée de ranger pour moi.

Je m'étais chargée de son ménage plus d'une fois, parce qu'elle m'avait rendu service ou parce que je n'avais rien d'autre à faire, pendant que je jouais les baby-sitters pour elle.

— Je ne voudrais pas reprendre mes mauvaises habitudes, a-t-elle plaisanté gaiement, d'un ton si complice que ça m'a fait chaud au cœur... sur le coup.

Mais je ne lui ai pas laissé cinq minutes.

Je suis partie immédiatement.

Je ne parvenais pas bien à m'expliquer pourquoi je ne faisais pas ce qu'elle m'avait demandé. Peut-être que c'était quelque chose que j'avais perçu dans sa voix. Peut-être que c'était parce que je me rappelais toutes les occasions où elle m'avait laissée tomber, toutes les occasions où elle m'avait humiliée...

Je crois que je ne m'étais jamais attardée sur ces incidents, auparavant – ils me renvoyaient une si pitoyable image de moi-même ! J'avais tellement besoin d'une amie, à l'époque, que je m'étais rac-crochée aux miettes qu'Arlene avait bien voulu m'abandonner. Mais, quand la roue avait tourné et qu'elle s'était trouvé un nouveau petit ami, elle n'avait pas hésité une seule seconde avant de renier notre amitié pour gagner les faveurs de son chéri du moment.

Plus j'y pensais, plus je me disais que je ferais mieux de rebrousser chemin. Oui, mais… est-ce que je ne devais pas à Coby et à Lisa de tenter, au moins une dernière fois, de me réconcilier avec leur mère ? Je me souvenais de tous ces jeux que nous avions faits, de toutes ces histoires que je leur avais racon-tées avant de les mettre au lit et de toutes ces nuits où j'avais dormi avec eux parce que Arlene avait appelé en me demandant si elle pouvait découcher.

Mais comment pouvais-je encore lui faire confiance maintenant ?

Justement. Je ne lui faisais pas confiance. Du moins, pas complètement. C'est bien pour ça que j'allais étudier la situation d'un peu plus près pour voir où je mettais les pieds.

Arlene vivait sur un bout de terrain, en périphérie de Bon Temps, que son père lui avait laissé avant de mourir. Seul un quart avait été débroussaillé, juste assez pour la caravane et un petit jardin. Derrière, il y avait un vieux portique avec une balançoire, qu'un des anciens admirateurs d'Arlene avait monté pour les gosses, et deux vélos d'enfant appuyés contre les montants.

Je le savais parce que j'avais quitté la route pour m'engager dans l'allée du jardin – en friche – de la petite maison d'à côté. Ou, plus exactement, de ce qu'il en restait, car l'antique installation électrique de la maison en question avait provoqué un incendie deux mois plus tôt. Il ne restait plus qu'une silhouette

à moitié calcinée, abandonnée par les anciens loca-
taires qui étaient allés se reloger ailleurs. J'avais pu
me garer juste derrière parce que le froid avait empê-
ché la végétation de reprendre ses droits.

En me frayant un chemin à travers les épaisses
broussailles et les arbres qui séparaient les deux ter-
rains, j'ai réussi à trouver un poste d'observation
idéal. De là, je pouvais surveiller une partie de la
cour, devant la caravane, et tout le jardin derrière.
Seule la voiture d'Arlene était visible de la route,
puisqu'elle l'avait laissée dans la petite cour devant
la caravane.

De ma position stratégique, je pouvais voir deux
autres véhicules derrière la caravane : un pick-up
Ford Ranger noir, qui devait bien avoir une dizaine
d'années, et une Buick Skylark rouge qui datait de
la même époque. Le pick-up était chargé de bouts
de bois, dont un si long qu'il dépassait de l'arrière.

Je n'ai pas tardé à voir une femme sortir, par la
porte arrière de la caravane, sur la petite terrasse de
bois qui la prolongeait. Son visage me disait vaguement quelque chose. Helen Ellis. Elle avait travaillé
au bar quatre ans auparavant. Bien que compétente,
et si jolie qu'elle attirait les clients comme des
mouches, elle s'était fait virer pour retards chroniques. Sam ne l'avait pas renvoyée de gaieté de
cœur, mais elle lui en avait voulu à mort. Lisa et
Coby venaient de la rejoindre sur la terrasse. Arlene
s'était encadrée dans la porte. Elle portait un haut à
motif panthère et un caleçon marron.

Les gosses paraissaient tellement plus grands que
lorsque je les avais vus pour la dernière fois ! Ils
semblaient troublés et réticents, surtout Coby. Helen
leur a adressé un sourire d'encouragement et s'est
retournée vers Arlene.

— Préviens-moi quand ce sera fini, lui a-t-elle
lancé.

Elle a marqué un temps, comme si elle cherchait ses mots pour exprimer quelque chose sans que les enfants comprennent.

— Elle n'aura que ce qu'elle mérite, a-t-elle ajouté.

Je ne la voyais que de profil, mais son sourire radieux m'a retourné l'estomac. J'ai dégluti avec peine.

— D'accord, Helen. Je t'appellerai quand tu pourras les ramener, lui a répondu Arlene.

Il y avait un homme derrière elle. Il se tenait dans la pénombre de la caravane et je ne pouvais pas l'identifier avec certitude, mais il ressemblait au type que j'avais assommé avec mon plateau, au bar, deux mois plus tôt, celui qui s'était montré si charmant avec Pam et Amelia. Il faisait partie des nouveaux amis d'Arlene.

Helen et les enfants se sont éloignés dans la Skylark.

Arlene était rentrée au chaud dans la caravane. J'ai fermé les yeux pour mieux la localiser à l'intérieur. J'ai découvert qu'il y avait deux hommes avec elle. Voyons, à quoi pensaient-ils donc ? J'étais un peu loin, mais, grâce au sang de vampire qui coulait dans mes veines, je pouvais élargir ma zone de réception.

Ils pensaient à me faire subir des atrocités.

Accablée, je me suis accroupie derrière un mimosa dénudé. Jamais je ne m'étais sentie aussi triste, aussi malheureuse. D'accord, je savais depuis un moment déjà qu'Arlene n'avait rien d'une bonne âme, ni même d'une amie fidèle. D'accord, je l'avais entendue prêcher avec hargne et rancœur l'éradication des vampires et de tous les SurNat. D'accord, j'avais bien fini par me rendre compte qu'elle en était arrivée à me mettre dans le même sac. Mais je n'aurais jamais cru que le peu d'affection qu'elle avait pu me porter s'était, à ce point, transformé en haine, sous l'influence de la Confrérie.

J'ai sorti mon portable de ma poche.

— Bellefleur, a répondu Andy d'un ton brusque.

Nous n'avions jamais été copains, Andy et moi, mais, pour une fois, j'étais drôlement contente d'entendre sa voix.

— Andy, c'est Sookie, lui ai-je annoncé, en veillant bien à ne pas parler trop fort. Écoute, il y a deux types dans la caravane d'Arlene avec elle, et ils transportent de longs bouts de bois à l'arrière de leur pick-up. Ils ne savent pas que je les ai repérés, mais ils ont l'intention de me faire subir le même sort qu'à Crystal.

— Tu as une preuve que je pourrais présenter devant un tribunal? m'a-t-il demandé, avec sa circonspection habituelle.

Même s'il ne m'avait jamais adorée, Andy avait toujours secrètement cru à ma télépathie.

— Non. Ils attendent que j'arrive. J'ai rendez-vous avec Arlene chez elle.

Je me suis rapprochée à croupetons, en priant Dieu et tous ses saints que les trois complices ne soient pas en train de regarder par les fenêtres du fond. Il y avait aussi une boîte d'énormes clous, à l'arrière du pick-up. J'ai fermé les yeux, submergée par des visions d'horreur.

— Weiss et Lattesta sont avec moi, m'a appris Andy. Est-ce que tu serais prête à y aller, si on te couvrait?

— Bien sûr.

J'en avais autant envie que de me pendre. Mais je savais que, d'une manière ou d'une autre, j'allais être obligée de le faire. Ça pouvait laver Jason de tout soupçon. Ça pouvait représenter un dédommagement ou du moins une vengeance pour la mort de Crystal et de son bébé. Ça pouvait envoyer une poignée d'intégristes de la Confrérie du Soleil derrière les barreaux, et peut-être même servir de leçon aux autres.

— Vous êtes où ? ai-je demandé, la peur au ventre. Je tremblais comme une feuille.

— On est déjà en voiture. On peut être là dans sept minutes.

— Je me suis garée derrière la maison des Freer... Faut que je te laisse, quelqu'un sort de la caravane.

Whit Spradlin et son copain – impossible de me souvenir de son nom – ont descendu les marches de la petite terrasse pour décharger les bouts de bois, lesquels étaient déjà coupés pile à la bonne longueur... Whit s'est retourné vers la caravane pour crier quelque chose et Arlene est sortie à son tour, son sac sur l'épaule. Elle s'est dirigée vers la cabine du pick-up.

Bon sang ! Elle allait filer ! En laissant sa voiture garée devant la caravane pour me faire croire qu'elle était là ! Le restant de tendresse que j'avais pu garder pour elle s'est désintégré en une seconde. J'ai consulté ma montre. Il restait environ trois minutes avant l'arrivée d'Andy.

Arlene a embrassé Whit et adressé un signe de la main à l'autre homme. Les deux comparses sont rentrés se cacher dans la caravane pour que je ne les voie pas en arrivant. D'après leur plan, je devais me garer devant et frapper à la porte d'entrée. L'un d'entre eux l'ouvrirait alors à la volée pendant que l'autre me sauterait dessus pour me tirer à l'intérieur.

Game over !

Arlene a ouvert la portière du pick-up.

Il ne fallait pas qu'elle s'en aille. Dans cette affaire, c'était elle, le maillon faible, j'en étais persuadée. Je le savais, je le sentais.

Ça allait être affreux. J'ai pris mon courage à deux mains.

— Salut, Arlene! lui ai-je lancé en sortant de ma cachette.

Elle a fait un bond de deux mètres en poussant un cri aigu.

— Bonté divine! Sookie, mais qu'est-ce que tu fiches dans mon jardin?

Elle s'est efforcée de se reprendre. Dans sa tête grouillaient la colère, la peur, la culpabilité et les regrets – si, si, je jure qu'il y en avait.

— Tu m'avais dit de te laisser du temps, alors j'attendais.

Je n'avais pas la moindre idée de ce que je devais faire, après ça. L'essentiel, c'était de la retenir. Et j'allais peut-être devoir le faire physiquement. Les deux types, à l'intérieur, ne s'étaient pas encore aperçus de ma présence. Mais, à moins d'un coup de chance extraordinaire, ça n'allait pas tarder. Et avec la veine que j'avais en ce moment...

Arlene s'était figée, les clés du pick-up à la main. Rien de plus facile que d'aller me promener dans sa tête et d'y fouiller: tout était écrit là, noir sur blanc. Une abomination.

— Qu'est-ce que tu fais? Tu t'en vas? lui ai-je demandé sans parler trop fort. Tu étais censée m'attendre chez toi.

Tout à coup, la lumière s'est faite dans son esprit. Elle a fermé les yeux, bourrelée de remords et de culpabilité. Elle s'était voilé la face. Elle s'était réfugiée dans sa bulle pour ne pas voir jusqu'où les deux hommes avaient l'intention d'aller, pour que ça ne l'atteigne pas, pour ne pas en souffrir. Mais ça n'avait pas marché – ce qui ne l'avait pas empêchée de me trahir quand même. Elle se retrouvait sans défense, face à sa propre conscience.

— Tu es allée trop loin, lui ai-je asséné, avec un tel détachement et d'une voix si égale que je n'en suis pas revenue moi-même.

J'ai poursuivi, enfonçant le clou :

— Personne ne comprendra. Personne ne te le pardonnera.

Elle a écarquillé les yeux, horrifiée : elle savait que je disais vrai.

Mais, à mon tour, j'ai été saisie de stupeur. Parce que, subitement, et sans aucun doute possible, j'ai su qu'elle n'avait pas tué Crystal, pas plus que les deux types dans la caravane. Inspirés par la mort de ma belle-sœur, ils avaient prévu de me crucifier parce que ça leur paraissait être un bon moyen de montrer à tout le monde ce qu'ils pensaient de la Grande Révélation des hybrides. J'avais été choisie pour être sacrifiée sur l'autel de leurs convictions. Bien que je ne fusse pas un hybride – ce qu'ils savaient parfaitement –, j'allais leur servir de bouc émissaire. En fait, ils pensaient même que je leur offrirais moins de résistance, parce que je n'étais qu'une sympathisante, pas un véritable hybride. Je n'arrivais pas à le croire.

— Tu fais peine à voir, lui ai-je alors lancé.

Je semblais incapable de m'arrêter et j'avais toujours cette voix froide, ce même détachement incroyable.

— Tu n'as jamais voulu regarder la vérité en face, hein ? Tu te prends encore pour un joli brin de fille de vingt-cinq ans, et tu attends toujours qu'un bel inconnu tombe du ciel et te voie enfin telle que tu crois être. Tu t'imagines qu'il va prendre soin de toi, te permettre de quitter ton boulot, envoyer tes gosses dans des écoles privées où ils n'auront jamais à fréquenter des gens différents d'eux. Mais ça n'arrivera jamais, Arlene. Parce que la voilà, ta vie, ta vraie vie.

J'ai embrassé d'un large mouvement de la main sa caravane sur son bout de jardin mal entretenu et le vieux pick-up. C'était la chose la plus cruelle que j'aie jamais dite. Et c'était la stricte vérité.

Alors, elle s'est mise à crier, crier, crier. Elle ne pouvait plus s'arrêter. Je l'ai regardée droit dans les yeux. Elle essayait bien de détourner les siens, mais elle semblait en être incapable.

— Espèce de sorcière! a-t-elle sangloté. Tu n'es qu'une maudite sorcière! Parce que ça existe, et tu en es une!

Si elle avait eu raison, j'aurais pu empêcher ce qui a suivi.

Au même instant, Andy se garait chez les Freer, à côté de ma voiture. D'après ce qu'il savait, il avait encore le temps de jouer la surprise et de coincer les hommes dans la caravane. J'ai vaguement entendu sa voiture dans mon dos. Mais toute mon attention était concentrée sur Arlene et sur la porte arrière de la caravane. Weiss, Lattesta et Andy sont arrivés derrière moi juste au moment où Whit et son ami sortaient comme des fusées, le fusil à la main.

Nous nous sommes retrouvées prises entre deux feux, Arlene et moi. J'ai senti la chaleur du soleil sur mon bras, la petite brise fraîche qui soulevait mes cheveux et agitait une mèche devant mes yeux. Par-dessus l'épaule d'Arlene, j'ai vu le visage du copain de Whit et, tout à coup, j'ai retrouvé son nom: il s'appelait Donny Boling. Et il était allé chez le coiffeur récemment. Ça se voyait parce qu'il y avait une bande blanche dans sa nuque. Il portait un tee-shirt à l'effigie d'une société de dessouchage à Orville et son regard était couleur de boue.

Et il visait l'agent Weiss.

— Ne faites pas ça! lui ai-je crié. Elle a des gosses!

Il a écarquillé les yeux, les pupilles dilatées par l'effroi.

Puis il a braqué son fusil sur moi. Il a pensé : « C'est elle qu'il faut descendre ! »

Le coup est parti à la seconde même où je me jetais à terre.

— FBI ! Jetez vos armes ! a braillé Lattesta.

Mais ils n'ont pas obéi. Je ne crois pas qu'ils aient seulement compris ce qu'on leur disait.

Alors, Lattesta a tiré. On ne pourrait pas lui reprocher de ne pas les avoir prévenus.

12

À peine l'agent spécial Lattesta avait-il ordonné aux deux types de jeter leurs armes que les balles se sont mises à voler dans les airs comme pollen au printemps.

En dépit de ma fâcheuse position, aucune ne m'a touchée, ce que j'ai trouvé purement et simplement hallucinant.

N'ayant pas réagi aussi vite que moi, Arlene a eu l'épaule éraflée par la balle qui a atteint l'agent Weiss, laquelle l'a reçue dans la partie supérieure droite de la poitrine. Andy a touché Whit Spradlin. La première balle de l'agent spécial Lattesta a raté Donny Boling. Pas la seconde. Il faudrait des semaines aux experts pour déterminer la séquence des événements, mais c'est bel et bien dans cet ordre-là qu'elles se sont enchaînées.

Puis les armes se sont tues. Lattesta appelait le 911 que j'en étais encore à compter mes doigts et mes orteils pour être bien sûre que j'étais indemne. Andy n'a pas perdu de temps non plus pour appeler le bureau du shérif et rapporter qu'il y avait eu des coups de feu et qu'un officier de police et des civils avaient été touchés.

À peine égratignée, Arlene hurlait comme si elle avait pris une balle dans le ventre.

L'agent Weiss était étendu dans l'herbe tachée de sang. Elle avait les yeux exorbités de terreur, mais elle serrait les dents. La balle s'était fichée dans l'aisselle quand elle avait levé le bras. Elle pensait à ses enfants et à son mari. Elle se disait qu'elle allait mourir là, au milieu de nulle part, et les laisser seuls. Lattesta lui a enlevé son gilet pour faire pression sur la blessure. Andy s'est précipité vers les deux tireurs pour les menotter.

Je me suis redressée, lentement, et j'ai réussi à m'asseoir. Je n'aurais jamais pu me lever. Je suis restée là, assise sur le tapis d'aiguilles de pin, à regarder Donny Boling. Il était mort. Je ne détectais pas la moindre trace d'activité en provenance de son cerveau. Whit était encore en vie, quant à lui, quoique mal en point. Après avoir rapidement examiné Arlene, Andy lui a dit de la fermer. Elle a cessé de crier et s'est mise à pleurer.

Tout en regardant la terre s'imprégner de sang autour du flanc gauche de Donny Boling, j'ai ajouté cette tragique affaire à la liste des nombreuses choses que j'avais déjà à me reprocher. Personne ne se serait fait tuer si j'étais gentiment remontée dans ma voiture pour rentrer chez moi. Mais il avait fallu que j'essaie de coincer les meurtriers de Crystal. Et maintenant, je savais que ces crétins n'étaient même pas les coupables. Je me suis bien dit qu'Andy m'avait demandé de l'aider, que Jason avait besoin de mon aide… mais je savais que j'allais m'en vouloir pendant longtemps.

Pendant une seconde, j'ai même eu envie de me rallonger et de me laisser mourir.

— Ça va ? m'a lancé Andy, après avoir menotté Whit et vérifié que Donny était mort.

— Ouais. Écoute, Andy, je suis désolée…

Mais il était déjà parti en courant pour faire signe à l'ambulance qui arrivait. Et soudain, l'endroit s'est mis à fourmiller de personnel supplémentaire.

— Vous vous sentez bien ? m'a demandé une fille qui portait l'uniforme des urgentistes.

Ses manches soigneusement retroussées dénudaient des muscles qu'aucune femme ne pouvait développer. C'était ce que j'avais cru jusqu'alors, du moins. Je les voyais rouler sous sa peau couleur café.

— Vous avez l'air drôlement sonnée.

— Je ne suis pas habituée à voir des gens se faire tirer dessus.

Ce n'était pas complètement faux.

— Je pense que vous feriez mieux de venir vous asseoir sur cette chaise, là, m'a-t-elle conseillé, en désignant du doigt une chaise de jardin pliante qui avait connu des jours meilleurs. Quand je me serai occupée de ceux qui saignent, je reviendrai vous examiner.

— Audrey ! l'a hélée son collègue, un type qui avait un ventre comme une barrique. On manque de bras ici.

Audrey s'est ruée à la rescousse, pendant qu'une autre équipe médicale contournait la caravane au pas de course. J'ai eu, à peu de chose près, le même dialogue avec eux.

L'agent Weiss est partie avec la première ambulance. Ils allaient l'emmener à l'hôpital de Clarice, le temps que son état se stabilise, avant de la transférer en hélicoptère à Shreveport. Whit a été embarqué dans la deuxième ambulance et une troisième est arrivée pour Arlene. Quant au type mort, il attendrait la venue du légiste.

Et moi, j'attendais la suite des événements.

Les bras ballants, le regard vide, Lattesta semblait plongé dans la contemplation des pins. Il avait les mains couvertes de sang, après avoir comprimé la blessure de sa collègue. Alors que je l'observais, il s'est ressaisi. Son visage a recouvré son expression de résolution habituelle, et ses pensées se sont remises à circuler. Andy et lui ont commencé à discuter.

Il y avait maintenant un véritable rassemblement de forces de l'ordre dans le jardin, et tout le monde semblait très exalté. Les fusillades qui impliquent les forces de l'ordre ne sont pas monnaie courante, à Bon Temps, ni même dans le Comté de Renard. Alors quand, en plus, le FBI est présent, l'excitation est à son comble.

D'autres personnes m'ont demandé si j'allais bien, mais aucune ne semblait très pressée de me dire ce que je devais faire, ni de me renvoyer chez moi. Alors, je suis restée là, assise sur cette chaise branlante, les mains sur les genoux, à observer cette incessante agitation, tout en essayant de faire le vide dans mon esprit – sans succès.

Je m'inquiétais pour l'agent Weiss et je ressentais toujours les effets de l'immense vague de culpabilité qui m'avait submergée. J'aurais dû déplorer la mort du type de la Confrérie du Soleil, je suppose. Mais ce n'était pas le cas.

J'ai fini par me rendre compte que j'allais être en retard au travail, si personne n'accélérait tout ce processus élaboré. J'avais conscience, alors même que je regardais la terre imbibée de sang, que c'était une préoccupation triviale, mais je savais que mon patron ne serait pas forcément de cet avis.

J'ai appelé Sam. Je ne sais plus ce que je lui ai raconté, mais je me rappelle parfaitement que j'ai dû le dissuader de venir me chercher : je lui ai dit qu'il y avait déjà tout un tas de gens sur place et que la plupart étaient armés. Mon devoir accompli, il ne me restait plus rien à faire qu'à regarder les arbres. C'était un enchevêtrement de branches et de feuilles dans toutes les nuances de brun, avec, çà et là, de jeunes pins de différentes hauteurs qui s'étaient dévoués pour rompre la monotonie monochrome.

Avec un temps aussi radieux, ce jeu d'ombres et de lumière était absolument fascinant.

Comme je regardais les profondeurs des bosquets, j'ai senti qu'on m'observait. À quelques mètres en retrait de la lisière de la forêt se tenait un homme... Non, pas un homme, un faé. Je ne peux pas lire dans les pensées des faé. Leur esprit n'est pas vraiment une page blanche pour moi, comme c'est le cas des vampires, mais presque.

L'hostilité qui se dégageait de son attitude était cependant clairement perceptible. Ce faé-là n'appartenait manifestement pas au camp de mon arrière-grand-père. Il aurait même été ravi de me retrouver baignant dans mon sang. Je me suis redressée, brusquement consciente du danger. Qui pourrait me protéger, face à un faé ? Tous les flics de la terre n'y suffiraient pas, à mon avis. Sous le coup de cette subite montée d'adrénaline, mon cœur s'était remis à palpiter, mais avec une sorte de lassitude résignée. Je ne voyais pas qui appeler à l'aide. Je savais que, si je désignais le faé à n'importe laquelle des personnes présentes, non seulement il se fondrait immédiatement dans le décor, mais je mettrais en péril la personne concernée. J'avais déjà risqué suffisamment de vies pour la journée.

Comme je me levais de ma chaise de jardin déglinguée, sans même avoir la plus petite amorce d'un plan d'action, le faé m'a tourné le dos et s'est volatilisé.

Je ne peux donc pas avoir la paix cinq minutes !

À peine cette pensée m'avait-elle traversé l'esprit que j'ai dû me détourner pour me cacher le visage dans les mains. Parce que je riais. Et ce n'était pas un rire joyeux. Andy est venu s'accroupir devant moi et a essayé de me dévisager par en dessous.

— Sookie, a-t-il murmuré – et, pour une fois, il me parlait gentiment. Hé, fillette, reprends-toi. Il faut que tu viennes parler au shérif Dearborn.

J'ai répondu non seulement aux questions de Bud Dearborn, mais aussi à celle de beaucoup d'autres gens. Par la suite, je n'ai pas pu me rappeler qui, ni ce que j'avais dit. La vérité, j'imagine, car je n'étais pas vraiment en état d'improviser.

Je n'ai pas parlé du faé dans les bois parce que personne ne m'a demandé : « Avez-vous vu quelqu'un d'autre, ici, cet après-midi ? » Dans un moment de lucidité, entre abattement et culpabilité, je me suis tout de même interrogée sur la raison qui l'avait poussé à se montrer. Pourquoi était-il venu, d'ailleurs ? Est-ce qu'il me traquait ? Est-ce que je me promenais avec un genre de mouchard ensorcelé implanté quelque part sur moi ?

— Sookie ?

Bud Dearborn me rappelait à l'ordre. J'ai cligné des paupières.

— Oui, monsieur.

— Tu peux y aller maintenant. On te convoquera plus tard.

Je me suis levée. Mes jambes vacillaient ; tous mes muscles tremblaient.

— Merci, lui ai-je répondu, sans même me rendre compte de ce que je marmonnais.

Je suis remontée dans ma voiture dans un état second. Je me suis ordonné de rentrer chez moi, de mettre mon uniforme de serveuse et d'aller travailler. Courir dans tous les sens, un plateau de boissons à la main, vaudrait mieux que de rester à la maison sur le canapé, à ressasser les événements de la journée – si je parvenais à tenir debout, du moins.

Amelia était partie travailler. J'avais donc la maison pour moi. J'ai enfilé mon pantalon noir et mon tee-shirt blanc à manches longues du *Merlotte*. J'étais transie jusqu'aux os et, pour la première fois, j'ai regretté que Sam n'ait pas commandé un stock de sweat-shirts aux couleurs du bar. Je me suis regardée dans la glace de la salle de bains. J'avais une mine épouvantable : j'étais aussi pâle qu'un vampire, j'avais de grands cernes et justement la tête de quelqu'un qui vient de voir un certain nombre de personnes ensanglantées.

Quand j'ai repris ma voiture, la nuit glaciale était sur le point de tomber. Depuis que nous avions ce lien de sang, Eric et moi, je me prenais à penser à lui tous les jours dès que le ciel s'obscurcissait. Et maintenant que nous avions couché ensemble, ces pensées tournaient à l'obsession. Tout au long du trajet, j'ai essayé de le renvoyer aux oubliettes, mais il persistait à resurgir au premier plan.

J'en étais arrivée à un tel point que j'aurais donné toutes mes économies pour le voir, là, maintenant – le contrecoup de cette journée de cauchemar, probablement. Je me suis traînée jusqu'à la porte de service, les doigts fermés autour du manche de mon déplantoir, que j'avais fourré dans mon sac avant de partir. Je me croyais prête à parer à toute offensive, mais j'étais tellement préoccupée que j'avais oublié de projeter mon sixième sens pour vérifier les environs. Du coup, je n'ai pas vu Antoine qui fumait une cigarette dans l'ombre, à côté des poubelles, avant qu'il ne s'avance pour m'accueillir.

— Bon sang ! Antoine ! tu veux me faire mourir de peur ou quoi ?

— Pardon, Sookie. Tu as l'intention de faire des plantations ?

Il regardait mon déplantoir, que j'avais instinctivement sorti de mon sac.

— Ça ne se bouscule pas, ce soir, alors j'ai pris deux minutes pour m'en griller une, a-t-il enchaîné.

— C'est calme, alors ?

J'ai rangé le déplantoir de Gran dans mon sac, sans même chercher à lui donner d'explication. Peut-être qu'il mettrait ça sur le compte de ma bizarrerie habituelle.

— Ouais. Personne pour nous faire de sermon et personne en train de se faire trucider, a-t-il ironisé en souriant. Mais D'Eriq est sûr d'avoir vu un faé, ici, un peu plus tôt dans la soirée. Il n'a que ça à la bouche. D'Eriq est un peu limité, mais il peut voir des trucs que personne d'autre ne voit. N'empêche... des faé !

— Un vrai faé ? Pas une fée Clochette ?

Si j'avais cru ne plus avoir assez d'énergie pour être encore capable de m'alarmer, je m'étais trompée. J'ai jeté un regard circulaire, tous mes sens en alerte.

— Sookie ? Ne me dis pas que ça existe ?

Antoine me regardait avec des yeux ronds. J'ai haussé les épaules avec lassitude.

— Ah ben merde alors ! s'est exclamé Antoine. Merde ! Le monde dans lequel je suis né a bien changé, hein ?

— Effectivement, Antoine. Dis, si D'Eriq te reparle de quelque chose, préviens-moi, s'il te plaît. C'est important.

Ce pouvait être mon arrière-grand-père qui veillait sur moi, ou son fils Dillon. Ou le faé hostile qui rôdait dans les bois. Mais quelle mouche avait piqué les faé, tout à coup ? Pendant des années, je n'en avais jamais vu. Je ne savais même pas qu'ils existaient ! Et voilà maintenant qu'on ne pouvait pas balancer un déplantoir sans en éventrer un.

Antoine me dévisageait d'un air incertain.

— Bien sûr, Sookie. Tu n'aurais pas des ennuis, des fois ?

Oh si ! J'étais même dedans jusqu'au cou.

— Non, non. J'essaie de les éviter, justement.

Je ne voulais pas qu'Antoine s'inquiète pour moi. Et, surtout, je ne voulais pas qu'il aille faire part de son inquiétude à Sam, qui avait déjà bien assez de soucis comme ça.

Évidemment, Sam avait déjà eu droit à plusieurs versions de ce qui s'était passé chez Arlene. Pourtant, tout en nouant mon tablier, il a fallu que je lui fasse un résumé de la situation. Les intentions de Donny et de Whit l'ont profondément bouleversé. Et, lorsque je lui ai annoncé que Donny était mort, il a grondé :

— Dommage que Whit n'y soit pas passé aussi.

J'ai d'abord douté d'avoir bien entendu. Mais lorsque j'ai regardé Sam, il y avait de la colère dans ses yeux, une colère noire et pleine de rancœur.

— Je crois qu'il y a eu assez de morts comme ça, Sam, lui ai-je fait remarquer. Je ne leur ai pas précisément pardonné – c'est peut-être même quelque chose dont je suis incapable –, mais je ne pense pas qu'ils aient tué Crystal.

Sam s'est retourné avec un reniflement de mépris. Il a reposé une bouteille de rhum si violemment que j'ai bien cru qu'elle allait voler en éclats.

En dépit d'une petite dose d'angoisse, j'ai adoré cette soirée. Parce qu'il ne s'est absolument rien passé.

Personne n'a subitement déclaré qu'il était une gargouille et exigé que la société et la loi reconnaissent son existence.

Personne n'a claqué la porte en furie.

Personne n'est venu me raconter des salades, m'avertir d'un danger imminent, ni essayer de me trucider.

Personne ne m'a accordé d'attention particulière. J'étais redevenue une banale serveuse du *Merlotte* : je faisais partie des meubles – une situation qui me déprimait auparavant. Je me suis rappelé toutes ces soirées où je m'ennuyais à mourir, avant que je ne rencontre Bill. À l'époque, je savais que les vampires existaient, mais je n'en avais encore jamais vu. Je me souvenais de mon impatience, de mon envie d'en rencontrer un en chair et en os. J'avais avalé tout ce que leur campagne de presse racontait : qu'ils étaient victimes d'un virus qui les rendait allergiques à diverses choses (la lumière du soleil, l'ail, la nourriture…) et qu'ils ne pouvaient survivre qu'en ingérant du sang.

Du moins, cette dernière partie était-elle vraie. On ne peut plus vraie, même.

Tout en m'activant pour servir les clients, j'ai repensé aux faé. Ils n'avaient vraiment rien à voir avec les vampires. Pas plus qu'avec les hybrides, d'ailleurs. Les faé pouvaient se réfugier dans leur propre univers – quant à savoir où il se trouvait et comment ils s'y prenaient pour le rejoindre, mystère. C'était un monde que je n'avais aucune envie de connaître. Les faé n'avaient jamais été humains. Les vampires, eux, pouvaient se remémorer ce que c'était qu'être humain, et, la plupart du temps, les hybrides étaient humains, même s'ils avaient une double culture – comme une double nationalité. Ce qui constituait une différence énorme entre les faé et les autres créatures surnaturelles. Et ça ne rendait les faé que plus effrayants. Alors que la soirée avançait et que j'avais de plus en plus de mal à me déplacer d'une table à l'autre, prendre correctement la commande et servir les consommations avec le sourire, j'en suis venue à me demander s'il n'aurait pas mieux valu que je ne rencontre jamais mon arrière-grand-père. L'idée ne manquait pas d'intérêt.

J'ai servi son quatrième verre à Jane Bodehouse et fait signe à Sam qu'il fallait arrêter les frais. Qu'on accepte de la servir ou pas, Jane continuerait à boire. La question n'était pas là. Comme je l'avais prévu, sa décision d'arrêter n'avait pas tenu une semaine. Elle avait déjà pris plusieurs fois ce genre de résolution, et le résultat avait toujours été le même.

Mais, au moins, quand Jane buvait chez nous, on veillait à ce qu'elle rentre chez elle entière. *J'ai tué un homme hier.* Peut-être que son fils viendrait la chercher? C'était un gentil garçon qui n'avait jamais touché une goutte d'alcool. *J'ai vu un type se faire descendre sous mes yeux, aujourd'hui.* J'ai dû m'appuyer au comptoir une minute : je trouvais que le bar avait un petit air penché.

Au bout d'une seconde ou deux, je me sentais déjà mieux. Je me suis quand même demandé si j'allais tenir le coup jusqu'au bout. Mais, en mettant un pied devant l'autre et à force de faire barrage aux idées noires (avec l'expérience, j'étais devenue une experte à ce petit jeu-là), j'y suis arrivée. J'ai même pensé à interroger Sam sur l'état de santé de sa mère.

— Ça s'améliore, m'a-t-il répondu, en refermant le tiroir-caisse. Mon beau-père a demandé le divorce, lui aussi. Il dit qu'elle ne mérite pas de pension alimentaire parce qu'elle ne lui a pas révélé sa vraie nature avant le mariage.

Quoi qu'il arrive, je soutiendrais toujours Sam, je prendrais toujours son parti. Mais je devais reconnaître (réflexion que j'ai gardée pour moi) que je pouvais comprendre le point de vue de son beau-père.

— Je suis désolée, lui ai-je dit. Je sais que c'est un moment difficile pour ta mère et pour toute ta famille.

— Ça n'enchante pas la fiancée de mon frère non plus.

— Oh non, Sam! Elle panique parce que ta mère...

— Tout juste. Et, bien sûr, elle est au courant pour moi aussi. Mon frère et ma sœur commencent à s'y faire. Donc, pour eux, ce n'est pas un problème.

Mais pour Deidra, si. Et, d'après moi, pour ses parents aussi.

Je lui ai tapoté l'épaule parce que je ne savais pas trop comment réagir. Il m'a souri et m'a prise dans ses bras.

— Heureusement que tu es là, Sookie.

Puis, tout à coup, il s'est raidi. Ses narines se sont dilatées.

— Tu sens... Oui, c'est bien une légère odeur de vampire, a-t-il maugréé d'une voix soudain glaciale.

Il m'a brusquement lâchée pour me dévisager d'un œil froid.

Je m'étais pourtant récurée de fond en comble et j'avais usé et abusé de tous mes produits de toilette habituels. Mais Sam avait le nez fin, et il avait détecté ce subtil parfum qu'Eric avait dû laisser sur ma peau.

— Eh bien...

J'ai essayé de mettre de l'ordre dans mes idées, de choisir mes mots. Mais ces dernières quarante-huit heures avaient vraiment été trop éprouvantes. Alors, tant pis.

— Oui, lui ai-je avoué. Eric était chez moi cette nuit.

Point final.

Mais mon cœur s'est serré. Si j'avais compté parler à Sam de mes histoires avec mon arrière-grand-père et ses aimables congénères, c'était raté. Sam avait déjà assez de soucis comme ça, de toute façon. Sans compter que l'arrestation d'Arlene déprimait toute l'équipe, pour tout arranger.

Ça faisait trop de choses en même temps.

J'ai eu un nouvel étourdissement. Mais, comme la première fois, il est vite passé. Sam ne s'en est même pas aperçu. Il était perdu dans ses propres réflexions moroses, d'après ce que je pouvais capter dans son esprit tortueux de métamorphe.

— Accompagne-moi à ma voiture, lui ai-je demandé, sur un coup de tête.

Il fallait que je rentre : j'avais besoin de sommeil. Je ne savais pas si Eric allait venir ou pas. Mais je n'avais aucune envie que qui que ce soit d'autre apparaisse comme par enchantement et me tombe dessus, ainsi que l'avait fait Murry. Je n'avais aucune envie non plus que quelqu'un m'attire dans un piège mortel, comme Arlene, ni qu'on se tire dessus dans mon voisinage immédiat. Et pas de trahison de mes proches non plus, merci.

C'était beaucoup demander, je le savais.

Tout en récupérant mon sac dans le tiroir du bureau et en disant au revoir à Antoine, qui finissait de nettoyer la cuisine, je me suis rendu compte que, finalement, ce que je voulais par-dessus tout, c'était rentrer chez moi me coucher, sans avoir à parler à personne, et dormir comme un bébé jusqu'au matin.

Est-ce que c'était dans le domaine du possible ?

Sam n'a plus mentionné Eric et n'a pas paru surpris que je lui demande de me servir de garde du corps. Il a semblé considérer ça comme un contrecoup des événements de l'après-midi : une petite fragilité nerveuse bien naturelle, somme toute. J'aurais pu simplement me poster juste derrière la porte de service et déployer mes antennes pour vérifier qu'il n'y avait personne dehors. Mais on n'est jamais trop prudent. Ma télépathie et le flair de Sam faisaient bon ménage. Sam n'était que trop content de faire un repérage dans le parking pour moi. À vrai dire, il a même eu l'air déçu, lorsqu'il m'a annoncé qu'il n'y avait personne d'autre que nous.

En démarrant, je l'ai aperçu dans mon rétroviseur. Il était appuyé sur le capot de son pick-up, garé à côté de sa caravane. Les mains dans les poches, il regardait fixement le gravier, comme si ce spectacle lui faisait horreur. Juste comme je tournais l'angle du bar, Sam a tapoté le capot de son pick-up d'un air absent, puis il est retourné vers le bar, le dos voûté, comme s'il portait toute la misère du monde sur ses épaules.

13

— Amelia, qu'est-ce qui marche, contre les faé ?

Après une bonne nuit de sommeil, je me sentais déjà beaucoup mieux. Le patron d'Amelia était parti je ne sais où et lui avait donné son après-midi.

— Quelque chose qui agirait comme un répulsif anti-faé, tu veux dire ?

— Oui, ou qui pourrait les tuer, même. Mieux vaut ça que de me faire trucider. Il faut que je puisse me défendre.

— Je ne m'y connais pas trop dans ce domaine. Les faé sont tellement rares, tellement discrets… Je n'étais même pas sûre qu'ils existent encore avant que j'entende parler de ton arrière-grand-père. Tu as besoin d'une sorte de Baygon spécial faé, quoi ?

— Je sais ! me suis-je exclamée, frappée d'une soudaine illumination. J'ai déjà ce qu'il me faut, Amelia !

J'en aurais presque sautillé de joie, ce qui ne m'était pas arrivé depuis des jours. J'ai examiné les compartiments dans la porte du réfrigérateur. Oui ! La petite bouteille de plastique jaune en forme de citron était bel et bien là.

— Il ne me reste plus qu'à acheter un pistolet à eau au supermarché, ai-je ajouté. On n'est plus en été, mais ils doivent sûrement en garder au rayon jouets.

— Et ça marche ?

— Eh oui ! Un petit secret bien gardé des faé. Le moindre contact avec du citron peut leur être fatal. Et j'ai cru comprendre qu'ingéré, l'effet était encore plus rapide. Si tu arrives à le pulvériser dans la bouche ouverte d'un faé, ça fait un faé en moins.

— On dirait que tu es dans de sales draps, Sookie, a commenté Amelia en posant sur la table le livre qu'elle était en train de lire.

— Tu l'as dit.

— Tu veux qu'on en parle ?

— C'est compliqué. Difficile à expliquer.

— Je connais la définition de « compliqué », merci.

— Désolée. Eh bien… ce serait peut-être plus prudent que tu ne sois pas au courant des tenants et des aboutissants de l'affaire. Tu crois que tu pourrais m'aider ? Est-ce que tes boucliers magiques protègent aussi la maison contre les faé ?

— Je vais vérifier, m'a répondu ma colocataire de ce ton pénétré qu'elle prenait quand elle n'avait pas la moindre idée de la réponse à apporter. Quitte à appeler Octavia au besoin.

— Ce serait bien. Et, si tu as besoin d'ingrédients quelconques pour tes sorts, l'argent ne sera pas un problème.

J'avais reçu un chèque, le matin même, émis par la société qui gérait les biens de Sophie-Anne. Maître Cataliades avait tenu parole et m'avait fait envoyer l'argent que Sophie-Anne me devait. Je comptais le déposer à la banque en allant travailler.

Amelia a pris une grande inspiration, comme pour se donner de l'élan, puis… elle a calé. J'ai patienté. Ma colocataire étant une émettrice hors pair, je savais pertinemment de quoi elle voulait me parler. Mais, pour ne pas menacer l'équilibre de notre relation, j'ai tenu ma langue et je me suis contentée d'attendre qu'elle veuille bien se décider.

— J'ai su par Tray, qui a encore deux ou trois copains dans la police, que Whit et Arlene niaient farouchement toute implication dans le meurtre de Crystal. Ils... Arlene dit qu'ils prévoyaient de faire de toi un exemple pour montrer aux gens ce qui arrive à ceux qui traînent avec les SurNat et les vampires, que c'était la mort de Crystal qui leur en avait donné l'idée.

Ma bonne humeur s'est volatilisée d'un coup. Un grand poids m'est tombé sur les épaules. Je le savais déjà, mais l'entendre énoncé à haute voix... C'était encore plus horrible. Je n'ai rien trouvé à dire sur le sujet.

— Est-ce que Tray a une idée de ce qu'ils risquent ? lui ai-je finalement demandé.

— Ça dépend. Si les analyses montrent que la balle qui a touché l'agent Weiss était à Donny... eh bien, il est déjà mort. Et Whit peut toujours dire qu'on lui tirait dessus et qu'il s'est défendu, qu'il ne savait rien d'un coup monté pour te coincer, qu'il était juste venu voir sa petite amie et que, par hasard, il se trouvait qu'il avait des bouts de bois dans son pick-up.

— Et Helen Ellis ?

— Elle a dit à Andy Bellefleur qu'elle était passée prendre les gosses parce qu'ils avaient vraiment un super bulletin de notes et qu'elle leur avait promis de les emmener au *Sonic* manger une glace pour les récompenser. En dehors de ça, elle ne sait rien de rien.

Son visage exprimait un scepticisme des plus profonds.

— Donc, Arlene est la seule à s'être mise à table.

J'ai essuyé la plaque du four. J'avais fait des pains au lait, dans la matinée. Excellente thérapie, la pâtisserie. Efficace et pas chère.

— Ouais, mais elle peut se rétracter d'une minute à l'autre. Elle était vraiment secouée quand ils l'ont interrogée. Mais elle va se reprendre. Trop tard, peut-être. On peut l'espérer, du moins.

J'avais vu juste : Arlene était bien le maillon faible.

— Elle s'est trouvé un avocat ?

— Oui. Elle ne pouvait pas se payer Sid Matt Lancaster, alors elle a engagé Melba Jennings.

— Mmm, joli coup ! ai-je commenté d'une voix songeuse.

Melba Jennings avait à peine deux ans de plus que moi. Elle était la seule Afro-Américaine de Bon Temps à avoir fait son droit. C'était une avocate extrêmement agressive et sans pitié. Certains prétendaient même que ses propres confrères se donnaient un mal fou pour l'éviter.

— Ça gommera un peu son côté sectaire, ai-je ajouté.

— Ça ne trompera personne, à mon avis. Mais Melba... C'est un vrai pitbull.

Melba avait fait quelques petites visites au cabinet d'assurances où travaillait Amelia pour le compte de certains de ses clients.

— Bon. Je crois que je vais aller faire mon lit, a déclaré Amelia en se levant et en s'étirant comme un chat. Hé ! On va au ciné à Clarice, ce soir, avec Tray. Tu veux venir ?

— Tu essaies toujours de m'inclure dans tes rendez-vous avec Tray... Tu ne t'es pas déjà lassée de lui, j'espère ?

— Pas de danger ! a rétorqué ma colocataire, un peu étonnée. Je le trouve même génial, si tu veux tout savoir. Non, c'est son copain, Drake, qui n'arrête pas de lui casser les pieds pour qu'il lui arrange un rendez-vous avec toi. Drake t'a vue au bar et il voudrait te rencontrer.

— C'est un loup-garou ?

— Non, juste un type ordinaire. Il te trouve mignonne.

— Je ne fais pas dans l'humain de base, lui ai-je annoncé avec un petit sourire en coin. Ça... ne fonctionne pas très bien.

C'était même désastreux : je savais en permanence ce que l'homme pensait de moi à chaque minute.

Sans compter le problème Eric. Notre relation n'était peut-être pas très bien définie, mais elle n'en était pas moins intime.

— Garde quand même ça dans un coin de ta tête. Drake est vraiment craquant, tu sais. Et, par « craquant », j'entends super chaud.

Amelia ayant regagné ses quartiers au premier, je me suis servi un verre de thé glacé. Puis j'ai essayé de lire, sans parvenir à me concentrer. J'ai fini par glisser mon signet entre les pages et je suis restée là à réfléchir, les yeux dans le vague.

Je me demandais ce qu'étaient devenus les enfants d'Arlene. Étaient-ils chez sa vieille tante qui habitait Clarice ou avec Helen Ellis ? Est-ce que Helen était assez proche d'Arlene pour garder Cody et Lisa ?

Je ne réussissais pas à me débarrasser d'un sentiment de culpabilité. Je me sentais responsable de la terrible situation dans laquelle se trouvaient désormais les gosses. Encore un article à ajouter à ma longue liste des choses à endurer en silence. La vraie responsable, dans l'histoire, c'était leur mère. Je ne pouvais pas les aider.

Sur ces entrefaites, le téléphone a sonné. Je me suis levée pour aller décrocher.

— Allô ? ai-je répondu sans grand enthousiasme.

— Mademoiselle Stackhouse ? Sookie ?

— Elle-même.

Polie mais formelle.

— Remy Savoy à l'appareil.

L'ex de feu ma cousine Hadley, et père de son unique enfant.

— Je suis contente de t'entendre. Comment va Hunter ?

Hunter était un « enfant prodige », Dieu le bénisse. Il avait hérité du même « don » que moi.

— Bien. Euh… à propos de ce truc…

— Oui.

Nous allions parler télépathie.

— Sous peu, il va avoir besoin de… de conseils. Il va bientôt entrer en maternelle. Ils vont s'en apercevoir. Peut-être pas tout de suite, je veux dire, mais tôt ou tard…

— Oh oui, ils s'en apercevront rapidement.

J'ouvrais déjà la bouche pour proposer à Remy de m'amener Hunter, un jour où je serais de repos, ou d'aller moi-même à Red Ditch, lorsque je me suis rappelé que j'étais la cible d'une armée de faé bien décidés à m'éliminer. Pas vraiment le moment idéal pour recevoir la visite d'un petit bout de chou. Et rien ne me disait que les faé ne me suivraient pas jusque chez Remy. Pour l'instant, ils n'étaient pas au courant, pour Hunter. Je n'avais même pas parlé des talents cachés de mon jeune neveu à Niall. Si mon arrière-grand-père ne le savait pas, peut-être que ses ennemis ne l'avaient pas découvert non plus.

Tout compte fait, autant ne pas prendre de risques inutiles.

— J'ai vraiment très envie de le revoir et d'apprendre à mieux le connaître. Et je l'aiderai de mon mieux, je te le promets, lui ai-je assuré. Malheureusement, en ce moment, ce n'est tout simplement pas possible. Mais on a encore un peu de temps avant son entrée en maternelle… Dans un mois, peut-être ?

— Oh !

Remy semblait un peu déstabilisé.

— J'espérais te l'amener pour ma prochaine journée de congé, m'a-t-il expliqué.

— Le fait est que j'ai un petit problème à résoudre, là. Quand il sera résolu...

Si j'étais encore vivante... Mais je n'allais même pas y penser. J'ai cherché une excuse acceptable... Mais bien sûr ! J'en avais une toute trouvée.

— Ma belle-sœur vient de mourir, ai-je prétexté. Est-ce que je pourrais te rappeler quand je ne serai plus plongée dans les détails de...

Je ne savais pas trop comment envelopper la chose.

— Je t'appellerai bientôt, promis, ai-je abrégé. Et si tu n'as plus de jour de congé à ce moment-là, peut-être que Kristen pourrait m'amener Hunter.

Kristen était la petite amie de Remy.

— Eh bien, justement, c'est ça le problème. Enfin, en partie, m'a répondu Remy, d'un ton las sous lequel on percevait pourtant une petite pointe d'amusement. Hunter a dit à Kristen qu'il savait qu'elle ne l'aimait pas vraiment et qu'elle devrait « arrêter de penser à son papa tout nu ».

J'ai pincé les lèvres pour ne pas rire. Peine perdue.

— Je suis absolument désolée, me suis-je excusée. Comment Kristen l'a-t-elle pris ?

— Elle a fondu en larmes. Puis elle m'a dit qu'elle m'aimait, mais que mon gamin était un monstre, et elle est partie.

— Difficile d'imaginer pire scénario. Euh... est-ce que tu crois qu'elle en parlera autour d'elle ?

— Je ne vois pas ce qui l'en empêcherait.

Voilà qui résonnait de façon déprimante et familière – je n'avais pas eu une enfance très heureuse.

— Je suis désolée, Remy, ai-je répété.

Je ne l'avais rencontré qu'une fois, mais il m'avait semblé être un brave type, et il était évident qu'il adorait son fils.

— Si ça peut te rassurer, j'ai survécu, ai-je ajouté.

— Et tes parents aussi ?

À sa décharge, il avait un sourire dans la voix.

— Non. Mais ça n'avait rien à voir avec moi. Ils ont été emportés par une crue, en rentrant, un soir. Il pleuvait à torrents ; on n'y voyait rien à deux pas et l'eau était aussi noire que la route. Ils se sont engagés sur le pont et ils ont été balayés par le flot.

Une sorte d'avertisseur s'est déclenché dans ma tête, comme pour me signaler qu'il y avait là quelque chose d'important, une idée à creuser…

— Oh, pardon, je plaisantais, a murmuré Remy, manifestement horrifié.

— Pas de problème. Tu ne pouvais pas savoir, lui ai-je dit, ainsi qu'on le fait toujours dans ces cas-là.

J'ai promis de le rappeler quand j'aurais «un peu de temps libre» (autrement dit : quand je ne me promènerais plus avec une cible dans le dos. Mais j'ai épargné à Remy ces précisions inutiles) et nous en sommes restés là. J'ai raccroché et, pour la première fois depuis bien longtemps, assise là, sur le haut tabouret, à l'angle du plan de travail de la cuisine, j'ai repensé à la mort de mes parents. Il s'était produit dans ma vie quelques tristes événements, mais c'était le plus tragique de tous. Jason avait dix ans et j'en avais sept, à l'époque ; mes souvenirs n'étaient donc pas très précis. Mais nous en avions beaucoup reparlé, durant toutes ces années, bien sûr, et ma grand-mère nous avait souvent raconté cette histoire – de plus en plus souvent, en vieillissant. C'était toujours le même scénario : la pluie torrentielle, la route qui descendait dans la petite cuvette où serpentait le cours d'eau, l'eau noire… et nos parents emportés dans la nuit. Leur pick-up avait été retrouvé le lendemain ; leurs corps, un ou deux jours plus tard.

Je me suis habillée machinalement pour aller travailler. Je me suis fait une queue de cheval très serrée, en lissant bien au gel pour qu'aucun cheveu ne dépasse. J'étais en train de lacer mes tennis quand Amelia a dévalé l'escalier en claironnant ce qu'elle avait découvert dans son livre de sorts :

— La meilleure arme pour tuer un faé, c'est le fer !

Elle m'a regardée d'un air triomphant, rayonnante de fierté. Ça me navrait de devoir lui gâcher son petit effet. Le citron marchait mieux. Il était néanmoins difficile de faire avaler un citron à un faé sans qu'il s'en aperçoive.

— Je le savais déjà, lui ai-je répondu, en m'efforçant de ne pas avoir l'air trop déçue. J'apprécie le mal que tu t'es donné, mais je dois pouvoir les assommer.

Pour avoir le temps de m'échapper. Je ne savais pas si je pourrais supporter de passer mon allée au jet une nouvelle fois.

Évidemment, entre tuer l'ennemi et le laisser m'attraper pour faire de moi ce qu'il voulait, le choix était vite fait.

Amelia s'était préparée pour son rendez-vous avec Tray : elle portait un jean griffé et... des talons aiguilles. Un look inhabituel pour elle.

— En quel honneur, les hauts talons ? lui ai-je demandé.

Amelia m'a adressé un sourire éclatant, révélant ses magnifiques dents blanches.

— Tray aime bien, m'a-t-elle expliqué. Avec un jean ou... sans. Tu verrais ma lingerie !

— Non, merci.

— Si tu veux nous retrouver après le boulot... Je parie que Drake sera là. Il tient absolument à faire ta connaissance. Et il est vraiment mignon, tu sais. Quoique... je doute que ce soit ton genre, à la réflexion.

— Pourquoi ? Il ressemble à quoi, ce Drake ?

Simple curiosité, sans plus.

— C'est là le hic. Il ressemble furieusement à ton frère, m'a-t-elle annoncé, en me dévisageant d'un air incertain. De quoi te faire fuir, hein ?

J'ai cru que je me vidais de mon sang. Je m'étais levée pour partir, mais je suis retombée sur mon siège comme une masse.

— Sookie ? Qu'est-ce qui t'arrive ? Sookie ?

Amelia papillonnait autour de moi, dévorée d'anxiété

— Amelia, ai-je croassé, il faut que tu évites ce type. Et je ne plaisante pas. Ne l'approchez pas, Tray et toi. Et, pour l'amour du Ciel, ne lui raconte rien sur moi.

À voir son air coupable, j'ai compris qu'il était déjà trop tard. Amelia avait beau être une sorcière douée, elle ne le détectait pas systématiquement, quand les gens n'étaient pas vraiment... des gens. Pas plus que Tray, apparemment, ce qui était plus étonnant. En tant que loup-garou, il aurait dû être alerté par le délicieux parfum d'un faé, même d'un demi-faé. Mais peut-être Dermot pouvait-il masquer son odeur, comme son père, Niall.

— C'est qui ?

Elle semblait effrayée. Parfait.

— C'est... euh... ai-je bredouillé, cherchant vainement une explication. Quelqu'un qui veut me tuer.

— Est-ce qu'il y a un rapport avec la mort de Crystal ?

— Je ne crois pas, non.

J'ai essayé d'étudier cette éventualité avec toute l'objectivité requise. Mais, manifestement, ma raison s'y refusait.

— Ça me dépasse, a soupiré Amelia. Pendant des mois – enfin, des semaines –, on n'a rien à se mettre sous la dent que la bonne vieille routine. Et, brusquement, boum ! voilà que tout nous explose à la figure.

Elle avait levé les mains en l'air.

— Tu peux retourner à La Nouvelle-Orléans, si tu veux, lui ai-je proposé, la gorge un peu serrée.

Certes, Amelia savait qu'elle pouvait partir quand bon lui semblait. Mais je tenais à ce que ce soit clair. Je ne voulais pas la mouiller dans mes histoires, à moins qu'elle ne choisisse délibérément de se faire mouiller. Façon de parler.

— Non, a-t-elle répliqué d'un ton ferme et définitif. Je suis bien ici. Et ma maison de La Nouvelle-Orléans n'est pas encore prête, de toute façon.

Elle répétait toujours ça. Non que j'aie voulu qu'elle s'en aille, mais je ne voyais pas vraiment où était le problème. Après tout, son père était dans le bâtiment.

— La Nouvelle-Orléans ne te manque pas ?

— Si, naturellement. Mais j'aime bien vivre ici. J'aime bien ma petite suite au premier. Et j'aime bien Tray. Et j'aime bien tous ces petits jobs qui nous aident à faire bouillir la marmite. Et surtout, surtout, ce que j'aime, c'est de ne plus être dans la ligne de mire de mon cher père.

Elle m'a tapoté l'épaule.

— Allez, va bosser et ne t'inquiète pas, a-t-elle enchaîné. Si je n'ai rien trouvé d'ici demain matin, j'appellerai Octavia. Quant à ce Drake, maintenant que je sais de quoi il retourne, je vais le snober. Et Tray aussi. Il est très doué pour ça, Tray : un vrai champion.

— Ce type est très dangereux, Amelia, ai-je insisté.

Je ne savais pas comment lui faire mesurer l'ampleur du danger en question.

— Ouais, ouais, j'ai entendu. Mais, tu sais, je ne suis pas une enfant de chœur non plus. Et Dawson est de taille à se défendre.

On s'est serrées dans les bras l'une de l'autre. Je me suis permis de m'immerger dans l'esprit d'Amelia. Chaleur, activité, curiosité… Mais, surtout, des pensées toutes tournées vers l'avenir. Pour Amelia Broadway, pas question de ressasser le passé. Elle m'a tapoté le dos pour donner le signal du départ, et nous nous sommes séparées.

Sur la route du bar, je suis passée à la banque et j'ai fait un arrêt au supermarché. Après quelques recherches infructueuses, j'ai fini par trouver le tout petit rayon des pistolets à eau. Je me suis décidée pour un lot de deux – le modèle en plastique transparent, un bleu et un jaune. Quand je songeais à la férocité des faé, à leur puissance, alors que je devais déjà m'acharner sur ce satané blister pour réussir à l'ouvrir et en extraire ces deux maudits jouets, ma technique de défense me paraissait d'un ridicule achevé. Pour toute protection, j'allais être armée d'un pistolet à eau en plastique et du déplantoir de ma grand-mère !

J'ai essayé de faire le vide dans ma tête – j'avais tant à redouter, tant de sujets d'inquiétude… Mais il était peut-être temps de prendre exemple sur Amelia et de me projeter vers l'avenir. Qu'allais-je donc faire ce soir ? Comment pouvais-je agir concrètement pour résoudre ne serait-ce qu'un de mes problèmes ? Comme Jason me l'avait demandé, je pouvais déployer mon talent pour écouter les clients dans le bar et tenter de trouver des indices sur la mort de Crystal. Je l'aurais fait, de toute façon, mais il me paraissait encore plus urgent de traquer ses assassins, maintenant que les menaces pleuvaient de toutes parts. Je pouvais m'armer contre une attaque des faé. Je pouvais rester en alerte pour démasquer un nouveau gang de la Confrérie du Soleil. Et je pouvais aussi tenter de consolider ma défense…

Après tout, j'avais donné un sacré coup de main aux loups-garous. J'étais donc censée être sous la protection de la meute de Shreveport. J'avais également sauvé la peau de Felipe de Castro, ce qui m'avait valu la protection du nouveau souverain vampire de Louisiane. Sans moi, Felipe de Castro n'aurait plus été qu'un tas de cendres. Eric aussi, d'ailleurs. N'était-ce pas le moment rêvé pour me faire renvoyer l'ascenseur ?

Je suis descendue de voiture derrière le *Merlotte*. J'ai regardé le ciel, mais le temps était couvert. La nouvelle lune était passée depuis moins d'une semaine, et il faisait nuit noire. J'ai tiré mon portable de mon sac. J'avais trouvé le numéro de portable d'Eric griffonné au dos d'une de ses cartes de visite à demi glissée sous le téléphone de ma table de chevet. Il a répondu à la deuxième sonnerie.

— Oui.

À son ton, j'ai compris qu'il n'était pas seul.

Et rien qu'au son de sa voix, j'ai senti un petit frisson dégringoler le long de ma colonne vertébrale.

— Eric...

J'ai regretté de ne pas avoir pris le temps de préparer ma plaidoirie.

— Le roi a dit qu'il avait une dette envers moi, ai-je embrayé.

Un peu impudent, et très imprudent. Mais le mal était fait et j'ai poursuivi :

— Je suis vraiment en danger et je me demandais ce qu'il pourrait faire pour moi.

— Il s'agit de la menace concernant ton aïeul ?

Oui, il y avait bel et bien des gens à côté de lui.

— Oui. Le... euh... l'ennemi a tenté de persuader Amelia et Tray de me présenter à lui. Peut-être qu'il ne se rend pas compte que je peux le démasquer, ou peut-être qu'il est très bon comédien, je ne sais pas. Il est dans le camp des anti-humains, alors qu'il est à demi humain lui-même. Je ne comprends pas son attitude.

— Je vois, a murmuré Eric, après avoir marqué une pause. Il te faut donc une protection.

— Oui.

— Et tu la sollicites en tant que…

S'il avait été avec ses propres troupes, il leur aurait dit de débarrasser le plancher pour pouvoir me parler librement. Mais, comme il ne le faisait pas, j'en ai déduit qu'il était avec un des vampires du Nevada : Sandy Sechrest ou Victor Madden, voire Felipe de Castro en personne – quoique ce soit peu probable : les affaires, bien plus lucratives, que Castro gérait au Nevada requéraient sa présence quasi permanente sur place. J'ai fini par comprendre qu'Eric essayait de savoir si je lui demandais ça parce que je partageais son lit et que j'étais « sa femme », ou en tant que créancier venant réclamer son dû.

— Je la sollicite car j'ai sauvé la vie de Felipe de Castro.

— Je vais soumettre cette requête à Victor, puisque, par un heureux hasard, il se trouve justement au bar, ce soir, m'a répondu Eric avec une onctuosité toute diplomatique. Je reprendrai contact avec toi cette nuit.

— Super.

Puis je me suis souvenue combien les vampires avaient l'ouïe fine.

— J'apprécie ton geste, Eric, ai-je donc ajouté pour la galerie, comme si nous n'entretenions que des relations strictement amicales.

Esquivant mentalement la question de la nature exacte desdites relations, j'ai rangé mon portable et je suis allée travailler – dare-dare parce que je m'étais mise en retard. Maintenant que j'avais parlé à Eric, j'étais beaucoup plus optimiste quant à mes chances de survie.

14

Mentalement, j'ai ouvert l'oreille pendant tout mon service ce soir-là. Autant dire que ça n'a pas été une sinécure. Avec des années d'entraînement et un petit coup de pouce de Bill, j'avais appris à me protéger des pensées parasites de ceux qui m'entouraient. Mais, là, j'aurais pu me croire revenue « au bon vieux temps », à l'époque où je souriais constamment pour cacher le brouhaha permanent qui emplissait ma tête avec le bombardement incessant de leurs monologues intérieurs.

Quand je suis passée devant la table où Bud Dearborn était assis en compagnie de son vieux compère Sid Matt Lancaster (deux poulets-frites, deux bières), j'ai entendu : « Bah ! c'est pas une bien grosse perte, la Crystal. Mais personne se fait crucifier dans mon comté... Faut qu'on la règle, cette affaire... Me suis dégoté de vrais loups-garous comme clients. Je regrette drôlement qu'Elva Deane n'ait pas vécu assez longtemps pour voir ça. Elle aurait adoré. » Mais Sid Matt pensait surtout à ses hémorroïdes et à son cancer galopant.

Oh non ! Je ne le savais pas. Quand je suis repassée à sa table, je lui ai tapoté l'épaule.

— Faites-moi signe si vous avez besoin de quoi que ce soit, ai-je dit au vénérable avocat.

Et j'ai présenté à son regard inquisiteur de vieille tortue racornie une mine parfaitement impassible. Il pouvait prendre ça comme il voulait, tant qu'il savait que je ne demandais qu'à l'aider.

Quand on ratisse aussi large, on ramasse beaucoup de déchets. Au cours de la soirée, j'ai donc découvert, entre autres, que Tanya songeait à s'installer définitivement chez Calvin, que Jane Bodehouse pensait avoir attrapé une IST et se demandait qui était le coupable, et que Kevin et Kenya, le tandem de choc de la police locale, vivaient désormais ensemble. Comme Kenya était noire et qu'on ne pouvait pas faire plus blanc que Kevin, les parents de ce dernier ne voyaient pas ça d'un très bon œil. Mais il leur tenait tête. Quant au frère de Kenya, il n'était pas ravi de la situation non plus. Mais il n'en serait pas venu aux mains. En leur apportant leurs whiskys-Coca, je leur ai fait un grand sourire. Ils se sont empressés de me rendre la politesse. Il était si rare de voir Kenya se dérider que j'en aurais presque ri de bonheur. On lui aurait donné cinq ans de moins, tant son visage s'illuminait.

Andy Bellefleur est arrivé avec sa jeune épouse. J'aimais bien Halleigh, et elle est venue me serrer dans ses bras. Halleigh se demandait si elle n'était pas enceinte. Il était trop tôt pour fonder une famille, si peu de temps après le mariage. Cela dit, Andy était quand même beaucoup plus vieux qu'elle. Cette hypothétique grossesse n'avait pas été programmée. Elle était donc un peu inquiète et redoutait la réaction d'Andy. Comme je faisais du zèle, ce soir-là, j'ai tenté une expérience inédite : j'ai plongé mes sens jusque dans le ventre de Halleigh. Mais si elle était effectivement enceinte, il était encore trop tôt pour que le petit cerveau émette déjà des ondes perceptibles.

Andy quant à lui trouvait Halleigh bien calme, ces derniers temps, et il se demandait si elle ne couvait pas quelque chose. L'enquête sur la mort de Crystal le préoccupait sérieusement, aussi, et, quand il a senti les yeux de Bud Dearborn posés sur lui, il s'en est voulu : pourquoi diable n'avait-il pas choisi un autre endroit pour sortir, ce soir ? La fusillade qui avait eu lieu chez Arlene lui donnait des cauchemars.

Quant aux autres, ils n'avaient que des pensées ordinaires.

À quoi pensent les gens, la plupart du temps ? Rien d'intéressant. Vraiment rien.

En général, les gens pensent à leurs problèmes d'argent, de travail, à ce qu'il faut qu'ils achètent au supermarché, à tout ce qu'ils doivent faire à la maison. Ils se font du souci pour leurs enfants, aussi – beaucoup. Ils ressassent leurs disputes avec leur patron, leur conjoint, leurs collègues et les gens qu'ils fréquentent à l'église.

Dans l'ensemble, quatre-vingt-quinze pour cent des pensées des gens ne mériteraient pas de figurer dans un journal intime.

De temps en temps, les hommes (moins souvent les femmes) fantasment sur quelqu'un dans le bar. Mais, honnêtement, c'est tellement banal que je n'y fais même plus attention – à moins que je ne sois visée, évidemment. Dans ce cas, c'est franchement écœurant. La fréquence des idées relatives au sexe croît proportionnellement au nombre de verres consommés. En clair, plus on boit, plus on est excité. Rien de bien surprenant là-dedans.

Les seules personnes qui pensaient à Crystal et à la façon dont elle était morte étaient les représentants de la loi chargés de trouver qui l'avait tuée. Si un des coupables était au bar, il ne pensait tout simplement pas à ce qu'il avait fait. Car il fallait bien qu'il y ait plus d'une personne impliquée. Aucun homme – *a fortiori* aucune femme – n'était de taille à planter une croix tout seul. Pas sans avoir soigneusement préparé le terrain et prévu un système sophistiqué de poulies, en tout cas. Il faudrait qu'il soit doté d'une force surnaturelle pour la dresser tout seul.

C'était très précisément ce que se disait Andy Bellefleur, en attendant son dîner (salade de poulet croustillant).

Je ne pouvais qu'approuver. Et j'aurais parié que Calvin s'était fait la même réflexion. Cependant, Calvin avait flairé le corps, et il n'avait pas repéré l'odeur d'un autre garou quel qu'il soit. Ou, du moins, il ne l'avait pas dit. Puis je me suis souvenue que l'un des hommes qui avaient évacué le cadavre était un SurNat. Ce qui faussait tout.

Je ne découvrais décidément rien de passionnant... jusqu'à ce que Mel fasse son entrée. Mel, qui vivait dans l'une des maisons mitoyennes que Sam louait meublées, avait tout d'un figurant sortant d'une représentation de *Robin des Bois*, version comédie musicale, avec ses cheveux bruns un peu trop longs, sa moustache, sa barbe et son pantalon moulant.

À ma grande surprise, il m'a serrée brièvement dans ses bras avant de s'asseoir, comme si j'étais l'un de ses bons copains.

Était-ce parce qu'il était une panthère, comme mon frère ? Non, ça ne tenait pas debout. Aucune des autres panthères-garous de Hotshot n'avait manifesté l'envie de se rapprocher de moi sous prétexte que Jason avait été mordu – loin de là. En revanche, la communauté de Hotshot s'était montrée plus chaleureuse envers moi quand Calvin Norris avait eu des vues sur moi – il avait, un temps, songé à faire de moi sa compagne. Est-ce que Mel aurait nourri le secret espoir de sortir avec moi ? Voilà qui serait... déplaisant, pour rester polie.

Je suis allée faire un petit tour dans la tête de Mel. Je n'y ai trouvé aucune pensée lubrique me concernant. S'il avait éprouvé la moindre attirance pour moi, il y aurait pensé, puisque je me trouvais juste devant lui. Non, Mel pensait à ce que Catfish Hennessey, le patron de Jason, avait dit à propos de son grand copain, au magasin de pièces auto, ce jour-là. Catfish estimait que mon frère avait « trop tiré sur la corde » et il avait confié à Mel qu'il envisageait sérieusement de le renvoyer.

Mel était très inquiet pour mon frère, Dieu le bénisse. Toute ma vie, je m'étais demandé comment quelqu'un d'aussi égoïste que Jason s'y prenait pour se faire des amis aussi fidèles. D'après mon arrière-grand-père, les gens qui avaient ne serait-ce que quelques gouttes de sang de faé dans les veines attiraient plus facilement les autres humains. Ceci expliquait peut-être cela...

Je suis passée derrière le comptoir pour servir un autre verre de thé glacé à Jane Bodehouse. Une fois n'est pas coutume, Jane essayait d'être sobre, ce jour-là. Elle voulait faire une liste de tous les hommes qui avaient pu lui transmettre son IST. Un bar ne me paraît pas l'endroit idéal pour entamer une cure de désintoxication – mais Jane avait peu de chances de réussir, de toute façon. J'ai mis une tranche de citron dans son verre et le lui ai apporté. Ses mains tremblaient quand elle l'a pris pour le porter à ses lèvres.

— Vous voulez manger quelque chose ? lui ai-je demandé à mi-voix.

Ce n'était pas parce que je n'avais jamais vu un ivrogne patenté s'amender dans un bar que ça ne pouvait pas arriver.

Jane a secoué la tête en silence. Ses cheveux blonds aux racines brunes s'échappaient déjà de la pince qui les retenait, et son gros pull noir était constellé de tout un tas de saletés. Son maquillage avait été appliqué d'une main tremblante et son rouge à lèvres filait. Il arrivait que les alcooliques de la région viennent faire un tour au *Merlotte*, de temps à autre, mais c'était au *Bayou* qu'ils avaient établi leur QG. Jane était notre seul pilier de bar depuis que le vieux Willie Chenier était mort. Quand elle venait au bar, elle s'asseyait toujours au comptoir, sur le même tabouret. Une nuit où il avait trop bu, Hoyt avait même collé une étiquette à son nom dessus. Mais Sam l'avait obligé à la retirer.

J'ai jeté un œil dans la tête de Jane pendant une ou deux minutes (quelle tristesse !), tout en regardant la lente succession de ses pensées, derrière son regard vitreux, et tous ces petits vaisseaux éclatés sur ses joues violacées. Rien que l'idée de devenir un jour comme elle suffirait à convertir quasiment n'importe qui à la sobriété éternelle.

Quand je me suis détournée, Mel se tenait à côté de moi. Il allait aux toilettes. C'était ce qu'il se disait lorsque j'ai lu dans ses pensées, en tout cas.

— Tu sais ce qu'ils font aux gens comme ça, à Hotshot ? m'a-t-il demandé à voix basse, en désignant Jane du menton, comme si elle ne pouvait ni le voir ni l'entendre.

Il n'avait sans doute pas tort, en fait. Jane était tellement absorbée dans son petit monde intérieur qu'elle ne semblait même plus avoir conscience de ce qui se passait autour d'elle ces jours-ci.

— Non.

— Ils les laissent mourir. S'ils ne peuvent pas se débrouiller tout seuls pour subvenir à leurs besoins, ils ne leur donnent ni à manger ni à boire, pas même un endroit où se loger.

Ma réaction horrifiée a dû se voir sur mon visage.

— C'est plus charitable, finalement, a-t-il conclu.

Il a pris une profonde inspiration, sa respiration soudain saccadée.

— Hotshot a ses propres méthodes, pour la sélection naturelle, a-t-il ajouté.

Et, sur ces bonnes paroles, il a poursuivi son chemin, le dos raide.

J'ai tapoté l'épaule de Jane. Mais, pour être honnête, je ne pensais pas vraiment à elle, à ce moment-là. Je me demandais ce que Mel avait bien pu faire pour se retrouver exilé dans un meublé de Bon Temps. Moi, à sa place, j'aurais été bien contente d'être débarrassée de tous ces multiples liens de parenté et cette hiérarchie microscopique qui régentait la vie de la petite communauté de Hotshot. Mais de toute évidence, Mel voyait les choses tout autrement.

L'ex-femme de Mel, Ginjer, venait de temps en temps boire une margarita au *Merlotte*. Il se pourrait bien que je fasse une petite enquête sur le nouveau copain de mon frère, la prochaine fois qu'elle passerait au bar.

Sam m'a demandé à deux ou trois reprises si tout allait bien et, chaque fois, j'ai eu tellement envie de me confier à lui que j'en ai été stupéfaite. J'ai pris conscience avec surprise de la facilité avec laquelle je parlais à Sam et de tout ce qu'il connaissait, désormais, de ma vie privée. Mais Sam ne savait déjà plus où donner de la tête : il avait ses propres problèmes à régler. Il avait eu son frère et sa sœur au téléphone plusieurs fois au cours de la soirée, ce qui ne lui ressemblait pas du tout. Il avait l'air anxieux, surmené, et il aurait été égoïste de ma part d'en rajouter.

J'ai bien senti mon portable vibrer par deux fois dans ma poche, mais j'ai attendu d'avoir un moment de libre pour filer dans les toilettes des dames lire mes textos. Le premier était d'Eric. « Protection en chemin », disait-il. Bonne nouvelle ! L'autre message était d'Alcide Herveaux, le chef de la meute de Shreveport. « Tray a apl. D problM ? écrivait-il. On arrive. »

Mes chances de survie venaient d'augmenter considérablement et le moral a suivi le mouvement. J'ai donc terminé mon service de bien meilleure humeur que je ne l'avais commencé.

C'était quand même une bonne chose que les vampires et les loups-garous me soient redevables. Peut-être que c'était une juste récompense pour tout ce que j'avais traversé à l'automne précédent, finalement.

Cela dit, au bout du compte, il fallait bien admettre que mon plan d'action pour la soirée s'était soldé par un lamentable fiasco. Certes, après avoir obtenu l'autorisation de Sam, j'avais rempli mes deux pistolets en plastique de jus de citrons pressés (citrons destinés aux thés glacés des clients, à l'origine). Je m'étais dit que le jus de vrais citrons serait peut-être plus efficace que le jus en bouteille de la maison. Je me sentais donc un peu plus à l'aise en sortant du bar. Mais je n'avais pas récolté un seul élément de plus sur la mort de Crystal. Zéro. Soit les meurtriers n'étaient pas venus au bar, soit leur forfait ne les tracassait pas, soit ils n'y pensaient pas au moment où j'avais fait un tour dans leur tête. Ou les trois à la fois.

15

La protection des vampires m'attendait à la sortie du travail : quand j'ai quitté le bar, j'ai trouvé Bubba planté à côté de ma voiture. Il m'a souri. Je l'ai serré dans mes bras, heureuse de le revoir. La plupart des gens n'auraient sans doute pas été ravis de voir débarquer un vampire à moitié demeuré, avec un goût très prononcé pour les chats (saignants de préférence), mais je m'étais attachée à Bubba.

— Depuis quand tu es revenu dans le coin ? lui ai-je demandé.

Bubba s'était fait surprendre par Katrina, et il lui avait fallu une longue période de convalescence pour s'en remettre. Les autres vampires le recueillaient volontiers, par égard pour la star internationale qu'il avait été avant d'atterrir à la morgue de Memphis, Tennessee.

— Une petite semaine. Content de vous revoir, mam'zelle Sookie.

Ses crocs se sont brusquement allongés pour me montrer à quel point il était content. Ils se sont rétractés tout aussi vite : Bubba savait se contrôler.

— J'ai vu du pays. J'ai été chez des amis. Mais j'ai rendu une petite visite à m'sieur Eric au *Fangtasia*, ce soir, et il m'a demandé si ça me botterait de jouer

les gardes du corps pour vous. Comme je lui ai dit :
« Mam'zelle Sookie et moi, on est super copains.
Alors, ce serait cool. » Z'auriez pas acheté un autre
chat ?

— Non, Bubba.

Dieu merci.

— Tant pis. J'ai du sang dans une glacière, à l'arrière de ma voiture, de toute façon.

Il a désigné du menton une énorme Cadillac
blanche de collection, visiblement restaurée avec
amour, patience et à grands frais.

— Oh, elle est magnifique !

J'ai failli ajouter : « Est-ce que c'était la tienne
avant ? » Mais Bubba n'aimait pas qu'on fasse allusion à sa vie d'humain. Ça le déstabilisait et ça le
perturbait. (Cependant, si l'on prenait des gants, il
arrivait qu'il accepte de chanter. Je l'avais entendu
interpréter « Blue Christmas » : un moment inoubliable.)

— C'est Russell qui me l'a offerte.

— Oh ! Russell Edgington, le roi du Mississippi ?

— Ouais. Sympa, hein ? Il a dit que comme il était
le roi de mon pays natal, il avait envie de me donner
un truc… spécial.

Il a éclaté de rire parce qu'il avait trouvé la rime.

— Comment va-t-il ?

Russell et son jeune époux Bart avaient tous les
deux survécu à l'attentat de Rhodes.

— Super bien, maintenant. M'sieur Bart et lui, ils
sont guéris.

— Heureuse de te l'entendre dire, Bubba. Bon.
Alors, comment on fait ? Tu es censé me suivre chez
moi ?

— Oui, mam'zelle Sookie. C'est l'idée. Si vous
laissez votre porte ouverte, je pourrai rentrer, avant
le jour, pour dormir dans la planque de votre
chambre d'amis. Voilà ce qu'il a dit, m'sieur Eric.

Encore une chance qu'Octavia ait déménagé ! Je ne sais pas trop comment elle aurait réagi, si je lui avais annoncé qu'elle aurait le King version déterré dans son armoire pendant la journée.

Quand j'ai tourné dans mon allée, j'avais une voiture de rock-star incroyable dans le rétroviseur : Bubba me collait au pare-chocs. Parfait. En arrivant, j'ai vu le pick-up de Dawson garé dans la cour. Rien d'étonnant à ça. Comme Alcide avait décidé d'apporter sa contribution à mon opération « protection rapprochée », le choix de Tray Dawson s'imposait. Et pas à cause de la relation privilégiée qu'il entretenait avec ma colocataire : non seulement Tray travaillait comme garde du corps, de temps en temps, mais il habitait tout près.

Quand nous avons pénétré dans la maison, Bubba et moi, Tray était assis à la table de ma cuisine. Pour la première fois depuis que je le connaissais, le loup-garou, armoire à glace et combattant hors pair, s'est laissé prendre au dépourvu. Il a eu l'air complètement abasourdi. Mais il a été assez intelligent pour ne rien dire.

— Tray, je vous présente mon ami Bubba, lui ai-je annoncé d'un ton lourd de sous-entendus. Où est Amelia ?

— En haut. Je dois discuter affaires avec vous.

— Je m'en doute. Bubba est ici pour la même raison. Bubba, je te présente Tray Dawson.

— Hey, Tray !

Hilare et fier de sa rime, Bubba a serré la main que Tray lui tendait. Le processus de vampirisation ne s'était pas très bien passé, pour lui. Quand l'assistant de service, un fan aux dents longues, l'avait pris en charge à la morgue, l'étincelle de vie qu'il lui restait était si faible et il était si imbibé de substances multiples et variées qu'il avait eu de la chance de survivre. Son passage de l'autre côté ne s'était néanmoins pas très bien passé.

— Hey ! a répondu Tray, avec un enthousiasme que j'ai trouvé mitigé. Comment ça va… Bubba ?

Ouf. Tray avait compris comment il devait l'appeler.

— Au poil. J'ai mes petites réserves de sang dans la glacière, là, dehors, et mam'zelle Sookie stocke toujours du TrueBlood dans son frigo. Enfin, c'était comme ça avant…

— Ça n'a pas changé, l'ai-je rassuré. Tu veux t'asseoir, Bubba ?

— Non, mam'zelle. Je crois que je vais juste me prendre une petite bouteille et m'installer dehors. Bill habite toujours de l'autre côté du cimetière ?

— Toujours, oui.

— C'est sympa d'avoir des amis comme voisins.

Je n'étais pas certaine de pouvoir qualifier Bill d'ami. Nous avions un passé trop chargé pour ça, lui et moi. Mais je savais avec certitude que je pouvais compter sur lui en cas de problème.

— Oui, c'est sympa.

Bubba a fouillé dans le réfrigérateur et en a sorti deux bouteilles de sang. Il les a levées pour nous saluer et il est parti, le sourire aux lèvres.

— Dieu tout-puissant ! a soufflé Tray. Est-ce que c'est qui je crois ?

J'ai opiné en m'asseyant en face de lui.

— Voilà qui explique les fameuses apparitions… Bon. Si vous avez Bubba dehors et moi dedans, ça vous va ?

— Oui. J'imagine qu'Alcide vous a appelé ?

— Ouais. Écoutez, je ne veux pas me mêler de ce qui ne me regarde pas, mais vous auriez dû m'en parler directement. Depuis que vous avez parlé à Amelia de ce type, Drake, elle est dans tous ses états parce que apparemment elle a pactisé avec l'ennemi sans le savoir. Si on avait été au courant, elle n'aurait rien dit. Je l'aurais tué dès qu'il s'est présenté. Ç'aurait évité pas mal d'ennuis à tout le monde, vous ne croyez pas ?

Pas la peine de tourner autour du pot, avec Tray.

— Vous vous mêlez effectivement un peu de ce qui ne vous regarde pas, Tray. Quand vous venez ici en tant qu'ami et que petit copain d'Amelia, je ne vous dis que ce que je peux vous dire sans risquer de vous mettre en danger. Je n'ai jamais imaginé que les ennemis de Niall penseraient à soutirer des informations à ma colocataire. Et ça m'a drôlement étonnée que vous ne puissiez pas différencier un humain d'un faé…

Vu sa grimace, le coup avait porté.

— Je comprendrais que vous ne vouliez pas vous charger d'assurer ma sécurité, alors même que votre petite amie vit sous mon toit, ai-je poursuivi. Si le conflit d'intérêts est trop compliqué à gérer, il faut me le dire.

Tray m'a regardée droit dans les yeux.

— Non, je le veux, ce job, a-t-il affirmé.

Bien que je ne puisse pas lire très nettement dans les pensées des loups-garous, il était clair, dans son esprit, qu'il voulait surtout protéger Amelia. Et si, en plus, il était payé pour rester là…

— J'aurais deux mots à dire à ce Drake, a-t-il ajouté. Je ne me suis même pas douté que c'était un faé et je ne comprends toujours pas comment il s'y est pris pour le cacher. J'ai du nez, pourtant.

Sa fierté en avait pris un coup, ce que je comprenais parfaitement.

— Le père de Drake peut masquer son odeur, lui ai-je expliqué. Même les vampires s'y laissent prendre. Peut-être que Drake en fait autant. Et puis, ce n'est pas un vrai faé. Il est à demi humain et son vrai nom est Dermot.

Tray a hoché la tête : il avait enregistré.

De mon côté, j'avais des doutes. J'ai même failli téléphoner à Alcide pour lui expliquer que Tray n'était peut-être pas l'homme de la situation. Mais je me suis ravisée. Tray Dawson était un garde du corps professionnel, et j'étais certaine qu'il ferait le maximum pour me protéger… tant qu'il n'aurait pas à choisir entre Amelia et moi.

— Alors ?

Je me suis rendu compte que j'avais laissé le silence s'installer.

— Bubba fera la nuit et vous le jour, ai-je tranché. Je ne devrais pas avoir trop de problèmes tant que je resterai au bar.

J'ai repoussé ma chaise et quitté la cuisine sans rien ajouter.

Je devais bien admettre qu'au lieu de me sentir soulagée, j'étais encore plus stressée. Moi qui m'étais crue si maligne en demandant leur protection aux vampires et aux loups-garous, voilà que j'allais m'angoisser pour la sécurité de ceux qui étaient censés veiller sur moi.

Je me suis préparée à aller au lit en traînant. J'ai fini par m'avouer que j'attendais quelque chose : j'espérais plus ou moins qu'Eric ferait une apparition. J'aurais adoré qu'il m'offre une petite séance de relaxation à sa façon pour m'aider à trouver le sommeil. J'étais sûre que je n'allais pas fermer l'œil de la nuit – je redoutais trop une nouvelle attaque pour ça. Mais, en fait, j'étais tellement fatiguée après ma nuit de la veille que, dans le quart d'heure qui a suivi, je dormais.

Au lieu de mes ternes cauchemars habituels (les clients m'appelant à cor et à cri et moi courant dans tous les sens pour garder la cadence ; ma salle de bains envahie de moisissures…), cette nuit-là, j'ai rêvé d'Eric. Dans mon rêve, il était humain et nous marchions, main dans la main, au soleil. Bizarrement, il était agent immobilier.

Quand j'ai regardé le réveil, le lendemain matin, il n'était même pas 8 heures : pratiquement l'aube, pour moi. Une sensation de danger me tenaillait. Je me suis demandé si j'avais fait un mauvais rêve que j'aurais oublié, ou si mon sixième sens avait détecté quelque chose pendant mon sommeil, un problème quelconque, un élément suspect...

J'ai pris le temps de passer toute la maison au radar – ce qui n'est pas précisément ma façon préférée de commencer la journée. Amelia était partie, mais Tray était là. Et il avait des petits soucis.

J'ai enfilé ma robe de chambre et mes mules pour sortir dans le couloir. Je n'avais pas franchi la porte que je l'ai entendu : il vomissait dans les toilettes.

Il y a des moments, dans la vie, qui devraient rester strictement privés. Et ceux où l'on rend tripes et boyaux arrivent en tête de liste. Mais les loups-garous ont, normalement, une santé de fer. Or, Tray était manifestement (passez-moi l'expression) malade comme un chien. Et c'était lui qu'on m'avait envoyé pour assurer ma sécurité.

J'ai attendu une pause.

— Tray ? ai-je appelé. Est-ce que je peux faire quelque chose pour vous ?

— On m'a empoisonné, a-t-il répondu d'une voix étranglée, entre deux nausées.

— Est-ce qu'il faut appeler un médecin ? Un humain ? Ou le Dr Ludwig ?

— Non... J'essaie de... m'en débarrasser, a-t-il haleté, après une nouvelle crise de vomissements. Mais... c'est trop tard.

— Vous savez qui vous a donné ça ?

— Ouais... La nouvelle... petite amie...

Sa voix s'est perdue dans des borborygmes.

— Dans les bois, a-t-il repris au bout d'un moment. La nouvelle… de Bill.

Je n'ai pas pu m'empêcher de demander :

— Mais il n'était pas avec elle, si ?

— Non, elle… (encore des bruits affreux)… elle venait de chez lui. Elle a dit qu'elle était sa…

Je savais sans l'ombre d'un doute que Bill n'avait pas de nouvelle petite amie. J'en étais sûre parce que je savais qu'il cherchait à me récupérer. Il n'aurait pas pris le risque de me perdre en couchant avec une autre. Et il n'aurait pas permis à une autre de se promener là où je pouvais me retrouver nez à nez avec elle.

— C'était une vampire ? lui ai-je demandé, en appuyant mon front contre la porte des toilettes.

J'en avais assez de brailler pour me faire entendre.

— Non. Une fangbanger.

J'ai senti l'esprit de Tray batailler pour s'extirper du brouillard du poison.

— Enfin, je l'ai perçue en tant qu'humaine, du moins, a-t-il repris.

— Oui, comme Dermot. Et vous avez bu ce qu'elle vous a donné ?

Je sais, un ton aussi incrédule, ça fait mesquin, mais franchement !

— Pas pu… résister, a-t-il répondu très lentement. J'avais trop soif. Il fallait que je boive.

— Et qu'est-ce que c'était, ce truc que vous avez bu ?

— Ça avait un goût de vin…

Je l'ai entendu grogner.

— Nom de Dieu ! a-t-il juré. Ça devait être du V ! J'ai le goût dans la bouche maintenant !

Le sang de vampire était toujours la drogue branchée du moment. Les réactions qu'il provoquait chez les humains étaient tellement imprévisibles que prendre du V revenait à jouer à la roulette russe, avec les risques que ça comportait. Les vampires vouaient une haine farouche aux dealers, les humains qui s'approvisionnaient en matière première. Non seulement ils les détestaient pour ce qu'ils leur faisaient subir, mais aussi parce que, la plupart du temps, ils abandonnaient leur proie exposée à la lumière du jour. Les vampires haïssaient également les consommateurs de V parce qu'ils créaient le marché. Certains d'entre eux devenaient tellement accros aux sensations d'extase que procurait le V qu'ils jouaient parfois les kamikazes et tentaient de se le procurer directement à la source. Il arrivait également, de temps à autre, qu'un accro au V, pris de folie furieuse, s'attaque aux autres humains, perpétrant de véritables carnages. Toujours est-il que c'était une très mauvaise pub pour les vampires qui cherchaient à s'intégrer.

— Mais comment avez-vous pu faire un truc pareil ? me suis-je exclamée.

— Je n'ai pas pu m'en empêcher, m'a-t-il répondu, en ouvrant enfin la porte.

J'ai reculé devant le spectacle : Tray était méconnaissable. Mais il y avait aussi l'odeur : une puanteur épouvantable. Le loup-garou portait juste un pantalon de pyjama et offrait à mon regard révulsé un large panorama de poitrail velu juste au niveau de mes yeux. Il avait la chair de poule et tous ses poils étaient hérissés.

— Comment ça se fait ?

— Je n'ai pas pu... résister, a-t-il grommelé, en secouant la tête d'un air dépité. J'étais peut-être sous l'influence d'un sort. Et puis, quand je suis rentré, je suis allé me coucher avec Amelia et j'ai tourné et viré dans le lit toute la nuit. J'étais déjà levé lorsque Elv... Bubba est allé se coucher dans le placard. Il m'a parlé d'une femme qui serait venue le voir, mais j'étais tellement mal que je ne me rappelle pas ce qu'il m'a dit. C'est Bill qui l'a envoyée ici ? Il vous déteste tant qu'ça ?

J'ai levé la tête pour le regarder droit dans les yeux.

— Bill Compton m'aime, lui ai-je affirmé. Il ne me ferait pas de mal.

— Même maintenant que vous vous tapez le grand blond ?

Amelia ne pouvait donc pas se taire !

— Même maintenant que je me tape le grand blond.

— Vous ne pouvez pas lire dans les pensées des vamps, d'après Amelia.

— Non. Mais il y a des choses que l'on sent.

— Ben voyons.

Quoiqu'il n'ait plus assez d'énergie pour railler ma crédulité, c'était bien essayé.

— Il faut que j'aille me coucher, Sookie, m'a-t-il alors annoncé. Je ne peux pas m'occuper de vous aujourd'hui.

Ça me paraissait évident.

— Retournez donc vous coucher chez vous pour vous reposer tranquillement dans votre propre lit, non ? lui ai-je proposé. Je vais aller bosser, je ne serai pas toute seule.

— Non, faut qu'on vous couvre.

— Je vais appeler mon frère, dans ce cas, ai-je déclaré, me surprenant moi-même. Il ne travaille pas, en ce moment, et c'est une panthère : il devrait être capable de me défendre.

— D'accord.

Il était vraiment mal en point pour capituler si vite ! Sans compter qu'il ne portait pas vraiment mon frère dans son cœur.

— Amelia sait que je ne suis pas dans mon assiette. Si vous la voyez avant moi, dites-lui que je l'appellerai ce soir.

Sur ce, le loup-garou a rejoint son pick-up d'un pas chancelant. J'espérais qu'il serait vraiment capable de conduire et je l'ai hélé pour m'en assurer. Mais il a juste agité la main par la portière avant de descendre mon allée.

Je l'ai regardé s'éloigner dans une sorte d'état second. J'étais à moitié sonnée. Pour une fois, j'avais joué la prudence, pris toutes les précautions. J'avais fait jouer mes relations pour assurer ma tranquillité. Et qu'est-ce que ça avait donné ? Rien. Ne pouvant m'attaquer directement chez moi – grâce aux boucliers magiques d'Amelia, je suppose –, l'ennemi avait quand même trouvé le moyen de s'en prendre à moi autrement. Murry m'était tombé dessus dès que j'avais mis le pied dehors, et voilà qu'un faé avait attiré Tray dans les bois pour l'obliger à boire du V. Ça aurait pu le rendre fou. Il aurait pu tous nous massacrer. Quoi qu'il en soit, pour les faé, c'était gagné : bien qu'il n'ait pas été pris d'un accès de folie meurtrière, Tray était tellement malade qu'il était hors de combat, et pour longtemps.

Je suis repartie vers ma chambre me mettre quelque chose sur le dos. La journée s'annonçait rude, et je me sens toujours mieux lorsque je suis habillée pour affronter une situation de crise. Quelque chose dans le seul fait d'enfiler mes sous-vêtements me donne de l'assurance.

Je traversais le hall quand j'ai eu le deuxième choc de la journée : je venais de percevoir un mouvement dans le salon. Je me suis figée, le cœur battant, et j'ai pris une profonde inspiration saccadée. Mon arrière-grand-père était assis sur le canapé. Mais il m'a fallu un petit moment pour le reconnaître. Un moment atroce. Il s'est levé et m'a regardée d'un air un peu étonné tandis que je restais plantée là, pantelante, la main sur le cœur.

— Ça n'a vraiment pas l'air d'aller bien, aujour-d'hui, m'a-t-il dit en guise de salut.

— Oui... eh bien, je ne m'attendais pas à avoir de la visite, ai-je bredouillé en haletant.

Il n'avait pas meilleure allure que moi, d'ailleurs – un événement. Ses vêtements étaient sales et déchirés, et il me semblait bien qu'il transpirait. Pour la première fois depuis que je le connaissais, mon prince d'arrière-grand-père n'était pas d'une beauté à tomber.

Je suis allée le rejoindre dans le salon et je l'ai examiné de plus près. Il était encore tôt dans la journée, mais l'anxiété m'a frappée au cœur pour la seconde fois.

— Qu'est-il arrivé ? lui ai-je demandé. On dirait que vous vous êtes battu.

Il a paru hésiter un long moment, comme s'il essayait de faire le tri dans tout un paquet de mauvaises nouvelles à m'annoncer.

— Breandan a vengé la mort de Murry, a-t-il déclaré.

— Qu'est-ce qu'il a fait ?

J'ai frotté mon visage de mes mains sèches.

— La nuit dernière, il a capturé Enda et, ce matin, elle a cessé de vivre.

À son ton de voix, j'ai compris qu'Enda n'avait pas dû avoir une mort très douce ni très rapide.

— Tu ne l'as pas connue ; elle craignait trop les humains, a-t-il déploré d'un ton lourd de regrets, en repoussant une longue mèche de cheveux d'ange, si blonds qu'ils en devenaient blancs.

— Breandan a tué l'une de vos femmes ? Mais je croyais... avec votre faible taux de natalité... Les femmes ne sont pas si nombreuses que ça parmi vous, si ? Alors, c'est encore plus... Je veux dire, est-ce que ce n'est pas particulièrement ignoble de faire une chose pareille ?

— C'était le but, a confirmé Niall d'une voix blanche.

C'est alors que j'ai remarqué son pantalon trempé de sang – ce qui expliquait sans doute pourquoi il ne s'était pas approché pour me serrer dans ses bras.

— Je vous en prie, Niall, débarrassez-vous de ces vêtements et allez prendre une bonne douche pendant que je fais tourner la machine.

— Il faut que je parte, m'a-t-il annoncé.

Il était clair qu'il ne m'avait même pas entendue.

— Je suis venu ici pour te prévenir en personne, afin que tu mesures pleinement la gravité de la situation. Une puissante magie protège cette maison : j'ai pu apparaître uniquement parce que j'étais déjà venu. Est-il vrai que les vampires et les loups-garous veillent sur toi ? Tu bénéficies d'une protection renforcée, je le sens.

— J'ai un garde du corps jour et nuit, ai-je menti.

Je ne voulais pas qu'il s'inquiète pour moi. Il avait déjà assez d'ennuis comme ça.

— Et vous savez qu'Amelia est une puissante sorcière, ai-je renchéri. Ne vous inquiétez pas pour moi.

Il me regardait fixement, mais je crois bien qu'il ne me voyait pas.

— Il faut que je parte, a-t-il répété brusquement. Je voulais juste m'assurer que tu allais bien.

— D'accord… merci beaucoup.

J'en étais encore à essayer de trouver une réponse un peu plus fournie quand Niall s'est purement et simplement volatilisé. Pouf !

Je ne sais pas si j'avais vraiment eu l'intention d'appeler Jason quand j'avais dit à Tray que je le ferais, mais, maintenant, je savais que je n'allais pas y couper. Comme je voyais les choses, Alcide avait payé sa dette envers moi, puisqu'il avait demandé à Tray de m'aider. Tray avait été mis sur la touche dans l'exercice de ses fonctions. Et je n'allais certainement pas demander à Alcide lui-même de venir le remplacer. Or, je ne connaissais aucun autre membre de la meute – aucun dont je sois assez proche, en tout cas. J'ai donc respiré un grand coup et j'ai appelé mon frère.

— Jason... ai-je commencé quand il a décroché.

— Hé ! sœurette ! Quoi de neuf ?

Il avait l'air étrangement excité, comme quelqu'un qui vient de vivre une nouvelle expérience exaltante.

— Tray a dû partir et je vais avoir besoin d'un garde du corps aujourd'hui, lui ai-je lancé d'entrée.

Il y a eu un long silence. Il ne m'a pas bombardée de questions. Bizarre.

— Je me disais que tu pourrais peut-être passer la journée avec moi, ai-je insisté. Aujourd'hui, j'avais prévu de...

Qu'est-ce que j'avais prévu, au juste ? Il n'est pas facile de gérer une situation de crise quand la vraie vie continue à exiger son lot d'attention quotidien.

— Eh bien, il faut que j'aille à la bibliothèque et au pressing chercher un pantalon ; il faut que j'aille bosser – je suis d'après-midi, au *Merlotte*, aujourd'hui... Je crois que c'est tout.

— OK. On a vu plus urgent comme courses, mais bon.

Nouveau silence.

Et, tout à coup, il m'a demandé :

— Est-ce que ça va ?

J'ai joué la prudence.

— Euh... oui. Pourquoi ça n'irait pas ?

— Écoute, il m'est arrivé un truc carrément dingue, ce matin. Mel a dormi chez moi, vu qu'il était en vrac après notre petite virée au *Bayou*, hier soir. Donc, ce matin, super tôt, on a frappé à la porte. Quand j'ai ouvert, il y avait ce type, là, et il était... Il devait avoir pété un plomb, je ne sais pas, moi.

Le truc hallucinant, c'est qu'il me ressemblait comme deux gouttes d'eau.

— Oh non.

Je suis tombée comme une masse sur mon tabouret.

— Il n'était pas normal, ce mec, Sook, a enchaîné mon frère. Je ne sais pas quel était son problème, mais il n'était pas normal. Quand je lui ai ouvert, il s'est mis à me parler comme si on s'était quittés la veille. Il a débité tout un tas de salades. Et, quand Mel a essayé de s'interposer, il l'a envoyé bouler à travers toute la pièce en le traitant d'assassin. Mel se serait brisé la nuque s'il n'avait pas atterri sur le canapé.

— Mel n'a rien, alors ?

— Non, il va bien. Il est fou de rage, forcément, mais...

— Forcément, ai-je coupé.

Les états d'âme de Mel ne me passionnaient pas vraiment.

— Et alors ? ai-je demandé. Qu'est-ce qu'il a fait après ?

— Il a raconté des conneries comme quoi, maintenant qu'il me voyait, il comprenait pourquoi mon arrière-grand-père ne voulait pas de moi et qu'il faudrait tuer tous les bâtards, mais que j'étais « manifestement la chair de sa chair » et que j'avais le droit de savoir ce qui se passait. Il a dit que j'étais « ignorant ». Je n'ai pas pigé grand-chose à son délire et je ne sais toujours pas à quoi j'ai eu affaire. Ce n'était pas un vamp', et je sais que ce n'était pas un hybride, sinon je l'aurais senti.

— Mais tu vas bien. C'est l'essentiel, non ?

Est-ce que j'avais eu tort de vouloir protéger Jason en le tenant à l'écart des faé et de leurs histoires ?

— Ouais...

Il avait soudain pris un ton soupçonneux.

— Tu n'as pas l'intention de me dire ce qui se passe, hein ? a-t-il bougonné.

— Viens à la maison, on discutera, lui ai-je répondu. Et, je t'en supplie, n'ouvre pas ta porte avant de savoir qui est derrière. Ce type est dangereux, Jason, et il n'est pas très regardant sur l'identité de ses victimes. Vous avez eu une sacrée veine, toi et Mel.

— Tu es toute seule ?

— Oui, puisque Tray est parti.

— Je suis ton frère. Tu peux compter sur moi, m'a-t-il déclaré, dans un sursaut de dignité plutôt inattendu de sa part.

— J'apprécie, frangin. Vraiment.

J'en ai eu deux pour le prix d'un : Mel accompagnait Jason. C'était un peu gênant parce que je devais parler en privé à Jason, ce que je ne pouvais pas faire devant Mel. Mais, avec un tact pour le moins surprenant, Mel a subitement informé Jason qu'il devait filer vite fait chez lui chercher de la glace pour son épaule qui était « méchamment esquintée ». Dès que Mel a passé la porte, j'ai fait asseoir Jason en face de moi, dans la cuisine.

— J'ai des choses à te raconter, lui ai-je annoncé.

— Sur Crystal ?

— Non, je n'ai encore rien découvert de ce côté-là. C'est à propos de nous deux. Et de Gran. Tu vas avoir du mal à le croire, je te préviens.

Je ne me souvenais que trop à quel point ça m'avait perturbée quand mon arrière-grand-père m'avait révélé les secrets de mon passé. Il m'avait raconté comment mon véritable grand-père, Fintan, un être mi-humain mi-faé, avait rencontré ma grand-mère et comment elle avait fini par avoir deux enfants de lui : mon père et ma tante Linda.

Maintenant, Fintan était mort – assassiné –, ma grand-mère était morte – assassinée –, et mon père et ma tante étaient morts eux aussi. Mais mon frère et moi étions encore en vie, et même si nous n'avions qu'une goutte de sang de faé dans les veines, ça suffisait à faire de nous de vraies cibles ambulantes pour les ennemis de notre arrière-grand-père.

— Et l'un de ces ennemis, ai-je poursuivi, après avoir fait à mon frère ce saisissant résumé de notre histoire familiale, n'est autre que notre grand-oncle, le frère de Fintan, un être mi-humain mi-faé, lui aussi. Son nom est Dermot. Il a dit à Tray et à Amelia qu'il s'appelait Drake, mais j'imagine que c'était pour faire plus moderne. Dermot te ressemble, et c'est lui qui s'est pointé chez toi ce matin. Je ne sais pas ce qu'il cherche. Il s'est mis du côté de Breandan, l'ennemi juré de Niall, bien qu'il soit lui-même à moitié humain : tout ce que Breandan déteste. Alors, quand tu dis qu'il était complètement déjanté, je veux bien te croire. On dirait qu'il a envie de créer un lien particulier avec toi, mais en même temps, il te hait, parce que tu es humain.

Jason me dévisageait sans rien dire, avec un regard parfaitement inexpressif. Mais ses pensées se bousculaient.

— Tu dis qu'il a essayé de passer par Tray et Amelia pour te rencontrer ? a-t-il finalement demandé. Et qu'aucun des deux ne savait ce qu'il était ?

J'ai opiné. Nouveau silence.

— Mais alors, pourquoi il voulait te rencontrer ? Pour te tuer ? Pourquoi est-ce qu'il avait besoin de te rencontrer en premier ?

Bonne question.

— Je n'en sais rien. Peut-être qu'il voulait voir à quoi je ressemblais. Peut-être aussi qu'il ne sait pas ce qu'il veut.

Je ne parvenais pas à comprendre à quoi tout ça rimait. Niall allait-il revenir pour me l'expliquer ? Probablement pas. Il avait une guerre sur les bras, même si cette guerre se déroulait, pour l'essentiel, à l'insu des humains.

— Il y a un truc qui m'échappe, ai-je déploré à haute voix. Murry est venu directement ici pour m'attaquer, et c'était un faé pur jus. Alors, pourquoi Dermot, qui est dans le même camp, fait-il tant de... de détours ?

— Murry ?

J'ai fermé les yeux, accablée par ma propre bêtise. *Merde.*

— C'était un faé. Il a essayé de me tuer. Mais il est hors circuit, maintenant.

— Tu assures, Sook, m'a félicitée mon frère, avec un hochement de tête approbateur. Attends, que je comprenne bien. Mon arrière-grand-père ne veut pas me rencontrer parce que je ressemble comme deux gouttes d'eau à Dermot, qui est mon... grand-oncle, c'est ça ?

— C'est ça.

— Mais, apparemment, Dermot m'aime bien, lui, vu qu'il est venu chez moi et qu'il a essayé de parler avec moi.

Pour interpréter les choses à sa façon, on pouvait lui faire confiance.

— C'est ça, ai-je répété.

Mon frère a sauté de sa chaise pour faire le tour de la cuisine.

— Tout ça, c'est la faute des vampires ! s'est-il écrié en me fusillant du regard.

— Et pourquoi donc ?

J'avoue que je ne m'attendais pas à sa réaction.

— S'ils n'étaient pas sortis du placard, on n'en serait pas là. Tu n'as qu'à voir ce qui est arrivé depuis qu'ils sont passés à la télé. C'est simple : tout est parti en vrille ! Et voilà que nous aussi, les garous, on est sortis du bois. Il manque plus que ces foutus faé. Et les créatures magiques, ce n'est pas de la rigolade,

Sookie. Calvin m'a mis en garde contre les faé. On croit que c'est tout sucre, tout miel, ces bêtes-là, mais non. Il m'a raconté des histoires sur eux à te faire dresser les cheveux sur la tête, Sook. Le père de Calvin en connaissait un ou deux. D'après ce qu'il lui a dit, ce ne serait pas une mauvaise chose s'ils étaient rayés de la carte.

Je ne savais pas si j'étais plus surprise qu'en colère ou le contraire.

— Pourquoi es-tu si teigneux, Jason ? J'ai déjà assez de problèmes comme ça, sans devoir, en plus, m'embrouiller avec toi ou t'entendre casser du sucre sur le dos de Niall. Tu ne le connais même pas. Et puis, tu as du sang de faé dans les veines, je te rappelle !

J'avais l'impression terrible qu'il n'avait pas tout à fait tort, mais ce n'était vraiment pas le moment d'avoir ce genre de discussion.

Mon frère avait le visage fermé, les traits crispés, les mâchoires serrées.

— Je ne veux pas de faé dans ma famille, moi, a-t-il grincé. Il ne veut pas de moi ? Eh bien, moi non plus, je ne veux pas de lui. Et si ce fêlé de bâtard se repointe, je lui ferai la peau, à ce taré.

L'arrivée inopinée de Mel m'a dispensée de lui répondre – je ne sais pas ce que j'aurais pu lui dire, de toute façon. Comme Mel entrait sans frapper, nous nous sommes retournés tous les deux comme un seul homme.

— Oh, pardon ! s'est aussitôt excusé Mel.

Manifestement choqué par la violente colère de mon frère, il a eu l'air de croire un instant que Jason parlait de lui. Mais comme aucun de nous deux ne semblait s'émouvoir de sa brusque réapparition, il a fini par se détendre.

— Excuse-moi, Sookie, a-t-il renchéri, j'ai oublié mes bonnes manières.

Il avait un sac de glace à la main et se déplaçait à pas lents, avec précaution.

— Je suis désolée que le visiteur matinal de Jason s'en soit pris à toi, Mel, lui ai-je dit, pour le mettre à l'aise.

Je ne m'étais jamais vraiment intéressée à Mel, mais, à ce moment-là, j'aurais nettement préféré que Hoyt – l'ex-grand copain de Jason – soit là à sa place. Je n'avais rien de particulier contre Mel. Mais je ne le connaissais pas très bien et il ne m'avait pas inspiré confiance, au premier abord, comme ça arrive parfois avec certaines personnes. Mel était… différent. J'avais beaucoup de mal à lire dans ses pensées, plus qu'avec les autres hommes-panthères.

Après avoir poliment proposé à Mel de boire quelque chose, j'ai demandé à Jason s'il allait passer la journée avec moi et m'accompagner pendant que je ferais mes courses. J'en doutais sérieusement. Jason se sentait rejeté par notre arrière-grand-père – même s'il ne l'avait jamais rencontré et ne voulait pas entendre parler de lui –, et c'était le genre de situation que mon frère ne savait pas gérer.

— Je vais venir, m'a-t-il répondu, sans un sourire et raide comme un piquet. Mais laisse-moi d'abord passer chez moi prendre ma carabine. Je vais en avoir besoin, et ça fait des siècles que je n'y ai pas touché. Il faut que je vérifie dans quel état elle est. Tu viens, Mel ?

Mon frère voulait juste s'éloigner de moi le temps de se calmer. Je pouvais le lire aussi facilement que s'il l'avait écrit en gros sur le bloc-notes placé à côté du téléphone.

Mel s'est levé pour suivre Jason.

— Mel, lui ai-je demandé, qu'est-ce que tu as pensé du visiteur de Jason, ce matin ?

— En dehors du fait qu'il est capable de me projeter d'un bout à l'autre d'une pièce et qu'il ressemble tellement à Jason que j'ai dû me retourner pour être sûr que c'était bien ton frère, derrière moi, pas grand-chose, m'a-t-il répondu.

Mel était habillé avec sa sobriété habituelle : pantalon de toile et polo bien repassés. Mais les bleus qu'il avait sur les bras gâchaient un peu l'effet général. Il a enfilé sa veste avec difficulté.

— À tout', Sook, m'a lancé mon frère. Passe me chercher d'ici une petite heure.

Forcément. Il voulait que nous prenions ma voiture pour que ce soit moi qui paie l'essence – c'était pour faire mes propres courses que nous allions en ville.

— En attendant, tu as toujours mon numéro de portable, a-t-il ajouté.

— Pas de problème. À plus tard, alors.

Me retrouver seule chez moi étant devenu un luxe, ces derniers temps, j'aurais pu profiter de ce que j'avais enfin la maison à moi... si je n'avais pas eu un tueur à mes trousses.

Il ne s'est rien passé. Après avoir avalé un bol de céréales, et en dépit des souvenirs très vifs que j'avais gardés de *Psychose*, j'ai finalement décidé de prendre une douche. J'ai vérifié que toutes les portes étaient bien verrouillées et j'ai poussé le loquet de la salle de bains. J'ai battu le record de la douche la plus rapide du monde.

Personne n'a essayé de me tuer pendant ce temps. Je me suis essuyée, maquillée rapidement, et j'ai enfilé ma tenue de serveuse en deux temps trois mouvements.

Au moment de partir, je me suis plantée derrière la porte de la véranda et j'ai mesuré des yeux la distance qui séparait ma voiture de la maison – à plusieurs reprises. À mon avis, j'avais dix pas à faire. J'ai pris trois ou quatre profondes inspirations et j'ai déverrouillé la porte de la véranda avant de l'ouvrir.

Ensuite, j'ai pratiquement bondi du seuil jusqu'à ma voiture, en faisant l'impasse sur l'escalier. Consciente du ridicule de la situation, j'ai ouvert ma portière à la volée et me suis glissée à l'intérieur en claquant la portière. J'ai aussitôt actionné le verrouillage centralisé et jeté un regard circulaire.

Pas le moindre mouvement alentour.

J'ai eu une crise de fou rire un peu essoufflé. Quelle gourde !

J'étais tellement sur les nerfs que ça faisait remonter de ma mémoire tous les films effrayants que j'avais pu voir. Je me suis mise à penser à *Jurassic Park* et à ses dinosaures – j'ai dû faire une association d'idées avec les faé qui étaient un peu les dinosaures du monde des SurNat. Je m'attendais presque à voir une patte de chèvre atterrir sur mon pare-brise.

Ça non plus, ce n'est pas arrivé. Bon…

J'ai inséré la clé de contact et je l'ai tournée. Le moteur a démarré. Je n'ai pas explosé et je n'ai pas aperçu de tyrannosaure dans mon rétroviseur.

« Jusque-là, tout va bien », me suis-je dit. Je me suis sentie un peu mieux quand j'ai commencé à rouler. Mais je n'avais pas mes yeux dans ma poche… J'ai soudain été prise d'une irrésistible envie d'entrer en contact avec quelqu'un, de faire savoir où j'étais et ce que je faisais.

J'ai sorti mon portable de mon sac et j'ai appelé Amelia. Dès qu'elle a décroché, je lui ai dit :

— Écoute, je roule en direction de chez Jason. Comme Tray est malade, c'est Jason qui va rester avec moi, aujourd'hui. Est-ce que tu es au courant ? Tu sais qu'un faé a ensorcelé Tray pour le forcer à boire du sang de vampire frelaté ?

— Euh… je bosse, là, Sookie, m'a-t-elle rappelé d'un ton hésitant. Oui, Tray m'a téléphoné il y a dix minutes. Mais il a été obligé de raccrocher pour aller vomir. Pauvre Tray ! Enfin, au moins, la maison n'a rien.

Ce qui signifiait que ses boucliers magiques avaient tenu. Eh bien, elle pouvait en être fière.

— Tu es géniale.

— Merci. Écoute, je suis vraiment inquiète pour Tray. J'ai essayé de le rappeler et il n'a pas répondu. J'espère qu'il s'est juste endormi. Mais je vais quand même passer chez lui en quittant le bureau. Tu pourrais me retrouver là-bas ? On discutera de ce qu'on peut faire pour assurer ta sécurité.

— D'accord. Je filerai là-bas dès que je sortirai du boulot, vers 17 heures probablement.

Le portable à la main, j'ai sauté de ma voiture pour attraper le courrier dans la boîte aux lettres, au bout de mon allée, puis je suis remontée comme une fusée.

C'était idiot de ma part. J'aurais très bien pu passer une journée sans regarder le courrier. Mais certaines habitudes ont la vie dure, même les plus futiles.

— J'ai vraiment de la chance que tu habites chez moi, ai-je ajouté.

Peut-être que j'en faisais un peu trop. C'était pourtant la plus stricte vérité.

Mais Amelia avait suivi le cours de ses propres pensées.

— Tu parles de nouveau à Jason ? Tu lui as dit ? À propos de... tout ça ?

— Bien obligée. Tout ne peut pas se passer forcément comme mon arrière-grand-père le voudrait. Il y a eu des... impondérables.

— Il y a toujours des impondérables avec toi.

Amelia n'avait pas l'air fâchée en disant ça. Elle ne me reprochait rien : c'était juste une constatation.

— Pas toujours, ai-je cependant rétorqué, après un cruel moment de doute.

« En fait, ai-je pensé, en tournant à gauche à la sortie de Hummingbird Road pour aller chez mon frère, Jason n'a peut-être pas tout à fait tort, quand il dit que tout a changé à cause du *coming out* des vamp'… »

Plus prosaïquement, je me suis aperçue que j'étais à court d'essence. J'ai dû passer à la station-service. Tout en remplissant le réservoir d'or liquide à la pompe, j'ai repensé à ce que Jason m'avait raconté. Qu'est-ce qui avait bien pu pousser un demi-faé qui vouait une haine farouche au genre humain à sortir de sa sacro-sainte clandestinité pour aller frapper à la porte de mon frère ? Et pourquoi lui avait-il dit que…

C'était stupide de ma part, je ne devais pas m'en préoccuper. J'avais vraiment d'autres chats à fouetter plutôt que de tenter de résoudre les problèmes de Jason : organiser ma propre sécurité.

Mais, après avoir tourné et retourné ma conversation avec lui dans ma tête, j'ai commencé à voir un affreux soupçon se profiler à l'horizon…

J'ai appelé Calvin. Au début, il n'a pas compris où je voulais en venir, puis il a accepté de me rejoindre chez mon frère.

J'ai aperçu Jason dans le jardin, en empruntant l'allée de la jolie petite maison que mon père avait construite quand il avait épousé ma mère. Elle était en pleine campagne, encore plus loin de Bon Temps que ne l'était la caravane d'Arlene. Elle se trouvait un peu trop près de la route, mais il y avait une grande étendue de terrain derrière, et même un étang. Comme mon père, Jason aimait chasser et pêcher. Il avait récemment bricolé un stand de tir. J'entendais des coups de feu, d'ailleurs.

Je suis passée par la maison et j'ai bien pris soin de m'annoncer en arrivant à la porte de derrière.

— Hé ! m'a répondu Jason.

Il tenait une Winchester 94, une arme qui avait appartenu à mon père. Mel se tenait derrière lui, une boîte de cartouches 30-30 à la main.

— On s'est dit qu'on ferait bien de s'entraîner un peu, m'a lancé mon frère.

— Bonne idée. Je voulais juste être sûre que tu ne me prendrais pas pour ton visiteur fou, revenu te crier dessus.

Il a éclaté de rire.

— Je ne comprends toujours pas ce que ce brave Dermot cherchait à faire, en se pointant comme ça à ma porte.

— Je crois que j'ai ma petite idée sur la question.

Jason a tendu la main vers Mel sans le regarder. Celui-ci lui a dûment fourni plusieurs cartouches, et mon frère a commencé à recharger sa carabine. J'ai jeté un coup d'œil au chevalet qu'il avait dressé, avec des bouteilles de lait vides en guise de cibles. J'ai examiné celles qui étaient tombées. Il les avait remplies d'eau pour qu'elles tiennent et, à cause des trous qu'avaient faits les balles, le liquide se répandait par terre.

— Jolis coups ! l'ai-je félicité.

J'ai inspiré à pleins poumons et j'ai hélé son grand copain.

— Dis donc, Mel, est-ce que tu pourrais me parler des enterrements à Hotshot ? Je n'y ai jamais assisté, et comme Crystal sera sans doute inhumée dès qu'on aura récupéré le corps...

Mel a paru surpris.

— Ça fait des années que je ne vis plus là-bas, tu sais, a-t-il objecté. C'est juste que... ce n'est pas un endroit pour moi.

S'il n'y avait pas eu ses ecchymoses, qui s'estompaient déjà, rien n'aurait permis d'imaginer qu'un demi-faé hystérique l'avait projeté à travers le salon de mon frère.

286

— Je me demande bien pourquoi ce type s'en est pris à toi et pas à Jason, ai-je murmuré d'une voix songeuse.

J'ai senti la vague de peur qui le submergeait.

— Tu as mal? me suis-je inquiétée, pleine de sollicitude.

Il a un peu remué son épaule droite.

— J'ai cru que je m'étais cassé quelque chose, mais j'imagine que je vais juste avoir un peu mal. Je me demande bien ce qu'il était. Pas un des nôtres, en tout cas.

Il avait répondu à côté.

J'ai vu Jason se rengorger d'un air qui semblait dire: «Tu vois, Sook, j'ai pas vendu la mèche.»

— Il n'est pas vraiment humain, ai-je concédé.

— Eh bien, ça me rassure, a avoué Mel, visiblement soulagé. Ma fierté en a quand même pris un sacré coup. Je suis une panthère pur sang, je veux dire, et il m'a envoyé valser comme un vulgaire pantin.

Jason s'est mis à rire.

— J'ai bien cru qu'il allait entrer dans la maison pour me tuer, à ce moment-là. Je me suis dit que j'étais foutu. Mais, quand Mel est allé au tapis, ce type s'est juste mis à me parler. Mel faisait le mort, et voilà que ce mec commence à me dire qu'il m'a rendu un sacré service en…

— Oui, c'était drôlement bizarre, a approuvé Mel – mais il n'avait pas l'air très à l'aise. Tu sais, je me serais levé tout de suite, s'il t'avait attaqué. Mais il m'avait drôlement sonné, et j'ai estimé que je pouvais bien rester à terre: il n'avait pas l'air de vouloir s'en prendre à toi.

— J'espère que tu n'as vraiment rien, Mel, ai-je insisté sur ce même ton préoccupé, tout en m'approchant de lui. Laisse-moi donc regarder cette épaule.

En me voyant tendre la main vers son grand copain, Jason a froncé les sourcils.

— Mais pourquoi tu…

Il s'est brusquement interrompu. La méfiance s'était peinte sur son visage. Sans rien ajouter, il est passé derrière Mel et l'a agrippé par les bras, juste en dessous des épaules. Mel a grimacé de douleur, mais n'a rien dit. Pas un mot. Il n'a même pas cherché à feindre la surprise ou l'indignation. C'était déjà, en soi, presque un aveu.

J'ai pris son visage entre mes mains et j'ai fermé les yeux. Et j'ai regardé dans sa tête. Cette fois, ce n'était pas à Jason que Mel pensait, mais bien à Crystal.

— C'est lui, ai-je tranché.

J'ai rouvert les yeux pour regarder mon frère par-dessus l'épaule de Mel et j'ai hoché la tête.

Jason a poussé un cri sauvage, inarticulé. J'ai vu Mel se décomposer, comme si tous les muscles et tous les os de son visage fondaient. Il n'avait presque plus rien d'humain.

— Laisse-moi te regarder, a-t-il demandé d'une voix suppliante.

La plus parfaite incompréhension se lisait dans les prunelles de mon frère. Mel me regardait en face. Il ne pouvait pas faire autrement, d'ailleurs, vu la façon dont Jason le tenait. Il ne se débattait pas. Mais chacun de ses muscles bandés se dessinait sous sa peau, et je me suis dit qu'il n'allait sans doute pas demeurer passif très longtemps. Je me suis penchée pour récupérer la carabine de mon frère, en le bénissant mentalement de l'avoir rechargée.

— C'est toi qu'il veut regarder, pas moi, lui ai-je expliqué.

— Nom de Dieu !

Jason avait la respiration saccadée, le souffle court, comme s'il venait de courir un cent mètres, et ses yeux étaient grands ouverts.

— Tu dois me dire pourquoi ! a-t-il soufflé.

J'ai reculé et j'ai pointé mon arme sur Mel. À une si courte distance, même moi, je ne pouvais pas le rater.

— Retourne-le, puisque c'est à toi qu'il veut parler.

Jason a brusquement fait pivoter Mel et l'a aussitôt empoigné pour l'immobiliser. Ils se faisaient face, à présent, leurs deux visages à moins de trente centimètres l'un de l'autre.

C'est alors que Calvin est apparu à l'angle de la maison, accompagné de Dawn, la sœur de Crystal, et d'un garçon d'une quinzaine d'années. Je me suis souvenue de l'avoir vu au mariage. C'était Jacky, l'aîné des cousins de Crystal. Comme tout adolescent, Jacky était saturé d'émotions et de frustrations en tout genre. Il s'efforçait pourtant de ne rien laisser paraître de la nervosité et de l'exaltation qui l'agitaient. Mais il devenait de plus en plus difficile pour lui de se contenir.

Les trois nouveaux venus ont embrassé la scène qui se jouait sous leurs yeux. Calvin a hoché la tête, la mine grave et solennelle.

— Sale journée, a-t-il posément commenté.

Mel a sursauté en entendant la voix de son chef de meute. En revanche, en voyant les autres panthères-garous approcher, Jason a commencé à se détendre très légèrement.

— Sookie dit que c'est lui, a-t-il annoncé à Calvin.

— Ça me suffit, lui a répondu l'intéressé. Mais, Mel... il faut que les aveux viennent de toi, mon frère.

— Je ne suis pas ton frère, a riposté Mel avec amertume. Ça fait des années que j'ai quitté la communauté.

— C'était ton choix, lui a fait remarquer Calvin, en venant se planter devant lui, entraînant les deux autres à sa suite.

Fini de jouer, pour Jacky. Il avait renoncé à feindre un calme de commande. Il grognait, à présent : l'animal qui sommeillait en lui s'était réveillé.

— Il n'y avait personne comme moi, là-bas, a soupiré Mel. J'aurais été tout seul.

Jason a eu un regard de totale incompréhension.

— Mais il y a des tas de types comme toi à Hotshot ! a-t-il protesté.

— Non, Jason, lui ai-je expliqué. Mel est gay.

— Et on a quelque chose contre ça ? s'est enquis mon frère en se tournant vers Calvin.

Jason n'était manifestement pas au fait de toutes les règles du jeu de la communauté. Certaines questions lui avaient échappé.

— Ce que les gens font dans leur lit ne regarde qu'eux, a précisé Calvin. On n'a pas de problèmes avec ça. À condition qu'ils accomplissent leur devoir envers le clan. Quoi qu'il arrive, les mâles pur sang doivent donner un petit à la communauté.

— Je ne pouvais pas, a déclaré Mel d'une voix brisée. Je ne pouvais tout simplement pas.

— Mais tu as été marié, ai-je objecté.

Je me suis mordu la langue. C'était une affaire de clan, maintenant. Je n'avais pas appelé Bud Dearborn, mais Calvin – car si ma parole lui suffisait, elle n'aurait aucune valeur devant une cour d'assises.

— Notre mariage n'a pas fonctionné, à ce niveau-là, a confessé Mel.

Sa voix était presque redevenue normale.

— Ça l'arrangeait bien : elle avait d'autres chats à fouetter, a-t-il ajouté. On n'a jamais eu de… relations sexuelles conventionnelles.

J'étais consternée, et je n'osais pas imaginer ce que ça avait dû être pour Mel. Mais quand j'ai repensé à Crystal sur sa croix, j'ai oublié jusqu'au sens du mot « pitié ».

— Pourquoi as-tu fait ça à Crystal ? lui ai-je demandé.

Je pouvais capter la colère qui grondait dans tous les cerveaux autour de moi et je savais que le couperet n'allait pas tarder à tomber.

Le regard de Mel a quitté le mien pour effleurer Jason, avant de se perdre, par-delà l'oncle, la sœur et le cousin de sa victime, dans le lointain. Il a semblé se river aux branches dénudées des arbres, de l'autre côté des eaux brunes et paisibles de l'étang.

— J'aime Jason, a-t-il déclaré d'une voix sans timbre. Je l'aime. Et Crystal l'a déshonoré, lui et l'enfant qu'il lui avait donné. Puis elle m'a humilié... Elle est venue ici, ce jour-là... J'étais passé chercher Jason pour qu'il m'aide à monter des étagères au magasin. Mais il n'était pas là. Elle est arrivée alors que j'étais en train d'écrire un mot à Jason, sur la terrasse. Elle a commencé à balancer que... Elle a dit des trucs horribles. Puis elle a déclaré que je devais coucher avec elle, que, si je le faisais, elle le leur dirait, à Hotshot, et je pourrais retourner vivre là-bas. Et Jason pourrait venir vivre avec moi. Elle a dit : « J'ai son bébé dans le ventre. Ça ne t'excite pas ? » Et c'était de pire en pire. J'avais abaissé le hayon de mon pick-up parce que les planches que j'avais apportées dépassaient. Elle s'est allongée dessus et je voyais tout. C'était... Elle était... Elle n'arrêtait pas de dire que je n'étais qu'une lopette, et que Jason ne m'aimerait jamais... Alors, je l'ai giflée de toutes mes forces.

Dawn Norris s'est détournée comme si elle avait la nausée. Mais elle a serré les dents et s'est redressée. Jacky n'était pas de la même trempe.

— Mais elle n'est pas morte à ce moment-là, a articulé mon frère péniblement, les mâchoires crispées. Il y avait du sang tout le long de la croix. Elle a perdu le bébé après avoir été crucifiée.

— J'en suis désolé, a murmuré Mel.

Son regard flou a quitté la profondeur des bois pour se river sur mon frère.

— J'ai cru que je l'avais tuée, lui a-t-il expliqué. Je l'ai vraiment cru. Je ne l'aurais jamais abandonnée pour rentrer dans la maison si j'avais su qu'elle était encore en vie. Je n'aurais jamais laissé quelqu'un d'autre la prendre. C'est déjà terrible, ce que j'ai fait, parce que j'ai voulu la tuer. Mais je ne l'ai pas crucifiée. Il faut me croire, Jason. Tu peux penser ce que tu veux de moi parce que je l'ai battue, mais je n'aurais jamais fait un truc pareil. Je me suis dit que, si je l'emmenais ailleurs, personne ne pourrait penser que c'était toi le coupable. Et puis, je savais que tu devais sortir, ce soir-là, et j'ai pensé que tu aurais un alibi. Je me suis dit que tu finirais la soirée avec Michele, a-t-il plaidé en souriant à mon frère, avec une telle tendresse dans les yeux que j'en ai eu le cœur serré. Alors, je l'ai laissée à l'arrière du pick-up et je suis rentré dans la maison pour me servir un verre. J'en avais bien besoin. Et, quand je suis ressorti, elle avait disparu. Je n'arrivais pas à le croire. J'ai même imaginé qu'elle s'était relevée et qu'elle était partie. Mais il n'y avait pas de sang, et le bois avait disparu aussi...

— Pourquoi au *Merlotte* ? a demandé Calvin, dans un grondement plus félin qu'humain.

— Je ne sais pas, Calvin.

Le visage de Mel avait quelque chose d'angélique, tout à coup, tant il était soulagé de se voir délivré du secret de sa culpabilité, soulagé d'avoir avoué son crime et son amour pour mon frère.

— Calvin, a-t-il repris, je sais que je vais mourir et je te jure que je n'ai aucune idée de ce qui est arrivé à Crystal quand je suis rentré dans la maison. Ce n'est pas moi qui lui ai fait subir ces horreurs.

— Je ne sais pas ce qu'il faut penser de tout ça, a reconnu Calvin. Mais on a ta confession, et il faut que justice soit faite.

— Je l'accepte, a calmement affirmé Mel. Je t'aime, Jason.

Dawn a tourné légèrement la tête, juste assez pour que son regard puisse croiser le mien.

— Vous feriez mieux de filer, m'a-t-elle conseillé. On a des choses à faire.

Je n'ai rien dit. J'ai fait demi-tour, la carabine à la main, et je suis partie. Je ne me suis pas retournée, même quand les autres panthères ont commencé à tailler Mel en pièces. Mais j'ai entendu...

Il a cessé de crier presque tout de suite.

J'ai laissé la carabine de Jason sur sa terrasse et je suis allée travailler. Bizarrement, il ne me paraissait plus si important d'avoir un garde du corps, à présent.

16

Tout en servant bières, daiquiris et Joe Collins à tour de bras à tous ceux qui s'arrêtaient au bar avant de rentrer chez eux, je me regardais faire, comme si je me dédoublais, et je n'en revenais pas. Je travaillais sans m'arrêter depuis des heures, à servir, à sourire, à courir, et je n'avais toujours pas craqué. Certes, j'avais fait répéter quatre clients. J'étais passée deux fois devant Sam sans réagir à ce qu'il me disait – je le savais parce qu'il m'avait attrapée par le bras pour me le faire remarquer. Mais j'avais apporté les bonnes commandes aux bonnes tables et, sans battre des records, mes pourboires restaient dans la moyenne. J'avais donc dû me montrer suffisamment aimable et ne pas commettre d'erreur majeure.

Tu te débrouilles comme un chef, me suis-je félicitée. Je suis très fière de toi. Tu vas y arriver, tu vas voir. Plus qu'un quart d'heure à tirer. Tu vas y arriver.

Combien de femmes s'étaient-elles déjà adressé ce genre d'encouragements ? La fille qui avait relevé la tête au bal alors que son cavalier s'intéressait à une de ses copines. La femme qu'on avait oubliée dans la fournée annuelle des promotions. Celle chez qui on venait de diagnostiquer une maladie incurable et qui encaissait stoïquement. Et j'imaginais que, pour les hommes, il devait bien y avoir des jours comme ça aussi.

Enfin, sans doute pas exactement comme le mien.

Naturellement, j'avais tourné et retourné dans ma tête la confession de Mel, cette étrange insistance qu'il avait mise à rejeter toute responsabilité dans la crucifixion de Crystal. C'était la crucifixion qui l'avait tuée. Ses pensées sonnaient vrai. Pourquoi aurait-il hésité à cracher le morceau alors qu'il avait déjà tant avoué ? Et avec un soulagement évident, qui plus est. Qui aurait volé deux bouts de bois et une Crystal à moitié morte pour perpétrer un crime aussi abominable ? Il aurait fallu nourrir, envers Crystal, une haine implacable... Ou peut-être envers Mel ? Ou envers Jason ? C'était un acte inhumain. Et je me prenais à croire au serment de Mel qui affirmait son innocence, alors même qu'il allait mourir.

Lorsque la fin de mon service est arrivée, j'étais tellement contente que j'ai filé tout droit chez moi. Je conduisais en pilote automatique, et c'est seulement au niveau de mon allée que j'ai enfin réagi : j'avais promis à Amelia de la retrouver chez Tray.

J'avais complètement oublié.

Étant donné la journée que j'avais passée, j'avais des excuses – si tout allait bien pour Amelia, s'entend. Mais, quand j'ai repensé à l'état de Tray et à son ingestion de sang de vampire frelaté, j'ai été prise de panique.

J'ai consulté ma montre. J'avais plus de trois quarts d'heure de retard. J'ai fait demi-tour dans le premier chemin venu et je suis repartie pied au plancher, tout en essayant de me persuader que je n'étais pas terrifiée. Sans grand succès.

Il n'y avait aucun véhicule devant la petite maison de Tray. Pas de lumière aux fenêtres non plus. J'ai cependant aperçu le pare-chocs du pick-up de Tray dans la cour, derrière.

Je suis passée devant la maison sans m'arrêter pour aller faire demi-tour dans une petite route de campagne, cinq cents mètres plus loin. Troublée et dévorée d'inquiétude, je suis retournée me garer devant chez Tray. Sa maison et l'atelier contigu, qui abritait ses activités de réparation, se trouvaient en dehors de la ville de Bon Temps, sans être isolés. Ils jouxtaient une autre maison, flanquée du même style d'atelier, où Brock et Chessie Johnson exerçaient le métier de tapissier. Apparemment, Brock et Chessie s'étaient retirés chez eux pour la soirée : les lumières de la salle de séjour étaient allumées et, à l'instant même où je regardais les fenêtres, Chessie a fermé les rideaux – ce que les gens par ici se donnent rarement la peine de faire.

La nuit était calme. Seuls les aboiements du chien des Johnson troublaient le silence. Il faisait trop froid pour que les insectes nous donnent leur habituelle sérénade.

J'ai frissonné. La maison de Tray avait l'air déserte, presque abandonnée. J'ai essayé d'imaginer plusieurs scénarios possibles.

Première solution : Tray était encore sous l'emprise du V et, dans sa folie meurtrière, il avait tué Amelia. Depuis, il s'était retranché dans sa maison, dans le noir, réfléchissant à différents modes de suicide. À moins qu'il n'attende mon arrivée pour m'assassiner aussi.

Deuxième solution : Tray s'était parfaitement remis de son indigestion de V et, quand Amelia était apparue sur le pas de sa porte, ils avaient décidé de fêter ça au lit. Ils ne seraient sans doute pas ravis si je les interrompais...

Troisième solution: Amelia était passée et, n'ayant vu personne, était rentrée à la maison. En ce moment, elle était en train de nous préparer à dîner, parce qu'elle s'attendait à me voir arriver d'un instant à l'autre – du moins cette hypothèse avait-elle le mérite de justifier l'absence de la voiture d'Amelia.

J'ai tenté d'en échafauder d'autres, plus logiques, plus pertinentes. Sans résultat. J'ai sorti mon portable et j'ai appelé à la maison, mais c'est ma propre voix enregistrée qui m'a répondu. Alors, j'ai essayé le portable d'Amelia. La boîte vocale s'est enclenchée au bout de la troisième sonnerie. J'avais déjà épuisé mon stock d'heureuses conclusions. Estimant que je serais moins indiscrète en passant un coup de fil qu'en allant frapper à sa porte, j'ai ensuite composé le numéro de Tray. J'ai entendu la sonnerie étouffée à l'intérieur. Pas de réponse.

J'ai appelé Bill. Je n'ai même pas réfléchi. Je suis juste passée sans transition de l'idée à l'action.

— Bill Compton, a répondu la voix familière.
— Bill…
Je n'ai pas pu aller plus loin.
— Où es-tu?
— Je suis assise dans ma voiture devant chez Tray Dawson.
— Le loup-garou qui gère un atelier de réparation de motos?
— C'est ça.
— J'arrive.
Moins de dix minutes plus tard, il était là. Sa voiture s'est rangée derrière la mienne. Je m'étais garée sur le bas-côté parce que je n'avais pas voulu faire crisser le gravier devant la maison.

— Je suis désolée, j'ai eu un accès de faiblesse, me suis-je excusée, quand il est venu s'asseoir à côté de moi. Je n'aurais pas dû t'appeler. Mais je te jure que je ne savais vraiment pas quoi faire.

— Tu n'as pas appelé Eric.

Simple constatation.

— Trop loin.

Je lui ai fait un rapide résumé de la situation.

— Je n'arrive pas à croire que j'aie pu oublier Amelia, ai-je soupiré, atterrée par tant d'égocentrisme.

— Après une telle journée, oublier quelque chose est tout à fait excusable, Sookie.

— Non, c'est impardonnable. Mais… je ne peux pas entrer là-dedans, pour les retrouver morts tous les deux. Je ne peux pas. Mon courage s'est envolé.

Il s'est penché pour m'embrasser sur la joue.

— Qu'est-ce qu'un mort de plus pour moi? a-t-il murmuré.

Déjà, il était dehors, s'avançant sans un bruit dans la nuit, à peine visible dans la faible clarté que dispensait la lumière filtrant entre les rideaux de la maison voisine. Il s'est immobilisé devant la porte d'entrée et a tendu l'oreille. Il n'a rien dû entendre de suspect, parce qu'il est entré sans hésiter.

À la seconde où il franchissait le seuil, mon portable a sonné. J'ai fait un tel bond que j'ai failli heurter le toit de la voiture. Le téléphone m'a échappé des mains, et j'ai dû le récupérer à tâtons sous mon siège.

— Allô? ai-je glapi, la gorge nouée d'appréhension.

— Hé! Tu m'as appelée? J'étais sous la douche.

Je me suis effondrée sur le volant en psalmodiant intérieurement: *Merci, mon Dieu, merci, mon Dieu, merci, merci.*

— Ça va? s'est alarmée Amélia

— Oui, ça va. Où est Tray? Il n'est pas avec toi?

— Non. Je suis passée chez lui, mais il n'était pas là. Je t'ai attendue un peu, mais, comme tu n'arrivais pas, je me suis dit qu'il avait dû aller chez le médecin et que tu avais été retenue au bar, ou un truc comme ça. Alors, je suis retournée au bureau. Ça ne fait même pas une demi-heure que je suis rentrée. Quoi de neuf ?

— Je ne vais pas tarder. Verrouille toutes les portes et n'ouvre à personne.

— Les portes sont fermées et je ne vois personne.

— Ne me laisse pas entrer avant que je ne te donne le mot de passe.

— Euh… d'accord, Sookie.

Elle pensait manifestement que j'avais déraillé.

— Quel mot de passe ? m'a-t-elle demandé d'un ton incertain.

— Doigts de fée.

Où étais-je allée pêcher ça ? Aucune idée. J'étais tout simplement certaine que personne d'autre n'y penserait.

— Compris. Doigts de fée.

Bill était déjà revenu.

— Faut que je te laisse, ai-je annoncé à ma colocataire, avant de couper la communication.

Quand Bill a ouvert la portière, la lumière intérieure a éclairé son visage. Il avait une mine sinistre.

— Il n'est pas là, m'a-t-il dit tout de suite. Mais il y a des traces de lutte.

— Du sang ?

— Oui.

— Beaucoup ?

— D'après ce que j'ai senti, je ne pense pas que ce soit uniquement le sien. Il se peut qu'il soit encore en vie.

Une chape de plomb m'est tombée sur les épaules.

— Je ne sais pas quoi faire, lui ai-je avoué – c'était presque un soulagement de pouvoir le dire à haute voix. Je ne sais pas où le chercher, ni comment l'aider. Il était censé me servir de garde du corps.

Mais il est allé dans les bois, la nuit dernière, et il a rencontré une femme qui a prétendu être ta nouvelle petite amie. Elle lui a donné à boire. Mais c'était du sang de vampire et ça l'a rendu affreusement malade.

J'ai levé les yeux vers mon voisin.

— Peut-être qu'elle l'a eu par Bubba, ai-je hasardé. Je n'ai pas pu le lui demander : je ne l'ai pas revu. Je me fais du souci pour lui, d'ailleurs.

Je savais que Bill pouvait parfaitement me voir dans la pénombre, alors j'ai ouvert les mains, l'air interrogateur. Connaissait-il cette femme ?

Bill m'a regardée avec un petit sourire amer.

— Je ne sors avec personne, m'a-t-il affirmé.

J'ai préféré faire l'impasse sur l'aspect sentimental de la chose. Je n'avais ni l'énergie ni le temps de m'y attarder. L'important, c'était que j'avais eu raison de mettre en doute l'identité de cette mystérieuse inconnue.

— Donc, c'était quelqu'un d'assez doué pour se faire passer pour une fangbanger, en ai-je conclu, et d'assez convaincant pour tromper le bon sens de Tray. Quelqu'un qui a réussi à lui jeter un sort pour le forcer à boire du V.

— Bubba, lui, n'a pas une once de bon sens et, bien que la magie des faé ne fonctionne pas toujours sur les vampires, je ne pense pas que ce soit très compliqué de l'ensorceler.

— Tu l'as vu, ce soir ?

— Il est passé chez moi m'emprunter quelques bouteilles de sang pour sa glacière. Mais il m'a paru affaibli et désorienté. Après avoir bu deux True-Blood, j'ai trouvé qu'il allait mieux. La dernière fois que je l'ai vu, il traversait le cimetière en direction de ta maison.

— J'imagine que c'est donc le prochain arrêt.

— Je te suis.

Bill a regagné sa berline, et nous nous sommes mis en route pour couvrir la courte distance qui nous séparait de chez moi. Mais Bill a été arrêté par le feu rouge au croisement entre la nationale et Hummingbird Road. Je l'ai donc devancé de quelques secondes. Je me suis garée dans la cour parfaitement éclairée – Amelia ne s'est jamais souciée d'une facture d'électricité de sa vie. J'en aurais presque pleuré, parfois, quand je devais la suivre à la trace pour éteindre, l'une après l'autre, toutes les lumières derrière elle.

Je suis descendue de voiture et me suis précipitée vers les marches de la véranda, déjà prête à crier : « Doigts de fée ! » Dans moins d'une minute, Bill serait là, et nous allions pouvoir mettre au point un plan d'action pour retrouver Tray. Bill allait aussi s'occuper de Bubba car je ne le pouvais pas. J'ai réussi à ne pas me ruer dans les bois pour chercher Bubba.

J'étais tellement préoccupée que je n'ai pas vu le danger, pourtant flagrant.

Un tel manquement aux règles les plus élémentaires de sécurité est impardonnable.

Une femme seule doit toujours rester sur ses gardes. Et une femme qui a vécu ce que j'ai vécu doit se montrer doublement vigilante à la moindre alerte. Mais les spots extérieurs étaient allumés, et la cour semblait on ne peut plus normale. J'avais même aperçu Amelia par la fenêtre de la cuisine. Je me suis ruée vers l'escalier, mon sac – avec le déplantoir de Gran et mes pistolets à eau remplis de jus de citron à l'intérieur – sur l'épaule et mes clés à la main.

Mais on ne sait jamais ce qui peut se tapir dans l'ombre, et il suffit d'un instant d'inattention pour que le piège se referme.

J'ai entendu quelque chose dans une langue inconnue, et, pendant une fraction de seconde, je me suis dit : *Il marmonne* et je ne parvenais pas à imaginer ce qu'un homme derrière moi pouvait bien marmonner. Déjà, je posais le pied sur la première marche.

Ensuite, j'ai perdu conscience.

17

Ce froid… cette humidité… les sons étranges… Je devais être dans une grotte.

J'avais la cervelle en compote, et mes neurones fonctionnaient au ralenti. Mais quelque chose clochait, j'en étais sûre. Cette désolante certitude était parvenue à émerger de ma conscience embrumée. Je n'étais pas là où j'aurais dû être et je n'aurais pas dû me trouver là où j'étais. Sur le moment, ces deux pensées m'ont semblé tout à fait distinctes, sans aucun lien entre elles.

On m'avait donné un coup sur la tête.

Quoique… Je n'avais pas vraiment mal comme si on m'avait frappée. J'avais plutôt la tête lourde comme si j'avais attrapé un mauvais rhume et pris un puissant décongestionnant pour me soigner. Donc, en ai-je conclu (à la vitesse d'un escargot sous tranquillisants), je n'avais pas été physiquement mais magiquement assommée. Le résultat était le même, ou presque : j'étais dans un état épouvantable. J'avais tellement peur que je n'osais même pas ouvrir les yeux. J'aurais bien voulu savoir avec qui je partageais cette grotte, pourtant. Alors, j'ai pris mon courage à deux mains et j'ai forcé mes paupières à se soulever. J'ai aperçu un visage magnifique et indifférent. Puis mes yeux se sont refermés tout seuls.

Apparemment, ils avaient leurs propres horaires d'ouverture.

— Elle nous rejoint, a dit une voix.

— Parfait. On va pouvoir s'amuser un peu, a répondu une autre voix.

Ça s'annonçait plutôt mal. J'avais la vague impression que je n'allais pas franchement m'amuser.

Je me suis dit qu'on pouvait venir me sauver quand on voulait, et que, là, maintenant, ça m'irait même très bien.

Mais la cavalerie n'a pas débarqué. J'ai soupiré et j'ai de nouveau essayé d'ouvrir les yeux. Cette fois, mes paupières ont dignement soutenu l'effort. À la lumière de la torche – oui, oui, une vraie torche en bois enflammée –, j'ai examiné mes ravisseurs. Ils étaient deux. Le Numéro Un était un faé. Il était aussi séduisant que le frère de Claudine, Claude, et à peu près aussi charmant – autrement dit : pas du tout. Comme Claude, il avait les cheveux noirs, des traits parfaits et un corps de rêve. Mais son visage ne parvenait même pas à feindre le moindre intérêt pour moi. Claude, lui au moins, pouvait faire semblant, quand les circonstances l'exigeaient.

Je suis passée au Kidnappeur Numéro Deux. Elle ne m'inspirait pas confiance non plus. C'était également une faé. Elle était ravissante, bien évidemment, mais ne semblait pas beaucoup plus aimable ou enjouée que son compagnon. En plus, elle portait une sorte de justaucorps intégral et elle était absolument sublime dedans, ce qui, en soi, suffisait à me la rendre furieusement antipathique.

— C'est la bonne, a dit Numéro Deux. La pute à vamps. Je trouvais celle aux cheveux courts un peu plus jolie, pourtant.

— Comme si une humaine pouvait être jolie ! a rétorqué Numéro Un.

Non seulement j'avais été enlevée, mais je me faisais insulter. Leur opinion de moi n'aurait vraiment pas dû me préoccuper. Pourtant, en les entendant, j'ai senti une petite étincelle de colère s'allumer en moi. *Continue comme ça, pauvre mec ! me suis-je dit. Attends un peu que mon arrière-grand-père te chope.*

J'espérais qu'ils n'avaient pas fait de mal à Amelia ni à Bubba.

J'espérais que Bill allait bien.

J'espérais qu'il avait averti Eric et mon arrière-grand-père.

Cela faisait beaucoup d'espoirs. Et, pendant qu'on était dans le registre des vœux pieux, j'espérais aussi qu'Eric était bien branché sur ma fréquence et qu'il percevrait l'intensité de ma détresse et de ma terreur. Pouvait-il me suivre à la trace rien qu'en se fiant à mes émotions ? Ce serait vraiment merveilleux, parce que j'en avais à revendre, là. De toute ma vie, c'était la première fois que je me retrouvais dans une situation aussi désespérée. Quand nous avions échangé nos sangs, Bill et moi, il m'avait dit que, désormais, il serait toujours capable de me retrouver. J'espérais qu'il avait dit vrai, et que cette faculté ne s'était pas émoussée avec le temps. J'étais prête à suivre le premier qui se présenterait, pour peu qu'il puisse me sortir de là. Et vite.

Numéro Un m'a attrapée sous les aisselles pour me redresser et me caler en position assise. C'est seulement à ce moment-là que je me suis aperçue que je ne sentais pratiquement plus mes mains. En baissant les yeux, j'ai constaté qu'elles avaient été ligotées avec un lien de cuir. J'étais à présent adossée à un mur et je pouvais mieux voir où je me trouvais. Ce n'était pas une grotte, en fait, mais une maison abandonnée. Je pouvais apercevoir les étoiles à travers un trou dans la toiture. Il régnait là une odeur de moisi presque suffocante, avec des relents sous-jacents de bois et de tapisserie pourris. La pièce était vide, à l'exception de mon sac, qu'on avait jeté dans un coin, et d'une vieille photo encadrée accrochée au mur derrière mes ravisseurs. La photo était de travers. Elle avait été prise en extérieur et devait dater des années 1920 ou 1930. Elle représentait une famille noire endimanchée pour l'occasion. Des fermiers, peut-être ? J'étais toujours dans mon propre monde, en tout cas. Mais ça n'allait peut-être pas durer…

Pendant que je le pouvais encore, j'ai souri à Numéro Un et à Numéro Deux.

— Mon arrière-grand-père va vous tuer, leur ai-je lancé – j'ai même réussi à avoir l'air de jubiler. Vous ne perdez rien pour attendre.

Numéro Un a éclaté de rire, en repoussant une mèche de cheveux noirs et brillants, genre mannequin prenant la pose en bout de podium.

— Encore faudrait-il qu'il nous trouve. Il préférera céder et abdiquer plutôt que de vous voir tuée très douloureusement et à petit feu. Il adooore les humains.

— Il aurait dû rejoindre les contrées où le soleil ne se couche jamais depuis longtemps, a déclaré Numéro Deux. Frayer avec les humains, c'est signer notre arrêt de mort et précipiter notre perte. Breandan nous coupera de votre monde : nous serons en sécurité. Niall est complètement périmé, a-t-elle ajouté, comme si elle parlait d'une boîte de conserve oubliée dans un garde-manger.

— Dites-moi que vous n'êtes que des larbins, me suis-je lamentée. Ne me dites pas que vous êtes les cerveaux de cette opération.

J'avais plus ou moins conscience de mon état mental : j'étais sérieusement entamée – un probable effet secondaire du sort qui m'avait envoyée au tapis – et je ne pouvais pas m'empêcher de dire ce que je pensais. Regrettable.

— Nous avons prêté allégeance à Breandan, a fièrement déclaré Numéro Un, comme si, grâce à cette lumineuse explication, tout allait subitement s'éclairer dans mon esprit.

Au lieu de faire le rapprochement avec le grand ennemi de mon arrière-grand-père, j'ai eu une vision du Brandon avec lequel j'étais allée au lycée et qui occupait le poste d'arrière dans l'équipe de football. Il avait fait ses études à la Louisiana Tech, avant de rejoindre l'armée de l'air.

— Il a quitté l'armée ? me suis-je étonnée.

Ils m'ont dévisagée. La plus parfaite incompréhension se lisait dans leurs prunelles. Je pouvais difficilement leur en vouloir.

— L'armée de qui ? m'a demandé Numéro Deux.

J'avais toujours une dent contre elle parce qu'elle m'avait traitée de pute et j'avais décidé de ne plus lui adresser la parole.

— Alors ? Quel est le programme ? ai-je demandé à Numéro Un.

— Nous attendons que Niall réponde aux exigences de Breandan, m'a-t-il informée. Breandan nous isolera en Faérie et plus jamais nous n'aurons affaire à ceux de votre espèce.

Sur le coup, ça m'a paru un très bon plan et, pendant un moment, j'ai même été tentée de prendre le parti de Breandan.

— Et Niall n'est pas d'accord ?

J'essayais d'empêcher ma voix de trembler.

— Non. Il veut pouvoir continuer à fréquenter tes semblables. Tant que Fintan a réussi à lui cacher ton existence et celle de ton frère, Niall a su se tenir. Mais dès que nous avons fait disparaître Fintan...

— Petit à petit, a précisé Numéro Deux, hilare.

— ... il est parvenu à réunir assez d'informations, et il a retrouvé votre trace. Et nous aussi. Nous avons trouvé la maison de ton frère, un jour, et il y avait même un cadeau pour nous, dehors, dans un camion. Alors, nous avons décidé de nous amuser un peu avec. Nous avons suivi ta piste jusqu'à ton lieu de travail et nous avons laissé la femme de ton frère et l'abomination qu'elle allait engendrer, bien en évidence, à la vue de tous. Et maintenant, c'est ton tour. Breandan nous a dit que nous pouvions faire tout ce que nous voulions avec toi tant que tu restais en vie.

Apparemment, mes neurones commençaient à se connecter. J'avais fini par comprendre que ces deux-là étaient des exécuteurs au service de l'ennemi de mon arrière-grand-père, qu'ils avaient assassiné mon grand-père Fintan et crucifié la malheureuse Crystal.

— Je ne ferais pas ça, si j'étais vous, ai-je répondu, en désespoir de cause. Me faire du mal, je veux dire. Parce que, réfléchissez : et si ce Breandan n'obtient pas ce qu'il veut ? Et si c'est Niall qui gagne ?

— D'abord, c'est peu probable, m'a fait aimablement remarquer Numéro Deux, avec un sourire satisfait. Ensuite, nous avons fermement l'intention de gagner, et nous avons fermement l'intention de nous amuser. De bien nous amuser. Ce sera particulièrement drôle si Niall veut te voir. Il va certainement exiger des preuves de ton existence, avant de se rendre. Il faut donc que tu respires encore quand il te verra. Mais... plus ton état sera critique, plus il voudra abréger tes souffrances, et plus vite la guerre sera finie.

Elle avait une bouche pleine de dents, les plus longues dents que j'avais jamais vues. Les plus pointues aussi. Et certaines étaient couronnées d'étincelantes pointes d'argent. Une touche personnelle abominable.

À la vue de ces horribles crocs luisants, les ultimes séquelles du sort qu'ils m'avaient jeté se sont évaporées… ce que je n'ai pas tardé à regretter. Car, pendant toute l'heure qui a suivi, j'ai été complètement et parfaitement lucide, et ça a été l'heure la plus interminable de toute ma vie.

J'ai trouvé incompréhensible – et profondément choquant – de pouvoir endurer de telles souffrances sans en mourir.

La mort m'aurait été si douce.

Je connais bien les humains, puisque je lis dans leurs pensées tous les jours que Dieu fait, mais j'ignorais bien des choses sur les mœurs des créatures magiques. Je préférais croire que mes ravisseurs formaient, à eux deux, une race à part. Je ne pouvais pas imaginer que mon arrière-grand-père aurait ri quand j'ai commencé à saigner. Ni qu'il prenait plaisir à découper des humains avec un couteau, comme mes deux tortionnaires qui, manifestement, s'en délectaient.

J'avais lu des livres dans lesquels une personne victime de supplices était allée se réfugier dans un « ailleurs » pour échapper mentalement à son calvaire. Moi je suis restée. Je me suis concentrée sur les visages rudes de cette famille de fermiers, sur la photo. J'aurais voulu la dépoussiérer pour pouvoir mieux les distinguer. J'aurais voulu redresser le cadre penché. J'avais la certitude que ces braves gens auraient été horrifiés par l'ignoble spectacle auquel leur photo assistait.

Par moments, entre deux mutilations, j'avais vraiment du mal à croire que ces atrocités étaient bien réelles. J'espérais de toutes mes forces que c'était un très, très mauvais rêve dont, tôt ou tard, j'allais finir par me réveiller – plutôt tôt que tard, si possible. J'avais découvert très jeune, et à mes dépens, la cruauté du monde, mais je n'en étais pas moins choquée que ces *choses* prennent un tel plaisir à me torturer. Je n'avais aucune identité pour eux – je n'étais même pas une personne. Ils se moquaient éperdument des projets que je pouvais avoir, de mes espoirs, de ce que j'attendais de la vie. J'aurais tout aussi bien pu être un chiot errant ou une jolie petite grenouille attrapée au bord d'un ruisseau.

Pour ma part, j'aurais trouvé atroce de faire subir des tortures pareilles à un chiot ou à une grenouille.

— Mais ne serait-elle pas la fille du couple que nous avons noyé ? a subitement demandé Un à Deux, tandis que je hurlais.

— Mais si. Ils essayaient de franchir un pont en voiture pendant une crue ! s'est exclamée Deux, manifestement exaltée à l'évocation de ces excellents souvenirs. Traverser de l'eau alors que l'homme avait du sang de faé céleste dans les veines ! Ils croyaient que leur boîte en fer allait les protéger.

— Les naïades étaient ravies de les tirer sous l'eau, a précisé Numéro Un.

Mes parents n'étaient pas morts dans un accident. Ils avaient été assassinés. Même immergée dans un torrent de souffrance, j'ai enregistré l'information – bien que, sur le moment, j'aie été absolument incapable de ressentir quoi que ce soit.

J'essayais de parler à Eric dans ma tête, en espérant qu'il pourrait me retrouver grâce à notre lien. J'ai pensé aussi au seul autre télépathe adulte que je connaissais, Barry, et je l'ai bombardé de messages –

tout en sachant pertinemment que nous étions beaucoup trop loin pour pouvoir communiquer par ce biais. À ma grande et éternelle honte, vers la fin, j'ai même envisagé de contacter mon neveu – envisagé seulement. Je savais pourtant que Hunter était bien trop petit pour comprendre. Et je ne pouvais pas demander une chose pareille à un enfant.

Alors, j'ai perdu tout espoir et j'ai attendu la mort.

Pendant que mes deux bourreaux se donnaient une autre forme de plaisir, sexuel celui-là, j'ai eu une pensée pour Sam. Comme j'aurais été heureuse de le voir, à présent ! J'aurais voulu pouvoir prononcer le nom de quelqu'un qui m'aimait, mais j'avais la gorge à vif à force de crier.

J'ai imaginé ma vengeance. J'ai souhaité la mort de mes deux tortionnaires. Je l'ai désirée avec une telle force que ça m'a brûlé les entrailles. J'espérais que quelqu'un, n'importe lequel des SurNat ou des vampires que je connaissais – Claude, Claudine, Niall, Alcide, Bill, Quinn, Tray, Pam, Eric, Calvin, Jason –, allait les écarteler et les démembrer l'un après l'autre. Que les autres faé pourraient leur consacrer autant de temps que ces deux-là m'accordaient.

Breandan voulait qu'ils me laissent la vie sauve, avaient-ils dit. Mais ce n'était pas la peine d'être télépathe pour savoir qu'ils n'allaient pas pouvoir se retenir encore très longtemps. Ils allaient se laisser entraîner, emportés par le plaisir qu'ils prenaient à me torturer, comme ils l'avaient fait pour Fintan et pour Crystal. Et, cette fois, on ne pourrait pas me réparer.

J'étais désormais certaine que j'allais mourir.

Je commençais à avoir des hallucinations. Je voyais Bill. Ça n'avait aucun sens. Bill était probablement dans mon jardin, en train de se demander où j'avais bien pu passer. Il était dans le monde réel, le monde qui avait un sens. J'aurais pourtant juré que je le voyais approcher à pas de loup derrière les deux faé, qui badinaient maintenant avec une paire de lames de rasoir. Il avait l'index posé sur les lèvres pour m'inciter à me taire. Comme il n'était pas là et que ma gorge n'était plus en état de former le moindre son, de toute façon (je ne pouvais même plus produire un cri digne de ce nom), ce n'était pas très difficile. Il y avait une ombre noire derrière lui, une ombre surmontée d'une drôle de flamme toute pâle.

Deux m'a frappée avec le poignard qu'elle venait de tirer de sa botte, une lame qui étincelait autant que ses dents, et, avec Un, ils se sont penchés sur moi, tout près, pour se repaître de ma souffrance. Je n'ai pu émettre qu'un pitoyable son éraillé. Mon visage n'était plus qu'un masque de sang séché raviné de larmes.

— On dirait une grenouille, a commenté Un.

— Non, mais écoute-la ! Allez ! Coa coa, petite grenouille ! Coasse encore pour nous.

J'ai ouvert les yeux pour planter dans les siens un regard assassin. Ça faisait tellement longtemps que je voulais le faire. J'ai dégluti avec peine et j'ai mobilisé mes dernières forces.

— Vous allez mourir, leur ai-je annoncé.

Et j'en étais persuadée. Mais je leur avais déjà dit ça avant, et ils n'y ont pas prêté plus d'attention qu'ils ne l'avaient fait précédemment.

J'ai réussi à étirer les lèvres pour esquisser un sourire.

Le faé a juste eu le temps de prendre un air ahuri, avant que quelque chose d'étincelant ne zèbre l'espace entre sa tête et ses épaules. Puis, pour mon plus grand plaisir, il s'est retrouvé en deux parties, et une gerbe de sang bien frais m'a éclaboussée, recouvrant mon propre sang séché. Mais j'avais toujours les yeux grands ouverts et j'ai bien vu la longue main blanche qui se refermait sur le cou de la faé pour la soulever de terre. Le choc qu'elle a manifesté, quand des crocs presque aussi pointus que les siens lui ont déchiqueté le cou, m'a consolée de bien des souffrances.

Je n'étais pas à l'hôpital.

Mais j'étais dans un lit. Un lit qui n'était pas le mien. Et j'étais un peu plus propre que dans mes derniers souvenirs. On m'avait bandée, et j'avais mal partout. Je n'étais que douleur, en fait. Une douleur atroce. La propreté, les bandages, c'était merveilleux. La douleur, en revanche… Mais il fallait s'y attendre. C'était logique. Et transitoire. En tout cas, personne n'essayait de m'infliger plus de douleur que je n'en avais déjà subi. Tout bien considéré, j'allais vraiment très bien.

J'avais quand même quelques petits trous de mémoire. Je ne parvenais pas à me rappeler ce qui s'était passé entre le moment où j'étais encore dans la bicoque abandonnée et maintenant. J'avais des flashs – des scènes d'action qui me revenaient, des voix –, mais aucun lien pour les connecter entre eux. Je revoyais la tête de Numéro Un se détacher et je savais que quelqu'un avait mordu Numéro Deux. J'espérais qu'elle avait fini dans le même état que son comparse, mais je n'en étais pas sûre. Est-ce que j'avais vraiment vu Bill ? Et qu'est-ce que c'était, cette ombre noire derrière lui ?

Clic clic clic. J'ai réussi à tourner très légèrement la tête. Ma faé marraine était assise à mon chevet. Elle tricotait.

La vision de Claudine faisant du tricot était à peu près aussi surréaliste que celle de Bill apparaissant dans ma grotte. J'ai préféré me rendormir. C'était lâche de ma part, mais j'ai estimé que j'en avais le droit.

— Elle va s'en sortir.

J'ai reconnu la voix du Dr Ludwig. Sa tête est apparue au-dessus du côté de mon lit, ce qui a achevé de me convaincre que je n'étais pas dans un lit d'hôpital normal.

Le Dr Ludwig s'occupe des cas qu'on ne peut pas envoyer dans un hôpital standard parce que, rien qu'à les voir, le personnel s'enfuirait en hurlant. Et que le laboratoire ne pourrait pas analyser leur sang. J'ai suivi des yeux la tête frisée du Dr Ludwig tandis qu'elle faisait le tour de mon lit pour se diriger vers la porte. Le Dr Ludwig avait une voix de basse. Je la soupçonnais d'être un hobbit – enfin, pas un vrai, mais pas loin. Sauf qu'elle portait des chaussures. Quoique... Est-ce que j'avais déjà aperçu les pieds du Dr Ludwig ? J'ai passé un bon moment à essayer de m'en souvenir. En vain.

— Sookie ? Est-ce que le remède fait son effet ? m'a-t-elle demandé, les yeux au niveau de mon coude.

J'ignorais si elle était partie et revenue ou si j'avais juste décroché un instant.

— J'ai moins mal, lui ai-je répondu, d'une voix éraillée à peine audible. Je commence à me sentir un peu engourdie. C'est... absolument génial.

Elle a hoché la tête.

— Oui, compte tenu du fait que vous êtes humaine, vous avez beaucoup de chance.

Bizarre. Je me sentais mieux que je ne l'avais été dans la maison abandonnée, mais je n'aurais pas pu dire que je me trouvais particulièrement vernie.

Est-ce que j'estimais avoir eu une chance inouïe ? Non, même en y réfléchissant bien. J'étais estropiée corps et âme.

— Non.

J'ai voulu secouer la tête, mais, même avec les calmants, il était clair que j'avais trop mal au cou pour m'y risquer – mes tortionnaires avaient pris un malin plaisir à m'étrangler : un de leurs sévices favoris.

— Vous n'êtes pas morte, m'a aimablement fait remarquer le Dr Ludwig.

Non, mais il s'en était fallu de peu. J'avais mordu sur la ligne blanche. Si on m'avait sauvée avant ce moment critique, j'aurais ri tout le long du trajet jusqu'à la clinique secrète des SurNat – enfin, là où j'étais, quel que soit l'endroit où l'on m'avait emmenée. Mais j'avais vu la mort de trop près – assez près pour voir tous les pores de son visage grimaçant – et j'avais trop souffert. Je n'allais pas m'en remettre, cette fois.

Mes structures physiques et mentales avaient été tailladées, déchiquetées, évidées, broyées, mordues, usées jusqu'à la corde. Je ne savais pas si je pourrais recoller les morceaux et redevenir la Sookie d'avant. C'est ce que j'ai dit – en abrégeant un peu – au Dr Ludwig.

— Ils sont morts, si ça peut vous aider, m'a-t-elle répondu.

Oui, effectivement, ça m'aidait. Et même beaucoup. Je n'avais donc pas rêvé ; mes bourreaux avaient bien été mis à mort. Je craignais d'avoir pris mes désirs pour des réalités.

— Votre arrière-grand-père a décapité Lochlan, a-t-elle précisé.

Numéro Un s'appelait donc Lochlan.

— Et le vampire Bill Compton a égorgé la sœur de Lochlan, Neave.

Autrement dit Numéro Deux.

— Et où est Niall, en ce moment ? lui ai-je demandé.

— Au combat, m'a-t-elle annoncé d'un ton sinistre. Fini les négociations et les manœuvres tactiques pour prendre l'avantage. C'est la guerre ouverte, à présent.

— Et Bill ?

— Il a été grièvement blessé, a maugréé la petite doctoresse. Neave l'a poignardé, avant de se vider de son sang. Et puis elle l'a mordu, elle aussi. Sa lame était d'argent, comme les pointes qui couronnaient ses dents. Le vampire a le poison dans le sang, à présent.

— Il s'en remettra ?

Elle a haussé les épaules d'un air dubitatif.

J'ai cru que mon cœur s'arrêtait. Je ne pouvais pas, non, je ne pouvais pas regarder cette horreur-là en face. Cette seule idée m'était intolérable.

Je me suis efforcée de penser à autre chose qu'à Bill.

— Et Tray ? Il est là, lui aussi ?

Elle m'a regardée en silence.

— Oui, a-t-elle finalement répondu.

— Il faut que je le voie. Bill aussi.

— Non. Vous n'êtes pas transportable. Et puis, il fait jour : Bill dort, de toute façon. Mais Eric sera là, ce soir. Dans quelques heures, en fait. Et il viendra avec un autre vampire au moins. Ça aidera un peu. Quant au loup-garou, il est trop atteint pour que vous alliez le déranger.

Je n'ai pas pris le temps d'enregistrer ça. J'étais déjà passée à autre chose. C'était plutôt lent, comme passage, mais peu à peu, mon brouillard mental se levait.

— Vous savez si Sam a été prévenu ? Ça fait long-temps que je suis HS ? J'ai raté des journées de boulot ?

Nouveau haussement d'épaules fataliste.

— Je ne sais pas. J'imagine. Il est toujours au courant de tout, apparemment.

— Bon.

J'ai voulu changer de position... et j'ai retenu un cri de douleur.

— Je vais être obligée de me lever pour aller aux toilettes, l'ai-je avertie.

— Claudine ?

Ma cousine a posé son tricot et s'est levée de son fauteuil à bascule. C'est alors que j'ai pris conscience de son état : ma sublime bonne faé semblait avoir été poussée dans un déchiqueteur à bois. Elle avait les bras couverts de griffures, d'éraflures, et de coupures. Quant à son beau visage... un désastre ! Elle m'a souri, mais il était clair que c'était douloureux.

Quand elle m'a soulevée, j'ai bien senti l'effort que ça lui coûtait. En temps normal, Claudine aurait pu porter un veau, ou même deux, si elle l'avait voulu.

— Désolée, ai-je murmuré. Je peux marcher, j'en suis sûre.

— N'y pense même pas, a rétorqué Claudine. Tiens, regarde, on y est déjà.

Notre mission accomplie, elle m'a recouchée dans mon lit.

— Qu'est-ce qui t'est arrivé ? lui ai-je demandé.

Entre-temps, le Dr Ludwig était partie sans un mot.

— Je suis tombée dans une embuscade, m'a-t-elle expliqué de sa douce voix. Une bande de stupides lutins et un faé. Lee, de son prénom.

— J'imagine qu'ils étaient de mèche avec le fameux Breandan ?

Elle a hoché la tête et récupéré son tricot. L'ouvrage sur lequel elle travaillait ressemblait à un pull si minuscule que je me suis demandé si ce n'était pas pour un elfe.

— Ils l'étaient, oui. Ils ne sont plus que de la chair à pâté, à l'heure qu'il est.

Elle avait l'air très contente d'elle.

Elle ne deviendrait jamais un ange, à ce compte-là. Je ne savais pas trop comment on gravissait les échelons, chez les faé, mais réduire son prochain en miettes n'était certainement pas le meilleur moyen.

— Tant mieux.

Plus il y aurait de partisans de Breandan au tapis, mieux ça vaudrait.

— As-tu vu Bill ?

— Non.

Et, de toute évidence, le sujet ne la passionnait pas.

— Et où est Claude ? En sécurité, j'espère ?

— Il est avec grand-père.

Pour la première fois, j'ai vu l'inquiétude se peindre sur son beau visage.

— Ils essaient de trouver Breandan. Grand-père pense que, s'il attaque le mal à la racine, les partisans de Breandan n'auront d'autre choix que de capituler et de lui prêter allégeance.

— Ah ! Et pourquoi n'es-tu pas avec eux ?

— Parce que je veille sur toi. Et, au cas où tu estimerais que j'ai choisi la solution de facilité, sache que je suis persuadée que Breandan essaie de nous localiser. Il doit être fou de rage. Il a été obligé d'entrer dans le monde des humains, qu'il déteste, et ce parce que ses assassins préférés ont été tués. Il aimait Neave et Lochlan. Cela faisait des siècles qu'ils étaient à ses côtés. Et ils étaient tous deux ses amants.

— Beurk !

Et ça venait du cœur. Ou du fond de mon estomac, peut-être.

— Beurk ! Beurk !

Je ne pouvais même pas m'imaginer quel genre d'«amour» ces amants-là pouvaient bien faire. Ce que j'avais vu ne ressemblait en rien à de l'amour.

— Jamais je ne t'aurais accusée d'avoir choisi la solution de facilité, ai-je ajouté, ma nausée passée. Le danger est partout en ce bas monde.

Claudine m'a lancé un regard entendu.

— D'où vient ce nom, Breandan? ai-je repris, au bout d'un moment, en admirant la vitesse et la dextérité avec lesquelles ses aiguilles s'agitaient.

Je ne savais pas ce que le minuscule pull vert tout duveteux allait donner, mais le spectacle, à lui seul, valait le coup d'œil.

— C'est irlandais. Les plus anciens d'entre nous sont irlandais. Claude et moi avions des noms irlandais. Je trouvais ça ridicule, alors on en a changé. Personne ne pouvait les épeler et encore moins les prononcer correctement, de toute façon. Si tu entendais mon vrai nom, on dirait un chat crachant une boule de poils!

Le silence a envahi la chambre pendant quelques minutes.

— C'est pour qui, ce petit pull? Tu attends un heureux événement? lui ai-je demandé de ma nouvelle voix râpeuse et sifflante.

J'avais tenté de dire ça sur le ton de la plaisanterie. Je n'avais réussi à émettre qu'un bruissement inquiétant.

— Oui, m'a-t-elle répondu, en levant la tête pour me regarder, les yeux soudain brillants. Je vais avoir un bébé. Un enfant faé pure souche!

— Oh! c'est génial! me suis-je exclamée dans un souffle enroué, avec un sourire d'autant plus large qu'intérieurement, j'étais abasourdie.

Serait-ce de mauvais goût si je lui demandais l'identité du père? Probablement que oui.

— Oui, c'est merveilleux. Nous ne sommes pas très féconds, et l'énorme quantité de fer dans ce monde a dramatiquement réduit notre taux de natalité. Notre population décline de siècle en siècle. J'ai vraiment de la chance. C'est l'une des raisons pour lesquelles je n'invite jamais d'humain dans mon lit – bien que, parfois, ce ne soit pas l'envie qui m'en manque. Ils sont tellement délicieux, pour certains d'entre eux. Mais je ne supporterais pas de perdre une seule période de fécondité pour un humain.

Ce n'était donc pas sa vocation pour l'angélisme qui empêchait Claudine de coucher avec ses nombreux admirateurs.

— Donc, le papa est un faé, en ai-je brillamment déduit.

Une façon comme une autre d'aborder la question de l'identité du père.

— Vous sortiez ensemble depuis longtemps ?

J'avais beau avoir la gorge en feu, ma curiosité l'emportait.

Claudine s'est esclaffée.

— Je savais que j'étais en période de fécondité. Je savais que c'était un mâle fertile. Nous n'étions pas très liés, mais nous nous sommes trouvés suffisamment désirables.

— Est-ce qu'il va t'aider à élever le bébé ?

— Oh oui ! Il sera là pour veiller sur lui pendant ses jeunes années.

— Tu me le présenteras ?

J'étais vraiment heureuse pour elle, mais d'une manière étrangement détachée.

— Bien sûr… si nous gagnons la guerre et si le passage entre nos deux mondes est toujours ouvert. En temps normal, il préfère rester en Faérie. Il ne raffole pas des humains.

Elle aurait tout aussi bien pu me dire qu'il était allergique aux chats.

— Si Breandan l'emporte, Faérie sera coupée du reste de l'univers et tout ce que nous avons construit en ce monde sera détruit, a-t-elle soupiré. Toutes ces choses merveilleuses que les humains ont inventées et que nous pouvons utiliser, l'argent que nous avons gagné pour investir dans ces inventions... tout sera perdu. Les humains sont si attachants, et c'est tellement grisant d'être en leur compagnie ! Ils dégagent tant d'émotion et d'énergie ! Ils sont délicieusement divertissants.

Ce nouveau sujet de discussion était certes passionnant, mais ma gorge était douloureuse et, quand je n'ai plus été capable de lui répondre, Claudine s'est désintéressée de la conversation. Elle avait beau s'être, en apparence, paisiblement remise à son tricot, au bout de quelques minutes sa tension croissante a commencé à m'alarmer. Je la sentais sur le qui-vive. C'est alors que j'ai entendu des pas précipités dans le couloir. Claudine s'est levée pour aller jeter un coup d'œil à l'extérieur. Après avoir répété ce petit manège pour la troisième fois, elle a refermé la porte et poussé le loquet. Je lui ai demandé ce qu'elle redoutait.

— Les ennuis, m'a-t-elle répondu. Et Eric.

C'est du pareil au même, ai-je pensé avant de lui demander :

— Est-ce qu'il y a d'autres malades ici ? Est-ce que c'est un hôpital ?

— Oui, mais Ludwig et son assistante sont en train d'évacuer les valides.

Je croyais avoir connu le summum de la terreur et ne plus jamais pouvoir éprouver la peur. Mais, avec cette tension qui émanait de ma faé marraine, ces émotions épuisées se réveillaient.

Une trentaine de minutes plus tard, elle a redressé vivement la tête. Il était clair qu'elle tendait l'oreille.

— Eric arrive, m'a-t-elle annoncé. Je vais devoir te quitter. Je ne peux pas masquer mon odeur comme mon grand-père.

Elle s'est levée pour déverrouiller la porte et l'a ouverte en grand.

Eric est entré sans bruit : à un moment, je regardais la porte ouverte ; l'instant d'après, il s'y encadrait. Claudine a ramassé ses affaires pour s'en aller, en veillant à rester à distance respectueuse du vampire. Déjà, les narines d'Eric se dilataient, flairant son parfum délicieux.

À peine Claudine avait-elle disparu qu'Eric était à mon chevet. Il me regardait. Je n'éprouvais aucun bonheur à le voir, pas le moindre plaisir à le sentir à mes côtés. Même le lien de sang qui nous unissait n'avait pas résisté à l'épreuve que je venais de subir – mais ce n'était sans doute que temporaire. Mon visage me faisait tellement mal quand je changeais d'expression que je devinais les contusions et les plaies qui le balafraient. Mon œil gauche voyait affreusement trouble. Je n'étais pas belle à voir, pas besoin de miroir pour m'en assurer. Mais, à ce moment-là, je n'avais pas le courage de m'en désoler. Pour tout dire, je m'en moquais.

Tout vampire qu'il était, Eric a eu beau s'efforcer de garder une mine impassible, sa rage se voyait.

— Putain de faé ! a-t-il maugréé, les lèvres retroussées comme un molosse près de mordre.

Je ne me rappelais pas avoir jamais entendu Eric jurer.

— Morts, maintenant, ai-je murmuré, limitant mon temps de parole au strict minimum pour ménager ma gorge.

— Oui. Une mort bien trop rapide, a grondé Eric.

J'ai hoché la tête (enfin, j'ai fait de mon mieux). J'étais complètement d'accord avec lui. Je pensais même que ça aurait presque valu la peine de les ramener à la vie, rien que pour pouvoir recommencer à les tuer. Et à petit feu, s'il vous plaît.

— Je vais examiner tes blessures, m'a-t-il avertie.

— D'accord.

Mais je savais que ce ne serait pas joli, joli. Le peu que j'avais aperçu, en soulevant ma chemise dans les toilettes, avait suffi à me dissuader d'aller plus loin.

Avec une dextérité toute médicale, Eric a soigneusement replié draps et couverture. Je portais une chemise d'hôpital standard – on aurait pu imaginer que, dans un hôpital pour SurNat, les malades auraient droit à quelque chose de plus exotique – et, forcément, elle était remontée à mi-cuisses. J'avais les jambes couvertes de morsures, des morsures profondes. Il manquait de la chair par endroits. En les regardant, j'ai pensé aux *Dents de la mer*.

Le Dr Ludwig avait bandé les plus sévères de mes blessures – j'étais sûre que les pansements cachaient des points de suture. Pendant un long moment, Eric m'a regardée sans rien dire, parfaitement immobile.

— Relève ta chemise, m'a-t-il finalement ordonné.

Mais, quand il s'est aperçu que je n'avais pas assez de force dans les bras pour y arriver, c'est lui qui s'en est chargé.

Mes tortionnaires s'étaient particulièrement attardés sur les points les plus tendres. Le spectacle n'était donc pas très ragoûtant – c'était même franchement écœurant. Un seul coup d'œil m'a suffi. Ensuite, j'ai préféré garder les yeux fermés, comme un gamin qui vient de tomber par erreur sur un film d'horreur. Pas étonnant que je souffre autant. Je ne serais plus jamais comme avant, ni physiquement, ni psychologiquement.

Après un long moment, Eric m'a recouverte.

— Je reviens, m'a-t-il promis en se levant.

Je l'ai entendu quitter la pièce. Quelques secondes plus tard, il était de retour avec deux bouteilles de TrueBlood, qu'il a posées au pied du lit.

— Décale-toi, m'a-t-il demandé.

Comme je le regardais sans comprendre, il a répété avec impatience :

— Décale-toi.

Quand il a enfin vu que je ne pouvais tout simplement pas bouger, il a glissé un bras derrière mon dos et l'autre sous mes genoux pour me déplacer vers l'extrême bord du lit. Heureusement qu'il était bien plus large qu'un lit d'hôpital standard : j'aurais été obligée de me tourner sur le côté pour lui faire de la place.

— Je vais te nourrir, a-t-il alors déclaré.

— Quoi ?

— Je vais te donner mon sang. Sinon, tu vas mettre des semaines à guérir. Nous n'avons pas le temps d'attendre.

Face à un tel pragmatisme, j'ai senti la tension qui nouait mes épaules se relâcher. Je ne m'étais pas rendu compte de l'état de stress dans lequel je me trouvais. Eric s'est mordu le poignet et l'a approché de mes lèvres.

— Tiens, m'a-t-il dit, comme s'il n'était même pas question que je puisse refuser.

Il a glissé son bras libre sous ma nuque pour me soulever la tête. Ça n'allait rien avoir d'érotique, comme ces petites morsures qui font partie du jeu quand on fait l'amour avec un vampire. Pendant un moment, je me suis interrogée sur mon consentement implicite. Mais Eric avait dit que nous n'avions pas le temps. Une moitié de ma tête comprenait ce que ça signifiait, mais l'autre, complètement amorphe, semblait considérer le facteur temps comme quelque chose de fluctuant qui le rendait pratiquement négligeable.

J'ai ouvert la bouche et j'ai aspiré. J'avais si mal et j'étais tellement horrifiée par l'état dans lequel j'étais, par les ravages causés à mon pauvre corps, que je ne me suis pas demandé plus d'une seconde s'il était bien sage de faire ce que je faisais. Je savais avec quelle rapidité le sang de vampire agissait. Ça me suffisait.

Sa plaie s'est refermée une fois. Il l'a rouverte.

— Es-tu vraiment sûr que tu devrais faire ça ? me suis-je alarmée, au moment où il se mordait pour la deuxième fois.

Je m'en suis voulu d'avoir fait une phrase entière : j'ai eu l'impression qu'on me rabotait le gosier à vif.

— Oui. Je connais exactement les limites. Et je me suis bien nourri avant de venir. Il faut que tu puisses bouger.

Logique. Devant un tel sens pratique, on ne pouvait que s'incliner. Je commençais à me sentir un peu mieux. Le comportement d'Eric me permettait de dédramatiser. Je n'aurais pas supporté sa pitié.

— Bouger ?

Rien que d'y penser, j'ai été prise de panique.

— Oui. Les partisans de Breandan pourraient nous... vont nous trouver d'un instant à l'autre. Ils te suivent à la trace, maintenant. Tu portes l'odeur des faé qui t'ont torturée. De plus, ils savent que Niall t'aime assez pour sacrifier les siens pour toi : ils te traqueront sans relâche. Et ils se feront un plaisir de te tuer. Ils s'en délectent déjà.

À la perspective de nouvelles horreurs, je me suis mise à pleurer. Eric m'a caressé la joue – un geste tendre plein de douceur. Puis il m'a houspillée.

— Arrête ça immédiatement ! m'a-t-il ordonné. Il faut que tu sois forte. Je suis fier de toi, tu m'entends ? Très fier de toi.

— Pourquoi ?

J'ai de nouveau pressé mes lèvres contre son poignet et j'ai recommencé à lui sucer le sang.

— Tu es encore entière. Tu es encore un être humain. Lochlan et Neave ont laissé des vampires et des faé en lambeaux. Littéralement en lambeaux. Mais toi, tu as survécu. Ta personnalité et ton âme sont toujours intactes.

— On m'a secourue, lui ai-je rappelé, avant de prendre une profonde inspiration pour me pencher encore une fois sur son poignet.

— Tu aurais survécu à bien pire.

Eric a attrapé une bouteille de TrueBlood et l'a vidée d'un trait.

— Encore aurait-il fallu que je le veuille…

J'ai inspiré profondément et je me suis rendu compte que, même si ma gorge me faisait encore mal, la douleur devenait supportable.

— Je n'avais plus vraiment envie de vivre après…

Il m'a embrassée sur le front.

— Mais tu es encore en vie. Et ils sont morts. Et tu es à moi et tu resteras à moi. Ils ne t'auront pas.

— Tu crois vraiment qu'ils vont venir ici ?

— Oui. Tôt ou tard, les hommes de Breandan – du moins, ce qu'il en reste – découvriront cet endroit, si ce n'est Breandan lui-même. Il n'a plus rien à perdre et il a son blason à redorer. Je crains qu'ils n'arrivent sous peu. Ludwig a pratiquement fini d'évacuer les autres patients.

Il a légèrement tourné la tête, comme s'il tendait l'oreille.

— Oui, ils sont presque tous partis, a-t-il affirmé après vérification.

— Qui est encore là ?

— Bill est dans une chambre voisine. Clancy lui donne son sang.

— Tu n'avais pas l'intention de lui en donner ?

— Si tes blessures avaient été incurables… Non, je l'aurais laissé crever.

— Mais pourquoi ? Il est venu me sauver ! Pourquoi lui en vouloir ? Et toi, tu étais où, pendant ce temps-là, hein ?

Un sentiment de rage montait en moi.

Eric a tressailli – une réaction violente pour un vampire aussi vieux – et il a détourné les yeux. Je ne me serais pas crue capable de dire des choses pareilles.

— Ce n'est pas comme si tu étais obligé de venir à mon secours, ai-je repris. Mais j'ai tellement espéré… J'ai espéré que tu viendrais. J'ai prié pour que tu viennes. Je me disais que tu finirais par entendre mon appel. Alors, je t'ai appelé, appelé…

— Tu me tues, a-t-il lâché dans un souffle. Tu me tues.

Je l'ai senti frémir, comme si chacun de mes mots était un coup de poignard que je lui portais.

— Je t'expliquerai, m'a-t-il assuré d'une voix sourde. Je te le promets. Et tu comprendras. Mais ce n'est pas le moment : nous n'en avons pas le temps. Est-ce que tu te sens mieux, maintenant ?

J'ai réfléchi à la question. Je ne me sentais pas aussi mal qu'avant la « transfusion ». Les trous dans ma chair me démangeaient atrocement. C'était bon signe. Ça signifiait que tout se reconstituait.

— Pas encore, mais je commence à croire que ça viendra, lui ai-je prudemment répondu. Oh, est-ce que Tray Dawson est toujours là ?

Eric m'a dévisagée, la mine grave.

— Oui. Il n'est pas déplaçable.

— Comment ça se fait ? Pourquoi le Dr Ludwig ne l'a pas évacué ?

— Il n'y aurait pas survécu.

— Oh non !

Malgré tout ce que j'avais traversé, j'en étais profondément affectée.

— Bill m'a parlé du sang de vampire qu'on lui a fait ingérer. Ils comptaient sur les effets dévastateurs que cela pourrait avoir sur un loup-garou. Ils espéraient que, pris de folie, il passerait sa rage sur toi. Mais le fait qu'il t'ait laissée livrée à toi-même leur a suffi. Lochlan et Neave ont été retardés, pourtant, par deux guerriers de Niall qui les ont attaqués, et ils ont dû se battre. Ensuite, ils ont décidé de s'assurer que Dawson ne reviendrait pas te prêter main-forte. Bill m'a appelé pour me prévenir que vous alliez chez Dawson. Mais, à ce moment-là, ils le détenaient déjà. Et ils se sont bien amusés avec lui avant de... avant de t'enlever.

— Et il est en si mauvais état que ça? Je pensais que les effets du V frelaté seraient passés plus rapidement.

Je ne parvenais pas à imaginer qu'une telle armoire à glace, qu'un loup-garou de cette trempe – le plus coriace de tous ceux que je connaissais – ait pu tomber.

— Le sang de vampire qu'ils ont utilisé ne leur a servi qu'à diluer leur poison. Ils ne l'avaient jamais expérimenté sur un loup-garou, je suppose, parce qu'il a mis très longtemps à agir. Puis ils ont exercé leurs talents sur lui... Peux-tu te lever?

J'ai essayé de mobiliser les muscles concernés pour exécuter l'effort exigé.

— C'est peut-être encore un peu tôt, ai-je avoué.

— Je vais te porter.

— Pour aller où?

— Bill veut te parler. Il va falloir que tu sois courageuse.

— Mon sac, lui ai-je demandé. Il y a quelque chose que je dois prendre dedans.

Eric s'est exécuté sans discuter, posant l'objet en question – passablement sale et abîmé, désormais – sur le lit à côté de moi. En me concentrant, j'ai réussi à l'ouvrir et à glisser la main à l'intérieur. Eric a haussé les sourcils en voyant ce que j'en sortais. Mais, brusquement, son expression a changé pour laisser place à la plus vive anxiété. Il avait dû entendre quelque chose. En un clin d'œil, il m'avait déjà soulevée comme une plume. Lorsqu'il s'est immobilisé devant la porte, les bras encombrés par son fardeau, je me suis penchée pour tourner la poignée. Il a poussé le battant du pied et nous sommes sortis dans le couloir. Là, j'ai découvert que nous nous trouvions dans un vieux bâtiment, une petite entreprise quelconque qui avait été reconvertie en clinique pour SurNat. Il y avait des portes tout le long du couloir et une sorte de salle de contrôle vitrée, à peu près à mi-parcours. À travers la vitre en façade, j'ai aperçu au-dehors un entrepôt plutôt sinistre. Quelques lumières étaient allumées à l'intérieur, juste assez pour que je puisse voir qu'il était vide et qu'il servait de débarras pour des meubles de rangement délabrés et des pièces de grosses machines.

Nous avons tourné à droite pour entrer dans la dernière chambre, au bout du couloir. C'est encore moi qui ai ouvert la porte, mais ça n'a pas été aussi douloureux d'attraper la poignée que la première fois.

Il y avait deux lits, dans la chambre.

Bill était allongé sur celui de droite et, assis à son chevet sur une chaise en plastique calée contre le bord du lit, Clancy lui donnait son sang, tout comme Eric l'avait fait pour moi. Bill avait le teint gris et cireux, les joues creuses. Il semblait à l'article de la mort.

Tray Dawson gisait sur le lit voisin, encore plus mal en point. Lui paraissait bel et bien être déjà passé de vie à trépas. Son visage n'était plus qu'un énorme bleu ; une morsure lui avait arraché une oreille; ses yeux étaient si gonflés qu'il ne pouvait sans doute plus les ouvrir et il était couvert de croûtes. Et encore! je ne voyais que sa tête. Il portait une attelle à chaque bras, aussi.

Lorsque Eric m'a couchée à côté de lui, Bill a ouvert les yeux. Au moins cela n'avait-il pas changé: il avait toujours ses beaux yeux sombres et insondables. Il avait cessé de boire au poignet de Clancy, mais il ne bougeait toujours pas et il n'avait pas vraiment meilleure mine.

— L'argent s'est infiltré dans son organisme, a déclaré Clancy à voix basse. Le poison a atteint toutes les parties de son corps. Il va avoir besoin de bien plus de sang pour l'évacuer.

J'ai voulu demander: «Est-ce qu'il s'en remettra?» Mais je n'ai pas pu. Pas avec Bill étendu là. Clancy s'est levé, et Eric et lui ont entamé une conversation à voix basse – une conversation sinistre, à en juger par leur expression.

— Comment vas-tu, Sookie? m'a demandé Bill d'une voix tremblante. Vas-tu guérir?

— Exactement la question que je voulais te poser.

Je n'avais pas plus que lui la force ou l'énergie de prendre des gants.

— Tu vas vivre, a-t-il soupiré, manifestement soulagé. Je sens qu'Eric t'a donné son sang. Tu aurais guéri, de toute façon, mais cela hâtera la cicatrisation. Je regrette tant de ne pas être arrivé avant!

— Tu m'as sauvé la vie.

— Je les ai vus t'enlever.

— Quoi?

— Je les ai vus quand ils t'ont enlevée.

— Et tu...

J'ai failli lui dire: «Et tu ne les en as pas empêchés!», mais ç'aurait été trop épouvantablement cruel.

— Je savais que je ne pourrais pas les vaincre tous les deux, s'est-il efforcé de m'expliquer. Si j'avais essayé de les combattre et s'ils m'avaient tué, ton sort aurait été scellé. Je ne sais pas grand-chose des faé. Pourtant, même moi, j'avais entendu parler de Neave et de son frère.

Ces quelques phrases semblaient l'avoir épuisé. Il a essayé de tourner la tête sur l'oreiller pour pouvoir me regarder, mais il a à peine pu la bouger de quelques millimètres. Ses beaux cheveux noirs étaient devenus ternes, et sa peau avait perdu cet éclat singulier qui m'avait tant fascinée quand je l'avais rencontré.

— Alors, tu as appelé Niall?

— Oui, m'a-t-il répondu, en remuant à peine les lèvres. Ou, du moins… j'ai appelé Eric pour lui dire ce que j'avais vu et… je lui ai dit d'appeler Niall.

— Mais elle se trouvait où, cette vieille maison abandonnée?

— Au nord d'ici, dans l'Arkansas. Cela m'a pris du temps pour te localiser… Trop longtemps… S'ils y étaient allés en voiture, encore! Mais ils sont passés par le monde des faé… Cependant, en conjuguant mon flair et la maîtrise qu'a Niall de la magie des faé, nous avons finalement réussi à te retrouver… Du moins t'avons-nous sauvé la vie… Malheureusement, je crois que, pour le loup-garou, il était déjà trop tard.

Tray était donc avec moi dans la maison abandonnée? Ça n'aurait certes pas changé grand-chose, si je l'avais su, mais… peut-être que je me serais sentie un peu moins seule.

C'était d'ailleurs probablement la raison pour laquelle les deux faé ne me l'avaient pas dit. J'étais prête à parier que la torture psychologique n'avait aucun secret pour eux.

— Tu es sûr qu'il va…

— Regarde-le, ma douce.

— Chuis pas encore... mort, a alors marmonné Tray.

J'ai voulu me lever pour aller le voir, mais c'était présumer de mes forces. Tout juste si j'ai pu me tourner sur le côté pour lui parler. Cependant, les lits étaient si près que, même avec sa voix enrouée, je pouvais l'entendre sans difficulté. Quant à lui, je pense qu'il arrivait plus ou moins à me situer.

— Tray. Oh, Tray ! Je suis tellement désolée.

Il a secoué la tête en silence.

— Ma faute... J'aurais dû savoir... la femme dans les bois... pas normale...

— Vous avez fait de votre mieux. Elle vous aurait tué, si vous lui aviez résisté.

— En train de mourir...

Il s'est forcé à ouvrir les yeux. Il est presque parvenu à me regarder en face.

— Pas volé, a-t-il grogné.

J'ai baissé la tête. Je pleurais à chaudes larmes. Lorsque je l'ai relevée, Tray paraissait avoir perdu connaissance. Je me suis retournée vers Bill. Le vampire semblait un peu moins mal en point.

— Si j'avais pu les en empêcher... Pour rien au monde, je n'aurais voulu les laisser te faire du mal, s'est-il désolé. La dague de Neave était d'argent et elle avait des crocs d'argent... J'ai réussi à l'égorger, mais elle n'est pas morte sur le coup... Elle s'est battue jusqu'au bout.

— Mais Clancy t'a donné son sang. Tu vas guérir.

— Peut-être...

Il avait toujours ce même calme olympien, et cette voix fraîche qui me faisait frissonner.

— Je sens mes forces me revenir un peu, a-t-il concédé. Suffisamment pour me soutenir pendant l'assaut final. Je n'en demande pas davantage.

Ça m'a laissée sans voix. Les vampires mouraient seulement quand on leur plantait un pieu dans le cœur, quand on les décapitait ou quand ils attrapaient le sino-sida. Et il fallait vraiment que ce soit un cas sévère. Mais empoisonnés à l'argent ?

— Bill... ai-je murmuré, soudain prise de panique : j'avais encore tant de choses à lui dire !

Il avait fermé les yeux, mais il les a rouverts en entendant cette urgence dans ma voix.

— Ils arrivent ! s'est alors exclamé Eric.

J'ai dû ravaler mes regrets.

— Les hommes de Breandan ? me suis-je alarmée.

— Oui, a répondu Clancy. Ton odeur les a guidés.

Même en un moment pareil, il ne pouvait s'empêcher de me rabaisser. Pour lui, j'avais été incompétente de laisser une odeur permettant de me traquer.

Eric a tiré un long couteau du fourreau qui lui battait la cuisse.

— Du fer ! a-t-il jubilé avec un sourire carnassier.

Bill lui a rendu son sourire. Ce n'était pas un sourire engageant.

— Pas de quartier ! a-t-il lancé d'une voix beaucoup plus ferme, tout à coup. Clancy, aide-moi à me lever.

— Non ! me suis-je écriée.

— Mon cœur, je t'ai toujours aimée, a-t-il alors déclaré d'un ton solennel. Et je serai fier de mourir pour te défendre. Lorsque je ne serai plus, dis une prière pour moi dans une vraie église.

Tout en se penchant pour soutenir Bill, Clancy m'a jeté un regard noir. Bill a chancelé sur ses jambes flageolantes. Il était aussi vulnérable qu'un humain. Il s'est débarrassé de sa chemise d'hôpital pour prendre position à son poste de combat, simplement vêtu d'un pantalon de pyjama fermé par une cordelette.

Moi non plus, je ne voulais pas mourir en chemise d'hôpital.

— Eric, aurais-tu une lame à me donner? s'est enquis Bill.

Sans quitter la porte des yeux, Eric lui a tendu une version écourtée de la sienne – grande comme la moitié d'une épée, quand même. Clancy était armé, lui aussi.

Personne n'a parlé d'évacuer Tray. Lorsque j'ai jeté un coup d'œil vers lui, je me suis demandé s'il n'était pas déjà mort.

Quand le téléphone d'Eric a sonné, j'ai fait un bond de deux mètres. Il a répondu d'un «Oui?» cassant. Il a écouté en silence et a refermé l'appareil d'un claquement sec. J'ai failli en rire. L'idée que les SurNat communiquent par portables interposés semblait tellement délirante! Mais, lorsque j'ai vu Bill, avec son teint de cendres, appuyé contre le mur, incapable de se tenir debout, j'ai pensé que plus rien au monde ne pourrait me faire rire.

— Niall et son bras droit sont en chemin, nous a annoncé Eric, d'une voix parfaitement calme et assurée, comme s'il nous donnait les cours de la Bourse. Breandan a bloqué toutes les issues qui mènent au pays des faé, sauf une. Quant à savoir si Niall arrivera à temps, je n'en sais rien.

— Si je m'en sors, a alors dit Clancy, je te demanderai de me relever de mon serment d'allégeance, Eric, pour que je puisse chercher un autre maître. L'idée même de mourir pour défendre une humaine, quelle que soit sa relation avec toi, me révulse.

— Si tu meurs, lui a rétorqué Eric, tu mourras parce que ton shérif t'a ordonné de te battre. La raison importe peu.

Clancy a acquiescé.

— Oui, maître.

— Mais, si tu devais avoir la vie sauve, je te relèverais de ton serment.

— Merci, Eric.

Mazette ! J'espérais qu'ils se sentaient mieux, maintenant qu'ils avaient réglé leurs petites affaires.

Bill tenait à peine debout. Mais ni Eric ni Clancy ne semblaient y trouver à redire. Ils paraissaient même approuver. Je ne percevais pas ce qu'ils entendaient, mais la tension dans la pièce ne cessait de monter, à l'approche de l'ennemi, jusqu'à en devenir pratiquement insoutenable.

En regardant Bill, qui attendait tranquillement que la mort vienne le chercher, j'ai eu une vision de lui tel que je l'avais connu : le premier vampire que j'avais rencontré ; mon premier amant ; le premier homme que j'avais aimé. Ces beaux souvenirs avaient été entachés par tout ce qui s'était passé après. Mais, en cet instant, en le revoyant tel qu'il était vraiment, j'ai ressenti une énorme bouffée d'amour pour lui.

Puis j'ai entendu un craquement sinistre et j'ai aperçu le tranchant luisant d'une hache planté dans la porte. Des cris stridents se sont alors élevés pour encourager l'invisible bûcheron, de l'autre côté.

J'ai décidé de me lever aussi : tant qu'à mourir, autant mourir debout. Du moins me restait-il encore ce courage-là. Puisque j'en avais ingéré, c'était peut-être le sang d'Eric qui bouillait dans mes veines à l'approche du combat. Rien ne l'exaltait plus que la perspective d'une bonne bagarre. Je me suis redressée tant bien que mal. Je me suis alors rendu compte que je pouvais marcher – ou du moins, que je pouvais faire quelques pas. Il y avait des béquilles en bois contre le mur. Je crois que je n'avais jamais vu de béquilles en bois, mais rien dans l'équipement de cette clinique ne ressemblait à ce qu'on trouve habituellement dans un hôpital.

J'ai attrapé une béquille et je l'ai soupesée pour voir si elle pourrait me servir de batte de baseball, le cas échéant. La réponse était « sans doute pas ». Si je m'en servais ainsi, il y avait de grandes chances que je parte avec et que je me retrouve par terre. Mais tout valait mieux que la passivité. De toute façon, j'avais déjà les armes que j'avais récupérées dans mon sac. Et puis, au moins, la béquille me soutiendrait. Ce serait déjà ça.

Tout s'est passé beaucoup plus vite que je ne pourrais jamais vous le raconter. La porte a explosé, et les faé ont arraché les éclats de bois qui restaient, créant un trou assez grand pour laisser passer un grand maigre aux cheveux arachnéens. Un éclat belliqueux brûlait dans ses grands yeux verts. Il a frappé Eric avec son épée. Mais Eric a paré le coup et réussi à l'éventrer. Le faé a hurlé et s'est plié en deux. Le coup de Clancy l'a atteint en pleine nuque et lui a sectionné la tête.

Je me suis adossée au mur, j'ai coincé la béquille sous mon bras gauche et j'ai empoigné mes armes, une dans chaque main. Nous étions côte à côte, Bill et moi. Puis, lentement, délibérément, il est venu se placer devant moi. L'assaillant suivant n'avait pas franchi la porte que Bill lançait son couteau. Sa pointe s'est fichée en plein dans la gorge du faé. Bill a tendu la main en arrière pour saisir le déplantoir de Gran.

Il ne restait pratiquement plus rien de la porte, à présent. L'espace d'un instant, l'ennemi a semblé reculer, pourtant. Puis un nouveau combattant est entré, enjambant les bouts de bois et le corps du premier faé que Clancy avait décapité. J'ai tout de suite su que c'était Breandan. Ses cheveux tirant sur le rouge étaient tressés dans son dos, et son épée, quand il l'a levée pour frapper Eric, a dessiné dans l'espace un arc d'éclaboussures écarlates.

Eric était le plus grand, mais l'épée de Breandan était la plus longue. Cependant, Breandan était blessé : sa chemise était trempée de sang sur un côté. J'ai alors aperçu quelque chose qui brillait – une aiguille à tricoter plantée dans son épaule. J'ai compris que le sang, sur son épée, n'était autre que celui de Claudine. Une rage aveugle s'est subitement emparée de moi. C'est ce qui m'a soutenue quand j'aurais dû m'effondrer.

Déjouant habilement toutes les attaques d'Eric, Breandan a alors sauté de côté, laissant place à une guerrière incroyablement grande qui a surgi devant Eric en lui balançant sa massue à la tête (*une massue* !). Eric s'est baissé pour esquiver le coup. Mais la massue a continué sa course et est venue frapper Clancy à la tempe. Les cheveux roux du vampire ont brusquement viré au rouge sang, et il s'est écroulé comme un château de sable. Breandan a sauté par-dessus son corps inanimé pour affronter Bill, décapitant Clancy avec son épée au passage. Son sourire sardonique s'est encore élargi.

— C'est toi. C'est toi qui as tué Neave.

— Je lui ai arraché la gorge, a rétorqué Bill.

Sa voix, plus assurée que jamais, avait recouvré toute sa puissance. Mais il vacillait sur ses jambes.

— Je vois qu'elle t'a tué aussi, a ricané Breandan en relâchant légèrement sa garde. Je ne ferai donc que te donner le coup de grâce.

Derrière lui, oublié dans son coin, Tray Dawson a alors, au prix d'un effort surhumain, agrippé la chemise du faé. D'un geste négligent, Breandan s'est légèrement détourné pour planter son épée étincelante dans la poitrine du loup-garou sans défense. Quand il l'a retirée, elle était couverte de sang frais. Mais, profitant de ce court instant où Breandan levait le bras, Bill lui avait enfoncé le déplantoir de Gran dans l'aisselle. Lorsque Breandan s'est retourné, une expression de stupeur s'était peinte sur son visage. Il a regardé le manche de bois qui dépassait de son flanc, comme s'il n'arrivait pas à comprendre ce qu'il faisait là. Puis un filet de sang est apparu au coin de ses lèvres.

C'est alors que Bill a commencé à s'effondrer.

Brusquement, tout s'est figé – dans ma tête, du moins. Il n'y avait plus rien devant moi. La guerrière avait abandonné le combat avec Eric pour se précipiter sur le corps de son prince terrassé. Elle a hurlé, un long cri perçant, puis elle a pivoté d'un bloc. La rage flamboyait dans ses yeux éclatants. Mais, comme Bill tombait, c'est vers moi qu'elle s'est tournée, prête à frapper.

J'ai réagi aussitôt, l'aspergeant copieusement de jus de citron avec mon pistolet à eau.

Elle a hurlé de plus belle, mais de douleur, cette fois. Le jet avait éclaboussé sa poitrine et ses bras et, là où le citron avait touché sa peau, de petites volutes de fumée commençaient à s'élever. Une goutte avait atteint sa paupière. Je m'en suis rendu compte parce qu'elle y portait la main pour frotter son œil en feu. C'est à ce moment-là qu'Eric a fait tournoyer sa longue dague pour lui sectionner le bras. Et il l'a poignardée.

Puis Niall s'est encadré dans la porte, si éblouissant que j'en ai eu mal aux yeux. À la place de l'impeccable costume noir qu'il revêtait pour venir me voir dans le monde des humains, il portait une sorte de longue tunique et un pantalon ample glissé dans des bottes. Il était tout de blanc vêtu et il rayonnait comme un soleil... sauf aux endroits où il était maculé de sang.

Un silence pesant a envahi la pièce. Il ne restait plus personne à tuer.

J'ai glissé sur le sol. J'avais les jambes en coton. Je me suis retrouvée effondrée contre le mur, à côté de Bill. Je ne savais même pas s'il était vivant ou mort. J'étais trop traumatisée pour pleurer et trop horrifiée pour crier. Plusieurs de mes blessures s'étaient rouvertes, et l'odeur du sang, conjuguée à l'ensorcelant parfum des faé, a attiré vers moi un Eric encore tout excité par la fièvre du combat. Avant que Niall ait pu m'atteindre, Eric était déjà à genoux, à mes côtés, et léchait ma joue ensanglantée. Mais ça ne me choquait pas. Il m'avait donné son sang. Il ne faisait que recycler.

— Écarte-toi d'elle, vampire, lui a alors ordonné mon arrière-grand-père d'une voix toute douce.

Quand Eric a relevé la tête, il avait encore les yeux clos de plaisir. Puis il a été parcouru d'un tressaillement et s'est écroulé à côté de moi. Son regard est alors tombé sur le corps de Clancy. Toute l'exaltation qui l'embrasait encore a déserté son visage, et une larme de sang a roulé sur sa joue blême.

— Bill a survécu ? lui ai-je demandé.

— Je ne sais pas.

Il a posé un regard absent sur son bras. Il était blessé, lui aussi : une vilaine estafilade à l'avant-bras gauche. J'avais complètement raté cet épisode. Mais je voyais déjà la plaie se refermer entre les pans de sa manche déchirée.

Mon arrière-grand-père s'est accroupi en face de moi.

— Niall, ai-je articulé, mettant mes lèvres et mes mâchoires au supplice. Niall, je ne croyais pas que vous arriveriez à temps.

À vrai dire, j'étais tellement sonnée que je ne savais même plus ce que je disais, ni même à quel moment critique je faisais référence. Pour la première fois de mon existence, retenir la vie en moi me semblait si pénible que je n'étais pas très sûre que ça en vaille la peine.

Mon arrière-grand-père m'a prise dans ses bras.

— Tu es en sécurité, maintenant, a-t-il affirmé. Je suis le seul prince encore en vie. Plus personne ne peut se dresser contre moi. Et presque tous mes ennemis sont morts.

— Mais regardez autour de vous, me suis-je indignée, en posant néanmoins la tête sur son épaule. Regardez, Niall, le prix exorbitant qu'il a fallu payer.

Le sang de Tray Dawson dégoulinait doucement le long du drap trempé pour dégoutter sur le sol.

Bill gisait, roulé en boule contre ma cuisse droite. Comme mon arrière-grand-père me serrait contre lui en me caressant les cheveux, j'ai regardé Bill par-dessus son bras. Il avait vécu tant d'années, bravé tant d'épreuves, survivant coûte que coûte. Et, pourtant, il avait été prêt à mourir pour moi. Quelle femme, humaine, faé, vampire ou hybride, n'aurait pas été touchée par un tel don de soi ? J'ai pensé aux nuits que nous avions passées ensemble, à toutes ces longues conversations que nous avions eues, allongés côte à côte... et je me suis mise à pleurer, étonnée de pouvoir encore trouver en moi assez d'énergie pour produire des larmes.

Mon arrière-grand-père s'est assis sur ses talons et m'a dévisagée.

— Il faut que tu rentres chez toi, a-t-il affirmé.

— Et Claudine ?

— Elle a rejoint les contrées où le soleil ne se couche jamais.

Toutes ces mauvaises nouvelles, encore et encore... Je n'en pouvais plus. Je saturais.

— Faé, je te laisse nettoyer le champ de bataille, a soudain déclaré Eric en se levant. Ton arrière-petite-fille est ma femme. Elle m'appartient, à moi et à nul autre. Je vais la ramener chez elle.

Niall l'a fusillé du regard.

— Tous les morts ne sont pas des faé, a-t-il protesté avec un coup d'œil appuyé vers Clancy. Et que devons-nous faire de celui-là ?

Il pointait le menton vers Tray.

— « Celui-là » doit retourner chez lui, suis-je intervenue. Il a droit à des funérailles dignes de ce nom. Son corps ne va pas simplement disparaître.

Je n'avais pas la moindre idée de ce que Tray aurait souhaité, mais je refusais que les faé jettent sa dépouille dans un trou n'importe où. Il méritait mieux que ça, beaucoup mieux que ça. Et puis, il fallait prévenir Amelia. Seigneur ! J'ai essayé de replier mes jambes pour me relever, mais ça a dû tirer sur mes points de suture, parce que de terribles élancements m'ont traversée. J'ai laissé échapper une plainte, mais j'ai serré les dents.

Les yeux rivés au sol, j'ai tenté de reprendre mon souffle. C'est à ce moment-là que j'ai vu les doigts de Bill remuer.

— Il est vivant, Eric ! me suis-je écriée et, bien que ça me fasse un mal de chien, j'ai réussi à étirer mes lèvres pour esquisser un sourire. Bill est vivant !

— Parfait, m'a répondu Eric, d'un ton un peu trop calme à mon goût.

Il a ouvert son portable pour appuyer sur la touche d'un numéro préenregistré.

— Pam ? a-t-il dit. Pam, Sookie est en vie. Oui, Bill aussi. Non, pas Clancy. Amène le van.

J'ai probablement perdu le fil, à un moment, parce que, quand j'ai repris mes esprits, Pam était arrivée. Elle et Maxwell Lee nous ont couchés à l'arrière d'un énorme van équipé d'un matelas, Bill et moi. Toujours tiré à quatre épingles, Maxwell Lee avait tout d'un homme d'affaires noir qui se serait retrouvé par erreur dans la peau d'un vampire. C'était du moins l'impression qu'il donnait toujours. Même par cette nuit de guerre, qui avait

vu un déchaînement de violence sans nom, Maxwell demeurait impeccable, imperturbable. Bien
que d'un format nettement plus imposant que
Pam, il a mis autant de douceur et de délicatesse
qu'elle à nous transporter et à nous installer à
l'arrière du van – bel effort, pour des vampires,
et effort apprécié à sa juste valeur. Pour une fois,
Pam s'est même abstenue de tout commentaire
cynique : un exploit.

Pendant que nous roulions vers Bon Temps, j'ai
entendu les vampires discuter à l'avant.

— Ce serait vraiment dommage, s'ils venaient à
quitter définitivement ce monde, soupirait Pam, évo-
quant vraisemblablement la fin de la guerre des faé.
Je les adore. Ils sont tellement difficiles à attraper.

— Je n'en ai jamais consommé, a déploré Maxwell.

— Miam ! a commenté Pam.

Et c'était le « miam ! » le plus éloquent que j'aie
jamais entendu.

— Taisez-vous, leur a ordonné Eric.

Ils ont aussitôt obtempéré.

C'est alors que j'ai senti les doigts de Bill se refermer sur les miens, les étreindre.

— Clancy continue à vivre à travers Bill, a dit
Eric, au même moment.

Les deux autres vampires ont reçu cette nouvelle
avec un silence que j'ai interprété comme une
marque de respect.

— Comme tu vis à travers Sookie, a murmuré Pam.

Deux jours plus tard, mon arrière-grand-père
est venu me voir. Après lui avoir ouvert, Amelia est
retournée pleurer au premier. Elle connaissait la
vérité, bien sûr, contrairement au reste de nos
concitoyens. Tout le monde était choqué qu'on soit
entré par effraction chez Tray et qu'on l'ait torturé.
L'opinion générale voulait que ses agresseurs l'aient

pris pour un dealer, bien qu'aucun objet ayant le moindre rapport avec le trafic ou la consommation de drogue n'ait été trouvé chez lui ni dans son atelier, en dépit de fouilles répétées. Son ex-femme et son fils s'occupaient de l'organisation des obsèques. La cérémonie religieuse serait célébrée à l'église de l'Immaculée Conception. J'allais essayer d'y assister pour soutenir Amelia – j'avais encore un jour pour me remettre. Pour l'heure, je me contentais de rester au lit en chemise de nuit.

Eric ne pouvait plus me donner de sang pour hâter la fin de ma guérison. D'abord, parce qu'il m'en avait déjà donné deux fois en trois jours (sans parler des petites morsures que nous avions échangées pendant l'amour) et qu'en conséquence, d'après lui, nous nous étions dangereusement approchés d'une limite qu'il n'avait pas jugé bon de me préciser. Et, ensuite, parce qu'il avait besoin de son sang pour guérir lui-même. Il avait même dû en prendre à Pam. Donc, j'endurais mes démangeaisons en silence. Du moins le sang de vampire avait-il permis à mes chairs de se régénérer aux endroits où elles avaient été arrachées à coups de dents.

Si on n'examinait pas mes blessures de trop près, ça rendait aussi mes explications plausibles (j'avais été renversée par un chauffard qui avait pris la fuite). Évidemment, Sam n'y avait pas cru une seconde, et je lui avais tout raconté dès sa première visite. Les clients compatissaient, m'avait-il assuré, la deuxième fois qu'il était venu. Il m'avait apporté des beignets de poulet de chez Dairy Queen et des marguerites. Mais j'avais surpris le regard sombre qu'il posait sur moi quand il croyait que je ne le voyais pas.

Après avoir approché une chaise du lit, Niall m'a pris la main. Peut-être les derniers événements avaient-ils légèrement creusé les fines ridules qui parsemaient son visage. Peut-être était-il un peu triste aussi. Mais mon prince d'arrière-grand-père avait toujours cette beauté, cette majesté, cette étrangeté incroyables et, maintenant que je savais de quoi les siens étaient capables, il me paraissait également... terrifiant.

— Est-ce que vous saviez que c'étaient Lochlan et Neave qui avaient tué mes parents ? lui ai-je posément demandé.

Il a hoché la tête – après avoir marqué une hésitation.

— Je le soupçonnais. Quand tu m'as dit que tes parents s'étaient noyés, c'était une éventualité que je ne pouvais négliger. Breandan et les siens ont tous une affinité marquée avec l'eau.

— Je suis bien contente qu'ils soient morts, ceux-là.

— Oui, moi aussi. Et la plupart des partisans de Breandan ont été supprimés. J'ai cependant épargné deux faé de sexe féminin – nous avons tant besoin de génitrices ! – bien que l'une d'entre elles soit la mère du fils de Breandan.

Il semblait presque s'attendre à recevoir des félicitations.

— Et l'enfant ?

Niall a secoué la tête, ses ruisselants cheveux de lumière accompagnant le mouvement.

Il m'aimait, j'en étais persuadée, mais il venait d'un monde encore plus sauvage que le mien.

— Je vais couper notre monde du reste de l'univers et achever d'en condamner tous les accès, a-t-il alors déclaré, comme s'il avait lu dans mes pensées.

— Mais c'est ce qui a déclenché la guerre ! me suis-je exclamée, interloquée. C'était ce que Breandan voulait !

— J'en viens à penser qu'il avait raison, quoique pour de mauvais motifs. Ce ne sont pas les faé qui doivent se protéger des humains. Ce sont les humains qu'il faut protéger des faé.

— Qu'est-ce que ça implique exactement ? Quelles seront les conséquences ?

— Ceux d'entre nous qui avaient décidé de vivre parmi les humains vont devoir choisir.

— Comme Claude.

— Oui. Il va être contraint de rompre tout lien avec notre monde, s'il veut continuer à vivre ici.

— Et les autres ? Ceux qui vivent déjà là-bas ?

— Nous ne pourrons plus en sortir.

Son beau visage était empreint d'un profond chagrin.

— Je ne pourrai plus vous voir ?

— Non, mon enfant. Il ne vaut mieux pas.

J'ai essayé de trouver la force de protester, de répondre que je n'avais quasiment plus aucun parent, que ce serait affreux de ne plus pouvoir lui parler. Mais ces mots-là ont refusé de franchir mes lèvres.

— Et Dermot ? ai-je préféré lui demander.

— Il demeure introuvable. Soit il est mort, soit il se cache dans un endroit que nous n'avons pas encore découvert. Et, s'il est encore ici, il se montre vraiment très rusé et très discret. Nous poursuivrons les recherches jusqu'à ce que la porte soit définitivement fermée.

J'espérais vraiment, de tout mon cœur, que Dermot se trouvait du côté faérique de cette porte.

C'est ce moment-là qu'a choisi Jason pour faire son entrée.

Mon arrière-grand-père – notre arrière-grand-père – s'est levé d'un bond. Mais il s'est vite repris.

— Tu dois être Jason, lui a-t-il dit.

Mon frère l'a dévisagé d'un regard morne. Depuis la mort de Mel, Jason n'était plus le même. Dans l'avant-dernier numéro du journal local avaient été rapportées à la fois l'histoire de l'horrible découverte du corps de Tray Dawson et celle de la disparition de Mel Hart. Et si les deux événements étaient liés d'une manière ou d'une autre ? Nombreux étaient ceux qui le suspectaient, en tout cas.

J'ignorais ce qui s'était passé, après la scène à laquelle j'avais assisté derrière la maison de mon frère. J'ignorais comment les panthères-garous avaient fait pour étouffer l'affaire. Et je ne voulais pas le savoir. J'ignorais également où était passé le corps de Mel. L'avaient-ils dévoré ? Était-il au fond de l'étang, chez Jason ? Gisait-il quelque part dans la forêt ?

C'était cette dernière hypothèse que je privilégiais. Avant de disparaître, Mel avait déclaré qu'il partait chasser tout seul. C'était du moins ce que Jason et Calvin avaient raconté à la police. Et sa voiture avait été retrouvée garée près d'une réserve de chasse dans laquelle il avait ses entrées. On avait aussi retrouvé des traces de sang à l'arrière de son pick-up. Ce qui avait poussé la police à soupçonner Mel d'être pour quelque chose dans l'horrible mort de Crystal Stackhouse. Et voilà maintenant qu'on avait entendu Andy Bellefleur maugréer qu'il ne serait pas autrement surpris que ce brave Mel ait mis fin à ses jours dans les bois...

— Ouais, je suis Jason, lui a répondu mon frère avec difficulté. Et vous êtes... mon arrière-grand-père, j'imagine ?

Niall a incliné la tête.

— Oui. Je suis venu faire mes adieux à ta sœur.

— Mais pas à moi, hein ? Je ne suis pas assez bien pour ça.

— Tu ressembles trop à Dermot.

— C'est ça, ouais, a maugréé Jason en se laissant tomber sur mon lit. Il ne m'a pas semblé si mal, à moi, ce Dermot, cher... arrière-grand-père. Il est venu me prévenir pour Mel, au moins. Il est venu me dire que Mel avait tué ma femme.

— Oui, a concédé Niall d'une voix lointaine. Il se peut que Dermot ait fait preuve de favoritisme à ton égard, à cause de votre ressemblance. Tu sais qu'il a joué un rôle non négligeable dans l'assassinat de vos parents, je présume ?

Nous l'avons tous les deux regardé, aussi stupéfaits l'un que l'autre.

— Les faé des eaux aux ordres de Breandan ont bel et bien précipité leur véhicule dans la rivière, d'après ce que l'on m'a raconté. Mais seul Dermot était à même de toucher la portière pour extraire vos parents de l'habitacle. Après, les naïades n'ont plus eu qu'à les maintenir sous l'eau.

J'en ai eu des frissons.

— Eh bien, moi, je suis bien content que vous vous barriez. Et j'espère bien que vous ne reviendrez jamais. Ni vous, ni aucun d'entre vous.

J'ai vu une ombre passer sur le visage de Niall.

— Je ne peux aller contre ce que tu ressens, a-t-il murmuré. Je voulais juste connaître mon arrière-petite-fille. Mais je ne lui ai apporté que du malheur.

J'ai ouvert la bouche pour protester. Puis je me suis rendu compte que c'était la plus stricte vérité. Même si ce n'était pas toute la vérité.

— Vous m'avez apporté la certitude que je pouvais trouver de l'amour dans ma famille, ai-je objecté.

J'ai cru que Jason allait s'étouffer.

— Vous avez envoyé Claudine pour me protéger, ai-je poursuivi, et elle m'a sauvé la vie plus d'une fois. Vous allez me manquer, Niall.

— Le vampire n'est pas un mauvais homme. Et il t'aime, m'a répondu mon arrière-grand-père, en se levant. Adieu.

Il s'est penché pour m'embrasser sur la joue. Mais ce n'était pas un simple baiser. Il y avait dans ce contact quelque chose de magique, un pouvoir… Je me suis immédiatement sentie mieux. Avant que Jason ait pu réagir, Niall l'embrassait sur le front. Aussitôt, j'ai vu la tension qui nouait les épaules de mon frère se relâcher.

Et puis, mon arrière-grand-père a disparu.

Je n'avais même pas eu le temps de lui demander de quel vampire il voulait parler…

Composition
CHESTEROC LTD

Achevé d'imprimer en Espagne
par LITOGRAFIA ROSÉS
le 15 novembre 2010.

EAN 9782290022511

ÉDITIONS J'AI LU
87, quai Panhard-et-Levassor, 75013 Paris
Diffusion France et étranger : Flammarion